Kate Franklin

Wetterfrösche küsst man nicht

Roman

Kate Franklin
Liebesromane fürs Herz

1.Auflage

Deutsche Erstausgabe Mai 2022

Lektorat/Korrektorat: Sabrina Cremer, Textwerkstatt
Cover-/Umschlaggestaltung: Kate Franklin
unter Verwendung von: Canva.com, Depositphotos.com/@ AnnHaritonenko
Autorenfoto: Kate Franklin

ISBN: 978-3-98595-235-9
Bestellung und Vertrieb: Nova MD GmbH, Vachendorf

KATE FRANKLIN

Wetterfrösche

KÜSST MAN NICHT

Playlist

Revolverheld – Immer noch fühlen
Andreas Bourani – Auf uns
Yiruma – River flows in You
Yiruma – Kiss the Rain
Sportfreunde Stiller – Ein Kompliment
Blake Rose – Lost
Sigala, James Arthur – Lasting Lover
Revolverheld – Lass uns gehen
Bill Medley, Jennifer Warnes – The Time of my Life
Eric Carmen – Hungry Eyes
Karmin – Big girls don't cry
Lana del Ray – Summertime Sadness
Calvin Harris – Summer
Meduza, Dermot Kennedy – Paradise
Marco Nobel, Young Jae – Changes
Nico Santos, Topic – Like I love you
Ava Max – My Head & My Heart
Kygo, OneRepublic – Lose Somebody
Stanfour – In your Arms
Kelly Clarkson – Because of you
Calum Scott – You are the Reason
Ella Henderson – Yours
Dan Owen – Made to love You

Diese Playlist findest du auch bei Spotify unter *Wetterfrösche küsst man nicht* von Kate Franklin.

Das Leben ist zu kurz, um sein
Glück auf später zu verschieben.

Kapitel 1

»Das ist nicht dein Ernst!«, rief meine beste Freundin entrüstet, als ich ihr erzählte, wie mein One-Night-Stand von letzter Nacht geendet hatte.

»Doch. Er hat mir heute früh um sieben einen Kaffee serviert und eine Fahrkarte für die Bahn.«

»Hat er irgendwas dazu gesagt?«

»Nein, nicht wirklich. Er schien ziemlich routiniert und zog den Fahrschein aus einer Küchenschublade, als hätte er dort ein Lager dafür. Auch als ich ihm sagte, dass ich die Fahrkarte nicht brauche, hat er nur mit den Schultern gezuckt und mir das Papier über den Tisch geschoben.« Mit der flachen Hand rieb ich über meine Stirn. Wie hatte mir das nur passieren können? Ich war weiß Gott kein männerfressendes Wesen. Aber ich schaffte es regelmäßig, mir auf Partys die schrägsten Typen an Land zu ziehen.

Helene prustete derweil in ihre Kaffeetasse. »Das ist so absurd, dass es schon wieder lustig ist. Was für ein Freak. War er wenigstens gut im Bett?«

Für einen Moment überlegte ich und nickte schließlich. »Hm, ja, irgendwie schon. Aber leider nicht so gut, dass ich mich ewig an diese Nacht erinnern werde.«

»Mann, Merle, dich kann man auch keinen Moment aus den Augen lassen. Da gehen wir einmal auf diese 120-Minuten-Party und du kommst am nächsten Tag mit einer Fahrkarte nach Hause.«

Okay. Spätestens jetzt war der Moment, in dem ich realisierte, was da passiert war. Und nun war ich es, die lauthals in ihre Tasse prustete.

»Nur Freaks da draußen, aber ehrlich«, stimmte ich Helene zu. »Keine Ahnung, warum die alle so drauf sind.«

»Wo sind all die guten Männer abgeblieben? Die, mit denen man Pferde stehlen und Sonnenuntergänge anschauen kann?« Verträumt blickte sich meine Freundin um, als würde sie hoffen, ihren Prinzen hier im Café zu finden.

»So einen willst du haben? Echt jetzt?« Mit gerunzelter Stirn und einer Falte zwischen den Augenbrauen, die tiefer als die Elbe war, betrachtete ich meine Freundin.

»Ja, warum denn nicht? Das ist voll romantisch.« Sie schien felsenfest davon überzeugt, dass es so sein musste und dass genau dieser Typ Mann der richtige für sie war.

»Und wo bleibt da das Abenteuer? Also mit den Pferden abhauen zum Beispiel? Oder im Sonnenuntergang in Franks Bar die Zeche prellen?«

Sie schüttelte den Kopf. »Das wäre vielleicht etwas für dich. Ich brauche es sanfter.«

Bei ihren letzten Worten wackelte ich mit den Augenbrauen und seufzte theatralisch. »Sie braucht es sanfter. Dann bist du leider auch kein Fall für *Bauer sucht Frau*, oder?«

»Bleib mir bloß fern mit solchen Vorschlägen. Du spinnst ja«, sagte sie kichernd und griff nach einem der Brötchen, die unangetastet in dem kleinen Bastkörbchen lagen, das zwischen uns auf dem Tisch stand.

Wir waren beide Singles. Ich aus Überzeugung – ich glaubte einfach nicht an diese wahre große Liebe, die einen dermaßen überrollte, dass man alles andere aus den Augen verlor. Das war Quatsch, den es nur in Filmen und Romanen gab, zudem war es viel zu gefährlich, alles andere aus den Augen zu verlieren. Karriere zum Beispiel, die war mir wesentlich wichtiger, als das Heimchen am Herd zu mimen. Doch zumindest Helene wünschte ich von ganzem Herzen, dass sie ihren Prinzen bald finden würde.

Froh darüber, dass das Wilma Wunder, das Café, in dem wir frühstückten, klimatisiert war, mampften wir unsere Brötchen und ich stieg auf Eiskaffee um. Es war gerade einmal Anfang Juni und die Hitze war schon jetzt unerträglich.

Was für ein Samstagmorgen. Völlig verschlafen war ich vor zwei Stunden mit der Straßenbahn nach Hause gefahren. Ich hätte auch laufen können, der Typ wohnte nur ein paar Straßen weiter. Aber ich hatte es nicht übers Herz gebracht, die Fahrkarte ungenutzt zu lassen. Immerhin hatte er sie bezahlt und das wollte ich wertschätzen. Außerdem war er, an dessen Namen ich mich leider beim besten Willen nicht erinnern konnte, eigentlich doch ganz gut im Bett. Die Nachwirkungen spürte ich noch immer zwischen meinen Beinen.

»Gehen wir dann noch shoppen? Ich brauche unbedingt neue Klamotten für den Sommer«, bettelte Helene regelrecht, und ich wog meine Möglichkeiten ab. Ein Einkaufsbummel mit meiner besten Freundin bedeutete für mich im besten Fall ein paar lustige Stunden, die im Anprobieren sündhaft teurer Klamotten, die wir nie kaufen würden, endeten. Im schlimmsten Fall jedoch waren meine Einkaufstüten mehr gefüllt als die von Helene und mein Konto ächzte dem Minimum entgegen. Dabei könnte ich schon das eine oder andere luftige Teil für die heißeste Zeit des Jahres gebrauchen, auch wenn mein Kleiderschrank gut gefüllt war.

»Okay«, gab ich schließlich klein bei, woraufhin Helene in die Hände klatschte wie ein kleines Kind. »Ein Stündchen habe ich Zeit. Dann muss ich die Kolumne noch schreiben.«

»Ach. Und ich dachte, du wolltest endlich mit dem alten Neubert reden.«

Die Augenbrauen meiner Freundin schnellten in die Höhe und sie bedachte mich mit einem skeptischen Blick.

Damit traf sie mich nicht unvermittelt. Schließlich hatte ich schon seit einiger Zeit vor, mit meinem Chef zu sprechen. Es gab kaum etwas anderes auf dieser Welt, was ich so sehr wollte, wie beruflich voranzukommen. Doch ich hasste Personalgespräche. Insgeheim hatte ich immer gehofft, Herr Neubert würde von sich aus auf mich zukommen und mir mehr Verantwortung übertragen. Aber das war bis heute nicht geschehen, also blieb mir gar nichts anderes übrig, als das selbst in die Hand zu nehmen. Seit dem Studium arbeitete ich bei der Zeitschrift *Auf ein Wort in Dresden* und hatte viel mehr auf dem Kasten, als einmal im Monat in meiner Kolumne über Gott und die Welt zu meckern und einspaltige Klatschartikel zu schreiben. Ich war bereit für Größeres und wollte mehr, als nur über das Wetter schimpfen oder die viel zu schmalen Radwege an der Elbe. Oder die vielen Baustellen in der Stadt, von den fehlenden Parkplätzen ganz zu schweigen.

»Das habe ich vor. Gleich am Montag schnappe ich ihn mir«, erwiderte ich entschlossen und schlürfte betont laut den kalten Kaffee durch meinen Strohhalm.

Helene nickte und griff nach Brötchen Nummer zwei. Insgeheim beneidete ich darum, dass sie essen konnte, so viel sie wollte, ohne dabei auch nur ein Gramm zuzunehmen. Ich hingegen brauchte nur an Essen zu denken und hatte zwei Kilo mehr auf den Hüften. Es war unfair, hielt mich aber nicht davon ab, mein Leben zu genießen. Außerdem war es nicht so, dass ich unförmig war. Ich war schon immer schlank und auch ziemlich sportlich. Aber als meine Eltern mich schufen, hatten sie sich ordentlich ins Zeug gelegt und mir Rundungen an den richtigen Stellen mitgegeben.

»Na, da bin ich ja gespannt«, sagte sie schließlich.

»Ich ruf dich am Montagabend an und berichte, okay?«

»In Ordnung, Merle. Aber wehe du ziehst es nicht durch, dann geht das nächste Frühstück auf dich. Können wir jetzt zum Shopping übergehen?«

Als hätte ich schon jemals etwas nicht durchgezogen ... Ich nickte lachend, wir zahlten die Rechnung und stürzten uns ins Getümmel.

»Gott, es ist so heiß«, stieß ich aus, während wir vom Café zur Einkaufspassage spazierten. Demonstrativ wischte ich mir den Schweiß von der Stirn. Demnächst liefen wohl alle nur noch in Badesachen durch die Stadt, wenn es weiterhin so heiß bleiben würde.

»Keine Sorge, die Altmarktgalerie ist doch klimatisiert. Da erkälten wir uns am Ende noch.«

»Wir können uns ja Schals und Mützen kaufen, gibt's bestimmt irgendwo«, frotzelte ich und war froh, als nach Betreten der Shoppingmeile endlich ein kühles Lüftchen um meine Nase wehte.

Es kam, wie es kommen musste. Am Ende des exzessiven Nachmittages war ich mit zig Einkaufstüten beladen und hatte meinen Kontostand enorm geschrumpft. Dafür war ich jetzt im Besitz haufenweise neuer Shirts und ein paar Kleider, und kurze Hosen hatte ich ebenso für gut befunden.

Helene hatte allerdings noch ordentlicher geshoppt, als hätte sie Sorge, dass die Läden ohne ihre Einkäufe Pleite gehen würden. Sie hatte so viele Tüten, dass sie diese kaum tragen konnte.

»Wie lange gilt eigentlich deine Porno-Fahrkarte?«, wollte sie wissen und fächelte sich umständlich Luft ins Gesicht.

»Wie bitte? Porno...was?«

»Na die Fahrkarte von diesem Typen von heute früh. Wie lange gilt die?«

Ich lachte auf. »Du bist lustig, die ist doch längst abgelaufen.«

»Mist. Vielleicht triffst du dich einfach nochmal mit ihm und machst ihm klar, dass er bitte auf Tagestickets umsteigen soll. Manche Damen wollen vielleicht noch etwas unternehmen nach einer wilden Nacht mit ihm.«

Sie sah mich an, und ihrem Blick nach zu urteilen meinte sie das todernst. Meine Lippen zitterten, und ich konnte den Lachanfall nicht länger zurückhalten. Die Einkaufstüten fielen leise raschelnd zu Boden, und ich hielt mir den Bauch vor Lachen.

»Ist gut. Ich leite es weiter.« Ich kicherte, nachdem auch Helene ins Gelächter eingestiegen war.

An der großen Straßenbahnhaltestelle am Altmarkt verabschiedeten wir uns. Helene erinnerte mich abermals daran, mich um meine steile Karriere zu kümmern, und sicherte mir ihre Unterstützung zu. Sie war wirklich ein Goldschatz und ich umarmte sie trotz der Hitze fest.

Sie hatte Glück, denn ihre Bahn kam nur wenige Minuten später. Ich hingegen stand wie bestellt und nicht abgeholt, und wartete fast eine Viertelstunde.

Genug Zeit, um das Surren der Stadt in mich aufzunehmen. Die Kuppel der *Frauenkirche* ragte hinter dem *Kulturpalast* hervor wie ein Thron, als wäre sie die Herrscherin allen Geschehens um sie herum. Und irgendwie war sie das auch, denn sie war das Wahrzeichen schlechthin, und seit sie in den neunziger Jahren restauriert und wieder aufgebaut worden war, der Touristenmagnet.

Ich mochte den Trubel meiner Stadt, das Flirren, die Menschen und ihre gemütliche Mentalität.

Als die Bahn kam, raffte ich meine Einkäufe zusammen und ließ mich mit stoischem Geschaukel nach Striesen chauffieren, dem Stadtteil, in dem ich in meiner kleinen Zwei-Zimmer-Dachgeschoss-Wohnung wohnte.

Dort angekommen, warf ich die Tüten im Schlafzimmer aufs Bett und mich gleich hinterher. Die letzte Nacht zehrte doch mehr an mir und meiner Kondition, als ich gedacht hatte.

Ich würde nur kurz ein Nickerchen machen und nachher noch etwas an der Kolumne arbeiten. Und morgen hätte ich genug Zeit, mir darüber Gedanken zu machen, wie ich Herrn Neubert am besten davon überzeugen konnte, dass es an der Zeit war, mich mit mehr als einer Mecker-Kolumne zu betrauen.

Kapitel 2

Applaus hallte durch den Konferenzraum der Redaktion. Auch wenn ich nun schon einige Jahre bei der *Auf ein Wort in Dresden* arbeitete, verstand ich bis heute nicht, warum alle nach dem Montagsmeeting Beifall klatschten. Hatte sich wer mit Ruhm bekleckert, und ich hatte es verpasst?

Das Geräusch der aufeinander klatschenden Hände wurde abgelöst von knarzenden Stühlen, die nach hinten geschoben wurden. Alle waren plötzlich in Eile und konnten nicht schnell genug an ihre Schreibtische kommen.

»Was'n los, Merle? Klebstoff am Hintern?« Olaf, einer der Fotografen, schlug sich lachend auf die Oberschenkel und fand sich heute wieder besonders witzig.

»Ja. Aber lieber da als im Hirn«, entgegnete ich und zuckte mitleidig mit den Schultern. Typen wie den konnte man nicht ernst nehmen.

Mit einem beleidigten »Pf« verließ er endlich den Raum.

Ich räusperte mich. »Herr Neubert, könnte ich Sie noch kurz sprechen?«

Mein Chef blickte von den Unterlagen auf, die er gerade zusammenlegte. Die langen Ärmel seines weißen Hemdes hatte er aufgekrempelt und die beige Hose schlackerte etwas um seine Hüften. Er runzelte die Stirn und sah mich über den Rand seiner Brille hinweg an. Mit seiner sonnengebräunten Haut sah er aus, wie gerade aus dem Italienurlaub gekommen und in manchen Momenten ertappte ich mich dabei, dass ich ihn mir jünger vorstellte. Bestimmt wäre er früher genau mein Typ gewesen. Nicht, dass ich auf einen Typ Mann festgelegt war. Ich war nicht einmal darauf aus, mir eine Beziehung ans Bein zu nageln. Aber gegen gutaussehende Männer hatte ich noch nie etwas einzuwenden. Und Herr Neubert war ein durchaus gutaussehender Mittfünfziger. Allerdings war er damit für mich auch deutlich zu alt. Er war sogar älter als mein Vater.

»Merle?«, sprach er mich an und ich schrak zusammen. Gott, wo war ich nur mit meinen Gedanken? »Waren wir nicht schon bei Harald?« Kleine Lachfältchen bildeten sich um seine Mundwinkel herum. Mir war schon am Anfang nicht entgangen, dass in der Redaktion ein vertrautes Verhältnis zwischen allen herrschte. Man duzte sich und gab sich damit fast schon familiär. Ich war jedoch die Jüngste und traute mich einfach nicht, auf eine so private Ebene zu wechseln. Aber die Ansprache mit dem Vornamen war okay, fand ich.

»Ja, waren wir dann wohl. Also gut, Harald«, setzte ich erneut an. »Hätten Sie noch kurz Zeit für mich?«

»Natürlich. Was gibt es denn?«

»Also ich ...« Ehrlich gesagt hatte ich keinen Plan, wie ich vorgehen und dieses Gespräch führen sollte. Ich war vierundzwanzig Jahre alt, hatte nur wenig Berufserfahrung und war grottenschlecht, wenn es um zwischenmenschliche Kommunikation auf beruflicher Ebene ging. Aber ich war wild entschlossen, das durchzuziehen.

»Ich kann mir schon gut vorstellen, was Sie auf dem Herzen haben.« Herr Neubert, also Harald, hatte sich wieder hingesetzt und sah mich freundlich an. Seine Stimme klang warm und er schien voller Erwartung. »Aber ich fände es schön, es von Ihnen zu hören.«

»Okay, ich würde gern mehr Verantwortung übernehmen«, sprudelte es aus mir heraus. »Also, ich meine, Artikel schreiben. Ich würde gern andere Artikel schreiben, über die Menschen in der Stadt berichten. Interviews führen und so.«

Mein Chef zog es vor, mich einfach nur schweigend anzusehen.

»Also, ich meine, ich will nicht undankbar sein. Ich schätze es sehr, dass Sie mich nach meinem Studium hier übernommen und mir die Kolumne gegeben haben. Aber ich kann mehr ... glaube ich.« Es ärgerte mich, dass mich sein Schweigen so aus dem Konzept brachte, dass ich fast schon stammelte.

Herr Neubert beugte sich vor und stützte die Ellenbogen auf dem Tisch ab. »Sie glauben, dass Sie mehr können, Merle? Oder Sie wissen es?«

Ich senkte den Blick und sah auf die Tischkante vor mir, die schon bessere Zeiten gesehen hatte. Die Oberseite hatte mächtig gelitten, es waren Kratzer und Kerben darin.

»Ich weiß es«, erwiderte ich und war wieder selbstsicherer.

»Also gut, Merle. Hören Sie zu. Ich weiß natürlich auch, dass Sie mehr auf dem Kasten haben, als über schlechtes Essen und zu viel Regen zu meckern.« Damit spielte er auf meine Kolumne an und ich nickte. »Schon während Ihres Volontariats habe ich gespürt, dass aus Ihnen einmal eine großartige Journalistin werden kann.« *Yeah, er hat es erkannt, genau wie ich.* »Aber, Punkt eins, wenn Sie sich verkaufen wollen, müssen Sie selbstbewusster auftreten. Sagen Sie, was Sie wollen und seien Sie sich dessen bewusst, was Sie können.«

»Ähm, noch selbstbewusster?« Mir fehlten die Worte. Erteilte er mir gerade eine Lektion in Sachen Jobverhandlung mit dem Chef?

»Sie hören schon richtig. Ich sehe mich als Ihren Mentor und als solcher möchte ich, dass Sie durchstarten. Ich habe zwei potenzielle Artikel. Sie haben allerdings nur diese eine Chance. Die Branche ist unerbittlich und jeder will ein Stück vom Kuchen abhaben. Wenn Sie da bestehen wollen, müssen Sie mehr Biss zeigen.« Wie ein wütender Tiger fletschte er die Zähne, um das Gesagte zu verdeutlichen.

»O-kay«, entwich mir und ich starrte ihn an.

»Am Samstag ist ein Konzert in der Jungen Garde. *Revolverheld.* Kennen Sie die?«

Machte er Witze? »Das ist zufällig meine Lieblingsband«, gestand ich und nickte hastig, darum bemüht, nicht direkt vor lauter Vorfreude auszurasten.

»Wunderbar, dann wäre das der erste Artikel, der pünktlich nächsten Montag früh auf meinem Tisch liegt.«

»Und der zweite?«, fragte ich rasch nach. Nicht dass er den am Ende noch vergaß, zu erwähnen.

»*City TV* hat einen neuen Moderator. Junger Typ, war wohl mal ein Mister irgendwas. Ich will ein Portrait in der Juli-Ausgabe. Denken Sie daran, Merle, das ist Ihre Chance, allen hier zu beweisen, dass Sie es draufhaben. Dass Sie sich durchbeißen und alle anderen hinter sich lassen. Ich weiß, dass Sie das können.«

Noch während er sprach, hatte er sich bereits erhoben und mit den Händen auf dem Tisch abgestützt. Seine letzten Worte waren von einem eindringlichen Blick begleitet, bevor er mir lächelnd zuzwinkerte und den Konferenzraum verließ.

»Danke, Harald. Ich werde mein Bestes geben.«

»Davon bin ich überzeugt«, hörte ich ihn noch sagen, dann fiel die Tür zu.

***

»O mein Gott, ist das wahr? Wie cool, ich wusste, dass du es rockst, Süße«, quietschte Helene am Abend durchs Telefon, als ich ihr erzählte, dass ich diese zwei Artikel schreiben sollte.

Es war wirklich eine großartige Chance und ich war so dankbar dafür. »Ja, ich kann es selbst kaum glauben. Ich freu mich total, Leni.« Ich tanzte durch mein kleines Wohnzimmer, in dem heiße Luft stand. Aber das war mir gerade egal. Mir war nach Feiern zumute. »Übrigens habe ich zwei Freikarten für das Konzert am Samstag. Du kommst doch mit?«

»Als ob du mich zwei Mal fragen müsstest. Natürlich komme ich mit. Die leckeren Revolverhelden lasse ich mir doch nicht entgehen.« Helene lachte am anderen Ende und ich stimmte ein.

Nachdem ich aufgelegt hatte, suchte ich in meinem Handy die Playlist mit der Musik der Band und drehte die Lautstärke des Bluetooth-Lautsprechers bis zum Anschlag hoch. Sollte die ganze Stadt hören, was für gute Laune ich hatte.

In meinem Freudentaumel recherchierte ich ein wenig über die Band und sah mir Bilder vergangener Konzerte an. Ich hatte sie schon einmal live im Großen Garten gesehen, damals als sie ihr *MTV Unplugged* Album promoted hatten. Und es war eines der besten Konzerte, das die Stadt je erlebt hatte.

Ich beschloss, meine Arbeit diese Woche auf diesen Artikel zu fokussieren. Unbedingt wollte ich Haralds Test bestehen, damit er mir mehr zutraute. Nächste Woche würde ich mich dann in Ruhe dem Interview widmen.

Kapitel 3

Die Hitze war in den letzten Tagen nicht weniger geworden und hatte sich wie eine dicke Schicht über den Kessel der Stadt gelegt. Die Luft flirrte regelrecht. Schenkte man dem Wetterbericht Glauben, stand uns wohl einer der heißesten Sommer bevor, den Dresden je erlebt hatte.

Von meiner Wohnung aus erreichte man den Konzertplatz im Großen Garten bequem zu Fuß. Die Junge Garde war eine der schönsten, wenn nicht sogar die schönste Freilichtbühne hier in der Stadt. Sie war in den fünfziger Jahren erbaut worden und ihre Architektur erinnerte an ein antikes Theater. Die Sitzreihen waren im Halbkreis angeordnet und von nahezu jedem Platz aus hatte man gute Sicht auf die Bühne.

Wenn im Sommer hier Konzerte stattfanden, tummelten sich auch allerhand Menschen auf den Wiesen rundherum. Es wurde gegrillt, gefeiert und getanzt, weil man die Musik auch außerhalb gut hören konnte. Aber sehen konnte man nur, wenn man eine der knapp fünftausend Eintrittskarten ergattert hatte. Und ich wollte sie sehen – die Jungs von *Revolverheld*.

»Ach du Scheiße«, stießen Helene und ich gleichzeitig aus. Wir hatten den Stadtpark gerade erst betreten, und schon war das Ende der Schlange, die bis zum Einlass anstand, allgegenwärtig.

»Das darf ja nicht wahr sein«, murmelte ich und sah auf die Uhr. Zwar hatten wir reichlich Zeit eingeplant, aber ich wollte vorher noch etwas essen und die Vorband nicht verpassen. *Julian Le Play* war nämlich mindestens genauso gut wie der Hauptact des heutigen Abends.

»Warte mal«, raunte ich meiner Freundin zu und griff nach ihrem Handgelenk. »Komm mit.« Gleich darauf zog ich sie an der Menschenschlange vorbei.

»Was hast du denn vor?«

»Ey, hinten anstellen, ja«, hörte ich jemanden keifen.

»Eben. Vordrängeln ist scheiße«, rief jemand anders.

»Merle, was wird das, wenn es fertig ist?«, bohrte auch Helene weiter.

»Zufällig ist deine Freundin Journalistin und heute Abend beruflich hier.« Kurz bevor wir den Einlass erreicht hatten, zog ich meinen Presseausweis aus der kleinen Handtasche.

Dem Securitytypen hielt ich das laminierte Stück Papier unter die Nase und deutete auf Helene. »Sie gehört zu mir.«

Der robuste Kerl, der mindestens zwei Meter groß war, beugte sich zu mir hinab. Musterte erst den Ausweis, dann mich, dann meine Freundin.

»Okay. Ihr könnt durch. Viel Spaß«, sagte er schließlich in gepflegtem Sächsisch.

»Ganz easy, oder?« Lachend knuffte ich meine Freundin in die Seite und zog sie zum nächsten Bratwurststand. »Ich geb einen aus, zur Feier des Tages.«

»Na, das nehme ich doch gerne an. Sag Herrn Harald bitte liebste Grüße, er darf dich jetzt immer zu Konzerten schicken.« Helene kicherte und nahm ihre Bratwurst entgegen. »Wollen wir ganz vor?«, nuschelte sie mit vollem Mund.

»Klar. Ich will in die erste Reihe. Hautnahe Berichterstattung und so.«

Sie nickte und wir setzten uns in Bewegung. Ein leichtes Kribbeln fuhr durch meine Magengegend, als wir am oberen Rand der Sitzreihen standen. Ich mochte diesen Ort so sehr, er war magisch, bestach durch seine fabelhafte Akustik und Konzerte in diesem Rahmen fühlten sich fast schon familiär an.

»Dann los, lass uns die erste Reihe entern«, jauchzte Helene fröhlich, während ich mir einige Strähnen meiner schulterlangen rotblonden Haare hinters Ohr streifte. Was hatte mich gleich nochmal davon abgehalten, meine Haare hochzustecken? Aus irgendeinem Grund musste ich sie unbedingt offen tragen und hatte es schon bereut, als ich zu Hause die Kühle des alten Treppenhauses hinter mir gelassen hatte. Es war unfassbar heiß und ich fragte mich, wann endlich der Regen kam, der seit Tagen vorhergesagt wurde. Der Wettergott lachte sich vermutlich ins Fäustchen und amüsierte sich darüber, wie dumm wir Menschen doch waren, dass wir glaubten, das Wetter vorhersehen zu können.

Helene hatte es besser mit ihrem Bob, der knapp über ihr Kinn reichte. Ihre Haare klebten nicht schweißnass im Gesicht und sahen immer top gestylt aus.

Die Junge Garde füllte sich im Handumdrehen und das Stimmengewirr um uns nahm rasch zu. Ich liebte die Atmosphäre bei Konzerten, wenn alle aufgeregt darauf warteten, dass es endlich losging. Wenn die Abendsonne ihre letzten Strahlen verschickte, bevor die Bühnenbeleuchtung so richtig zur Geltung kam.

Pünktlich um acht brach verhaltener Jubel aus, als die Vorband auf der Bühne erschien. Ich mochte sie sehr, konnte aber nur erahnen, wie schwer man es haben musste, wenn man im Schatten der eigentlichen Hauptattraktion stand, auf die alle hinfieberten.

Helene und ich wippten im Takt der Musik, die im Verhältnis noch recht leise aus den riesigen Lautsprecherboxen links und rechts der Bühne über den Platz schwappte. *Julian Le Play* sang von Rollercoastern, Steinen im Meer, Sternen und irgendwie ging es immer um die Liebe. Ich mochte die Texte der Songs und oft genug spiegelten sie meine Gefühlswelt wider.

»Ich hole uns noch ein Radler, okay?« Es wurde schon lauter um uns herum und ich musste Helene regelrecht ins Ohr schreien. »Verteidige unseren Platz mit Leib und Leben.«

»Hoffentlich findest du wieder zurück«, entgegnete sie mit Blick auf die Menschenmenge hinter uns.

Für einen Moment wurde mir flau im Magen und ich überlegte, ob es wirklich sinnvoll war, sich jetzt da durch zu kämpfen. Aber lieber sofort als nachher, wenn *Revolverheld* auf der Bühne war, da wollte ich unbedingt vorne stehen und nicht an einem der Getränkewagen, die sich an den Seiten befanden.

Also nickte ich kurz und machte mich auf den Weg. Es war beschwerlich, aber ich kam ganz gut durch. Glücklicherweise war an dem Wagen nicht viel los, und ich konnte mit zwei Radler in den Händen schnell den Rückweg antreten. Von mittlerer Höhe machte ich die ungefähre Richtung aus, in der Helene stand, und fuhr die Ellenbogen aus. Bereit, mir den Weg freizumachen, um rechtzeitig wieder an Ort und Stelle zu sein.

Es klappte gut, einige machten mir sogar freiwillig Platz. Vermutlich half mein finsterer Blick, den ich vorsichtshalber aufgesetzt hatte. Einige pöbelten rum, aber die ließ ich links liegen, im wahrsten Sinne des Wortes.

Ich war fast am Ziel und wähnte mich schon in Sicherheit, als ein Typ vor mir ins Taumeln geriet und einen Schritt zurückging. Genau auf mich zu. Ein Ausweichmanöver war unmöglich und die randvollen Becher gerieten gefährlich ins Wanken. Der Typ lachte laut auf und stolperte rücklings genau in mich und meine Radler hinein, die sich gleich darauf sintflutartig über seinen Rücken ergossen.

Wie versteinert stand ich da und konnte kaum fassen, was eben passiert war. Die klebrige Flüssigkeit, die sich bis gerade eben noch in zwei Pappbechern befunden hatte, verteilte sich in diesem Moment gleichmäßig auf dem T-Shirt des Mannes und sorgte dafür, dass sich der graue Stoff dunkel verfärbte und an seinem athletischen Rücken klebte.

»Hey ... Scheiße! Kannst du nicht aufpassen?«, blaffte er mich an, nachdem er sich umgedreht hatte. Angewidert zupfte er an seinem Shirt und funkelte mich mit seinen braunen Augen an. Sein eindringlicher Blick irritierte mich, sodass ich mich erst kurz sammeln musste, um die Sache klarzustellen.

»Entschuldigung, aber *ich* bin nicht in mich hineingelaufen«, entgegnete ich trotzig.

»Geht's noch? Du hast mir dein scheiß Bier über den Rücken geschüttet. Pass auf, wo du hinläufst, Kleine. Darfst du überhaupt schon Bier trinken? Wie alt bist du? Fünfzehn?« Er lachte hämisch auf und drehte sich um, um den Blick eines anderen Typen zu erhaschen, der ebenfalls feixte. Auch eine Frau mit platinblond gefärbten Haaren drehte sich kichernd zu uns und rief: »Der war gut, ha ha ha.«

Wie angewurzelt stand ich da und lieferte mir ein oskarreifes Blickduell mit ihm. »Ich bin ... Ach egal, Arschloch«, zischte ich schließlich, löste meine Augen von seinen und machte mich schnell vom Acker.

»Blöde Kuh«, hörte ich Blondie hinter mir meckern und beschloss, dass sie eine tragende Rolle in meinem ersten Artikel bekommen würde.

Als hätte ich eben gegen mindestens zehn Gladiatoren gekämpft, erreichte ich endlich wieder den Platz in der ersten Reihe. Ich war durchgeschwitzt, völlig fertig und hatte noch immer das herablassende Grinsen des Blödmannes vor Augen. Ach, und zu trinken hatten wir natürlich auch nichts.

»Wo warst du denn die ganze Zeit? Und wo sind unsere Radler?«, rief Helene und sah mich fragend an. Die Spielzeit der Vorband war inzwischen fast vorbei, schade, dass ich nur die Hälfte mitbekommen hatte.

»Mich hat so ein Idiot angerempelt und die Radler haben sich auf seinem Rücken verteilt. Ich hatte keine Lust mehr, mich nochmal durch die Massen zu kämpfen.«

»Okay, macht nichts. Geschieht dem Typen recht. Sah er wenigstens gut aus?« Sie legte ihren Kopf leicht schräg und grinste.

»Was weiß ich. Ich bin beruflich hier, nicht auf privater Männerschau.«

Gott sei Dank kam meine beste Freundin nicht mehr dazu, mir weitere Fragen zu stellen, denn mit donnerndem Getöse kamen die Jungs von *Revolverheld* auf die Bühne gehechtet und legten sofort los. Gekreische, tosender Applaus, die Beats ihrer Musik und die unverkennbare Stimme von Johannes Strate, dem Leadsänger, nahmen mich ein und übertrugen sich wie von selbst auf jede einzelne meiner Fasern.

Ich tanzte und sang, als gäbe es kein Morgen. Und ich wusste, dass, wenn es ein Morgen gab, ich dann keine Stimme mehr hatte.

Die Junge Garde kochte und das Blut in meinen Adern ebenso. Alles in mir vibrierte im Takt der Rockmusik. Als die Jungs der Band den finalen Song einläuteten, konnte ich kaum glauben, dass gerade zweieinhalb Stunden vergangen waren.

Mit *Lass uns gehen* beendeten sie das Konzert, das mich emotional so mitgerissen hatte. Bei den letzten Takten hatte ich Gänsehaut, fröstelte, obwohl es immer noch gut und gern fünfundzwanzig Grad waren. Wie berauscht folgte ich den Beats und sang laut mit. Die Menschenmenge um uns herum schien wie elektrisch aufgeladen, wie ein brodelnder Kessel, der explodierte, als das Konzert in einem fulminanten Finale endete. Riesige Luftballons landeten im Publikum, wurden von einem zu anderem geschoben, um gleich darauf wieder in die Luft oder zurück auf die Bühne zu fliegen, wo im gleichen Moment knallbunte Luftschlangen aus einer Art Kanone geschossen wurden. Es war atemberaubend, sensationell und würde mir auf ewig in Erinnerung bleiben.

Jeden noch so kleinen Eindruck dieses grandiosen Abends saugte ich in mich auf, damit auch ja nichts verloren ging. Ich war wild entschlossen, den besten Artikel zu schreiben, den Harald je über ein Konzert gelesen hatte.

Kapitel 4

Den ganzen Sonntag hatte ich damit verbracht, an dem Artikel zu feilen, den ich noch in der Nacht nach dem Konzert geschrieben hatte. Die Aufgabe, meine Emotionen und das Geschehen vor Ort in eine bestimmte Anzahl von Wörtern zu packen, war gar nicht so einfach. Ich hatte geschrieben und gelöscht und wieder geschrieben und wieder gelöscht. Mehrmals. Während ich die Songs meiner Lieblingsband in Dauerschleife im Ohr hatte, überarbeitete ich das Geschriebene, bis ich fand, dass das Ergebnis zufriedenstellend war und ich es meinem Chef per E-Mail schicken konnte.

»Auf ein Wort«, sagte Harald Neubert am Montagmorgen, nachdem ich die Redaktion betreten hatte. Wie passend das Wortspiel doch war. Sein Blick war ernst, als er mich in sein Büro zitierte und mein Magen begann zu flattern. Was, wenn ich seine Erwartungen nicht hatte erfüllen können?

Am liebsten hätte ich ihn mit »Und, und, und? Wie finden Sie den Artikel? Der ist gut geworden, oder?« überfallen. Doch ich zog es vor, mich auf einen der zwei Sessel vor seinem Schreibtisch zu setzen und abzuwarten, was er von mir wollte.

Eine Augenbraue hochgezogen, nahm er den Artikel zur Hand, den er ausgedruckt hatte, und sah mich über den Rand des Blattes hinweg immer wieder an.

Gott, er machte es so spannend. Konnte er nicht einfach sagen, wie schlimm es war?

»*Revolverheld* – vier Hamburger Jungs bringen die *Junge Garde* zum Kochen«, las er die Überschrift meines Artikels schließlich vor und legte das Papier wieder auf dem Tisch ab.

Nervös rutschte ich hin und her und kaute auf meiner Unterlippe. War ich gestern noch siegessicher, dass Beste abgegeben zu haben, überkamen mich jetzt Zweifel. Mein Herz pochte unsicher bis zum Hals.

»Das ist gut«, hörte ich endlich seine Worte, die mich aus meiner Schockstarre erlösten.

»Wirklich?«, fragte ich leise nach, weil ich kaum glauben konnte, was ich da hörte.

»Ja, wirklich. Der Artikel ist gut. Die Emotionen kommen gut rüber, man spürt den Spaß und die Musik. Es ist, als wäre man dabei gewesen. Wir müssen noch etwas kürzen, aber das wird dem Inhalt keinen Abbruch tun.«

»Gott, Harald, Sie haben mich aber ganz schön auf die Folter gespannt.« Erleichtert atmete ich hörbar aus. Meine feuchten Handflächen rieb ich an meinem Kleid ab, was angesichts der gefühlten fünfzig Grad völlig sinnlos war.

Mein Chef lachte auf. »Sie haben das gut gemacht, Merle. Aber ehrlich gesagt, habe ich nichts anderes von Ihnen erwartet.«

»Das freut mich. Vielen Dank.« Ich spürte, wie sich die Hitze in meinem Gesicht verteilte, als wäre mir nicht schon warm genug.

»Haben Sie sich auch schon mit Fabian Brandl befasst?«, wollte Harald wissen, nachdem er meinen Artikel zur Seite geschoben hatte.

»Ähm, mit wem bitte?« Ich ahnte, wen er meinte, und schimpfte innerlich mit mir selbst, weil ich Artikel Nummer zwei während des Wochenendes vollkommen aus den Augen verloren hatte.

»Der neue Moderator beim *City TV*. Ihre zweite Chance, sich zu behaupten. Haben Sie schon den Termin fürs Interview gemacht?« Harald hatte sich in seinem schwarzen Ledersessel zurückgelehnt, seine Brille abgesetzt und einen der Bügel zwischen die Zähne geklemmt. Sein Blick ruhte auf mir und ich hatte das Gefühl, dass seine Erwartungen an mich vielleicht doch höher waren, als ich geglaubt hatte.

»Also ... Nein, ich wollte mich zuerst voll und ganz auf das Konzert konzentrieren.«

»Okay. Verstehe ich. Und da es Ihr erster Artikel war, gestehe ich Ihnen einen Kükenbonus zu.«

»Küken…was?« Mit großen Augen sah ich ihn an, was ihn auflachen ließ.

»Kükenbonus. Sie sind eine der jüngsten Mitarbeiterinnen und fangen gerade erst an, der Welt zu zeigen, was Sie können. Aber den gibt es nur einmal.«

»Ah. Okay. In Ordnung. Ich werde mich sofort um Fabio Brandner kümmern.« Ich nickte heftig und erhob mich. Diesen Kükenbonus, was auch immer er damit meinte, brauchte ich gewiss nicht. Das Interview war ein Klacks und schnell im Kasten.

»Brandl.«

»Hm?«

»Er heißt Fabian Brandl.«

»Ach so. Ja. Ich bin schon unterwegs.«

»Sie haben eine Woche Zeit. Und Ihre Kolumne brauche ich natürlich trotzdem bis Mittwoch. Kriegen Sie das hin?« Über den Rand seiner Brille hinweg sah Harald mich abwartend an.

»Natürlich.« Ich versuchte, so resolut wie nur möglich zu wirken und beschloss, mich sofort an die Arbeit zu machen.

»Machen Sie am besten gleich einen Termin aus. Frau Hanke vom Sender weiß Bescheid, dass Sie sich melden.«

Okay. Er hatte also bereits seine Beziehungen spielen lassen und wartete nur darauf, dass ich mitzog. Den Gefallen wollte ich ihm gern tun, wenn es dadurch für mich auf der Karriereleiter bergauf ging.

»In Ordnung. Bin schon so gut wie bei der Arbeit. Gibt es Vorgaben? Fragen, die ich im Interview stellen sollte?«

»Nein. Keine Vorgaben. Sie haben freie Hand für eine halbe Seite. Mit Foto versteht sich.«

Ich nickte abermals, verließ mit klopfendem Herzen das Büro meines Chefs und steuerte meinen Schreibtisch an, der sich in der hintersten Ecke des Großraumbüros befand und wo mein reizender Kollege Olaf schon auf mich wartete.

Mit vor der Brust verschränkten Armen saß er mit einer Pobacke auf der Tischkante und grinste mich an.

»Na, Puppe, biste aufgestiegen? Machste jetzt einen auf Journalistin?«

Ich antwortete nonverbal, indem ich meine Augen zusammenkniff und die Stirn runzelte, während ich mich an ihm vorbeiquetschte, um mich zu setzen.

»Ey, ehrlich, wie kommt's denn, dass Neubert dich befördert?« Mit seiner Zunge beulte er eine Wange aus und ich drehte angewidert mein Gesicht weg.

Olaf war einer dieser Durchschnittstypen, die es zu tausenden gab. Ich schätzte ihn auf Anfang bis Mitte dreißig und wusste faktisch nichts über ihn. Während meiner Zeit des Volontariats hatte er immer wieder versucht, bei mir zu landen, wollte ständig mit mir ausgehen. Doch ich hatte ihn jedes einzelne Mal abblitzen lassen, er war einfach nicht mein Typ. Seitdem benahm er sich mir gegenüber eher feindselig und ließ kaum eine Gelegenheit aus, mich in meine Schranken zu weisen.

»Ich würde jetzt gern arbeiten, wenn es dir nichts ausmacht«, entgegnete ich emotionslos und würdigte ihn keines Blickes. Stattdessen fuhr ich meinen Laptop hoch und fischte mein Notizbuch aus meinem Rucksack.

»Ach, und weil du mir jetzt das Interview wegschnappst, glaubste, du bist was Besseres?« Olaf hatte anscheinend nicht vor, mich in Ruhe arbeiten zu lassen. »Den Brandl sollte ich nämlich eigentlich interviewen.«

Jetzt sah ich ihn doch an. Seine Augen waren zu schmalen Schlitzen verengt. Mit verächtlichem Blick schoss er einen Giftpfeil nach dem anderen ab.

»Na und? Du bist Fotograf, ich wüsste nicht, warum du jemanden interviewen solltest. Klär das mit Harald.«

»Pf, geht dich nichts an. Und ich muss gar nichts klären. Ich warte einfach darauf, dass du es gründlich verkackst, damit ich wieder im Spiel bin.«

Arrogantes Arschloch. Ehrlich. Was bildete der sich denn bitte ein?

»Bleib einfach bei deiner Mecker-Kolumne und überlass die richtige Arbeit den richtigen Journalisten.« War ja klar, dass er noch einen draufsetzen musste.

»Na, dann pass nur auf, dass du mit deinem Verhalten nicht Inhalt meiner Kolumne wirst. Das geht ganz schnell, und meckern kann ich echt gut.«

Damit war das Gespräch für mich beendet und auch Olaf hatte verstanden, dass es besser war, sich zu verpissen.

»Touché«, hörte ich von einem der Kollegen aus dem Hintergrund, was mich grinsen ließ. Für einen kleinen Augenblick fühlte ich mich tatsächlich überlegen.

Olaf war wieder zu seinem Platz getrottet. Der Typ hatte mächtig Probleme. Es war wirklich besser, wenn er hinter seiner Kamera blieb. Ich hoffte nur, dass Neubert nicht auf die Idee kam, ihn mit zu dem Interview mit Brandl zu schicken. Das käme einer Naturkatastrophe mittleren Ausmaßes gleich.

Schnell schrieb ich Harald über das interne E-Mail-Programm eine Nachricht und fragte, wer mir für die Fotos mit Brandl zur Verfügung stand. *Kai wird Sie begleiten. Sagen Sie Bescheid, sobald Sie den Termin haben. H.N.*, antwortete er schnell und ich schmunzelte. Er unterzeichnete seine E-Mails immer mit seinen Initialen, als ob man anhand der E-Mail-Adresse nicht wüsste, wer das geschrieben hatte.

Er war so nett, mir auch gleich die Telefonnummer der Fernsehredaktion mitzuschicken, die ich gleich darauf in das Handy tippte. Frau Hanke meldete sich schon nach dem ersten Klingeln.

»*City TV*, Hanke am Apparat, was kann ich für Sie tun?«

»Ähm, hallo Frau Hanke. Hier ist Merle Schön von der *Auf ein Wort in Dresden.* Ich würde gern ...«

»Ja, Frau Schön, hallöchen. Ihr Anruf wurde mir schon angekündigt«, unterbrach sie mich freudig plappernd und ich fragte mich, welche Weichen Harald wohl noch für mich gestellt hatte.

»Dann wissen Sie ja sicher schon, worum es geht? Wann hätte Herr Brandl denn Zeit für das Interview?«, fragte ich und klopfte mir selbst auf die Schulter, weil ich mich über die Maßen professionell anhörte.

»Nun ja, wissen Sie, Frau Schön, Herr Brandl hat heute seinen ersten Tag bei uns. Also wollen wir ihn nicht direkt überfallen. Aber ich denke, Ende der Woche können wir ihn ...«

»Überfallen?«, fiel ich ihr jetzt lachend ins Wort.

»Ja, genau.« Sie lachte mit und war echt sympathisch.

»Dann machen wir das am Freitag. An welche Uhrzeit hatten Sie gedacht?« Ich zückte bereits Stift und Kalender, um mir den Termin zu notieren.

»Lassen Sie mich mal schauen. Er hat um zehn Uhr die erste Aufnahme, die geht ungefähr eine Viertelstunde mit allem Drum und Dran. Dann um zwölf wieder. Also entweder kommen Sie zwischen den beiden Aufnahmen oder am Nachmittag?«

Kurz überlegte ich. Mist, ich hatte Helene versprochen, mit ihr ins Freibad zu gehen, wenn es so heiß blieb. Andererseits brauchte ich ja nicht den ganzen Nachmittag und würde meine Fragen auch zwischen den beiden Aufnahmen stellen können.

»Wie wäre es mit halb zwölf am Freitag?«, schlug ich vor.

»Ja, das passt wunderbar. Ich trage es so ein und informiere Herrn Brandl darüber, okay?«

»In Ordnung, ich freue mich.«

Wir verabschiedeten uns, und ich kringelte mir den Termin mit einem roten dicken Filzstift im Kalender ein.

Mein erstes Interview und dann gleich noch mit einem Fernsehstar.

Kapitel 5

Es war erst Dienstag und die Woche wollte einfach kein Ende nehmen. Zudem hatte der Wettergott anscheinend beschlossen, uns Menschen auf der Erde im wahrsten Sinne des Wortes schmoren zu lassen.

Die Temperaturen kratzten an der Vierzig-Grad-Marke und das bereits Anfang Juni. Irre. Schon am frühen Morgen knallte die Sonne auf die Stadt, als würde sie sich darauf freuen, uns zu kochen.

Ich war zeitig aufgestanden, hatte mir einen kalten Tee, der noch von gestern Abend übrig war, eingeschenkt und mich an meinen Schreibtisch gesetzt. Durch die geöffneten Fenster kam etwas frische Luft in meine Dachgeschosswohnung.

Nachdem ich meinen Laptop hochgefahren hatte, gab ich auch gleich den Namen meines ersten Interviewpartners in die Suchmaschine ein. Fabian Brandl. Dem Nachnamen nach schien er kein Sachse zu sein.

Als erstes fand ich einen Eintrag vom *City TV*, in dem der Sender ihn als neuen Moderator vorstellte. Und wow, sogar einen eigenen Wikipedia-Eintrag konnte er vorweisen. Respekt.

Mit der Maus fuhr ich über den Bildschirm und klickte instinktiv auf die Bildersuche. Um etwas zu erkennen, beugte ich mich nach vorn und sofort wurden meine Augen größer. Ach du meine Güte! Mein Herz begann zu rasen. Das konnte doch gar nicht sein. Fabian Brandl war der nasse Bierrücken.

Schnaufend ließ ich mich zurück in die Lehne meines Drehstuhls fallen und schlug die Hände vors Gesicht. Na, das konnte ja heiter werden. Wie ein Film spulte sich die Szene vom Konzert vor meinen Augen ab und seine herablassenden Sprüche waren allgegenwärtig. Und er war der neue Wettermann beim lokalen Fernsehsender? Den sollte ich interviewen?

Okay. Ich atmete tief durch, wie ich es im Yoga gelernt hatte. Mit geschlossenen Augen einatmen, wieder ausatmen. Ein. Aus. Bis ich mich etwas beruhigt hatte und den Wikipedia-Eintrag öffnete.

Fabian Brandl war achtundzwanzig Jahre alt und stammte ursprünglich aus München. Die erste Frage drängte sich damit förmlich auf, gestellt zu werden. Was hatte ihn wohl dazu veranlasst, von München nach Dresden zu ziehen?

Laut dem Eintrag war er vor zehn Jahren sogar zum Mister München gekürt worden und hatte dann einen Werbevertrag mit einer Kosmetikfirma für ein Jahr. Studiert hatte er, aber nirgendwo wurden Details dazu erwähnt.

Ob er eine Freundin hatte? So unverschämt gut, wie er aussah, war er ganz bestimmt kein Single.

Ich klickte auf den Pfeil zurück und landete wieder bei all den Fotos. Während ich meine Teetasse an die Lippen führte, betrachtete ich eines nach dem anderen und vergrößerte schließlich eines davon. Auf dem Bild saß er lässig an einer Wand lehnend, trug ein schwarzes Shirt und Jeans. Seine dunklen, fast schwarzen Haare waren kurz, aber keineswegs akkurat frisiert. Im Gegenteil, mit dem verstrubbelten Schopf sah er aus wie ein Teenager, der gerade aus dem Bett gefallen war. Seine Augen waren geschlossen, wie schade. Dafür war sein Mund zu einem unglaublich schönen Lachen verzogen, das schneeweiße Zähne entblößte. Lachfältchen hatten sich um seine Mundwinkel gebildet und sein Kinn bedeckte ein dezenter Bartschatten.

Mir wurde immer wärmer, während ich das Bild betrachtete und noch größer zoomte. Seine ebenmäßigen und doch markanten Gesichtszüge ließen ihn so sympathisch wirken. Ganz anders, als ich ihn vor ein paar Tagen beim Konzert erlebt hatte.

Mein Blick glitt zu seinem Körper, zumindest zu dem, was auf dem Foto noch andeutungsweise zu erkennen war. Er saß im Schneidersitz und hatte die Arme locker vor der Brust verschränkt. Die Ärmel seines Shirts waren nach oben gerutscht und lenkten meine Augen auf seine muskulösen Oberarme und die sehnigen Hände.

»Puh«, stieß ich leise aus und lehnte mich zurück. Schweiß war mir auf die Stirn getreten und das lag gewiss nicht nur an den Temperaturen. Dieser Typ war heiß. Und er war ein Arsch. »Okay, Merle. Beschränken wir uns auf die Fakten«, sprach ich weiter mit mir selbst und notierte mir einige Fragen, bevor ich mir mein Handy schnappte, um meiner besten Freundin zu schreiben.

Merle: Hast du heute Abend Zeit? Wir müssen zusammen fernsehen.

Helene: Ach, müssen wir das? Was schauen wir denn? Bin um sieben da.

Ihre Antwort kam prompt, als hätte sie auf ihrem Telefon gesessen und auf meine Nachricht gewartet. Ich bestätigte die Zeit mit einem Daumen nach oben.

Inzwischen war es heiß in meiner Wohnung geworden. Unter dem Dach zu wohnen war Fluch und Segen gleichermaßen. Zwar konnte ich aus dem Kippfenster in meinem Schlafzimmer auf die bewaldeten Hänge am anderen Elbufer sehen, allerdings kochte ich im Sommer in meiner eigenen Suppe. Trotzdem liebte ich es, hier zu wohnen. Ich mochte den Altbau mit seinen hohen Räumen und stuckverzierten Wänden. Meine Wohnung wies zwar nichts davon auf, allerdings war beim Ausbau des Dachbodens, den ich bewohnte, darauf Wert gelegt worden, die alten Balken zu restaurieren und freizulegen.

Wieder und wieder ertappte ich mich dabei, wie ich zum Bildschirm meines Laptops linste und Fabian Brandl betrachtete, wie er da lachend an der grauen Betonwand lehnte.

Am Nachmittag arbeitete ich an meiner Kolumne für die nächste Ausgabe des Magazins, damit ich diese morgen bei Harald auf den Tisch legen konnte. Meine Finger flogen nur so über die Tastatur, während ich mich über die Hitze der letzten Tage ausließ. Passenderweise hieß meine Kolumne *Merle meckert* und ich hatte einen Ruf zu verlieren, wenn ich darin plötzlich nett war. Also schimpfte ich, was das Zeug hielt und schwor, den Wetterfrosch der Prinzessin zum Fraß vorzuwerfen, sollte es sich nicht endlich etwas abkühlen.

Kurz vor neunzehn Uhr klappte ich zufrieden den Laptop zu. Morgen früh würde ich den Artikel noch einmal lesen, bevor ich ihn Harald zukommen ließ. Das machte ich immer so, weil mir manchmal noch etwas einfiel, was ich ändern oder ergänzen konnte.

Pünktlich um sieben klingelte es an der Tür, die ich öffnete, ohne an der Gegensprechanlage nachzufragen, wer da war. Schnaufend stand ein paar Minuten später Helene vor der Tür, bepackt mit Eis und einer Flasche Prosecco.

»Scheiße, wohnst du schon immer so weit oben?«, lachte sie und wischte sich mit dem Unterarm den Schweiß von der Stirn.

»Ungefähr seit einem Jahr. Komm rein. Willst du vielleicht erstmal duschen oder so?«

»Wieso? Rieche ich komisch?«

Ich verdrehte kichernd die Augen. »Nein, aber es hätte ja sein können.«

»Mir geht's fantastisch, aber das Eis sollte vielleicht nochmal ins Kühlfach. Das war schneller hier hochgelaufen als ich.«

Im Wohnzimmer ließ sich Helene auf meine Couch fallen und fächelte sich Luft zu, während ich das Eis ins Kühlfach legte und den Prosecco öffnete.

»Verrätst du mir jetzt, was so wichtig im Fernsehen ist? Wo du doch eigentlich so wenig fernsiehst?«, bohrte sie und ich spürte die Hitze in meinen Wangen. Unsicher, ob das von der Wärme draußen oder dem ansehnlichen Typ in meinem Kopf kam, kniff ich die Augen zusammen.

»Also, ja. Es ist so. Irgendwie müssen wir ...«

»Herrgott, nun mach es nicht so spannend, Merle. Was müssen wir?«, fiel mir Leni ins Wort.

»Wir müssen heute mal *City TV* gucken.«

Für einen Moment herrschte Stille in meiner Dachgeschosswohnung, bevor meine Freundin in lautes Gelächter ausbrach.

»What? Was müssen wir? *City TV*? Kommt da was mit Theo James, oder was?«

»Nein, es ist ... Also, es ist für die Arbeit. Recherche, wenn man so will.« Ich schüttelte den Kopf und schaltete den Fernseher ein, um alle Programme durchzuzappen, bis ich endlich beim Lokalsender angelangt war, wo gerade die Nachrichten über den Bildschirm flimmerten.

»Recherche. Okay. Ich will alles wissen.« Leni gab sich betont ernst und griff nach einem der beiden Proseccogläser.

»Nachdem mein Artikel über das Konzert so gut ankam, soll ich nun Fabian Brandl interviewen. Ein Interview, verstehst du, was das bedeutet?« Ich war völlig euphorisch und hoffte, Leni würde das teilen. Auch wenn ich wusste, dass dieses Interview die härteste aller Proben werden würde.

»Hey, das ist fantastisch, ich freu mich so für dich. Darauf trinken wir. Auf das Interview, auf dich und darauf, dass du irgendwann ganz groß rauskommst. Ich weiß, dass du es schaffen kannst.«

Mit Schwung knallte sie ihr Glas gegen meines und wir beide tranken einen großen Schluck der halbkalten Prickelbrause.

»Danke, Leni, das bedeutet mir viel. Die Sache ist nur die ...«

»Und jetzt, meine Damen und Herren, begrüßen Sie mit mir unseren neuen Wettermoderator Fabian Brandl.« Die Wangen der Nachrichtensprecherin waren von einer zarten Röte überzogen, und ich war mir sicher, dass es bei ihr nicht an der Hitze im Studio lag. Gleich nach ihrer Ankündigung schwenkte die Kameraeinstellung auf den neuen Sender-Schönling, in den vermutlich bald die halbe Stadt verknallt war.

»Hoffentlich hat er heute bessere Aussichten im Gepäck«, murmelte ich, während Herr Brandl schon dabei war, in feinster, hochdeutscher Manier das Wetter des Tages zusammenzufassen. Als hätten wir das alle verpasst. Er trug einen cappuccinofarbenen Anzug, darunter ein Hemd, bei dem die oberen Knöpfe geöffnet waren. Sein Haar war akkurat gestylt und ich fragte mich, ob er in diesem Aufzug nicht schwitzte und wie er es schaffte, so unfassbar gut auszusehen.

»Gott, der ist so schön.« Auch meine beste Freundin war ihm sofort verfallen und himmelte ihn an. »Schau ihn dir doch mal an. Wer interessiert sich da noch dafür, ob es regnet oder schneit oder wir alle verglühen?« Ihr Blick war unerschütterlich an den Fernseher geheftet.

»Tropft da Sabber aus deinem Mund? Iiiihhh«, neckte ich sie und lachte laut auf, als sie mich völlig empört ansah.

»Natürlich nicht. Aber dir könnte es auch nicht schaden, wenn du weniger immun gegen derartige Reize wärst«, frotzelte sie zurück.

Innerlich musste ich zugeben, dass Fabian Brandl tatsächlich ein echter Hingucker war, aber das würde ich ihr nicht auf die Nase binden. Sie käme nur wieder auf dumme Ideen. Ich brauchte keinen Mann in meinem Leben. Auf all die Beziehungsprobleme, die ich nur aus Hochglanz-Magazinen kannte, konnte ich verzichten und kam ganz gut alleine klar. Ich hatte meinen Job, auf den ich mich voll und ganz fokussierte.

Verstohlen betrachtete ich den Moderator trotzdem weiter. Die braunen Augen wurden von meterlangen Wimpern umrahmt, bei der jede Frau neidisch auf die Knie fiel. Seine Nase war nicht zu groß und nicht zu klein. Aber der absolute Hammer waren seine Lippen, deren Anblick ich mich nur schwer entziehen konnte. Sie wirkten so weich und einladend, dazu der Schimmer eines gepflegten Dreitagebartes drum herum. Der Mann war ein echter Hingucker. Durchtrainiert noch dazu, denn Hemd und Sakko waren sehr körpernah geschnitten und ließen einen gestählten Körper vermuten. Wie er wohl unter seiner bestimmt wahnsinnig teuren Klamottenschale aussah?

»Na, wer sabbert denn jetzt, hm? Wo bist du mit deinen Gedanken, Merle?« Helene kicherte schon wieder und hatte mich damit aus meinen Gedanken gerissen. »Du hast den aber gerade ganz schön angeschmachtet«, fuhr sie unbeirrt fort und ich zuckte mit den Schultern.

»Er ist derjenige, den ich interviewen soll«, sagte ich, ohne auf ihre Bemerkung einzugehen. Die Augen meiner Freundin wurden tellergroß und ihr Mund öffnete sich leicht, während sie wie ein kleines Kind in die Hände klatschte.

»Eeecht? Das ist ja ein Sechser im Lotto«, rief sie freudig. »Das wird das beste und coolste Interview, das die Welt je gesehen hat. Also, gelesen hat, meine ich.«

»Nun übertreib mal nicht. Der ist auch nur ein Mensch.«

»Ach was, der Typ ist ein Bild von einem Mann und ich verwette meinen Hintern darauf, dass dich die gesamte Damenwelt um diesen Termin beneidet.«

»Na, wer's glaubt ...«

»Aber mal ehrlich, würde der vor mir stehen, ich würde ihn einfach küssen. Diese Lippen … Mann, da kommt man schon auf seltsame Gedanken.« Sie wackelte belustigt mit den Augenbrauen.

»Ich weiß echt nicht, was du an dem findest. Er ist kein bisschen sexy. Und seine Lippen sind doch garantiert aufgespritzt.« Kopfschüttelnd setzte ich mich neben sie auf die Couch und sah wieder auf den Fernseher, in dem Fabian gerade die Temperaturen für morgen vorhersagte. Wieder fünfunddreißig Grad. Bingo. Gleichzeitig stöhnten wir beide genervt.

»Nun übertreib mal nicht. Ich bin mir sicher, du würdest ihn auch nicht von der Bettkante schubsen. Hab ich recht?« Meine Freundin beugte sich zur Seite und knuffte mich lachend in die Seite.

»Bist du verrückt? Ich küsse doch keinen Wetterfrosch«, stieß ich völlig empört aus, während ich mich innerlich mit dem Gedanken auseinandersetzte, wie sich wohl seine Lippen auf meinen anfühlen würden.

Lachend klopfte sich meine Freundin auf die Oberschenkel, bevor sie das Weinglas nahm und es laut klirrend gegen meins stieß.

»Auf die Wetterfrösche. Und wer weiß, vielleicht würde dieser sich sogar als Prinz entpuppen«, prustete sie und nickte mit gerunzelter Stirn.

»Ganz bestimmt nicht. Ich bin ihm schon begegnet und mit einem Prinzen hat er gar nichts gemeinsam.« Ich war ernst geworden und starrte in mein Glas, wo die Blubberbläschen meines Getränks Fangen spielten.

»Waaas? Wann? Wo? Wie? Verdammt, warum weiß ich davon nichts?«, stieß Helene aus.

»Weil ich selber erst seit heute weiß, dass ich ihm beim Konzert neulich unsere Radler über den Rücken gekippt habe.« Geräuschvoll stellte ich mein Glas auf dem kleinen Holztisch vorm Sofa ab.

»Scheiße. Der war das?«

»Japp.« Ich nickte lediglich, während meine Freundin ihre Nase krauszog.

»Na, dann sag ihm liebe Grüße. Er schuldet uns zwei Getränke.«

Kapitel 6

Mein Magen zog sich unangenehm zusammen bei dem Gedanken daran, dass ich in wenigen Stunden diesem Wetterheini gegenübersitzen würde. Die halbe Nacht hatte mich dieses Interview um den Schlaf gebracht und ich fühlte mich wie von einem Bus überfahren, als ich am Morgen aufgestanden war. Dass es schon wieder so heiß war, trug ebenso dazu bei, dass ich mich nicht sonderlich wohl in meiner Haut fühlte.

Mit einer Tasse lauwarmem Kaffee stand ich vor meinem Kleiderschrank, der voll war mit *nichts anzuziehen*. Bügel für Bügel unterzog sich geduldig meiner Prüfung, bis ich schließlich zielgerichtet nach einem luftigen Etuikleid griff. Es war weiß mit bunten Blüten, ärmellos und hatte einen U-Boot-Ausschnitt. Meine Haare steckte ich zu einem lockeren Knoten am Hinterkopf zusammen und fand, dass ich durchaus seriös aussah.

Wieder und wieder ging ich im Kopf all meine Fragen an Fabian Brandl durch. Ich wollte nicht eine von vielen sein, die ihn interviewten. Vielmehr wollte ich als die ernstzunehmende Journalistin auftreten, die ich endlich werden wollte.

Die Morgenstunden vergingen viel zu schnell und wenn ich pünktlich sein wollte, musste ich mich auf den Weg machen. Mit dem Fahrrad brauchte ich ungefähr eine halbe Stunde, plus eine Viertelstunde, die ich als Zeitpuffer eingeplant hatte. Man konnte schließlich nie wissen, was einen unterwegs erwartete.

Schnell stopfte ich mein Notizbuch in meinen Rucksack und schaute noch einmal auf die Uhr. Start frei.

Die Kühle, die mich im Treppenhaus empfing, verpasste mir einen regelrechten Frischekick und ich tanzte beschwingt die Stufen hinab. Doch schon mit dem Öffnen der Haustür hatte ich das Gefühl, gegen eine dicke Wand zu laufen. Die Hitze war fast schon unheimlich und wenn man dem Wettermann Glauben schenken wollte, war keine Änderung in Sicht.

Mein Rad stand abgeschlossen in einem der Fahrradständer, die zu unserem Haus gehörten. Noch während ich den Schlüssel in das Schloss steckte, glitt mein Blick zum Vorderreifen, der ungewöhnlich schlapp aussah.

»O nein! Scheiße! Was ist das denn, verdammt?«, fluchte ich in allerfeinster Manier, als ich den schlappen Reifen als platt enttarnte. Na, das hatte mir ja gerade noch gefehlt. Gestern war der doch noch tadellos in Ordnung gewesen. Frustriert atmete ich geräuschvoll aus und ging in den Keller, um eine Luftpumpe zu suchen, mit der ich gleich darauf zu meinem kaputten Drahtesel zurückkehrte.

Der Schweiß tropfte mir von der Stirn, als ich versuchte, den Reifen wieder mit Luft zu füllen, was völlig vergebens war. Denn ich hörte das leise Zischen und wusste, sie entwich so, wie ich sie reinpumpte. Und tatsächlich entdeckte ich beim genaueren Hinsehen den großen Schlitz im Mantel und hielt mir die Hand vor den Mund.

»Wer macht sowas?«, fragte ich mich selbst und schüttelte den Kopf. »Warum schlitzt man Fahrradreifen auf?«

Ich erhob mich und für einen Moment war mir nach Heulen zumute. Zwar hatte ich einen minimalen Zeitpuffer eingeplant, aber ich wusste, dass der nicht reichen würde, um pünktlich zu sein. Mit der Straßenbahn brauchte ich mindestens eine halbe Stunde und bis zur Haltestelle auch noch mal ein paar Minuten. Mit einem Taschentuch tupfte ich mir die Stirn trocken und sah auf die Uhr. Mist, wenn ich hier noch länger herumtrödelte, konnte ich den Termin gleich ganz sausen lassen.

Mir blieb nichts anderes übrig, als zur Bahn zu rennen. Warum passierte immer mir so etwas? Und warum ausgerechnet heute, wo es drauf ankam, dass ich pünktlich war?

Völlig durchgeschwitzt erreichte ich die Haltestelle und sah der Linie, in die ich hätte einsteigen müssen, gerade noch hinterher. So ein Mist aber auch. Nochmal zehn Minuten weg.

Die Zeit nutzte ich, um Frau Hanke in der Redaktion des Senders Bescheid zu sagen, dass ich mich ein paar Minuten verspäten würde.

»Kein Problem, Frau Schöne«, sagte sie freundlich und ignorierte mein abgehetztes Keuchen.

»Schön.«

»Ja, schön. Wir freuen uns auch auf Ihren Besuch.«

»Nein, ich meinte Schön. Mein Name ist Schön. Nicht Schöne.« Genervt verdrehte ich die Augen. Das passierte mir so oft.

»Ach so, ja natürlich, Frau Schön. Bis nachher.« Sie legte auf und endlich kam meine Straßenbahn.

***

»Na, was war denn bei Ihnen los? Jetzt wird es aber knapp«, begrüßte mich Frau Hanke aufgeregt mit wedelnden Armen, nachdem ich mich bei ihr angemeldet hatte.

»Fragen Sie nicht.« In Anbetracht der hochsommerlichen Temperaturen war ich durchgeschwitzt. Mein Make-up hatte gelitten. Das Kleid hatte einen Fleck vom Fahrrad-Schmieröl. Ich war viel zu spät und fühlte mich zudem noch miserabel. Alles in allem war der Tag für mich jetzt schon gelaufen, schlimmer konnte es eigentlich nicht mehr kommen. Doch ich ließ mir nichts anmerken und stand der guten Dame, die schon etwas älter war und eine silbergrau gefärbte Dauerwelle hatte, gegenüber und winkte ab. »Mein Fahrrad hatte einen Platten, die Bahn kam ewig nicht. Sie kennen das sicher, Murphys Gesetz hat mal wieder zugeschlagen. Aber jetzt bin ich ja da. Wo steckt Herr Brandl denn?«

Suchend sah ich mich in dem kleinen Vorraum um und entlockte Frau Hanke damit ein Schmunzeln.

»Herr Brandl hat noch genau zehn Minuten für Sie, Frau Schön. Dann muss er ins Studio. Er wartet in seiner Garderobe auf Sie. Den Gang runter und die vierte Tür links.« Sie zeigte von ihrem Schreibtisch aus in den Flur, der von dem Zimmer abging und ich folgte ihrer Handbewegung.

»Okay, dann wollen wir keine Zeit verlieren.« Ich raffte meine Sachen zusammen und eilte davon.

»Vorsicht! Stu ... fe«, hörte ich sie hinter mir noch rufen, doch ihre Warnung kam zu spät, denn ich war bereits ins Straucheln geraten.

So beladen wie ich war, mit Rucksack, Laptop und Notizbuch in der Hand übersah ich den Absatz am Anfang des Flurs und trat ins Leere. Ich verlor ordentlich das Gleichgewicht und ruderte, so gut es ging, mit den Ellenbogen. Aber das Unterfangen war aussichtslos. Ich knickte mit dem Fuß um und würde hinfliegen, wie ein nasser Sack auf dem Boden landen und zum Gespött der Redaktion werden.

Aus dem Augenwinkel sah ich jemanden auf mich zueilen, der mich freundlicherweise davor bewahrte, Bekanntschaft mit dem blauen Teppichboden zu machen. Sein Arm schnellte nach vorn und griff nach meiner Schulter, der andere nach meinem Ellenbogen. Aus dem Straucheln wurde ein Schwanken, bis ich mich schließlich wieder gefangen hatte.

»Hoppla.« Vorsichtig hob ich meinen Kopf und war direkt mit seinem breiten Grinsen konfrontiert. »Na, das ist ja gerade noch mal gutgegangen.«

Ich spürte die Hitze, die förmlich in meine Wangen schoss und meinen Kopf, der ohnehin schon ganz weich war, fast zum Überkochen brachte.

»'Tschuldigung. Danke«, murmelte ich und versuchte, wieder zu meiner ursprünglichen Fassung zu gelangen. Die der selbstsicheren Journalistin, die hier hereinmarschieren und den neuen Star interviewen wollte.

»Kein Problem. Geht es Ihnen gut? Haben Sie sich verletzt?«

Ich schüttelte den Kopf, unfähig, in einem vollständigen Satz zu antworten. Der Typ machte mich ganz nervös. Er sah ziemlich gut aus. Dunkle, verstrubbelte Haare, die wirkten, als wäre er gerade erst aus dem Bett gefallen. Ein leichter Bartschatten zierte sein Kinn und die untere Hälfte der Wangen. Sein Lächeln entblößte weiße, schnurgerade Zähne. Er war um einiges größer als ich und von recht stattlicher Statur. Wirklich sehr ansehnlich.

»Haben Sie sich sattgesehen?«, witzelte er und sah mir direkt in die Augen.

»Ähm, 'tschuldigung.«

»Sie wiederholen sich.«

»Ich weiß, 'tschuld... Sie sind nicht Herr Brandl, richtig?«

»Woher wissen Sie das nur?« Sein Blick wurde eindringlicher und er kam ein paar Zentimeter näher in meine Richtung, sodass ich sein Parfum riechen konnte, das ziemlich aufdringlich in meine Nase stieg. Es war viel zu lieblich für einen Mann, fast schon süß. Urghs.

»Wo finde ich ihn denn? Wir sind verabredet«, erwiderte ich und ließ seine schnippische Bemerkung unkommentiert.

»Ach, Sie sind die Kleine von der Zeitung, stimmt's?« Mit dem Zeigefinger tippte er völlig übertrieben an seine Schläfe, als hätte er die Idee des Jahrhunderts gehabt.

»Genau. Und als die würde ich jetzt gern zu Herrn Brandl.«

»Ich bin Tom, sein Assistent. Und als der rate ich Ihnen, die Beine in die Hand zu nehmen, denn Herr Brandl wartet nicht gern.«

Seine Stimme war bedrohlich leise geworden und er hatte sich gefährlich nahe zu mir gebeugt, bevor er demonstrativ auf seine klobige Armbanduhr sah.

»Du hast genau sieben Minuten.«

»Okay, danke«, war alles, was mir dazu einfiel. Ich wich seinem bohrenden Blick aus und drückte mich an ihm vorbei.

Zwar war der Gang breit genug, aber er hatte sich mir so angenähert, dass ich unmöglich ohne Körperkontakt an ihm vorbeikam.

»Ich bring dich lieber hin. Nicht, dass du womöglich noch über eine der Teppichkanten stolperst und dir das Genick brichst.« Seine Mundwinkel verzogen sich zu einem überaus süffisanten Grinsen und plötzlich war ich mir nicht mehr sicher, ob er wirklich so nett war, wie ich es anfangs empfunden hatte. Doch bevor ich mir darauf selbst eine Antwort geben konnte, hatte er meinen Arm gegriffen.

»Willst du hier Wurzeln schlagen? Komm schon. Fab hat Termine.« Mit kleinen Schritten tippelte ich hinter ihm her. »Fab?«

»Fabian. Brandl.«

»Natürlich.« Ich nickte wissend, während sich mein Herzschlag enorm beschleunigte. Innerlich hoffte ich, dass der Wettermann etwas netter war als sein Assistent.

Ohne zu klopfen stürmte Tom die Garderobe.

»Schau, wen ich im Flur aufgegabelt habe«, feixte er und ließ sich auf ein kleines Sofa fallen, das in der Ecke gegenüber der Tür stand. Daneben befand sich so etwas wie ein Schreibtisch, an dem Herr Brandl saß und mir den Rücken zugewandt hatte. Er schien schwer beschäftigt zu sein.

»Guten Tag, Herr Brandl. Ich bin ...«, ich räusperte mich. Das Herz schlug mir bis zum Hals, dass ich kaum sprechen konnte. Außerdem saß mir die Zeit im Nacken. Verdammt.

Herr Brandl erhob sich und strich sich die dunkelblaue Chinohose glatt. *Ich würde umkommen in langen Hosen*, dachte ich. Aber ganz bestimmt war das Studio klimatisiert. Erst dann drehte er sich um und sein eindringlicher Blick traf mich völlig unvermittelt.

Ohne ein Wort zu sagen, setzte er bedächtig einen Fuß vor den anderen, bis er unmittelbar vor mir stehenblieb.

»Zu spät«, sagte er lediglich und fixierte mich mit seinen Augen, die aussahen wie flüssiges Karamell. Er trug ein weißes Hemd, dessen Ärmel er nebenbei hochkrempelte. Ziemlich leger für einen Fernsehmoderator.

»Entschuldigen Sie, ich hatte ...« Ich beschloss, dass es egal war, warum ich zu spät war. Jetzt war ich ja hier und wollte die Zeit noch nutzen, um meine Fragen loszuwerden. »Merle Schön.« Ich schüttelte mich innerlich und streckte ihm dann meine Hand entgegen. Sein Blick glitt zu meinen Fingern, die darauf warteten, von seinen umschlossen zu werden. Dann wieder zu meinem Gesicht, in dem ich mir ein Lächeln abrang.

»Schön.«

»Ja, das ist mein Name. Merle Schön. Und ich hätte da ein paar Fra...«

Ich zuckte zusammen, als er doch noch nach meiner Hand griff und vergaß, was ich sagen wollte. Die Wärme seiner Berührung auf meiner Haut schoss wie ein Stromstoß durch meinen Körper, dass ich das Gefühl hatte, ich würde gleich leuchten wie eine Glühbirne. Starke Finger umfassten meine und hielten sie einen Moment länger fest, als es nötig gewesen wäre.

»Ich mag schöne Sachen. Und ich würde furchtbar gern mit Ihnen plaudern. Leider lässt mein Zeitplan das nicht zu.«

Mein Blick war auf seine Lippen geheftet, während seine Augen sich in meine Seele bohrten. Seine Mundwinkel zuckten leicht, als wollte er gleich lauthals loslachen, was mich noch mehr verunsicherte.

Scheiße. Servierte er mich gerade ab? Die Erkenntnis sickerte zähflüssig in mein Hirn. Keine Zeit. Kein Interview. Keine zweite Chance.

»Ich ... ähm, nur kurz. Herr Brandl, wie sind Sie ...« Ich versuchte es trotzdem.

Wenigstens zwei oder drei Fragen konnte er mir doch beantworten.

»Du musst ins Studio, Fab«, meldete sich nun auch Tom zu Wort.

»Ich weiß. Geh schon mal rüber, ich komme gleich.« Fabian Brandl sprach mit seinem Assistenten, ohne den Blick auch nur eine Sekunde von mir abzuwenden. Aus dem Augenwinkel sah ich, wie Tom das Zimmer verließ und noch etwas murmelte, was ich nicht verstand.

»Schicken Sie Ihre Interviewfragen an Frau Hanke oder an Tom. Dann antworte ich schriftlich«, wandte er sich gleich darauf wieder kühl mir zu.

»Schriftlich? Nein, das geht nicht. Wir brauchen ein Foto und überhaupt.« Per E-Mail, das ging ja gar nicht.

»Das mit dem Foto hat Ihr Fotograf geistesgegenwärtig erledigt. Der war im Gegensatz zu Ihnen nämlich pünktlich.« Die Arroganz, die in seinem Unterton mitschwang, war wie ein Faustschlag ins Gesicht. Mir fehlten die passenden Argumente, um zum Gegenschlag auszuholen.

»Aber ich ...«, versuchte ich es dennoch stammelnd und hielt gleich wieder den Mund.

»Wer zu spät kommt, muss sich mit dem begnügen, was er kriegen kann, Merle.« Der Mann, der noch immer viel zu dicht vor mir stand, zuckte mit den Schultern und legte den Kopf leicht schräg, während ich meinen schon hängenließ. Und die Schultern gleich mit.

»Es tut mir leid, wirklich. Ich kann auch warten«, versicherte ich in einem neuen Anlauf.

»Ich habe im Anschluss noch weitere Termine, die ich nicht verschieben kann. Auch wenn ich es durchaus schön finde, dass Sie dazu bereit wären.« Das Wortspiel mit meinem Nachnamen blieb nicht unbemerkt. Auch dass er dabei mit den Augenbrauen gewackelt hatte, war mir nicht entgangen.

»E-Mail an Frau Hanke«, wiederholte er mit tiefer Stimme. »Ich melde mich dann bei Ihnen. Jetzt muss ich aber wirklich los. Hat mich gefreut, Merle Schön.«

Während er die letzten Worte sprach, legte er seine Hand auf meinen Oberarm und ich zuckte kurz zusammen. Als er sich dann an mir vorbeidrängelte und mir zuzwinkerte, war es vorbei. Es war reine Körperbeherrschung, dass ich nicht vor ihm in Tränen ausbrach. Doch ich spürte schon, wie sie hinter meinen Lidern darauf warteten, meine Wangen zu fluten.

»Okay. Ich ... Ich melde mich«, wisperte ich. Dann blickte ich Herrn Brandl hinterher, wie er mit schnellen Schritten den Flur hinabeilte. Er hatte einen wirklich knackigen Hintern. Eine Tatsache, die mich wohl heute nicht mehr retten würde.

Plötzlich hielt er inne und drehte sich noch einmal zu mir um, kam sogar ein paar Schritte zurück.

»Sagen Sie, Frau Schön, kennen wir uns von irgendwoher?« Der dunkle Klang seiner Stimme hallte durch den Gang, und mir wurde übel bei dem Gedanken daran, dass er mich anscheinend erkannt hatte.

Dennoch schüttelte ich den Kopf. »Ich schätze, das wüsste ich«, entgegnete ich.

»Okay, hätte ja sein können. Machen Sie es gut.« Er wandte sich von mir ab und eilte mit schnellen Schritten zu einer Tür, über der bereits eine rote Lampe wie verrückt blinkte.

Mit Müh und Not schaffte ich es, die Tränen zurückzuhalten, bis ich das Gebäude fluchtartig verlassen und mich draußen auf eine Bank gesetzt hatte. Schniefend kramte ich in meiner Handtasche auf der Suche nach einer Packung mit Taschentüchern.

Ich hatte es gründlich verkackt und keine Ahnung, wie ich das meinem Chef beibringen sollte.

Kapitel 7

»Verdammt, ich bin so blöd«, schimpfte ich mit mir selbst und schniefte geräuschvoll. Wie hatte das nur so schiefgehen können? Dieses bescheuerte Fahrrad war daran schuld. Wäre der platte Reifen nicht gewesen ...

Jetzt hatte ich kein Interview und demnach auch keine zweite Chance, die Harald mir gegeben hatte. Ich war erledigt und begann, gedanklich meinen Schreibtisch zu räumen. Dass mein Chef mir Zugeständnisse machte, glaubte ich nicht.

Ich fischte mein Telefon aus dem Rucksack und schrieb dem Fotografen eine Nachricht.

Merle: Hallo Kai, vielen Dank, dass du wenigstens das Foto gerettet hast! Liebe Grüße, Merle

Kai: Merle, wo zur Hölle warst du? Ist was passiert? Geht es dir gut? Hast du das Interview? Grüße, Kai

Für einen Moment überlegte ich, in welcher Reihenfolge ich seine Fragen beantworten sollte. Die Schluchzer hatten inzwischen nachgelassen, und die Hilflosigkeit, die mich vorhin übermannt hatte, hatte sich in Wut und Ärger über mich selbst umgewandelt. In meinem Bauch grollte es. Aber vielleicht war das auch der Angst zuzuschreiben, meinem Chef und meinen Kollegen unter die Augen zu treten. Besonders Olaf würde sich doch ins Fäustchen lachen, wenn er mitbekam, was passiert war.

Merle: Erzähle ich dir, wenn ich wieder in der Redaktion bin. Bis dann.

Ich schnäuzte meinen Ärger in ein Papiertaschentuch, das ich wegwarf, bevor ich mich erhob und zur Haltestelle schlurfte, um wieder in die Redaktion zu fahren.

Das gleichmäßige Ruckeln der Straßenbahn, die über das Gleisbett im alten Kopfsteinpflaster ratterte, beruhigte mich. In Gedanken wog ich meine Möglichkeiten ab. Ich war Journalistin. Und ich wollte endlich ernst genommen werden. Das Konzert und dieses Interview waren meine Chancen, Harald Neubert zu beweisen, dass ich mehr draufhatte, als einmal im Monat in einer Kolumne zu wettern. Doch fünfzig Prozent von diesen Möglichkeiten hatte ich gründlich vermasselt. Ich hatte keine Ahnung, ob er mich das ausbügeln lassen würde, oder ob er den Auftrag einfach anderweitig vergab – an jemanden mit mehr Kompetenzen.

Mit hängenden Schultern betrat ich das Redaktionsgebäude, in dessen Glasfassade sich die Sommersonne spiegelte. Es lag mitten in der Stadt, unweit der Elbe. Aus den oberen Etagen hatte man einen fantastischen Blick auf die Elbwiesen und einen Teil der historischen Altstadt. Wenn im Juli und August die Filmnächte am Elbufer stattfanden, ein Open-Air-Event, bei dem es etliche Konzerte gab und wo Kinofilme gezeigt wurden, arbeiteten wir alle gerne länger, weil der Schall bis zu uns rüber schwappte.

»Scheiße, Mann, wo warst du?« Kai hatte mich am Fahrstuhl abgefangen. Vorsichtig, aber bestimmt fasste er meinen Oberarm und zog mich in den Gang daneben. »Das war deine Chance, Merle! Die räumt Harald dir kein zweites Mal ein.«

Warum war Kai denn so besorgt?

Er hatte seinen Job doch erledigt und war aus dem Schneider. Mit dem Interview hatte er nichts weiter zu tun.

»Mein Fahrrad hatte einen Platten. Die Bahn kam zu spät und hat ewig durch die Stadt gebraucht, da sind aber auch haufenweise Idioten unterwegs, die auf den Schienen parken müssen ...«

»Einen Platten? Warum hast du mich nicht angerufen? Ich hätte dich mitnehmen können.« Kai sah mich mit großen Augen an. Seine dunkelblonden Haare hatte er zu einem Zopf im Nacken gebunden. Er war immer braungebrannt, als wäre er gerade aus einem Südseeurlaub gekommen, und er überragte mich um einen ganzen Kopf. Er hatte etwas von einem Surfer-Typen und war im Herzen ein guter Mensch. So einer, mit dem man Pferde stehlen und in den Sonnenuntergang reiten konnte. Oder surfen. Helene kam mir in den Sinn. Ganz bestimmt wäre Kai genau ihre Kragenweite. Was, wenn ich die beiden einfach verkuppeln würde?

»Merle?«, ermahnte mich Kai.

»Ich ... ähm ...« Mist, ich hatte nicht daran gedacht, ihn anzurufen. War ich wirklich so naiv, zu glauben, dass ich alles alleine schaffen musste?

»Mensch Merle, du bist ganz schön naiv.« Kai schüttelte den Kopf. »Ich kann nur hoffen, dass Neubert Gnade walten lässt.«

Bei seinen Worten rutschte mein Herz buchstäblich in die Hose. Es schlug wie wild, und plötzlich war ich mir meiner Schuld richtig bewusst. Auf einmal war mir klar, welchen Bockmist ich heute Vormittag fabriziert hatte und wie schwer es werden würde, diesen wieder auszubügeln.

Es war ein Irrtum, als ich dachte, ich hätte mich gefangen, denn erneut lauerten die Tränen hinter meinen Augenlidern und warteten nur auf diesen einen schwachen Moment, in dem sie ungehindert über meine Wangen laufen konnten.

»Nun lass den Kopf nicht hängen«, meinte Kai und ich bewunderte insgeheim seine Geduld. Noch immer stand er vor mir, hielt mich an den Oberarmen fest und sah mich mit eindringlichem Blick an. »Ist ja noch nicht aller Tage Abend.«

»Ganz bestimmt ist es das. Neubert wird mir das Interview entziehen. Vielleicht kriegt Olaf es.« Ich schniefte geräuschvoll und meine Schultern sackten noch ein Stück weiter nach unten.

»Olaf? Spinnst du?« Mit einer Mischung aus Erstaunen und Belustigung über das Gesagte sprach er weiter: »Olaf ist Fotograf und kein Journalist. Warum sollte er ein Interview führen?«

»Weil er es will«, murrte ich. »Weil er es mit aller Macht will.«

»Ach, das ist doch Quatsch, Merle. Das wird Neubert nicht zulassen, das kann er gar nicht verantworten. Da könnten wir genauso gut auch Anke aus der Buchhaltung hinschicken.« Sein Lachen schwappte nur zu einem Bruchteil auf mich über, aber ich gab mich geschlagen. »Du lässt dich davon doch nicht unterkriegen. Wo ist die Merle, die immer und überall mit dem Kopf durch die Wand geht, hm? Jetzt geh da hoch, erzähle dem Boss, was passiert ist und dass du es verdammt noch mal geradebiegen wirst. Ich habe wirklich gute Fotos von Brandl für den Artikel, die will ich nicht umsonst gemacht haben.«

Kai zwinkerte mir aufmunternd zu und schob mich zurück zum Fahrstuhl. Mit einem leisen Zischen öffneten sich die Türen und wir stiegen ein, um in die sechste Etage zu fahren.

»Danke«, sagte ich kleinlaut. »Ich gebe mein Bestes.«

»Ich habe nichts anderes erwartet.« Geradezu tänzelnd verließ Kai vor mir den Lift, und ich überlegte kurz, vielleicht doch wieder nach unten zu fahren und nach Hause zu gehen.

Aber aufgeben war keine Option. Eine Schön gab nicht auf. Nie. Ich hatte mir in den Kopf gesetzt, allen zu beweisen, was ich konnte. Steine waren nicht dafür da, um vor ihnen stehen zu bleiben und zu kapitulieren. Sie waren da, um über sie hinweg zu steigen. Möglichkeiten auszuloten, sie aus dem Weg zu räumen.

Gerade als die Fahrstuhltüren sich erneut schließen wollten, holte ich tief Luft, streckte den Rücken durch und setzte einen Fuß vor den anderen. Insgeheim hoffte ich, dass mein verpatzter Auftrag noch nicht durchgesickert war und ich ungeschoren in das Büro des Chefs gelangen konnte.

Es klappte. Mit zitternden Fingern griff ich nach der Klinke und öffnete zaghaft die Tür.

»Merle, Sie sind schon da. Wie war der Termin mit Herrn Brandl? Haben Sie das Interview?«

Sein erwartungsvoller Blick traf mich bis ins Mark. Er hatte all seine Hoffnung in mich gesetzt und gleich würde ich ihm gestehen müssen, ihn enttäuscht zu haben.

»Merle? Ist alles in Ordnung? Sie sind ganz blass.« Mit einer Geste wies er mich an, mich hinzusetzen.

»Herr Neubert, ich ... Harald«, begann ich und hoffte, meine Stimme würde durchhalten. Sie klang dünn und so gar nicht mutig, wie ich es eben noch war, als ich den Fahrstuhl verlassen hatte. Nicht aufgeben. Nicht! Aufgeben!

»Nein, ich habe das Interview nicht. Es tut mir leid.« Ich hielt seinem Blick stand und legte die Hände in den Schoß, bereit, mir seine Standpauke anzuhören oder die Kündigung in Empfang zu nehmen.

»Wie bitte? Sie veräppeln mich doch, Merle.« Harald lachte verunsichert und lehnte sich zurück. Als ich sein Lachen nicht erwiderte, drehte er den Kopf halb zur Seite und musterte mich aus dem Augenwinkel, bevor er sich wieder nach vorn beugte und auf seinem Schreibtisch abstützte. »Es ist Ihr Ernst, oder?«

Ich nickte. »Es tut mir wirklich leid, Harald. Aber mein Fahrrad hatte einen platten Reifen. Die Straßenbahn kam ein paar Minuten zu spät und hat viel zu lange gebraucht, sodass ich zu spät zu dem Termin gekommen bin und Herr Brandl dann leider keine Zeit mehr für meine Fragen hatte. Aber ich kann sie der Sekretärin per E-Mail schicken, das mache ich dann gleich.« Ich hoffte inständig, dass meine letzten Worte ihn besänftigen würden.

Harald stieß geräuschvoll die Luft aus und erhob sich, um mit den Spitzen der Zeigefinger an den Lippen durchs Zimmer zu spazieren.

Es waren gefühlte Minuten, die er mich kommentarlos in der Luft hängen ließ. »Es tut mir wirklich so leid, dass ich Sie enttäuscht habe. Ich mache es wieder gut, versprochen. Ich hänge mich richtig rein, und so etwas wird nie wieder vorkommen.«

Mein Chef kam zu mir und setzte sich auf die Schreibtischkante. Über den Rand seiner Brille hinweg schmunzelte er mich an, bevor er wieder ernst wurde.

»Es ist großer Mist, was passiert ist. Aber so etwas kommt vor. Warum haben Sie Kai nicht angerufen?«

Innerlich verdrehte ich die Augen, denn das wusste ich doch selbst nicht. »Keine Ahnung, in dem Moment war ich so durch den Wind, dass ich daran nicht gedacht habe.«

»Okay. Sie werden aus solchen Sachen lernen, Merle. Zumindest gehe ich davon aus.«

»Natürlich. Wie gesagt, das kommt nicht mehr vor.«

»Sie können die Fragen per E-Mail schicken? Dann machen Sie das. Vielleicht können Sie wenigstens einen Telefontermin vereinbaren.«

Ich nickte und wandte mich schon zum Gehen, als mich eine Frage übermannte, die ich unbedingt noch loswerden wollte.

»Kann ich Sie noch etwas fragen?«

»Natürlich. Jederzeit, das wissen Sie doch.«

»Ähm, also, wie ist das mit Olaf? Er ist doch Fotograf, oder?«

»Ja, richtig. Aber neuerdings hat er wohl Ambitionen, die darüber hinausgehen.«

»Aha, was meinen Sie damit?«

»Er will sich journalistisch einbringen. Aber ganz unter uns, ich glaube nicht, dass er das Zeug dazu hat.«

»Oh. Okay. Also wird er keine Aufträge diesbezüglich erhalten?«

Harald wurde stutzig. »Was genau ist Ihre Frage, Merle?«

»Ach, nichts, es ist alles beantwortet. Vielen Dank für Ihre Zeit.«

Schnell raffte ich meinen Rucksack zusammen und verließ mit eiligen Schritten das Büro, um mich meiner Arbeit zu widmen.

Denn ich war Journalistin. Und eine gute noch dazu.

An meinem Schreibtisch angekommen fuhr ich meinen PC hoch und öffnete das E-Mail-Programm. Eine Flut an eingegangen Nachrichten erwartete mich, die ich später sichten würde.

Erst einmal musste ich meinen Job erledigen und die E-Mail an Frau Hanke vom *City TV* schreiben.

Betreff: Interviewfragen an Herrn Brandl

Liebe Frau Hanke,
ich möchte mich für den verpatzten Termin heute entschuldigen. Wie mit Herrn Brandl besprochen, sende ich Ihnen anbei die Interviewfragen mit der Bitte um Weiterleitung an ihn. Für ein Telefoninterview stehe ich gern zur Verfügung.

Mit freundlichen Grüßen
Merle Schön

Aus dem Dateiverzeichnis suchte ich den Fragebogen heraus und hängte ihn an die Nachricht. In der Grußformel ergänzte ich meine private Telefonnummer, damit mir ein Anruf aus der Redaktion des Fernsehsenders nicht durch die Lappen ging. Den Patzer von heute hatte mir Harald durchgehen lassen. Aber ich war mir sicher, dass ein zweiter grober Fehler unverzeihlich wäre.

Mit einem kleinen Notizbuch fächerte ich mir etwas Luft zu, die hier im Großraumbüro ganz schön knapp war. Diese Hitze war unerträglich und langsam schaffte es auch die Klimaanlage nicht mehr, dagegen anzukommen.

Einen Mausklick später war meine virtuelle Post an Herrn Brandl unterwegs und ich atmete tief durch.

Ich schrak zusammen, als fast im gleichen Moment mein Handy vibrierte. Das konnte doch unmöglich sein, ich hatte die Mail doch eben erst abgeschickt.

Erleichterung machte sich in mir breit, als ich entdeckte, dass es Helene war, die mir eine Nachricht geschickt hatte und wissen wollte, ob wir heute Abend im Schillergarten etwas trinken gehen wollten. Ich sollte ihr unbedingt alles von meinem Termin heute erzählen, schrieb sie noch und ich fühlte mich unbehaglich. Doch ich sagte schließlich zu. Alles war besser, als zu Hause zu sitzen und darauf zu warten, dass der Sender sich meldete.

Kapitel 8

»Und? Erzähl! Wie ist der Wetterfrosch so? Ist er in echt auch so unverschämt gutaussehend wie auf all den Fotos im Internet?« Meine beste Freundin überschlug sich fast vor lauter Neugier, ihre Augen leuchteten regelrecht mit der Abendsonne um die Wette.

Drückende Hitze lag über der Stadt und langsam war es nicht mehr feierlich. Die Haare klebten mir im Nacken und ich hatte das Gefühl, dass es sich gar nicht mehr abkühlte. Das kalte Radler tat unheimlich gut und war eine willkommene Abkühlung in meiner Kehle.

»Nun sag schon, Merle«, bohrte Leni weiter.

»Unverschämt, ja. Und er ist ziemlich arrogant«, antwortete ich lediglich.

»Aber er ist sexy, oder? Ich meine, dieses Lächeln, diese weißen, gleichmäßigen Zähne. Und dieser Body, hallo? Im Internet gibt es Fotos von ihm mit nacktem Oberkörper ...« Sie wischte sich den imaginären Schweiß von der Stirn und lachte. Ich wusste genau, welche Fotos sie meinte.

»Du sabberst schon wieder«, lachte ich zurück.

»Na und? Ich mache kein Hehl daraus, dass ich diesen Typen direkt ins Bett zerren würde. Oder auf die Arbeitsplatte in meiner Küche, oder unter die Dusche ... oder ...«

»Stopp! Hör auf, Leni. Ich habe beruflich mit ihm zu tun und will mir so etwas gar nicht vorstellen.«

»Musst du ja nicht. Aber lass mich doch.«

Erst jetzt erzählte ich ihr, dass ich den Termin gründlich vergeigt hatte. »Mein kaputtes Fahrrad hat alles durcheinandergebracht. Noch dazu die Verspätung der Bahn. Es war alles so chaotisch und dann dieser arrogante Kerl. Ich sag dir, der Tag kann wirklich weg.«

Helene zog eine Augenbraue in die Höhe. Insgeheim bewunderte ich, dass sie das konnte. Wenn ich das versuchte, sah ich aus, wie *Shrek* höchstpersönlich, nur weniger grün.

»Sag mal, hat er dich eigentlich erkannt?«

Ich schüttelte den Kopf. »Nein, ich glaube nicht.«

»Und, wann holt ihr den Termin nach?«

»Wahrscheinlich gar nicht. Der Typ war so überheblich und hat mich förmlich rausgeschmissen. Er war ja sooo wichtig.« Mit wackelndem Kopf äffte ich ihn nach, woraufhin Helene lachend fast vom Stuhl fiel. »Ich durfte meine Fragen immerhin per E-Mail schicken. Vielleicht ist er so gnädig und antwortet sogar.«

»Das macht er bestimmt. Aber wenigstens hast du ihm mal gegenübergestanden und ihm die Hand geschüttelt.«

»Immerhin.«

Damit war das Gespräch über Fabian Brandl beendet und wir widmeten uns den schönen Dingen des Lebens. Essen zum Beispiel. Erst jetzt merkte ich, wie ausgehungert ich war und dass ich, trotz der Hitze, mächtig Appetit auf ein Steak mit Kartoffelecken und Knoblauchdip hatte. Für einen Moment hatte ich tatsächlich in Erwägung gezogen, Helene auf meinen Kollegen Kai anzusetzen – ich fand immer mehr, dass die beiden ein hervorragendes Paar abgeben würden – doch in letzter Sekunde hatte ich diesen Plan über den Haufen geworfen. Wer war ich, dass ich einfach so Schicksal spielen konnte? Das stand mir nicht zu. Vielleicht lud ich beide zu meinem Geburtstag im Herbst ein, das war legitim und mehr Zufall als Schicksal. Ja, das sollte ich auf jeden Fall im Hinterkopf behalten.

»Willst du auch was?«, fragte ich meine Freundin, bevor ich mir meine Geldbörse schnappte, um an der Selbstbedienungstheke etwas zu essen zu holen.

»Zum Essen ist es mir zu warm, aber ein Radler nehme ich gern noch, bitte.«

»Geht in Ordnung.« Zielgerichtet schlenderte ich durch den riesigen Biergarten, der direkt an der Elbe lag und hervorragend besucht war. Kein Stuhl war mehr leer, das Stimmengewirr war lauter als ein Flugzeug. Aber ich mochte die unbeschwerte Atmosphäre an Sommerabenden wie diesen. Noch mehr liebte ich jedoch den Blick auf die Elbe und das Blaue Wunder.

Ich stellte mich in die lange Schlange und freute mich derweil meines Lebens. Dass der Tag doch noch so entspannt enden würde, hatte ich heute Mittag nicht geahnt.

Kurz bevor ich an der Reihe war, schnappte ich mir eines der braunen Tabletts, auf denen man die Teller und Gläser durch den Biergarten balancieren konnte. Ein ziemlich bestimmtes Tippen auf meine rechte Schulter ließ mich herumschnellen und mit dem Tablett gegen Widerstand stoßen.

»Aua«, hörte ich jemanden sagen, während ich noch damit beschäftigt war, die Art des Widerstands zu orten. »Da hätte ich mir jetzt aber eine nettere Begrüßung vorgestellt.«

Die Stimme kam mir bekannt vor und mein Blick glitt langsam von der Hüfte, die in einer blauen, kurzen Hose steckte nach oben. Über einen Oberkörper in weißem T-Shirt. Durchtrainiert und sonnengebräunt. Also der Oberkörper, nicht das Shirt.

Weiter über einen muskulösen Hals bis hin zum Kinn, das sehr markant daherkam. Amüsiert grinsende Mundwinkel kamen zum Vorschein, eine Nase, die gerade richtig groß war. Und dann diese toffeebraunen Augen, die mich anfunkelten, genau wie heute Vormittag ...

»Sie?«, stieß ich empört aus. Vor mir stand niemand geringer als der Wetterfrosch. »Ich, äh, Entschuldigung. Ich wollte Sie nicht anrempeln.«

»Schon klar, war meine Schuld. Ich habe Sie erschreckt.« Von einem versöhnlichen Lächeln begleitet hielt er mir seine Hand hin, die ich nur zögerlich ergriff. Er war so anders, als ich ihn in Erinnerung hatte. So ... nett ... und er sah anders aus. Nicht so geschäftlich, sondern leger, was ihm unheimlich gut stand, fand ich. »Hi, Merle. Schön, Sie wiederzusehen.« Na klar, diesen Wortwitz konnte er sich nicht verkneifen, genauso wenig wie das verwegene Augenzwinkern.

»Hm«, brachte ich gerade so heraus, als ein ursächsisches »Dor näschste, bidde« signalisierte, dass ich meine Bestellung aufgeben musste. Steak mit Kartoffelecken kamen mir plötzlich total unpassend vor.

»Einen Tomatensalat, bitte«, sagte ich und schluckte trocken, das Knurren in meinem Magen ignorierend.

»Sicher, dass das reicht? Sie sehen echt hungrig aus.« Herr Brandl hatte wohl nichts Besseres zu tun, als sich in meine Bestellung einzumischen, was ich mit einem süßsauren Lächeln bedachte.

»Das ist genau richtig, trotzdem danke für Ihre Fürsorge.«

Sein dunkles Lachen ging mir durch und durch, dass ich bei abendlichen dreißig Grad im Schatten eine Gänsehaut bekam.

»Aber gerne doch«, hörte ich ihn hinter mir sagen und spürte seinen Blick auf meinem Rücken. Fast hatte ich das Gefühl, dass er sich auf diesem Weg wie eine Klette an mich heften wollte.

Ich bedankte mich für meinen Salat und zog mit der Schlange weiter zum Tresen, wo es die Getränke gab. Natürlich nicht ohne die Hoffnung, dass Fabian Brandl mich aus den Augen verlieren würde.

Aber weit gefehlt. Keine Minute später stand er erneut hinter mir und der Geruch von frisch gegrilltem Steak mit Kartoffelecken stieg mir in die Nase, dass ich mich unweigerlich umdrehte und auf sein Essen starrte.

»Reicht wohl doch nicht, hm?«, flachste er mit Blick auf mein Tablett, wo eine kleine Schüssel Tomatensalat darauf wartete, in meinen Magen zu wandern. »Sabbern Sie mir nicht auf mein Essen.« Er lachte, und für einen Moment trafen sich unsere

Blicke und verhakten sich ineinander, dass ich glaubte, die Zeit würde stillstehen.

Der Barkeeper erlöste mich schließlich aus dieser Starre, von der ich noch nicht wusste, ob ich sie angenehm fand oder abstoßend. Ich bestellte zwei Radler, die sich gleich darauf zum Tomatensalat gesellten. Der Wetterfrosch tat es mir gleich und folgte mir zur Kasse.

»Warum verfolgen Sie mich?« Ich hatte mich erneut umgedreht und blickte unvermittelt in seine Augen, die im Gegenlicht der Sonne funkelten. Erst jetzt fiel mir die Designer-Sonnenbrille auf, die er über die Stirn in die Haare geschoben hatte.

»Das tue ich nicht. Ich freue mich einfach, Sie in freier Wildbahn zu treffen. So unsicher, wie Sie heute Vormittag gewirkt haben, sind Sie ja gar nicht.«

Pah! Ich und unsicher. Nie im Leben. Der würde mich schon noch kennenlernen.

Ich bedachte ihn mit einem abschätzigen Lächeln und einem giftigen Blick aus zusammengekniffenen Augen.

»Sorry, das war nicht so gemeint.«

»Ja, ja. Sprücheklopfer.«

Völlig unbeeindruckt von seiner Erscheinung wandte ich mich von ihm ab und bezahlte Essen und Getränke. Dass zwei Radler und eine Minischüssel mit Tomatensalat mich knapp fünfzehn Euro kosteten, haute mich fast aus den Flipflops und war ein Thema, das ich sicher in meiner Kolumne aufgreifen würde. Wer dachte sich bitte solche horrenden Preise aus?

»Frau Schön? Merle!« Ich war fast aus seinem Sichtfeld verschwunden, hatte mich schon in Sicherheit gewähnt, als der Wetterfrosch meinen Namen rief. »Warten Sie einen Augenblick. Bitte.«

Genervt verdrehte ich die Augen. Gab der denn nie Ruhe? Trotzdem wartete ich und tippte währenddessen ungeduldig mit dem Fuß auf den Boden. Von Weitem beobachtete ich, wie er mit der Kassiererin flirtete, die daraufhin dunkelrot anlief und sich beschämt wegdrehte. Dann war er trotz des voll beladenen Tabletts schnell bei mir.

»Frau Hanke hat mir Ihre E-Mail weitergeleitet. Nette Fragen haben Sie da vorbereitet.«

»Danke«, erwiderte ich. »Aber ich bin privat hier.«

»Das trifft sich gut. Ich auch. Trotzdem möchte ich Ihnen versichern, dass ich Ihnen gern eine zweite Chance geben möchte.«

Huch. Damit hatte ich jetzt nicht gerechnet und meine Einstellung ihm gegenüber besserte sich schlagartig. »Das ist ja wunderbar. Ich habe meinen Terminkalender nicht hier, aber vielleicht können Sie mich am Montag anrufen, dann sprechen wir etwas ab.«

Herr Brandl grinste lediglich, und mir schwante, dass ich wohl gerade zu siegessicher war.

»Ich habe eine Bedingung«, ließ er mich wissen und in seinen Augen blitzte etwas auf, das ich nicht deuten konnte, das mir aber Hitzeschauer über die Haut jagte und meinen Herzschlag beschleunigte. Ich war so was von unprofessionell. Erbärmlich unprofessionell. Vor allem war es absolut unpassend und inakzeptabel, wie mein Körper auf ihn reagierte. Dass dieser ein dreistes Eigenleben zu entwickeln schien, störte mich gewaltig. Ablenkung dieser Art brauchte ich nicht.

»Eine Bedingung? Wer sind Sie? Christian Grey?« Lachend schüttelte ich den Kopf und wandte mich erneut zum Gehen. »Mir ist gerade nicht danach, mich irgendwelchen hanebüchenen Bedingungen zu unterwerfen«, entgegnete ich trocken und versuchte, die Fassung zu wahren, nachdem die Worte meine Lippen verlassen hatten.

»Ha ha, was für ein Wortspiel in diesem Zusammenhang.« Da war wieder dieses unsagbar verführerische Funkeln in seinen Augen, dem ich nur widerstehen konnte, indem ich meine schloss und den Kopf wegdrehte. »Sie stellen mir zehn Fragen. Zehn. Nicht mehr, nicht weniger. Und ich bekomme im Gegenzug eine Stadtführung mit Ihren zehn Lieblingsplätzen. Na, wie klingt das für Sie?«

»Wie das für mich klingt?« Ich hatte keine Ahnung, wie das für mich klang. Für einen Moment war ich völlig überrumpelt.

»Ähm ... pf ... Nach Erpressung in erster Linie. Und ich lasse mich nicht erpressen. Nur damit Sie das wissen.«

Völlig unbeeindruckt von meiner Abfuhr beharrte er auf seinem Plan. »Geben Sie mir bis Sonntag Bescheid. Wenn Sie dieses Interview wollen, dürfte Ihnen die Entscheidung nicht schwerfallen.« Noch ein schelmisches Augenzwinkern. Setzte er mich gerade unter Druck? Stellte er mir etwa ein Ultimatum? Wo waren wir denn hier? Und für den unwahrscheinlichen Fall, dass ich seine wahnwitzige Idee auch nur ansatzweise in Betracht ziehen würde, wie sollte ich ihm Bescheid sagen?

»Ihre Telefonnummer stand in der E-Mail, ich habe Ihnen vorhin eine Nachricht geschickt, damit Sie auch meine Nummer haben«, sagte Herr Brandl. Meine Fragen mussten mir auf der Stirn stehen, so sehr brannte sie.

Mir war heiß. Mein Gesicht musste die Farbe von überreifen Tomaten angenommen haben, oder von Granatäpfeln. Warum musterte er mich so eindringlich? So sehr ich es auch versuchte, ich konnte meinen Blick nicht von ihm abwenden.

»Fab!«, rief jemand und sein Kopf ruckte in die Richtung. »Wo bleibst du denn?« Dann sah er wieder zu mir, seine Augenbrauen schnellten in die Höhe. »Sonntag.« Mehr sagte er nicht, dann lief er los, um seinem ungeduldigen Kumpel, der sich als dieser schleimige Tom entpuppte, das Essen zu servieren.

Verdutzt blickte ich ihm hinterher. Vielleicht hoffte ich auch ein wenig, er würde sich noch einmal umdrehen. Aber das tat er nicht. Natürlich nicht. Männer wie Fabian Brandl drehten sich nicht noch einmal um.

Noch immer vollkommen perplex eilte ich zu Helene, die schon völlig aufgelöst auf mich wartete.

»Mensch, wo warst du denn? Ich wollte gerade die Polizei alarmieren. Wo hast du gesteckt?«, fuhr sie mich etwas zu barsch an.

»Dein Radler, bitte schön. Hast du gesehen, was da oben los ist? Da steht man sich die Beine in den Bauch«, wies ich sie darauf hin, dass hier unheimlich viel los war.

»Okay, danke schön. Ich hab mir nur Sorgen gemacht.«

»Im Biergarten. Um mich.«

»Ja, wenn ich es doch sage. Es kann doch sonst was passieren. Irgendein Idiot rempelt dich an und dir fliegt das ganze Essen auf den Boden und du musst Scherben aufwischen. Was weiß ich.«

Wenn sie nur wüsste. Innerlich lachte ich auf, ein solches Szenario wäre mir deutlich lieber gewesen als die Begegnung mit dem Wetterfrosch.

»Brandl ist hier«, ließ ich sie wissen und versuchte etwas von dem Tomatensalat, der inzwischen viel zu warm geworden war.

»Was?«

»Der Wetterfrosch. Er ist hier. Stand hinter mir in der Schlange.«

»Waaas?«, schrie Helene, dass man es gut und gern auf der anderen Elbseite hören konnte und ich verdrehte die Augen.

»Was hat er gesagt? Holt ihr das Interview nach? Oder geht ihr gleich zu einem Date über?«

»O Gott, Leni, du spinnst ja. Vielleicht kriege ich noch eine Chance, das Interview nachzuholen, ja.«

»Uuuhh ...« Mit ihren Händen machte sie eine wedelnde Bewegung und gleich darauf bekamen wir beide einen Lachanfall.

Fabian Brandl war ziemlich unfreiwillig zum Thema des Abends geworden.

Kapitel 9

Erst spät am Abend war ich zuhause und checkte die Nachrichten auf meinem Handy. Kai wollte wissen, wie das Gespräch mit Neubert verlaufen war. Ich würde ihm am Montag davon berichten.

Dann war da noch diese Nachricht von Herrn Brandl. Oder von *Fab*, wie sein Kumpel ihn rief, was ich irgendwie seltsam fand.

Fabian: Jetzt haben Sie meine Telefonnummer. F. Brandl

Mehr hatte er nicht geschrieben, wie einfallsreich. Am frühen Abend schon, bevor wir uns im Schillergarten begegnet waren. Sollte ich ihm antworten? Noch hatte ich mich nicht entschieden, ob ich auf seine Bedingungen eingehen sollte. Oder vielmehr, ob ich das überhaupt wollte. Stadtführung, Lieblingsplätze ... Konnte er sich nicht einfach in einen der roten Doppeldeckerbusse setzen und eine Stadtrundfahrt machen? Das war super, man konnte jederzeit aussteigen, die Gegend erkunden und wenn man damit fertig war, in den nächsten Bus einsteigen.

Als hätte er geahnt, dass ich gerade seine Nachricht lese, begannen die drei Punkte zu hüpfen und signalisierten, dass er mir schrieb. Augenblicklich warf ich das Handy neben mich auf die Couch, als wäre es ganz plötzlich verseucht oder ein ekliges Alien oder so. Mein Herzschlag holperte ordentlich, als die Nachricht mit dem vertrauten Pling zugestellt wurde.

Mit rasendem Puls und ausgestrecktem Arm griff ich nach dem Telefon und öffnete die Nachrichten-App.

Fabian: Hat mich wirklich gefreut, Sie zu sehen. Und nur für den Fall, dass Sie es in Erwägung ziehen, meinen Vorschlag anzunehmen, werden Sie es nicht bereuen. Fabian

Okay. Er hielt sich nicht mit Höflichkeitsfloskeln auf und kam direkt zur Sache. *Werden Sie es nicht bereuen* ... Was um alles in der Welt meinte er damit? Was würde ich nicht bereuen? Es klang ganz so, als hätte er sonst was mit mir vor. Vielleicht wollte er mich entführen? Vielleicht wollte er mich aber auch einfach nur davon überzeugen, dass er nicht der Kotzbrocken war, für den ich ihn anfangs gehalten hatte. Und noch immer hielt wohlgemerkt.

Merle: Ich habe mich noch nicht entschieden. M. Schön

Ich wollte diese weitere Chance, die Neubert mir gegeben hatte, auf keinen Fall erneut verpatzen. Daher hatte ich kaum eine Wahl, als auf dieses absurde Angebot einzugehen. Auch wenn es sich nicht richtig anfühlte. Aber wie sonst sollte ich an das Interview kommen? Ich traute Brandl durchaus zu, sich stur zu stellen, wenn ich nicht auf seine bescheuerte Idee einging. Und dann würde ich wohl wirklich meine Sachen in der Redaktion packen können. Aber ich war fest entschlossen, Neubert diesen Artikel zu liefern. Und es würde das Beste werden, was ich in meiner bisherigen Karriere verfasst hatte.

In meiner Wohnung war es so verdammt schwül, dass ich keinen klaren Gedanken fassen konnte. Anstatt ins Bett zu gehen, wo ich vermutlich ohnehin keinen Schlaf finden würde, beschloss ich, mir ein lauwarmes Bad einzulassen.

Das Handy nahm ich mit, aber nur, um mir Musik anzumachen. Nur wenig später tönten die Lieder von Roger Cicero durch mein winziges Badezimmer. Ich bedauerte es so sehr, dass dieser fabelhafte Sänger die Erde viel zu früh verlassen hatte. Ich war nie in den Genuss eines seiner Konzerte gekommen, dabei liebte ich seine Musik und seine Stimme.

Mit einem wohltuenden Seufzen ließ ich mich in die Wanne gleiten, wo mich nach Jasmin duftender Badeschaum empfing und meinen Körper umschmiegte wie eine zweite Haut. Das lauwarme Wasser war eine Wohltat nach der drückenden Hitze des Tages. Mit geschlossenen Augen summte ich die Melodie mit und sog tief den blumigen Geruch ein. Unweigerlich tauchte das Gesicht von Fabian Brandl auf und versetzte mich innerlich in Aufruhr.

Sein verwegenes Grinsen. Das Blitzen in seinen Augen, die wie Karamellbonbons leuchteten. Der sportliche Style. Die Sonnenbrille im verstrubbelten Haar. Er war die pure Versuchung auf zwei durchtrainierten Beinen. *Aber vor allem ist er derjenige, dessen Gunst darüber entscheidet, ob du das mit dem Interview hinkriegst oder vermasselst,* schoss es mir durch den Kopf und ich tauchte unter. Ich wollte ihn nicht mehr sehen, keine Musik mehr hören. Unter Wasser waren alle Geräusche gedämpft, selbst meine Gedanken waren nur noch verschwommen.

Nach ein paar Sekunden tauchte ich wieder auf, schnappte nach Luft und wischte mir das Wasser aus den Augen. Ich hatte keine Wahl, wenn ich Erfolg in meinem Job haben wollte. Mit tropfnassen Händen griff ich nach meinem Telefon, um ihm zu antworten.

Merle: Okay, ich akzeptiere Ihre Bedingung. Bitte lassen Sie mir den Termin zukommen. M. Schön

Ich stieß geräuschvoll die Luft aus, die gleich darauf die Wasseroberfläche verwirbelte, bevor ich die Nachricht abschickte.

Fabian: Sehr schön. Ich freue mich auf das Wochenende mit Ihnen und bin auf Ihre Lieblingsplätze gespannt :-)

Seine Antwort kam prompt und brachte mich – wieder einmal – total aus dem Konzept. Wochenende? WOCHENENDE? Ich meinte, hallo? Worüber sprachen wir hier?

Merle: Von einem Wochenende war nie die Rede!

Fabian: Na, wenn Sie es schaffen, mir alles an einem Tag zu zeigen, kann ich auch damit leben.

Meine zehn Lieblingsplätze in der Stadt. Auf Anhieb fielen mir ganz bestimmt drei oder vier ein, fünf vielleicht sogar. Aber zehn? Das war schon etwas schwieriger. In Gedanken versunken starrte ich auf mein Telefon, das plötzlich klingelte. Es war reine Glückssache, dass ich es vor Schreck nicht ins Wasser fallen ließ.

»Hallo?«, nahm ich den Anruf mit zitternder Stimme entgegen.

»Hi, Fabian hier«, ertönte seine tiefe Stimme am anderen Ende.

»Ähm, hi? Ich ... Was? ...«

»Störe ich Sie gerade bei etwas Wichtigem?« Es war nachts halb zwölf, wobei sollte er mich schon stören? Außer beim Baden.

»Nein«, antwortete ich. »Was kann ich für Sie tun?«

»Ich dachte, da Sie noch wach sind und mit mir chatten, können wir genauso gut telefonieren.«

»Haben Sie mal auf die Uhr geschaut?«

»Natürlich. Es ist 23:36 Uhr. Liegen Sie schon im Bett?«

»Nicht, dass es Sie etwas angehen würde, aber nein, ich liege nicht im Bett.« *Ich liege in der Badewanne. Nackt. Wie Gott mich geschaffen hatte. Oder meine Eltern.*

»Na, sehen Sie, dann können wir auch telefonieren. Was machen Sie gerade?« Meine Güte, war der neugierig.

»Ich ... Ich entferne gerade das Unkraut aus meinen Balkonpflanzen, und Sie?«

»Unkraut entfernen. Nachts halb zwölf. Wer's glaubt ...« Sein Lachen donnerte durchs Telefon und ging mir direkt unter die Haut, die sofort angenehm zu kribbeln begann. »Ich habe es mir mit einer Cola auf der Terrasse gemütlich gemacht, genieße die fabelhafte Aussicht und denke an unsere Begegnung vorhin.«

Meine Finger zitterten so sehr, dass mein Handy schon wieder kurz davor war, ins Wasser zu rutschen. Reflexartig griff ich mit der anderen Hand danach, bevor es gänzlich eintauchte.

»Was plätschert denn bei Ihnen so?«

»Die Gießkanne. Ich gieße. Blumen.« Ich räusperte mich lautstark. Warum war mein Hals so trocken? Ich mochte Cola nicht sonderlich, würde aber im Augenblick alles dafür geben, wenn ich eine hier hätte.

Herr Brandl prustete derweil am anderen Ende in sein Telefon, dass mir fast das Trommelfell platzte. »Also, Frau Schön, irgendwie habe ich das Gefühl, dass Sie sich nicht auf Ihrem Balkon befinden. Kann das sein?«

Okay. Er wollte ein Ratespiel? Das konnte er haben.

»Ach nein? Wo bin ich denn Ihrer Meinung nach?«

»Wenn ich es nicht besser wüsste, würde ich sagen, Sie liegen mit einem Glas Wein und etwas leiser Musik im Hintergrund in der Badewanne. Aber das kann ja nicht sein, denn bestimmt würden Sie in so einer Situation nicht den Anruf des bestaussehendsten Moderators der Stadt entgegennehmen.«

Arroganter Schnösel. Auf merkwürdige Weise fühlte ich mich ertappt und Hitze schoss in meine Wangen. Das Herz schlug mir bis zum Hals.

»Sie sind ja ganz schön von sich selbst überzeugt«, stellte ich fest, anstatt auf seine Bemerkung einzugehen.

»Aber ich habe recht, oder?« Ich konnte förmlich hören, wie sich seine Mundwinkel zu einem breiten Grinsen verzogen. Langsam machte es Spaß, mit ihm zu flirten.

»Womit? Dass Sie gut aussehen?«, erwiderte ich lachend und leckte mir über die Lippen, die nach Badeschaum schmeckten.

»Und dass Sie gerade in der Badewanne liegen.«

Für den Bruchteil eines Augenblicks hörte man nur unsere Atemgeräusche und das leise Knistern in der Leitung, das sich immer mehr auf mich übertrug. Ich spürte, wie es förmlich in meinen Blutkreislauf überging und mich zum Kochen brachte.

»Wann sagten Sie gleich nochmal, ist der Nachholtermin für das Interview?« Schnell lenkte ich vom Thema ab, um mir nicht die Blöße zu geben, seine Annahme zu bestätigen.

»Das habe ich noch gar nicht gesagt. Ich war gerade erst dabei, Ihre kleine Notlüge mit den Balkonpflanzen aufzudecken. Aber wir können uns sehr gern nächstes Wochenende treffen. Wo frühstücken Sie am liebsten?« Puh. Der Mann ließ aber auch nichts unversucht.

»Sie machen gern Nägel mit Köpfen, oder?«

»Natürlich. Ich habe es gern konkret«, bestätigte er. »Also?«

Ich überlegte einen Moment, bevor ich antwortete: »Gut. Nächsten Samstag um zehn Uhr im Wilma Wunder. Kennen Sie das?«

»Nein. Ist das der erste Lieblingsplatz auf Ihrer Liste?«

»Das ist ein schönes Café direkt am Altmarkt, nicht zu verfehlen. Und ja, es ist einer von vielen hier in der Stadt.«

»Dann freue ich mich sehr darauf, die restlichen neun Lieblingsplätze kennenzulernen. Vergessen Sie Ihre Fragen nicht bis dahin«, lachte er erneut.

»Wie könnte ich!«

»Gute Nacht, Merle, und schwimmen Sie nicht zu weit raus.«

Er entlockte mir ein Schmunzeln nach dem anderen. »Gute Nacht, Fabian. Bis nächste Woche.«

Nachdem er das Gespräch beendet hatte, legte ich das Handy zurück auf den Hocker neben der Badewanne. Was auch immer da gerade passiert war, es hatte mir mächtig Bauchkribbeln beschert. Meine Haut prickelte und zwischen meinen Beinen pochte es vor lauter Lust. Zum ersten Mal seit einer Ewigkeit hatte ich das Gefühl, dass mir etwas fehlte im Leben. Dass mir die Zuneigung fehlte. Dass ich es vermisste, dass jemand zuhause auf mich wartete und mich fragte, wie mein Tag war. Der mich in den Arm nahm, wenn es mal beschissen lief ...

Es fehlte mir. Und doch würde ich dieses Gefühl weiterhin unterdrücken und meine Karriere als Journalistin verfolgen. Ich wollte die nächste Stufe erklimmen. Das würde sich auch mit Fabian Brandl nicht ändern.

Auch wenn er wirklich heißer und charmanter war, als ich je zugeben würde, den Kopf ließe ich mir von ihm nicht verdrehen. Schon gar nicht würde er mich von meinem Kurs abbringen.

Kapitel 10

Das Wochenende verbrachte ich damit, mich in meiner Dachgeschosswohnung kaputt zu schwitzen. Ich arbeitete Texte für die Kolumne aus, damit ich ausreichend Vorlauf hatte, um mich auch auf andere Sachen zu stürzen.

Und dann waren da noch die zehn Fragen an den Wetterfrosch, die mir etwas Sorgen bereiteten. Was ich ursprünglich an den Sender geschickt hatte, erschien mir so banal. Was hatte er wo studiert? Wie war er zum Fernsehen gekommen? Was hatte es mit dem Modeln auf sich? Wie lange war er schon in Dresden? Was gefiel ihm hier gut? Und so weiter ... Aber ich wollte tiefer graben. Ich wollte wissen, wer er wirklich war. Wie der Fabian Brandl war, der sich hinter dieser arroganten und flapsigen Fassade verbarg.

Mein Herzschlag beschleunigte sich enorm, wenn ich an ihn dachte. Seit Freitagabend war das leider ziemlich oft der Fall und lenkte mich mehr ab, als ich es je für möglich gehalten hätte. Immer wieder ertappte ich mich dabei, dass ich seinen Instagram-Account stalkte und in seinen Fotos versank. Selbst von dem Abend im Schillergarten hatte er Bilder hochgeladen, die ihn und seine Freunde zeigten. Dieser Tom war mir noch immer suspekt, sein selbstgefälliges Grinsen sprach Bände. Und Blondie, die mir schon auf dem Konzert aufgefallen war, schien auch immer mit dabei zu sein. Ob er etwas mir ihr hatte? Schlagartig hörte das Kribbeln in meiner Magengegend auf bei dem Gedanken daran, dass er und sie ...

Ein Blick auf ihr Profil reichte aus, um zu wissen, dass sie anscheinend so etwas wie seine Managerin war.

Auf dem Foto hielten die drei ihre Biergläser in die Höhe, lachten, während sie von der Abendsonne geblendet wurden. Darunter stand »Teambesprechung« mit mehreren lachenden Emojis. Überhaupt war er wohl viel unterwegs, wenn man seinem Feed Glauben schenken wollte. Zwischen all den Bildern aus dem Fernsehstudio, auf denen er stets seriös wirkte, war genug Stoff, der ihn in seiner Freizeit zeigte. Partys und Teambesprechungen ohne Ende.

Wahnsinn, wie transparent sein Leben auf einmal war. Im Winter fuhr er gern Ski, im Sommer surfte er an der Nordsee oder segelte irgendwo im Mittelmeer. Feiern auf Ibiza, Mallorca – es war alles dabei. Aber dass er hier in der sächsischen Provinz gelandet war, passte so gar nicht ins Bild. Er war ein Lebemann, wie er im Buche stand, und im Vergleich zu seinem erschien mir mein Leben plötzlich ziemlich langweilig. Mein Hobby war mein Beruf, meine einzige Leidenschaft war das Schreiben. Für mehr hatte ich weder Platz noch Zeit noch Lust.

Mir schwirrte der Kopf vom Nachdenken. Je mehr ich mich mit Fabian Brandl beschäftigte, umso mehr war ich blockiert. Schließlich beschloss ich, meinen Arbeitsplatz ins Freie zu verlegen. Mit Eiskaffee und Sonnencreme an der Elbe. Mein Fahrrad stand noch immer kaputt im Keller, ich musste es dringend zur Reparatur bringen, bevor der Sommer vorbei war. Ich ging also zu Fuß und hoffte, dass mich der Weg bis zur Elbwiese auf andere Gedanken brachte.

Es war später Nachmittag, als ich meine Decke auf dem trockenen Gras ausbreitete und es mir mit Blick auf das Blaue Wunder gemütlich machte. Das Eis im Eiskaffee war zwar geschmolzen, aber das störte mich nicht halb so viel wie die drückende Schwüle, die die Stadt in einen Heizkessel verwandelte.

Ich kramte mein Telefon aus dem Rucksack und informierte meinen Chef in einer Nachricht über den bevorstehenden Interviewtermin. Er schien beruhigt, dass ich die Sache im Griff hatte, legte mir jedoch ans Herz, es nicht wieder zu vermasseln, was den Druck auf mich und mein Können erheblich erhöhte.

Nachdem ich den letzten Schluck des vermatschten Eiskaffees ausgetrunken hatte, steckte ich mir die Kopfhörer in die Ohren und rief meine Playlist auf, die ich fast immer beim Schreiben hörte. Sie war gespickt mit meinen Lieblingsliedern, die ich fast vollständig mitsingen konnte. Ich zückte mein Notizbuch und meinen Füller und drehte mich auf den Bauch, um endlich loszulegen. Wenn der Wetterfrosch nämlich schon durch meine Gedanken fegte, würde ich ihm einfach eine meiner nächsten Kolumnen widmen.

Der Wetterfrosch und das Wetter

Es wird regnen, ist die Aussage von Dresdens erster Adresse, wenn es um die Wetterprognosen geht. Seit Tagen verspricht uns Herr Brandl vom City TV eine Wetteränderung. Doch sie bleibt aus. Jeden Tag. Denn er hat die Rechnung wohl ohne den Wettergott gemacht. Vielleicht sollte der Frosch mal mit dem Gott …

Ein Schwall kalten Sprühnebels traf mich im Nacken und ich schreckte auf.

»Ah, was?«, stieß ich aus und drehte mich um. Meine beste Freundin hielt sich den Bauch vor Lachen. In der Hand hielt sie eine Sprühflasche, in der sich Wasser und Eiswürfel befanden.

»Dachte ich es mir doch, dass du hier bist«, sagte sie und setzte sich zu mir auf die Decke. »Was schreibst du da?« Mit großen Augen versuchte sie einen Blick auf mein Notizbuch zu erhaschen, das ich schnell zuschlug.

»Ach nichts, ist nur für die Arbeit.« Das war immerhin nicht gelogen.

»Deine Fragen für Mister Hot Frog?«

O Gott, ich schlug prustend die Hände vors Gesicht, bevor ich sie wieder ansah. Helene wischte sich derweil die Tränen aus den Augen, die vor Lachen über ihre Wange liefen.

»Mister Hot Frog, wie geil«, wiederholte sie und feierte sich selbst.

»Was machst du hier und woher wusstest du, wo ich bin?«

»Hallo? Ich bin deine beste Freundin, brauche ich einen Grund, um dich zu sehen? Und du bist immer hier, wenn dir zu Hause die Decke auf den Kopf fällt. Man braucht da keine hellseherischen Fähigkeiten, um dich zu finden.«

»Ich hätte auch im Freibad sein können. Oder in einem Café«, entgegnete ich.

»Du bist aber hier und ich jetzt auch. Soll ich uns Eis holen?«

Am Schillergarten gab es eine kleine Eisdiele, die so leckere und manchmal auch ausgefallene Sorten hatte, dass ich Helenes Angebot nur schwer widerstehen konnte.

»Eigentlich nicht, ich hatte schon einen Eiskaffee«, gab ich zu und verzog mein Gesicht.

»Aber eigentlich möchtest du noch ein Eis. Also, Schoko und Mango wie immer?« Lachend erhob sie sich und blinzelte gegen die Sonne, während ich mich geschlagen gab.

»Okay, das Geld geb ich dir nachher.«

»Ach quatsch, du zahlst einfach die nächste Runde.«

Damit tänzelte sie über die Wiese in Richtung Eisdiele und ich widmete mich wieder meinem Text. Ich las die Worte, die ich vorhin geschrieben hatte, und fand jedes einzelne völlig daneben. Wild kritzelnd strich ich alles durch. Ich würde den Wetterfrosch in einer Woche interviewen, da musste er nicht auch noch in einer meiner Kolumnen vorkommen.

Zum ersten Mal seit Langem – oder überhaupt? – hatte ich keine Ideen für meine Kolumne, in denen ich zu gern meckerte, kritisierte, selten lobte. Mir fehlte jegliche Inspiration. Sobald ich die Augen schloss, sah ich Fabian Brandl vor mir, mit Sonnenbrille im dichten dunklen Haar, die Hände in den Taschen der kurzen Hose, ein Shirt mit Rolling-Stones-Aufdruck und einem Lächeln, dass es einem die Beine wegzog. Obwohl er wirklich sehr arrogant war und zu sehr von sich überzeugt, hatte er etwas an sich, das mich nicht mehr losließ. Ich hatte keinen blassen Schimmer, was das war. Aber es vernebelte mir regelrecht mein Hirn und ich konnte kaum noch klar denken.

Wo blieb denn nur Helene? Sie war schon eine gefühlte Ewigkeit weg, dabei wollte sie doch nur schnell ein Eis holen ...

Um mich auf andere Gedanken zu bringen, schnappte ich mir mein Telefon und öffnete Instagram. Ich liebte diese Plattform und hoffte, sie würde mich ein wenig inspirieren. Mein Feed war voll mit sommerlichen Fotos, Cocktails, Sonne, Strand und Meer, dass ich ganz neidisch wurde. Grillrezepte wurden abgelöst von Models, und ich ertappte mich letztlich dabei, wie meine Finger schon wieder den Namen des Wettermoderators in das Suchfeld eingaben.

»Boah, was für ein Fehler, zur Eisdiele zu gehen. Die Schlange reichte bis nach Timbuktu und wieder zurück.« Helene war wieder da und hielt mir einen Becher mit halbgeschmolzenem Eis unter die Nase.

»Igitt, was ist das denn? Gab es das auch in gefroren?«, nörgelte ich, setzte mich auf und stellte den Pappbecher mit der gelbbraunen Masse neben mich.

»Bisschen mehr Dankbarkeit würde dir aber auch gut stehen«, konterte Leni und setzte sich neben mich. »Das ist Parfait, du verstehst. Halbgefrorenes.«

»Verstehe. Danke«, sagte ich grinsend. Natürlich war ich ihr nicht wirklich böse, schließlich konnte sie nichts dafür. Es war der unsäglichen Hitze geschuldet, dass das Eis in Nullkommanichts geschmolzen und nur noch Matsche in einem Becher war.

»Gibt's was Neues bei Insta?«, fragte sie mich und schielte gekonnt auf mein Handydisplay.

»Nö.« Schnell sperrte ich den Bildschirm und steckte es zurück in meinen Rucksack. »Ich hatte nur ein bisschen geguckt.«

»So so, nur ein bisschen geguckt also«, wiederholte sie und sah mich über den Rand ihrer riesigen Sonnenbrille an. »Ganz sicher, dass du nicht den Wetterfrosch gestalkt hast?«

Ich seufzte auf und schüttelte theatralisch den Kopf. »Ganz sicher, Leni. Wirklich. Aber wenn es dich beruhigt, ich bin gedanklich die Interviewfragen durchgegangen. Ich will bestmöglich vorbereitet sein. Es darf nicht wieder schiefgehen, weißt du. Nicht wegen mir zumindest.«

»Ich verstehe. Natürlich. Was wirst du ihn denn fragen?«

»Das ist tatsächlich eine Herausforderung. Er hat mich auf zehn Fragen beschränkt, das macht es mir nicht unbedingt einfach. Aber natürlich wird es um seine Vita gehen, seine Hobbys und so.«

Jetzt war es Helene, die ihre Sonnenbrille zurück ins Haar schob und demonstrativ die Augen verdrehte. »Seine Vita? Das ist doch langweilig, Merle. Also wirklich, da fällt dir doch bestimmt etwas Besseres ein.«

»Findest du? Aber es geht doch darum, ihn so darzustellen, wie er ist?«

»Natürlich. Du machst das schon.«

Eine Weile saßen wir schweigend nebeneinander. Das Eis hatte keine von uns beiden angerührt. Echt schade drum ... Auf den Elbwiesen tummelten sich so viele Menschen, machten Picknick, Kinder spielten Fangen. Der Geräuschpegel ähnelte dem von einem überfüllten Freibad.

»Frag ihn auf jeden Fall, ob er in Badehosen moderiert, wenn er für die nächsten Tage so heiße Temperaturen vorhersagt«, fing Helen erneut an, mir in meinen Job reinzuquatschen. »Und frag ihn auch, was seine peinlichsten Versprecher waren.«

»Das Letzte ist gut. Das übernehme ich. Darf ich?« Manchmal brauchte ich tatsächlich eine Art Schubs, wenn ich nicht auf die einfachsten Ideen kam.

»Klar. Wobei beide Fragen gut sind. Kannst sie beide nehmen und als deine verkaufen.« Lachend zwinkerte mir meine beste Freundin zu.

»Danke.«

»So. Und was machen wir jetzt noch mit dem angebrochenen Samstag?« Leni war voller Tatendrang und rutschte plötzlich ganz aufgeregt auf der Decke herum.

»Keine Ahnung. Was schlägst du vor?« Ich hingegen war ziemlich antriebslos. Die Hitze machte mich mürbe und schläfrig. Ich hatte so gar keine Lust auf große Unternehmungen.

»Ich weiß nicht. Cocktails trinken in der Altstadt? Tanzen gehen?« Mit schräg gelegtem Kopf sah ich sie an.

»Bei gefühlten einhunderttausend Grad im Schatten? Da ist das Make-up doch schon geschmolzen, bevor ich das Bad verlassen habe.«

»Na, dann mach du doch einen besseren Vorschlag.« Meine Freundin verschränkte trotzig wie ein Kleinkind die Arme vor der Brust.

»Ach, ich hab keine Ahnung. Am liebsten würde ich den ganzen Abend in einer Badewanne mit lauwarmem Wasser liegen.«

»Mit dir ist ja gar nichts mehr los«, meckerte Leni sofort los. »Es ist schon so lange her, dass wir die Sau rausgelassen haben.«

»Ja, zwei Wochen oder so. Nach der letzten Sau habe ich morgens einen Kaffee und eine Fahrkarte bekommen. Ganz toll, Leni.«

Wir prusteten beide bei der Erinnerung an meinen letzten One-Night-Stand.

»Aber mal ehrlich, was ist so schlimm daran, dass ich nicht ständig in Partylaune bin?«

»Nichts ist schlimm daran, Merle. Ich dachte nur, weil wir doch beide auf der Suche sind nach Mister Right und so.«

»Halt. Stopp. Du bist auf der Suche, nicht wir. Ich bin dabei, mich auf meine Karriere zu konzentrieren.«

Kapitel 11

»Ihre Kolumnen waren auch schon mal besser, Merle.« Harald stand am Fenster seines Büros und sah Richtung Zwinger. Mit Daumen und Zeigefinger rieb er sich das Kinn, während mir immer mulmiger zumute wurde. »Sind Ihnen die zwei Artikel zu Kopf gestiegen?«

Es war Montag. Es war heiß. Und es schien nicht mein Tag zu werden.

»Ich ... ähm«, versuchte ich, einen Rettungsversuch meiner selbst zu starten.

Mein Chef drehte sich wieder zu mir und warf meine ausgedruckten Entwürfe auf seinen Schreibtisch, bevor er sich wieder setzte und mich erwartungsvoll musterte. »Wo ist denn Ihr Biss geblieben? Ihr ungebrochener Wille, als Journalistin hier voranzukommen? Wo sind die guten Ideen?«

Uff. Das waren ein paar Fragen zu viel. Es war doch alles noch da. Unverändert. Eigentlich.

Anstatt meine Antworten abzuwarten, polterte er direkt weiter: »Schmelzendes Eis, überfüllte Elbwiesen und Freibäder ... Das will doch keiner lesen, Merle. Also mal ganz ehrlich.« Wer zur Hölle war dieser Mann und was hatte er mit meinem sonst so netten Chef gemacht?

Zu meiner Verteidigung zuckte ich mit den Schultern. Wie einfallsreich. »Ich bin etwas blockiert zurzeit«, gestand ich. »Diese Hitze legt mein Hirn lahm, tut mir leid.«

»Etwas blockiert?«

Ich nickte.

Harald stützte sich mit beiden Händen auf dem Schreibtisch ab und beugte sich mit bedrohlichem Blick in meine Richtung, dass ich mich automatisch in den Sessel presste. »Etwas blockiert können wir uns nicht leisten. Wir haben Konkurrenz und deren Hirne funktionieren einwandfrei. Sehen Sie also zu, dass Sie wieder auf Kurs kommen, Merle. Seien Sie wieder frech und meckern Sie wie eh und je.«

Erneut nickte ich. »Geht klar.«

In diesem Ton hatte er noch nie mit mir gesprochen. Es war gerade einmal ein paar Tage her, dass er mir auf väterliche Art und Weise den Kopf gewaschen hatte. Jetzt fühlte ich mich unbehaglich und hatte zum ersten Mal ernsthaft Angst. Angst, seinen Erwartungen nicht gewachsen zu sein. Angst davor, meinen Job zu verlieren, weil ich zu verpeilt war.

»Merle, ist das angekommen? Ihre Schonfrist ist vorbei. Ich will, dass Sie Einsatz zeigen und Leistung bringen.«

»Ist angekommen, Harald.« Mir war flau im Magen und meine Beine drohten einzuknicken, als ich mich erhob, um die Höhle des Löwen zu verlassen. Ich schätzte, soeben hatte ich Haralds wahres Gesicht kennengelernt. Das war dann wohl der Moment, in dem ich meinen Kükenbonus, wie er es nannte, verloren hatte.

Mit hängendem Kopf verließ ich sein Büro und schlappte zu meinem Schreibtisch. Kam es mir nur so vor oder sahen mich alle mitleidig an? Niedergeschlagen sank ich auf meinen Stuhl und drehte mich seufzend einmal um die eigene Achse, bevor ich meinen Laptop aufklappte und hochfuhr. Das war doch alles großer Mist.

»Na, Prinzessin, Ärger im Paradies?« Es war Olaf, der sich ganz nonchalant mit seinem Hintern auf meinem Schreibtisch platziert hatte. Der Begriff Platzhirsch huschte durch meinen Kopf und er hätte nicht besser passen können.

»Geht dich nichts an«, zischte ich, ohne ihn eines Blickes zu würdigen.

»Hat der Alte dich zur Schnecke gemacht? Brauchst du Hilfe? Kann ich etwas für dich tun?«

»Ja. Lass mich am besten in Ruhe.«

Während er etwas in seinen nicht vorhandenen Bart brabbelte, leistete er Folge und verschwand.

Ich schlurfte in die Redaktionsküche und holte mir eine große Flasche Eistee. Zucker war genau das, was ich jetzt brauchte.

Als ich mein E-Mail-Programm öffnete, ploppten bereits einige Nachrichten von Harald auf, der anscheinend einige Recherche-Aufträge für mich hatte, die sich mehr oder weniger interessant anhörten. Eine junge Frau, die innerhalb eines Jahres ihr Gewicht gedrittelt hatte. Oder der ältere Herr, der mit über siebzig seine Leidenschaft zur Aquarellmalerei entdeckt hatte und jetzt seine erste Ausstellung in einer kleinen Galerie plante. Nichts, was reißerische Geschichten brachte.

Aber es würde mich auf jeden Fall davon ablenken, was hier in den letzten Tagen alles schiefgelaufen war. Ein Gefühl von Tatendrang erfasste mich plötzlich, begleitet von allerhand Inspiration, die ich sofort nutzen wollte. Also hing ich mich ans Telefon und rief diese beiden Kontakte an, um gleich Termine für persönliche Gespräche zu vereinbaren.

Und noch eine Sache hatte ich mir vorgenommen: Ich würde eine E-Mail an Frau Hanke vom *City TV* schreiben und sie bitten, die Fragen, die ich ihr neulich für Herrn Brandl geschickt hatte, zu löschen. Sie waren zu steif, zu normal. Zu viel »ich will das unbedingt« und zu wenig »echt«.

Helene hatte mir einiges geliefert, womit ich den Wetterfrosch konfrontieren konnte. Aber ich hatte auch reichlich eigene Ideen.

Ein zaghaftes Kribbeln flammte in mir auf, als meine Gedanken zu Herrn Brandl schweiften. Seine Arroganz war zwar unsäglich, aber er hatte etwas an sich, das mich faszinierte. Und als wir am Freitagabend telefoniert hatten, hatte er ganz anders gewirkt. So herrlich normal und gar nicht abgehoben. Ich war wirklich neugierig, wer er war. Was seine Geheimnisse waren und was er bereit war, mir zu erzählen.

Zehn Fragen – zehn Lieblingsplätze in der Stadt. Das war die Bedingung, an die er den Wiederholungstermin geknüpft hatte. Langsam gefiel mir die Idee wirklich gut, wobei ich mir ziemlich sicher war, dass wir es nicht schaffen würden, all meine Lieblingsorte in der Stadt an einem Tag zu erkunden. Aber es verschaffte mir die Gelegenheit, Zeit mit ihm zu verbringen und ihn näher kennenzulernen, um ein authentisches Porträt abzuliefern.

***

Frau Hanke hatte ziemlich empört reagiert, als ich sie Anfang der Woche darum gebeten hatte, die Fragen zu vernichten. Sie hätte sie doch schon weitergeleitet und so würde das nicht gehen.

Also musste ich mich wohl selbst darum kümmern, dass Herr Brandl diese Fragen vergaß. Mein Herz begann schneller zu schlagen, als ich im Handy den Chat mit ihm öffnete, um ihm zu schreiben.

Merle: Hallo, Herr Brandl. Auf welches Wetter müssen wir uns denn am Samstag einstellen? Wird es endlich kühler? M. Schön

Ich rechnete nicht mit einer sofortigen Antwort, schließlich war er ein vielbeschäftigter Mann. Umso überraschter war ich, als das leise Pling den Eingang einer Nachricht ankündigte.

Fabian: Schön, von Ihnen zu lesen, Frau Schön. Es bleibt unverändert heiß, auch am Wochenende. Aber ich freue mich schon auf unsere Tour. Ich bin nämlich sehr gespannt auf Ihre Lieblingsplätze.

Wie ich diese Wortspiele hasste. Und doch trieben mir seine Worte ein Grinsen ins Gesicht.

Fabian: Noch zwei Mal schlafen ;-)

Wie ein ungeduldiges Kind, das die Tage bis zum Geburtstag zählte, legte er einen Countdown nach. Das war wirklich charmant und zeigte ihn von einer ganz anderen Seite.

Alles Masche, ermahnte ich mich innerlich, denn ich spürte jetzt schon, dass es durchaus möglich war, dass ich in seiner Gegenwart den Blick fürs Wesentliche verlor. Dabei war dieser Umstand genau das, was ich unbedingt vermeiden wollte. Ich war ganz und gar nicht auf der Suche nach einem Freund, vielmehr wollte ich mich auf meine Karriere konzentrieren.

Ja, er war attraktiv, aber so überragend nun auch wieder nicht. Sicher war er charmant, aber ich würde mich nicht um den kleinen Finger wickeln lassen. Und ganz bestimmt war ich sowieso nicht der Typ Frau, mit dem er sich normalerweise umgab. Blondie, die ich sowohl auf dem Konzert als auch in seiner Garderobe gesehen hatte, passte bestimmt besser in seine glamouröse Welt.

Trotzdem plagte mich die Frage, was ich anziehen sollte. Einen Bikini am besten. Bei den Temperaturen wäre das die einzig richtige Wahl. Das weiße Kleid mit den dünnen Trägern? Oder vielleicht lieber das blaue, schulterfreie Oberteil und Shorts? Leni musste mich auf jeden Fall beraten. Auch wenn es ein Geschäftstermin war, wollte ich gut aussehen. Kurzerhand rief ich meine beste Freundin an.

»Ich brauche dich morgen Abend mal«, sagte ich, nachdem sie den Anruf angenommen hatte.

»Dir auch einen schönen guten Tag, Merle.«

»Hi, sorry. Aber es ist dringend.«

»Ja, das dachte ich mir. Worum geht es? Wollen wir nicht mal ins Freibad gehen? Ich komme noch um in der Hitze.«

»Gerne, aber danach musst du mich beraten. Ich weiß nämlich nicht, was ich am Samstag anziehen soll.«

Leni lachte am anderen Ende. »Ach, genau, das Date mit dem Wetterfrosch steht ja an.«

»Es ist kein Date«, zischte ich vorwurfsvoll. »Ich arbeite.«

»Ja ja, schon klar. Also erst gehen wir schwimmen und dann kleiden wir dich ein. Abgemacht? Ich hole dich um fünf ab, passt das?«

»Abgemacht, das passt gut. Fahren wir mit dem Fahrrad zur *Wostra*?« Auf dem Radweg an der Elbe entlang brauchte man von mir aus ungefähr eine halbe Stunde bis ins Freibad. Und auf dem Fahrrad ließ sich die Hitze wenigstens ein bisschen ertragen.

»Mein Rad ist noch kaputt, sorry. Wir müssen wohl leider den Bus nehmen.«

»Okay, dann nehmen wir halt den Bus. Alles andere besprechen wir morgen, ja? Bis dahin. Ciao.«

Ich widmete mich wieder der Liste mit meinen Lieblingsplätzen, die natürlich auch einige klassische Sehenswürdigkeiten wie den Fürstenzug und die Frauenkirche enthielt. Ich würde jede Wette eingehen, dass er keines von beiden kannte.

***

Das Freibad war restlos überfüllt. Wir ergatterten einen der letzten freien Plätze auf der Wiese, mitten in der prallen Nachmittagssonne. Um uns herum herrschte das Chaos. Schreiende Eltern, die ihre Kinder anscheinend unbedingt übertönen mussten, um ihre Autorität zu wahren. Zwischendurch hörte man immer wieder die Trillerpfeife des Bademeisters, wenn die Kids vom Beckenrand ins Wasser sprangen.

Eigentlich waren wir hergekommen, um ein paar Bahnen zu schwimmen. Aber dieses Unterfangen stellte sich als aussichtslos heraus. Sah man nämlich zum Schwimmbecken, blickte man auf gefühlt tausende von Köpfen, die sich im Wasser tummelten und das Schwimmen von zusammenhängenden Bahnen schier unmöglich machten.

»Was für eine Scheißidee«, murrte ich, während ich mein Shirt über den Kopf zog. »Nächstes Mal gehen wir wieder ins Naturbad, da ist viel weniger los.«

»Ich konnte ja nicht wissen, dass ausgerechnet heute die Hölle los ist.« Helene ging sofort in den Verteidigungsmodus.

»Nee, ist klar. Bei dem Wetter rechnet auch keiner mit einem vollen Freibad.« Meine Stimme triefte vor Sarkasmus und ich streifte mir die Shorts von den Beinen, um mich gleich darauf auf die Decke zu legen.

»Was ist denn mit deiner Laune passiert, Merle?« Helene stand noch immer neben mir, damit beschäftigt, ihr Kleid auszuziehen. Ich blinzelte gegen die Sonne und legte die flache Hand auf den oberen Rand meiner Sonnenbrille.

»Nichts ist passiert. Diese Hitze macht mich fertig. Sorry, ich wollte dich nicht anmaulen.«

»Ist schon okay, mir geht die Wärme auch auf den Keks. Ich organisiere uns erstmal etwas zu trinken. Vielleicht bessert sich deine Laune dann.«

»Mach das. Ich nehm eine Cola light, bitte.«

»Was denn? Kein Aperol Spritz oder so?«

»Um Gottes willen. Wenn ich jetzt Alkohol trinke, kollabiere ich und bin morgen im Eimer. Das kann ich mir nicht leisten.«

»Das Interview, ich weiß. Na, nichts für ungut. Ich bin gleich wieder da.«

Mit wackelnden Hüften tänzelte sie in Richtung des Imbissstandes, wo so ziemlich die Hälfte der Freibadbesucher bereits in einer Schlange stand, die sich bis zum Eingang kringelte.

Ich drehte mich auf den Bauch und beobachtete das bunte Treiben um mich herum, während ich mich nebenbei – schon wieder – durch den Instafeed von Mister Wetterfrosch scrollte. Er hatte keine neuen Fotos hochgeladen seit heute Mittag. Das letzte zeigte ihn und diesen Typen, mit dem ich im Studio zusammengestoßen war. Tom, Tim, Till oder so. Nur für den unwahrscheinlichen Fall, dass Fabian Brandl auch meinen Account stalkte, schoss ich ein Freibad-Selfie und lud es mit den passenden Hashtags hoch.

»Dich kenne ich doch«, vernahm ich eine Männerstimme und schreckte auf, dass mir das Telefon aus der Hand rutschte. Mein Blick glitt von neongrünen Flipflops über ziemlich behaarte Beine weiter nach oben. Ich musste meinen Kopf mächtig in den Nacken legen, um überhaupt etwas zu sehen. Die Sonne, die mich blendete, machte das zudem fast unmöglich.

»Du bist doch die Kleine, die neulich im Studio war.« Das Wort Studio ließ mich hellhörig werden, ich setzte mich auf und griff unwillkürlich nach einem Handtuch, um meine nackte Haut zu bedecken. Tom-Tim-Till oder wie auch immer er hieß, war hier.

»Kommt drauf an, welches Studio du meinst. Und du bist?«

»*City TV*, ich bin Tom. Du solltest das eigentlich wissen, schließlich bist du neulich ziemlich genau in diesen starken Armen gelandet«, sagte er feixend und poste wie ein Muskelprotz vor mir.

Ich verdrehte die Augen. »Ja stimmt, ich kann mich dunkel daran erinnern.«

»Ich erinnere mich, als wäre es erst gestern gewesen. Aber du hattest mehr Augen für Fab, stimmt's?« Der Hobby-Schwarzenegger hatte sich vor mich gehockt und anscheinend beschlossen, mir auf die Nerven zu gehen, obwohl ich bereits wieder nach meinem Handy gegriffen hatte und so tat, als würde ich E-Mails checken.

»Was machst du hier?«, wollte er wissen.

Ich sah auf, stutze und drehte dann den Kopf hin und her. Was würde man wohl an einem Sommertag wie diesem im Freibad wollen? »Ich habe mich für einen Skikurs angemeldet«, erwiderte ich trocken und todernst. Demonstrativ sah ich auf mein Handgelenk, an dem sonst meine Uhr saß. »Und ich glaube, der geht gleich los. Wenn du mich jetzt also entschuldigst.«

Tom Möchte-gern-Muskelmann brach in schallendes Gelächter aus, dass sich die benachbarten Badegäste kopfschüttelnd umdrehten. »Na, heute bist du zumindest nicht auf den Mund gefallen.«

Du aber scheinbar auf den Kopf, dachte ich mir und biss mir vorsichtshalber auf die Zunge, bevor die Worte über meine Lippen kamen.

Wo zur Hölle blieb eigentlich Helene? So lange konnte das mit den Getränken doch gar nicht dauern. Nervös zupfte ich meinem Handtuch herum, denn Tom machte noch immer keine Anstalten, das Weite zu suchen.

»Morgen ist dein Date mit Fab, stimmt's?«

What? Äh ...

»Date? Ich glaube, das trifft es nicht ganz. Aber ja, wir haben morgen einen Termin.«

»Na, vielleicht sehen wir uns ja.«

O Gott, bitte nicht, flehte ich gedanklich.

Endlich erhob er sich, allerdings nicht, ohne seine Sonnenbrille auf den Haaransatz zu schieben, mir zuzuwinkern und noch einmal seine Muskeln spielen zu lassen. Was für ein aufgeblasener Idiot. Ich hoffte inständig, dass er uns morgen nicht Gesellschaft leisten würde und dass Herr Brandl sich nicht als ebenso anstandslos entpuppte.

»Cherio, Schönheit«, rief er, als er mir noch einmal über die Schulter hinweg zuwinkte.

Lass gut sein, Mann, verschwinde einfach.

»Wer war denn dieser ausgesprochen leckere Kandidat?« Helene hatte den Weg zurückgefunden. Hätte sie nicht ein paar Minuten eher kommen und mich retten können?

»Lecker? Der Typ ist die dunkelste Kerze auf jeder Geburtstagstorte«, maulte ich.

»Nun sag schon, wer war das denn?« Leni ließ sich auf die Decke fallen und reichte mir meine Cola, die noch etwas kühl war. Ich legte mir die Flasche an die Stirn und seufzte wohlig. Das tat so gut.

»Das war so ein Typ, der ständig mit Fabian Brandl abhängt. Keine Ahnung, was für eine Funktion der hat.« Gelangweilt zuckte ich mit den Schultern.

»Aber der sieht höllisch heiß aus. Meine Herrn, hast du den Waschbrettbauch gesehen?«

Ich schüttelte den Kopf. »Nö« So etwas interessierte mich nicht. Männer wie er konnten mir gestohlen bleiben. Sie waren der Grund dafür, warum ich gar keine Lust hatte, mich auf die Suche nach einer ernsthaften Beziehung zu machen. So etwas gab es nämlich gar nicht. Diese Typen waren auf einen Schnellschuss aus, mehr nicht.

»Ach komm, jetzt tu mal nicht so, als wärst du immun gegen all das. Dieser Brandl hat es dir schon angetan, oder? Ist der eigentlich auch hier?«

Jetzt, da meine beste Freundin es aussprach, wurde es mir bewusst und mein Herz machte unweigerlich einen holperigen Satz. Für einen Augenblick, den ich nicht einzuordnen wusste, geriet es aus dem Takt.

»Ha, erwischt«, lachte Leni. »Pass auf, er ist derjenige, der den eisernen Ring um dein Herz bricht und dann reitet ihr auf seinem Schimmel gemeinsam in den Sonnenuntergang. Genau wie im Märchen.«

Ich hatte gerade einen Schluck Cola im Mund, den ich prustend über meine Beine verteilte. »Ich glaube, da verwechselst du was. Und ich habe nur der Arbeit wegen mit ihm zu tun. Mehr nicht. Okay? Gehen wir jetzt ins Wasser?«

»Klar, los. Lass uns in die Fluten springen. Wir können ja den Muskelprotz rufen, der kann uns eine Bahn freischaufeln.«

Lachend sprangen wir beide auf und liefen zum Schwimmbecken, in dem noch immer die Hölle los war.

»Niemals«, sagte ich und knuffte meine beste Freundin mit dem Ellenbogen in die Seite, dass sie quietschend davonrannte.

Kapitel 12

Bis weit nach Mitternacht hatten Helene und ich gestern vor meinem Kleiderschrank zugebracht, bis ich endlich das perfekte Outfit für meinen heutigen Termin gefunden hatte. Es hatte uns einige Gin Tonics, Wasserflaschen und zwei große Salat-Bowls gekostet, den Schrank auch wieder einzuräumen.

Mit den Worten »Viel Glück, und schnapp dir den Wetterfrosch« hatte sie sich lachend und etwas beschwipst gegen ein Uhr verabschiedet.

Ich hatte grottenschlecht geschlafen, weil es furchtbar heiß war und mein Kopf nach dem Abend nonstop Karussell fuhr. Jetzt stand ich vor dem Spiegel, eine Tasse mit kaltem Kaffee in der einen, den Zettel mit meinen Fragen, die ich gründlich überarbeitet hatte, in der anderen Hand.

Ich hatte mich für einen mintgrünen Rock mit weißen Blumen entschieden und trug dazu ein schlichtes weißes Top mit einem Verliebt-in-Dresden-Aufdruck und meine Lieblingssandaletten mit goldenen Riemchen. Meine roten Haare hatte ich im Nacken zusammengebunden und mir die Sonnenbrille auf den Haaransatz geschoben.

Prüfend blickte ich in meinen Rucksack, ob ich auch an Notizbuch und Stift gedacht hatte und nickte zu meiner eigenen Bestätigung, nachdem ich beides entdeckte. Aufregung pulsierte durch meine Adern und meine Nerven waren zum Zerbersten angespannt. Ich sah ständig auf die Uhr und bekam allein beim Gedanken an das bevorstehende Treffen weiche Knie. Panik machte sich in mir breit, dass ich vor lauter Nervosität kein Wort in seiner Gegenwart herausbrachte. O Gott, was hatte ich mir da nur eingebrockt.

Als mein Handy vibrierte, schrak ich zusammen, als sei Freddy Krüger höchstpersönlich hinter mir her. Doch es war nur Kai, der mir viel Erfolg wünschte. Zudem schickte er mir das Foto mit, das er bereits neulich von Herrn Brandl gemacht hatte und das für den Artikel bestimmt war. Mit vor der Brust verschränkten Armen stand er lässig an eine Wand gelehnt, im Hintergrund erahnte man verschwommen das Fernsehstudio. Sein Lächeln entblößte seine schneeweißen Zähne und ließ mein Herz hüpfen. Es schien, als lächelte er mich direkt an. Schnell steckte ich das Telefon in den Rucksack und brachte die inzwischen leere Kaffeetasse in die Küche.

Viel zu früh verließ ich meine Wohnung und fuhr mit der Straßenbahn in die Innenstadt. Dieses Mal hatte ich mich zeitlich abgesichert und war eine halbe Stunde zu zeitig an Ort und Stelle. Nervös, aufgeregt und völlig fertig, mit der Angst im Nacken, dass ich es vielleicht doch wieder versauen würde, stand ich vor dem Café, das noch geschlossen hatte.

Ich schob mir die Sonnenbrille auf die Nase und ließ meinen Blick über den Altmarkt schweifen. Es war noch nicht viel los wie sonst üblich an einem Samstagvormittag. Erhaben thronte die Frauenkirche auf der anderen Seite der Straße und strahlte Ruhe aus, von der gern etwas auf mich abfärben könnte. Auch der Kulturpalast, eine Konzerthalle, die zu DDR-Zeiten gebaut worden war, schien noch zu schlafen. *Da war ich ewig nicht drin*, dachte ich und nahm mir vor, deren Veranstaltungskalender zu checken. Sicher war etwas dabei, was Helene und ich besuchen konnten.

Mein Blick glitt weiter zur Kreuzkirche und mich erfasste ein Gefühl von großer Ehrfurcht. Ich liebte diese Stadt so sehr. All die uralten Bauwerke, die vor hunderten von Jahren von Menschenhand erschaffen worden waren, verschönerten den Anblick und machten sie zu etwas ganz Besonderem. So oft versuchte ich, mir vorzustellen, wie es hier zu Zeiten von August des Starken ausgesehen haben mochte.

»Na, heute mal als Frühaufsteher unterwegs?« Es war die dunkle und freche Stimme, die mich aufhorchen und zusammenzucken ließ, bevor ich mich langsam umdrehte.

»Guten Morgen, Herr Brandl.«

»Guten Morgen und sorry, ich wollte Sie nicht erschrecken.« Er schenkte mir ein Lächeln und seine Hand landete auf meinem Oberarm. Das Gefühl, als seine Haut auf meine traf, war unbeschreiblich. Fast war es, als könnte ich die Funken sehen, so elektrisierend fühlte sich seine Berührung an.

»Haben Sie nicht, alles gut«, log ich.

»Prima, dann können wir ja reingehen und loslegen. Ich habe einen Mordshunger, hab die ganze Nacht nichts gegessen.« Wieder lachte er, diesmal lauter und ich hoffte, er würde sich nicht selbst auf die Schenkel klopfen, weil er einen Witz gerissen hatte.

»Ich glaube, die haben noch zu.«

»Irrtum, die Türen sind geöffnet und ich glaube, ich rieche Essen.« Er reckte seine perfekte Nase in die Luft und tat so, als schnüffelte er wie ein Kaninchen. Albern, aber irgendwie süß.

»Oh, okay. Ich hab wohl die Zeit total vergessen. Dann lassen Sie uns anfangen.«

Erst, als wir an unserem Tisch waren, fiel mir auf, dass Herr Brandl sich in Schale geworfen hatte. Er trug eine helle Chinohose und ein weißes Hemd. Fehlte nur noch die Krawatte. Nachdem ich ihm neulich im Schillergarten in seinem legeren Outfit begegnet war, hatte ich still und leise gehofft, er würde heute auch etwas in die Richtung tragen. Aber er sah es wohl – wie ich – als reinen Geschäftstermin.

Tom fiel mir ein, sein Kumpel, den ich gestern im Freibad getroffen und der mir den Floh von einem Date ins Ohr gesetzt hatte. Was für ein Idiot ... Ich war wirklich froh, dass Herr Brandl ihn nicht im Schlepptau hatte.

»Frau Schön, wollen wir bestellen?«

Ich war so in Gedanken, dass ich nicht mitbekommen hatte, dass die Kellnerin unsere Bestellung aufnehmen wollte.

»Äh, ja, natürlich. Ich nehme bitte einen Latte macchiato und Frühstück vom Buffet.«

Die junge Frau, die ungefähr in meinem Alter war, notierte sich das und sah dann direkt zu Herrn Brandl. Ihre Miene erhellte sich deutlich, als er ihr eines seiner Fernsehlächeln schenkte.

»Ich nehme das Gleiche«, sagte er.

»Sie sind doch ...«, stammelte die Kellnerin, deren Gesicht mittlerweile die Farbe einer reifen Tomate angenommen hatte. »Sie sind doch vom Fernsehen, oder?«

Herr Brandl nickte, er schien es gewöhnt zu sein, dass man ihn erkannte. »Bin ich und jetzt würde ich gern in Ruhe mit meiner bezaubernden Begleitung frühstücken. Geht das?«

»Natürlich. Natürlich geht das, Herr ...«

»Brandl, Fabian Brandl. Bringen Sie uns bitte noch zwei Gläser Sekt zur Feier des Tages.« Er schien sich regelrecht in seinem Ruhm zu sonnen, strahlte übers ganze Gesicht und ich wartete nur darauf, dass er noch Autogramme gab.

»Sehr gerne.« Wild kritzelnd notierte die arme Frau, die offensichtlich genauso durch den Wind war wie ich, noch den Rest der Bestellung, bevor sie verschwand.

Herr Brandl nestelte mit seinen langen, schlanken, aber kräftig wirkenden Fingern an den oberen Knöpfen seines Hemdes herum. »Macht es Ihnen etwas aus?«, fragte er, nachdem er zwei der Knöpfe geöffnet hatte und damit den Blick auf seine Schlüsselbeine freigab. Ein winzig kleiner Leberfleck, der genau in der Mitte lag, zog mich magisch an. Ich schaffte es einfach nicht, meinen Blick von dieser Stelle zu lösen.

»Äh nein, machen Sie ruhig«, erwiderte ich nervös und spürte der Hitze in meinen Wangen nach, die garantiert signalrot angelaufen waren. Gerade als ich innerlich beschloss, professionell zu sein, holte er erneut aus.

»Und haben Sie auch Fragen mitgebracht, Frau Schön? Ich bin nämlich schon sehr gespannt.«

Während ich vorsichtig meinen Blick hob, nickte ich. *Merle an Erde! Ich brauche ein Loch. Eine Gletscherspalte. Irgendetwas Tiefes, wo ich mich reinstürzen und verschwinden kann. Bitte. Jetzt!*

»Dachte ich es mir doch, dass euer Provinztageblatt nichts zu bieten hat außer heißer Luft.« Plötzlich klang er verächtlich, was mir einen herben Stich versetzte. Warum hielt er nicht einfach seine Klappe?

»Herr Brandl«, erwiderte ich und sah ihn aus zusammengekniffenen Augen an. »Ich arbeite für die *Auf ein Wort in Dresden*, natürlich habe ich Fragen im Gepäck. Zehn Stück, wie vereinbart.«

»Sehr schön, Frau Schön.« Sein süffisantes Grinsen irritierte mich. Vorhin war er noch echt nett gewesen, jetzt machte er wieder auf arrogantes Arschloch. Na, das konnte ja heiter werden. Vielleicht litt er unter einer Persönlichkeitsstörung?

»Werden Sie oft erkannt in der Öffentlichkeit?«

»Ist das Ihre erste Frage, Merle?« Er hatte die Ellenbogen auf dem Tisch abgelegt und musterte mich mit einem schiefen Grinsen, das mich zutiefst verunsicherte. Fast vergaß ich, weswegen wir eigentlich hier waren.

»Ich, ähm, was? Nein, das interessiert mich einfach so.«

»Okay. Natürlich werde ich recht häufig erkannt, seit ich hier das Wetter moderiere.«

Die Spannung zwischen uns war zum Zerreißen aufgeladen. Ich konnte es nicht in Worte fassen, was es war, aber es schwelte wie ein Höllenfeuer.

Der Kaffee brachte eine erlösende Pause, dankbar nahm ich einen großen Schluck und wischte mir den Milchschaum von der Oberlippe, während seine Blicke auf mir hefteten wie festgewachsen. Was war er nur für ein Typ Mann? Auf einmal war ich wild entschlossen, das herauszufinden.

»Frühstück?«, fragte ich einsilbig.

»Zwei.«

»Nein, das gehört natürlich nicht zu meinen Fragen.« Theatralisch verdrehte ich die Augen und konnte mir ein Schmunzeln nur schwer verkneifen.

»Ich weiß. Na los, lassen Sie uns das Büffet plündern.«

Mit Schwung erhob er sich und lief mit straffen Schritten zu der langen Reihe von Tischen, die vor der Bar aufgebaut waren und wo sich allerhand Leckereien befanden. Dabei war er eine davon. Ich erhaschte einen Blick auf sein knackiges Hinterteil. Als er sich dann noch umdrehte und mich zu sich winkte, war es wieder da – dieses Gefühl von vorhin, als seine Hand auf meinem Oberarm gelegen hatte. Dieses Kribbeln, das wie tausend kleine Stromstöße durch meinen Körper jagte und jede noch so winzige Zelle in Aufruhr versetzte.

Ich stellte mir ein Müsli aus frischen Zutaten zusammen, mit viel Obst und gerösteten Cashewkernen. Herr Brandl hingegen füllte seinen Teller ordentlich mit Rührei, Brötchen, Wurst, Käse, Marmelade.

»Guten Appetit«, murmelte er, nachdem wir wieder am Tisch waren und er bereits vom Rührei probiert hatte. »Dann legen Sie mal los mit Ihren Fragen.«

Ich atmete tief durch und kramte in meinem Rucksack nach dem Notizbuch samt Stift und natürlich dem Zettel, auf dem ich alle Fragen notiert hatte. Dabei war ein klassisches Frage-Antwort-Spiel nicht das, worauf ich aus war. Vielmehr wollte ich meine Fragen in einem zwanglosen Gespräch platzieren. Ob das mit ihm möglich war, würde sich herausstellen.

»Erzählen Sie einfach mal von sich. Wie lange sind Sie schon in Dresden?«

»Eins«, sagte er lediglich und blitzte mich aus seinen Augen, deren Blick sich verändert hatte, an.

Es war ein Spiel für ihn, das wurde mir in diesem Moment klar. Und ich würde es mitspielen.

Kapitel 13

Fabian Brandl hatte anscheinend beschlossen, mich zu testen. Wann immer ich ihm eine meiner Fragen stellte, funkelten mich seinen Toffifee-braunen Augen amüsiert an, bevor er antwortete. Aber natürlich war ich dem gewachsen, denn ich war bestens vorbereitet. Ich wusste bereits, dass er aus München nach Dresden gezogen und achtundzwanzig Jahre alt war. Dass er Betriebswirtschaft studiert hatte und vor zehn Jahren von einem Teeniemagazin zum Mister München gewählt worden war.

»Was gefällt Ihnen denn in Dresden besonders gut?«, wollte ich von ihm wissen, während ich den Rest meines Kaffees austrank.

»Na ja, ist eine schöne Stadt, kann man nicht anders sagen. Und mir wurde versichert, dass in Sachsen die schönsten Mädchen wachsen.« Wieder grinste er ziemlich verwegen.

»Und? Stimmt es denn?«

Sein Blick haftete auf mir wie Panzerband und er wurde ernst. Er kniff die Augen etwas zusammen und musterte mich, dass mir ganz schwummrig wurde. Hatte ich etwas Falsches gesagt? Ich spürte die Hitze in meine Wangen steigen und sah verlegen aus dem Fenster. Es war einer dieser peinlichen Momente, in denen man sich wünschte, man hätte den Mund gehalten.

Ein Knistern lag in der Luft, das mich schier verrückt machte. *Er* machte mich verrückt. Dieser Mann. Diese Versuchung auf zwei Beinen mit dem Werbelächeln, die mir eine Antwort auf diese Frage schuldig blieb.

Ich schüttelte mich innerlich, als würde das helfen, seinem Blick zu entkommen, und beschloss, einfach mit meinem Plan weiterzumachen.

»Wie kommt denn Ihre Freundin mit Ihrer Bekanntheit klar?« Während ich es aussprach, spürte ich den winzig kleinen Stich im Herzen. Was, wenn er tatsächlich liiert war?

Herr Brandl lachte kehlig auf. »Netter Versuch herauszukriegen, ob ich Single bin.«

Ich zuckte mit den Schultern. »Sind Sie es denn?«

Wieder beugte er sich über den Tisch, dass der Duft seines Aftershaves in meine Nase drang – der Geruch nach Frische, salzigem Meer und Sonne enterte mein Gehirn und vernebelte mir die Sinne.

»Ich wüsste nicht, warum das relevant sein sollte«, flüsterte er kaum hörbar und zwinkerte mir zu, um sich gleich darauf wieder zurückzulehnen und normal weiterzusprechen. »Wollen wir dann zahlen? Ich bin nämlich schon gespannt auf Ihre Lieblingsplätze, Merle.«

Nickend winkte ich der Kellnerin, die gleich darauf mit ihrer riesigen Geldbörse zu uns kam. Ich hatte meine bereits gezückt, als Fabian sagte: »Stecken Sie sie weg, das übernehme ich.«

»Äh. Nein. Das ist mein Part. Arbeitsessen, Sie verstehen?«

Wieder dieser Panzerbandblick, dem ich mich kaum entziehen konnte. Mit einer simplen Kopfbewegung deutete er mir nochmals an, mein Portemonnaie einzupacken, was ich letztendlich tat. Ich konnte es nicht glauben, dass wir hier gerade darüber diskutierten, wer das Frühstück bezahlte.

Charmant flirtete er mit der Kellnerin und legte ein ordentliches Trinkgeld drauf, was diese vollkommen erhitzt abdampfen ließ. Er brachte wohl jede Frau aus dem Konzept. »Dann mal los, wo gehen wir zuerst hin?« Hibbelig wie ein kleines Kind stand er auf und schob mich, seine Hand auf meinem Rücken, förmlich aus dem Café.

Draußen empfing uns die stickige Stadtluft. Es war Mittag und so unfassbar heiß.

»Ich würde gern am ...«, begann ich, wurde jedoch jäh von Herrn Brandl, der sich hektisch Luft zufächelte, unterbrochen.

»Haben Sie etwas dagegen, wenn wir schnell zum Neumarkt rübergehen? Ich würde mich gern umziehen, es ist doch ganz schön heiß.«

»Am Neumarkt? Also umziehen? Shoppen, oder was?« Ich war etwas perplex.

»Ich wohne da drüben.« Mit dem Kopf deutete er Richtung Frauenkirche.

Wow, das nannte man dann wohl Wohnen in Bestlage. Direkt in der City, mit Blick auf die Frauenkirche. Es passte zu ihm und seinem Yuppie-Gehabe.

»Ja gut, okay. In diese Richtung wollte ich ohnehin mit Ihnen.«

Zwanzig Minuten später stand er wieder vor mir und sah aus, als wären wir zu einem Segeltörn verabredet. Dunkelblaue Shorts, ein weißes Poloshirt mit aufgestelltem Kragen – Letzteres verursachte bei mir regelrecht Augenschmerzen – und dunkelblaue mokassinartige Lederschuhe mit weißer Sohle. Immerhin hatte er darauf verzichtet, sich weiße Tennissocken bis in die Kniekehlen zu ziehen.

»Bereit?«, wollte ich wissen.

»Bereit, wenn Sie es sind.« Er nickte, wobei seine Sonnenbrille vom Haaransatz auf die Nase rutschte.

Noch immer war ich hin- und hergerissen, was ihn betraf. Einerseits war er ein überaus arroganter und unnahbarer Schnösel. Auf der anderen Seite war er ebenso menschlich und einfühlsam, humorvoll und meiner ebenbürtig, dass es in mir nur so kribbelte.

»Wohin gehen wir?«, fragte er ungeduldig, nachdem wir uns in Bewegung gesetzt hatten.

»Zur Augustusstraße.«

»Aha. Und die ist wo? Was ist da?«

»Geduld ist nicht so Ihre Stärke, oder?«, neckte ich ihn.

»Als der liebe Gott die verteilt hat, war ich nicht da.«

»Geht mir irgendwie genauso.«

Mein erstes Ziel erwartete uns mit etwas Schatten, den ich mir dankbar ersehnt hatte. Es tummelten sich schon allerhand Touristen hier, fliegende Händler hatten überall am Straßenrand ihre Stände aufgebaut und verkauften Souvenirs.

»Das ist Ihr erster Lieblingsplatz?«, fragte mich Fabian ungläubig und runzelte die Stirn, während ich nickte. »Was ist das? Ein Bild vom Karnevalsumzug? Dresden helau, oder wie?«

Ich holte tief Luft und verdrehte die Augen. »Kulturbanause«, schimpfte ich gespielt und verkniff mir das Lachen, das in meiner Kehle steckte. »Das ist der berühmte Fürstenzug. Sagen Sie bloß, Sie waren noch nie hier?« Unschuldig blinkerte er mit den Augenlidern und zuckte mit den Schultern.

»Sie wohnen keine zweihundert Meter entfernt und haben das hier noch nie gesehen?«

Er nickte und schüttelte dann den Kopf. Unfassbar. »Wie ich Sie kenne, werden Sie mir ganz bestimmt gleich etwas dazu erzählen.«

Ich fühlte mich ertappt und kam mir in diesem Moment vor wie eine strenge Oberlehrerin, die sich über nicht gemachte Hausaufgaben beklagte.

»Okay gut. Also, wir stehen vor dem größten Porzellanbild der Welt. Es ist aus Meißner Porzellanfliesen erstellt worden. Wenn Sie August den Starken erkennen, gebe ich ein Eis aus.«

»Und wenn nicht?«

»Dann geben Sie ein Eis aus.«

Langsam spazierten wir die kurze Straße entlang. Aus dem Augenwinkel sah ich, dass Fabian tatsächlich alles genau betrachtete. Einmal ging er sogar ein paar Schritte zurück, trat dann wieder ganz nah an das Bild heran und fuhr mit seinen Fingern sachte über die alten Fliesen. Fast sah es so aus, als wollte er eine Verbindung zu dieser Wand herstellen.

»Das Eis geht auf mich. Ich habe keine Ahnung, wer von den Kaspern August der Starke ist.« Mit den Armen poste er wie ein Muskelprotz und ich lachte laut auf.

»Na gut, ich gebe Ihnen einen Tipp, aber das Eis zahlen Sie trotzdem. Das Pferd, auf dem August der Starke sitzt, tritt mit einem Huf auf eine Rose.«

»Und jetzt soll ich mir hier jede der zweihundert Personen und deren Pferde genau angucken?«

»Es sind nur vierundneunzig und davon fünfundvierzig, die auf einem Pferd reiten. Ich habe Zeit.« Ich verschränkte die Arme vor der Brust.

»Und Sie sind ein wandelndes Lexikon, oder? Gibt es etwas, das Sie nicht wissen?«

Ich überlegte und schüttelte den Kopf, bevor ich ihm einen koketten Blick schenkte. »Eis?«

»Eis. Ich brauche dringend eine Abkühlung. Den August suchen wir ein andermal.«

An der Frauenkirche machten wir Halt an einem Eisstand in Form eines kleinen italienischen Eiswagens. Die Schlange war ziemlich lang, aber das war bei dieser Gluthitze kein Wunder.

»Bisschen wie in Italien«, meinte Fabian, während sein Blick über den Neumarkt glitt.

»Jetzt wissen Sie, warum Dresden auch Elbflorenz genannt wird.« Wobei gewiss nicht dieser Eiswagen für die Bezeichnung verantwortlich war, sondern viel mehr die Lage an der Elbe, die die Stadt in der Mitte teilte, und die Architektur.

»Schöne Bezeichnung, und Ähnlichkeiten zum echten Florenz sind definitiv vorhanden. Ich nehme an, Sie sind der Schokoladen-Typ?«

»Hm?« Verwundert sah ich ihn an. Er hatte sich schon brav angestellt und mir dämmerte etwas zu spät, dass er das Eis meinte.

»Ach so, ja. Schokolade, gerne.«

»Dachte ich es mir doch.«

»Waren Sie schon mal in der Frauenkirche?«, fragte ich ihn. Wenn er nicht einmal den Fürstenzug kannte, lag das recht nahe. Irgendwie. Wie vermutet schüttelte er den Kopf.

»Nein, hier nicht. Nur in München. Wollen wir das nach dem Eis gleich mal machen?«

»Gerne, wenn geöffnet ist und wir reinkönnen.«

Das Eis hatten wir so schnell verputzt, dass wir eine Viertelstunde später das kühle Foyer des barocken Bauwerks betraten, in dem es bis auf leises Murmeln der Besucher ehrwürdig still war.

»Wow«, flüsterte auch Herr Brandl, der ganz ehrfürchtig und fast auf Zehenspitzen in den großen Innenraum trat, der mehr als prunkvoll erstrahlte. Der Altar, der über und über mit Gold und Malereien verziert war, glänzte und funkelte mit den einfallenden Sonnenstrahlen um die Wette. Zeitgleich legten wir beiden die Köpfe in den Nacken und betrachteten die Kuppel, die kreisrund von Malereien geziert war.

»Ich hab es nicht so mit Kirchen, aber diese hier ist wirklich fantastisch«, gestand er leise.

Innerlich hakte ich Nummer drei meiner Lieblingsplätze ab und schmunzelte vor mich hin.

»Wahnsinn«, schwärmte er weiter, als wir wieder draußen in der Hitze des Sommers waren. »Was für ein Bauwerk. Können Sie sich daran erinnern, wie das früher aussah, bevor es wieder aufgebaut wurde?«

Ich brach in schallendes Gelächter aus. »Komplimente machen können Sie ja echt gut. Das muss man Ihnen lassen. Ich bin 1996 geboren. Natürlich weiß ich das nicht.«

»Okay, verstehe, sorry«, entschuldigte er sich lachend und zwinkerte mir über den Rand seiner Designersonnenbrille zu.

»Ich weiß es nur aus Erzählungen und Fotos von meinen Großeltern und meiner Mutter. Vorstellen kann ich es mir aber nicht. Ich kenne das Stadtbild ja nur so.«

Gemütlich schlenderten wir die Münzgasse entlang, an deren Ende wir die kurze Treppe zu den Brühlschen Terrassen hinaufstiegen, von wo aus man einen hervorragenden Blick auf das gegenüberliegende Elbufer hatte. Aber auch das Schloss und die Kunstakademie, die eine ebenso prunkvolle Kuppel hatte wie die Frauenkirche.

»Sieht aus wie eine Zitronenpresse«, stellte Herr Brandl fest und ich nickte.

»So nennt man sie wohl auch passenderweise.«

»Was machen wir jetzt? Was kommt als Nächstes? Wo gehen wir hin?« Schon wieder quengelte er wie ein ungeduldiges Kleinkind.

»Was halten Sie davon, wenn wir in die Neustadt rüber laufen?«

»Euer Hippie-Viertel?«

O Gott, er war so ... so ... In manchen Momenten fehlten mir die Worte für das, was er war. Hinterwäldlerisch? Dabei kam er aus München, einer der deutschen Metropolen, gegen die Dresden eher ein Kuhkaff war.

»Nix Hippie-Viertel, Sie werden staunen, wie schön es da ist.«

»Na gut, ich lass mich überraschen und vertraue Ihnen.«

»Gut so«, erwiderte ich gelassen.

»Was ist eigentlich das da drüben?« Mit ausgestrecktem Arm zeigte er auf die andere Seite der Elbe, wo auf der Wiese eine riesige Bühne aufgebaut wurde.

»Da drüben finden bald die Filmnächte am Elbufer statt. Aber lassen Sie mich raten, die kennen Sie natürlich auch nicht«, frotzelte ich und knuffte ihn in den Oberarm.

»Doch. Natürlich. Das ist dieses Open-Air-Dings. Mit den Konzerten und Kinofilmen und so.«

Staunend sah ich ihn mit großen Augen an und war überrascht, dass er zumindest schon mal davon gehört zu haben schien.

»Waren Sie schon mal da?«, wollte ich wissen und war neugierig, was er sich angesehen hatte. Doch er schüttelte den Kopf.

»Nee. Ich bin ja erst seit Mai hier.«

Kichernd setzte ich mich wieder in Bewegung und fragte mich, warum ich mich in seiner Gegenwart wie ein pubertierender Teenager benahm. Mein Herz holperte in einer Tour, ich gickerte wie ein verstörtes Hühnchen und plapperte ohne Luft zu holen. Daher beschloss ich, vorerst für einen Moment meine Klappe zu halten. Seine Anwesenheit irritierte mich und ich spürte, dass ich immer öfter vergaß, dass unser Treffen rein beruflicher Natur war. Wir waren seit über zwei Stunden unterwegs und ich hatte es nicht einmal geschafft, ihm in der Zeit meine zehn Fragen zu stellen.

»Was ist eigentlich mit deinem Freund? Ist der nicht sauer, wenn du dich am Wochenende mit anderen Typen triffst und mit ihnen durch die Stadt ziehst?«, wollte er plötzlich wissen und brach damit das Schweigen, mit dem wir für ein paar Minuten nebeneinander hergelaufen waren.

Ich blieb stehen und sah ihn verdutzt an. Dass er einfach zum Du übergegangen war, störte mich dabei keineswegs. »Ich habe keinen Freund. Außerdem bin ich ja nicht zu meinem Vergnügen hier.«

»Ach nein?« Wieder dieses amüsierte Grinsen und das Funkeln in seinen Augen.

»Ach nein was?«

»Kein Freund und kein Vergnügen? Wirklich schade drum. Um beides.« Mit diesen Worten ließ er mich verwirrt stehen und lief unbeirrt weiter.

Kapitel 14

»Kommst du?«, rief Fabian lachend, nachdem ich immer noch verblüfft dastand. Seine Bemerkung hatte mich verlegen gemacht und ich konnte sie nicht einordnen. Überhaupt fiel es mir schwer, schlau aus diesem Mann zu werden. »Hey, bist du festgewachsen? Soll ich dich tragen?«

In den letzten Stunden hatte ich einige Facetten von ihm gesehen und war mir unschlüssig, was ich davon zu halten hatte. Ich wollte ihn wirklich nett finden und in Momenten wie diesen tat ich das sogar. Gerade jetzt fand ich ihn richtig süß. Wie er ein paar Meter entfernt stand, eine Hand lässig in der Hosentasche, die andere hielt er über die Augen, um die Sonne abzuschirmen. Auf jeden Fall wirkte er mehr wie ein Prinz als ein Wetterfrosch und wenn ich nur für einen Augenblick ...

Stopp, Merle, riss ich mich selbst aus meinen Gedanken. *Dafür hast du gar keine Zeit.*

»Nein, nicht nötig«, rief ich ihm zu und überwand mit wenigen Schritten die Distanz zu ihm.

»Worüber hast du nachgedacht?« Fabian grinste mich schief an, während wir nebeneinanderher Richtung Schloss liefen.

»Wie gut du wohl zu Fuß bist«, log ich, dass sich die Balken bogen. Aber ich konnte ihm ja schlecht auf die Nase binden, dass ich dabei war, ihn ein bisschen zu mögen.

»Bis jetzt haben sie mich noch überall hingetragen. Aber warum fragst du? Was hast du vor?«

»Bin nicht eigentlich ich diejenige, die die Fragen stellen sollte?«

»Das klingt so nach Verhör, aber ja. Verrätst du mir nun, was du mit der Information über meine Füße anfängst?«

Lachend schlenderten wir über die Brühlsche Terrasse bis zur großen Treppe. »Ich würde dir gern etwas zeigen. Aber dafür müssen wir ein Stück laufen.«

»Kein Problem, Merle. Laufen kriege ich hin. Der Blick auf die alten Bauwerke ist übrigens gigantisch.« Über den Rand seiner Sonnenbrille hinweg sah er mich an und ich glaubte, ein Zwinkern zu erkennen. Schnell wandte ich den Blick von ihm ab. »Das da hinten ist doch diese berühmte Brauerei aus der Werbung, oder?« Mit ausgestrecktem Zeigefinger zeigte er direkt auf die Semperoper und für einen Moment wusste ich nicht, ob ich lachen oder heulen sollte. Brauerei? Wollte er mich veräppeln?

»Ist eher so etwas wie eine Außenverkaufsstelle. Mit künstlerischem Hintergrund.« Meine Bemerkung hörte sich bissiger an, als sie gemeint war.

»Entspann dich. Natürlich weiß ich, dass das die Semperoper ist. Aber es war süß anzusehen, wie du ganz kurz aus dem Konzept geraten bist.« Auf einer der Stufen war er stehengeblieben und sah zu mir hoch.

Was hatte er da gerade gesagt? Unmerklich schüttelte ich den Kopf. Diese verdammte Hitze machte mein Hirn wirklich untauglich.

»Du wirst lachen, es gibt Touristen, die fragen gezielt danach, wo sie die Brauerei aus der Bierwerbung finden.« Ich verdrehte die Augen, während Fabian schallend auflachte.

»Ist vielleicht doch nicht so geschickt, mit einem der Wahrzeichen der Stadt für ein Getränk zu werben. Was willst du mir zeigen?«

»Lass dich überraschen. Wir müssen dazu nur über die alte Brücke und dann ein Stück an der Elbe langlaufen.«

»Okay. Brücken gibt es ja bei euch genug.«

Damit hatte er recht. Und wir Dresdner hatten es echt drauf, Jahrzehnte mit dem Brückenbau zu verbringen, aber das war ein anderes Thema.

»Wie kommt man eigentlich vom Mister München zum Wettermoderator bei einem Provinz-Fernsehsender?« Das letzte Wort setzte ich mit den Fingern in Gänsefüßchen.

»Ah, wir sind wieder im Journalistenmodus. Gut zu wissen. Aber um deine Frage zu beantworten: Keine Ahnung. Es hat sich irgendwie ergeben. Außerdem liegen ja gut zehn Jahre dazwischen.«

»Wolltest du schon immer zum Fernsehen?«

»Nicht unbedingt. Aber ich habe schon immer gern auf der Bühne gestanden und Veranstaltungen moderiert, nachdem ich eine Sprecherausbildung absolviert hatte.«

Gemeinsam schlenderten wir über die Augustusbrücke, von wo aus wir direkt ans Elbufer abbogen, um ein Stück den Radweg entlang zur nächsten Brücke stadtauswärts zu laufen. Zwischendurch erlaubte ich mir immer wieder, den Mann neben mir verstohlen aus dem Augenwinkel zu betrachten. Er war gut einen halben Kopf größer als ich und sein Körperbau ließ erahnen, dass er ziemlich athletisch war. Beim Laufen hatte er die Hände lässig in den Hosentaschen vergraben, kickte hier und da mit dem Fuß mal einen Stein weg wie ein kleiner Junge. Und sein Gesicht – dieses Lächeln. Diese weichen Gesichtszüge, wenn er in die Sonne blinzelte. Verdammt, etwas in mir regte sich und das passte mir so gar nicht in den Kram, denn ich wollte mich nicht auf etwas einlassen, was mir beruflich nur im Weg stehen würde.

»Und? Gefällt dir, was du siehst?« Mit einem schiefen Grinsen auf den geschwungenen Lippen drehte er sich zu mir, dass ich fast in Ohnmacht fiel. Er hatte es gecheckt. Mist.

»Ich ... ähm ... Nein. Also ja. Da hinten, das ...«, stammelte ich und zeigte auf den Turm der Yenidze, die hinter der nächsten Brücke hervorlugte.

»Das meinte ich nicht.«

»Nicht?« Als ob es nicht schon heiß genug wäre, spürte ich die Hitze in meine Wangen steigen. Vermutlich schoss gleich noch Dampf aus meinen Ohren.

»Du hast *mich* gemustert, nicht das da hinten.« Fabian lachte erneut. Warmherzig und vertraut irgendwie, was mein Schamgefühl jedoch kaum minderte.

»Hab ich nicht«, versuchte ich, mich rauszureden. Doch instinktiv wusste ich, dass es rein gar nichts nützen würde.

»Hast du. Und du hast geglaubt, ich würde es nicht mitkriegen. Hab ich aber. Und jetzt frage ich dich nochmal: Gefällt dir, was du gesehen hast?«

Fabian war mit einem großen Schritt vorausgegangen, um im nächsten Moment direkt vor mir stehenzubleiben. Fast war es, als könnte man den Funkenflug zwischen uns spüren. Wobei das Flirren in der Luft auch sehr gut von der Hitze kommen konnte.

»Ich ... Also ...«

»Mir gefällt nämlich sehr gut, was ich sehe«, sagte er ganz unvermittelt und ein verschmitztes Lächeln huschte in sein Gesicht.

Für einen Moment geriet mein Herz aus dem Takt, als er mir so gegenüberstand. Für einen Moment glaubte ich, tief in mir drin diese Sehnsucht nach Nähe zu spüren, die er vielleicht befriedigen konnte. Vielleicht aber auch nicht. Ich besann mich rechtzeitig, weswegen wir hier waren, und versuchte, einfach da weiterzumachen, wo wir vor seinem kleinen Intermezzo stehengeblieben waren.

»Warum haben Tiefdruckgebiete immer weibliche Namen? Ist das nicht irgendwie sexistisch?« Ohne mit der Wimper zu zucken, wechselte ich das Thema und ging weiter. Wir waren ohnehin gleich da.

»Ah, ein Themawechsel. Sehr geschickt«, lachte er auf und schloss mit wenigen Schritten wieder zu mir auf. »Und keineswegs werden da immer nur Frauennamen vergeben. Das wechselt doch, mal haben die Damen das Vergnügen, für viel Wind zu sorgen, mal die Herren. Alles gerecht verteilt.«

»Ach so. Na, dann bin ich ja beruhigt. Muss man als Wettermoderator eigentlich Fachwissen mitbringen? Oder liest man die Informationen nur vom Teleprompter ab?«

»Nein und nein. Es bedarf keines jahrelangen Meteorologie-Studiums. Ich bin ja nur derjenige, der die Wetterprognosen unters Volk bringt, ich erstelle sie nicht.«

»Interessant«, erwiderte ich lediglich. Mein Mund fühlte sich trocken an und ich schluckte mehrmals.

»Und vom Teleprompter ablesen ist auch nicht drin. Ich muss frei sprechen, da ich ja mit fiktiven Wetterkarten arbeite, die du dann auf dem Fernsehbild meistens hinter mir siehst.«

»Interessant.«

»Du wiederholst dich. Geht es dir gut?«

Ich nickte. »Erzähl ruhig weiter. Es ist wirklich interessant.«

»An diese Bluescreen-Technik musste ich mich wirklich erst gewöhnen. Es ist ziemlich abgefahren, vor einer blauen Wand zu stehen, auf der im fertigen Beitrag die Wetterkarte zu sehen ist.«

»Ich kann mir das irgendwie nur schwer vorstellen. Aber gut zu wissen, dass du nicht für diese Hitze verantwortlich bist.«

»Ich kann dich bestimmt mal mit ins Studio nehmen, wenn du willst.«

»Das wäre großartig. Wir sind übrigens da«, sagte ich und zeigte auf ein Gebilde, das einem aufgebockten Bilderrahmen ähnelte.

»Ist das Kunst oder kann das weg?«, witzelte Fabian und schlich um den Rahmen herum. »Was macht es? Beamt es uns ins All?«

»Quatsch«, er brachte mich zum Lachen, »von hier aus hat man den einzig wahren Canalettoblick.«

»Den was?« Fabian stellte sich direkt vor den Rahmen und streckte seinen Kopf hindurch. »Ich sehe nur eine Brücke und dahinter Industriezeug, Eisenbahnschienen, Strommasten. Kein Canadingsdablick.«

»Du stehst auch verkehrt herum.« Mutig griff ich nach seinem Handgelenk und als ich seine Haut unter meiner spürte, flutete mich augenblicklich ein ganz irres Gefühl, das ich kaum in Worte fassen konnte. Ich zog ihn eine halbe Runde um das Gebilde herum und stellte mich neben ihn. So nah, dass ich sein Parfum riechen konnte. Sein frischer Geruch stieg in meine Nase und benebelte mein Hirn vollends. Dass wir Schulter an Schulter hier standen, die Köpfe ganz nah beieinander, trug auch nicht unbedingt dazu bei, dass ich mich entspannen konnte.

»Und jetzt?«, fragte er nach und drehte seinen Kopf zu mir. Nur wenige Zentimeter trennten unsere Nasenspitzen voneinander, und als sein Blick auf meinen traf, schien die Zeit für den Bruchteil einer Sekunde stillzustehen. Es war, als schaute ich in warmes, zähflüssiges Karamell. Ich blinzelte schnell, um ihm auszuweichen, doch er hielt mich gefangen.

»Was siehst du?«, flüsterte ich und kannte die Antwort bereits. Denn Fabian schaute nicht durch den Bilderrahmen, um die Altstadtsilhouette zu bewundern, die einst ein Maler namens Canaletto festgehalten hatte.

»Etwas, das wunderschön ist.« Seine Stimme war ein paar Oktaven tiefer gerutscht und bescherte mir Gänsehautschauer, die über meine Wirbelsäule rieselten.

Irgendwie schaffte ich es, mein Gesicht von ihm wegzudrehen und lotste auch seinen Blick in Richtung der altehrwürdigen Gebäude.

»Wow, das ist auch schön«, sagte er. »Wie heißt das gleich nochmal?«

»Canalettoblick. Canaletto war ein Maler, der von hier aus diesen unvergleichlichen Blick auf seiner Zeichnung eingefangen hat. Wahnsinn, oder? Und alle Bauwerke, die im Original zu sehen sind, sind wieder aufgebaut worden.«

»Ja, das ist wirklich beeindruckend. Und ich bleibe dabei, du bist ein wandelndes Lexikon oder die personifizierte Stadtführung.«

»Weder noch. Ich mache nur meinen Job.« Es war ein lächerlicher Versuch, sein verstecktes Kompliment abzuschmettern.

»Oh, glaub mir, es ist viel mehr als das.«

Fabian zückte sein Handy, um ein Foto zu schießen, das er vermutlich gleich in den sozialen Medien verbreiten würde. Doch anstatt die entsprechende App zu öffnen, griff er nun nach meinem Handgelenk, was mich nach Luft schnappen ließ. Sein Griff war fest und bestimmt, aber keineswegs grob. Jetzt war er es, der mich auf die andere Seite des Bilderrahmens zog und seinen Arm um meine Schultern legte.

Was? Wie?

Ich stieß geräuschvoll die Luft aus, als mir klar wurde, was er vorhatte. Er positionierte uns so, dass bei einem Selfie auch ein Stück des Rahmens zu sehen war und dann drückte er auf den Auslöser.

»Als kleine Erinnerung«, sagte er mit einem Augenzwinkern und ließ mich völlig verwirrt stehen.

Die Haut auf meinen Schultern prickelte da, wo sein Arm gerade noch gelegen hatte. Es fühlte sich an, als hätte mir jemand Champagner übergekippt, dessen Geruch nach Alkohol mich zusätzlich benebelte.

»Gehen wir jetzt in die Neustadt? Ich habe einen Mordshunger. Was ist mit dir?« Fabian schien völlig unbeeindruckt dessen, was gerade zwischen uns passiert war. Oder war gar nichts passiert? Hatte ich mir das alles nur eingebildet? Hatte ich eine Fata Morgana? Halluzinierte ich vielleicht?

»Äh, ja. Also, ja, wir gehen jetzt in die Neustadt. Schaffst du es noch zu Fuß oder sollen wir mit der Straßenbahn fahren?«

»Warum fragst du mich eigentlich dauernd, ob ich gut zu Fuß bin? Erwecke ich etwa den Eindruck, dass ich mich nicht gern bewege?« Er hatte die Augenbrauen hochgezogen und sah mich abwartend an, während wir uns Bewegung setzten, um den nächsten Programmpunkt anzusteuern.

»Keine Ahnung. Vielleicht habe ich vermutet, dass Typen wie du lieber mit dem Taxi fahren.« Ich zuckte mit den Schultern und grinste ihn schief an.

»Typen wie ich? Du bist wirklich lustig, Merle. Ich lasse mein Auto ganz gern mal stehen. Schon der Umwelt zuliebe, und mein Körper dankt es mir auch, wenn ich einmal mehr mit dem Fahrrad zum Studio fahre.«

»Sorry«, sagte ich leise und drehte mich beschämt weg.

Nachdem wir eine Weile schweigend nebeneinander hergelaufen waren, zeigte Fabian auf die goldene Statue, die mit der Sonne um die Wette funkelte.

»Da ist er doch, der August. Wie gut, dass er hier auch nochmal ist, dann müssen wir ihn am Fürstenzug nicht suchen«, frotzelte er und meinte den Goldenen Reiter.

Ich lachte auf. »Ich kann ihn dir dort bei Gelegenheit nochmal zeigen.«

»Ich bestehe darauf«, erwiderte er und nickte.

Das bedeutete dann wohl, dass wir uns außerhalb unserer beruflichen Verbindung noch einmal treffen würden.

Kapitel 15

Die legendäre Kunsthofpassage empfing uns mit etwas Schatten, über den ich mich noch nie zuvor so sehr gefreut hatte. Seit heute Mittag hatte ich das Gefühl, fast zu verglühen. Wobei ich mir nicht sicher war, ob es allein an der Hitze lag, oder ob nicht vielleicht auch meine Begleitung ein wenig dafür verantwortlich war.

»Da hinten, in der Lila Soße, können wir eine Pause einlegen, wenn du magst«, sagte ich und deutete auf den bunten Innenhof, der sich vor uns erstreckte.

»Lila was? Ihr habt wirklich sonderbare Namen für Restaurants«, erwiderte Fabian lachend, während er die Sonnenbrille auf den Haaransatz schob und sich umschaute. »Was ist das hier?«

»Die Kunsthofpassage. Sie erstreckt sich zwischen zwei der Hauptstraßen und die Innenhöfe wurden vor Jahren künstlerisch gestaltet, jeder ist anders. Es ist ein Kleinod.«

Während ich über den Ort sinnierte, an dem wir uns befanden, stand Fabian mir gegenüber und betrachtete mich recht schamlos, wie ich aus dem Augenwinkel sehen konnte.

»Du faszinierst mich«, sagte er schließlich nach endlosen Sekunden des Schweigens.

Vor lauter Verlegenheit fiel mir darauf keine passende Antwort ein und ich lief einfach weiter, bis wir an dem Café waren, das ich vorhin erwähnt hatte. Überall an den Hauswänden rankten Efeupflanzen entlang und verliehen dem Innenhof eine besondere Gemütlichkeit. Die kleinen, individuellen Läden taten ihr Übriges.

»Sollen wir uns setzen?«, fragte ich schließlich, nachdem ich an einem der Tische, die vorm Café standen, stehengeblieben war.

»Gerne. Ich könnte eine Pause wirklich gut gebrauchen. Und du?«

»Auch. Und ein kühles Getränk ebenso«, antwortete ich und ließ mich mit einem schnaufenden Laut auf den Stuhl sinken, auf dem ein buntes Kissen lag.

Wir bestellten hausgemachten Eistee und Fabian noch ein Sandwich, über das er sich hermachte, als hätte er tagelang nichts gegessen.

»Woher weißt du so viel über Dresden?«, wollte er wissen und wischte sich mit der Serviette etwas Mayonnaise aus dem Mundwinkel. Ich kam nicht umhin, ihn dabei anzustarren, und stellte mir vor, dass ich stattdessen mit meinem Finger ...

Ich stieß geräuschvoll die Luft aus, um mich zu sammeln. Das durfte doch nicht wahr sein. Warum brachte mich dieser Mann so durcheinander? Ich war gar nicht darauf aus, mich mit ihm auf ein Abenteuer einzulassen.

»Es interessiert mich einfach. Vieles kenne ich wie schon gesagt aus Erzählungen von meinen Großeltern und meiner Mutter. Einiges habe ich recherchiert. Ich bin Journalistin, wie du weißt, Recherche liegt mir quasi im Blut.« Langsam führte ich das Glas mit dem Strohhalm an meine Lippen und bemühte mich, seinem Blick standzuhalten. Er brachte mich vollkommen durcheinander.

»Finde ich wirklich klasse. Ich meine, ich weiß jetzt mehr über Dresden als über meine Heimatstadt«, sagte er lachend und steckte den letzten Bissen seines Sandwiches in den Mund, während ich nur mit den Schultern zuckte.

»Schau dich um, es ist ein Leichtes, sich für all das Schöne zu interessieren.«

»Hast du nie daran gedacht, woanders hinzugehen?«

»Warum sollte ich? Ich liebe diese Stadt. Hier ist mein Job, meine Freunde. Warum sollte ich all das aufgeben?«

»Gute Frage. Keine Ahnung, vielleicht wegen eines besseren Jobs? Oder wegen der Liebe? Letztere lässt einen ja bekanntlich gern mal neue Wege gehen.«

Mit einem frechen Schmunzeln auf den Lippen lehnte sich Fabian zurück, ohne mich dabei aus den Augen zu lassen. Ganz so, als warte er auf eine Reaktion von mir.

»Ich habe hier einen fabelhaften Job. Mit allen Aussichten. Ein Ortswechsel tut nicht not.«

»Das verstehe ich sogar. Und deine Hingabe für diese Stadt ist wirklich mit nichts zu vergleichen.«

Schon wieder brachten mich seine Worte in Verlegenheit. Die Hitze pulsierte in meinen Wangen und mir fiel keine passende Antwort ein. Noch wusste ich nicht, ob es mir gefiel, dass er mich so dermaßen aus dem Konzept bringen konnte, dass ich kaum noch meinen Namen wusste.

»Wie war die Umstellung vom Großstadtleben auf unsere kleine Stadt für dich?«, versuchte ich es also mit einer Gegenfrage, bevor die Situation zwischen uns noch begann, in Flammen aufzugehen.

»Wollen wir dann weiterziehen? Auf deiner Liste fehlen noch ein paar Punkte.« Anstatt auf meine Frage zu antworten, wollte er gehen? Echt jetzt?

»Okay, verstehe.« Ich zuckte mit den Schultern und trank meinen Eistee aus, der inzwischen warm geworden war.

Fabian zahlte erneut die Rechnung, was mir auch dieses Mal unangenehm war. Ich konnte ganz gut allein für mich aufkommen und brauchte niemanden, der mich aushielt. Aber er war da offenbar anderer Meinung. Und ich ließ ihn gewähren.

Wir sahen uns die insgesamt fünf Kunsthöfe an, von denen jeder anders gestaltet war. Verschiedene Künstler hatte sich hier ausgetobt und ihre Botschaften in unterschiedlichster Form hinterlassen. Fabian fand Worte wie krass, irre, verrückt, abgefahren für die künstlerischen Details und Gestaltungen und ich fragte mich, ob er dem tatsächlich etwas abgewinnen oder mir nur einen Gefallen tun wollte, weil ich ihn so engagiert durch die Stadt führte.

Ich erzählte ihm, dass die Neustadt schon immer ein Szeneviertel war und früher hier mehrere Gesellschaftsschichten aufeinandertrafen. Die Häuser waren bis in die neunziger Jahre weitgehend alt und unsaniert. Doch das Bild des Viertels hatte sich komplett gewandelt und es war eine der begehrtesten Wohngegenden für junge Leute geworden. Hier war immer etwas los, an den Wochenenden war es voll und laut – meine Gründe, warum ich nicht hierhergezogen war. Im Sommer gab es viele bunte Veranstaltungen, Live-Musik an jeder Ecke, Tische und Stühle auf den Gehwegen, wo man verweilen und etwas trinken konnte. Wie Perlen auf einer Kette waren hier Restaurants und Kneipen aneinandergereiht, dass man sich kaum entscheiden konnte, wo man zuerst hingehen sollte.

»Ist ziemlich cool hier«, stellte Fabian schließlich fest, nachdem er mich minutenlang im Unklaren darüber gelassen hatte, wie es ihm gefiel. »Aber ich bin trotzdem froh, am Neumarkt zu wohnen.«

Es war klar, dass der Herr Fernsehmoderator in direkter Nachbarschaft zur Frauenkirche wohnte. Dabei würde er auch fabelhaft ins Szeneviertel passen und die Wohnungen waren vermutlich genauso teuer wie auf der anderen Elbseite im Stadtzentrum.

»Geh mit deinen Freunden mal abends hierher, dann ist es noch cooler und bunter. Tagsüber wirkt es nicht halb so einladend.«

»Nur wenn du mitkommst.« Mit dem Ellenbogen stupste er mich etwas stärker am Oberarm, sodass ich das Gleichgewicht verlor. Gerade noch rechtzeitig, bevor ich auf die Straße stolperte, bekam Fabian mich am Handgelenk zu fassen und zog mich wieder zu sich. »Tut mir leid, das wollte ich nicht«, sagte er, mein Handgelenk noch immer festhaltend.

Wärme flutete von da aus meinen Körper – eine fantastische Sache bei knapp vierzig Grad Außentemperatur. Ich hatte das Gefühl, innerlich zu verglühen, als ich in seine Augen sah, die sich von flüssigem Karamell in glühende Lava verwandelt hatten. Es war, als stürzte ich unvermittelt in einen Vulkan, ohne dass es ein Zurück gab.

»Ich, äh ... schon gut. Ist ja nichts passiert«, wiegelte ich den kleinen Vorfall ab, nachdem ich mich von ihm schier losgerissen hatte.

Ich fuhr fort mit meinem Programm und zeigte ihm die Scheune, eines der größten Kulturzentren im Viertel. In der alten Fabrikhalle fanden Konzerte und Veranstaltungen statt, Festivals und Theater. Im Sommer konnte man gemütlich draußen im Biergarten sitzen oder in den benachbarten Club gehen. Für so ziemlich jeden Geschmack gab es hier etwas.

»Also was ist, suchst du eine Veranstaltung aus und begleitest mich?«, hakte Fabian erneut nach.

Ich holte tief Luft und schüttelte dann den Kopf. »Ich glaube nicht, dass das eine gute Idee wäre.«

»Weil?« Trotzig reckte er sein Kinn nach vorn und musterte mich aus zusammengekniffenen Augen.

»Weil es nun mal keine gute Idee ist«, wiederholte ich stur. Denn so war es. Unser Verhältnis war rein geschäftlich. Auch wenn ich ihn wirklich gutaussehend und zunehmend charmant und witzig und sexy fand, würde es nie darüber hinausgehen. Dafür hatte ich keine Zeit, wenn ich erfolgreich in meinem Job sein wollte. Das, was wir heute machten, war ungewöhnlich und das Höchste der Gefühle.

»Aha. Ja, das klingt einleuchtend.«

Es war inzwischen später Nachmittag und ich fragte mich, wie wir es schaffen sollten, die restlichen Hotspots abzuarbeiten, die ich ihm zeigen wollte. »Bist du noch gut zu Fuß?«

»Du fragst das schon wieder?« Fabian lachte kehlig auf, dass mir fast schwindelig wurde.

»Was dagegen?«

»Nein und ja, ich bin noch gut zu Fuß. Wo geht es hin?«

»Elbschlösser.«

»Ha, die kenne ich sogar. Vom Vorbeifahren«, sagte er und formte mit seinem Arm einen Strike, während ich die Augen verdrehte.

»Kulturbanause.«

»Du wiederholst dich schon wieder. Beim nächsten Mal schuldest du mir ein Essen.«

»Schon klar.« Es war wohl eher andersherum, er schuldete mir etwas. Schließlich war ich diejenige, die sich hier den Samstag um die Ohren schlug, um ihm die Stadt zu zeigen. Meine Füße brachten mich langsam um. Die Fußsohlen brannten wie Feuer und meine Beine waren schwer wie Blei. Aber das würde ich natürlich niemals zugeben. »Wir können mit der Straßenbahn fahren, dann müssen wir nicht ganz so viel laufen.«

»Gute Idee. Das wollte ich ohnehin immer mal machen«, lachte Fabian, als wir bereits auf dem Weg zur Haltestelle waren.

»Was? Du bist noch nie ...?«

»In Dresden Straßenbahn gefahren?«, fiel er mir ins Wort. »Nein, bin ich nicht. Du erinnerst dich sicher, dass ich erst seit Mai hier bin und quasi sofort angefangen habe zu arbeiten.«

»Japp. Ich erinnere mich. Aber du hast doch reichlich Freizeit, wie man auf deinen Social-Media-Accounts sieht. Da wäre bestimmt mal Zeit gewesen, unsere öffentlichen Nahverkehrsmittel unter die Lupe zu nehmen.« Ich meinte es nicht ganz so ernst, wie ich es sagte, und doch blieb er kurz stehen, sodass ich mich zu ihm umdrehte.

Mit offenem Mund sah er mich an, die Stirn gerunzelt und die Augen zusammengekniffen. »Stalkst du mich?«

»Was bitte? Nein! Natürlich nicht.« Unsicher trat ich von einem Bein aufs andere. Hörte ich da einen Vorwurf in seiner Stimme? Es klang irgendwie anklagend, wie er das gesagt hatte.

»Aber du hast mich gegoogelt.«

»Natürlich habe ich dich gegoogelt. Ich wollte schließlich wissen, was mich erwartet. Machst du das etwa nicht?« Mein Mund wurde spürbar trocken. Warum hatte ich das Gefühl, mich rechtfertigen zu müssen?

»Nein. Ich lasse mich gern überraschen.« Seine Mundwinkel zuckten und seine Stirn entspannte sich merklich. »Du warst kurz irritiert, gib es zu«, lachte er.

»Okay. Ja, ein wenig schon. Ich dachte, ich hätte einen Fehler gemacht.« Mir fiel ein Stein vom Herzen. Erleichtert lief ich weiter und er folgte mir, bis wir an der Haltestelle waren, wo unsere Bahn gerade ankam. Wir schafften es gerade noch so, unsere Fahrkarten aus dem Automaten zu ziehen.

»Keine Sorge, hast du nicht. Recherchearbeit ist natürlich völlig legitim.« Er legte seine Hand auf meinen unteren Rücken, wo mich sofort Wärme flutete, und schob mich in den Wagon der Straßenbahn. »Wie viele Stationen sind es?«

Völlig abgelenkt von seiner Berührung, die noch immer wie ein Stromstoß in mir wütete, sah ich auf die Grafik mit der Haltestellenübersicht. »Ich weiß nicht genau, drei oder vier sind es. Wir müssen auf jeden Fall am Lingnerschloss aussteigen. Keine Ahnung, wie die Haltestelle heißt«, gab ich schließlich zu und entlockte Fabian damit ein herzliches Lachen, dass sich die Leute zu uns umdrehten. Wir standen im hinteren Bereich des Wagons und hielten uns jeder mit einer Hand an einer der Haltestangen über uns fest.

Mit seinem Kopf kam er ganz nah an meinen, dass ich seinen Atem auf meiner Haut spürte. Der Geruch seines Parfums stieg in meine Nase und für einen Augenblick schloss ich die Augen, um alles von ihm in mich aufzusaugen. »Und wie oft nutzt du dieses Verkehrsmittel, Frau Schön, hm?« Während er sprach, berührten seine Lippen mein Ohr und ein Gänsehautschauer jagte über meinen Körper.

Ich atmete tief ein und wieder aus, drei Mal, bevor ich meinen Rücken straffte und mich daran erinnerte, weswegen ich das hier machte. Gewiss nicht wegen einer abenteuerlichen Nacht mit Dresdens schönstem Fernsehgesicht.

»Okay, du hast mich ertappt. Ich fahre lieber mit dem Fahrrad als mit der Straßenbahn oder dem Bus.«

»Du meinst das Fahrrad, das dir neulich den Dienst verweigert hat?«

Ich nickte verlegen und zog es vor, nicht weiter darauf einzugehen. Den Rest der Fahrt verbrachten wir schweigend. Fabian sah aus dem Fenster und ich gab mich dem Geruckel der Bahn hin, die über die Schienen tuckerte.

Nachdem wir an der richtigen Haltestelle ausgestiegen waren, schlenderten wir durch die Parkanlage, bis wir am Schloss waren, das mehr eine riesige Villa war samt Biergarten auf der elbseitigen Terrasse, von der aus man einen atemberaubenden Ausblick hatte.

»Wow, warum war ich noch nie hier? Das ist ja wunderschön.« Fabian stand neben mir an der Brüstung der Terrasse und genoss den Rundumblick. Sah man nach links, konnte man sogar bis in die sächsische Schweiz sehen und ein paar Berge erkennen. Direkt gegenüber lag die Johannstadt und rechts ging die Sonne über dem Stadtzentrum langsam unter und tauchte die City in ein orange-rotes Farbenmeer.

»Schön, oder?« Ich suchte nach seiner Bestätigung, obwohl ich die nicht brauchte.

»Atemberaubend«, flüsterte er direkt neben mir und ich drehte meinen Kopf zu ihm. Um im nächsten Moment direkt in seine braunen Augen zu blicken, die mich sofort gefangen nahmen.

»Aber du siehst gar nicht hin«, stellte ich fest, denn sein Blick galt mir und nicht dem Sonnenuntergang über der Frauenkirche.

»Doch, doch. Ich sehe ganz genau hin.«

Wenn das ein Flirtversuch war, funktionierte er. Leider. Mein Herz überschlug sich mehrmals und konnte sich nicht entscheiden, ob es bis zum Hals schlagen oder doch lieber in die Hose rutschen sollte. Mit feuchten Handflächen krallte ich mich im Sandstein der Brüstungsmauer fest, weil meine Knie plötzlich weich wie Pudding waren. Warum nur reagierte ich derart auf ihn? Ich wollte das nicht! *Atmen, Merle, atmen*, rang ich innerlich um Fassung, was mir nur mäßig gelang.

»Wollen wir was trinken?«

Ich nickte und war dankbar für diese Idee. Mein Mund war schon wieder staubtrocken und überhaupt ertappte ich mich immer öfter dabei, dass ich in seiner Gegenwart die Kontrolle verlor. Wie gerade eben erst.

»Ich hole uns zwei Radler. Suchst du einen Platz?«, sagte ich schnell, um der Situation, die ich nicht einordnen konnte, zu entkommen.

»In Ordnung.«

Ein paar Minuten später kehrte ich mit zwei randvollen Bechern zu unserem Tisch direkt an der Brüstung zurück, wo Fabian mich grinsend empfing.

»Wie gut, dass du sie dieses Mal unfallfrei transportieren konntest«, erwiderte er, ohne eine Miene zu verziehen, nachdem ich die Becher auf dem Tisch abgestellt und mich gesetzt hatte.

»Wie?«, fragte ich irritiert.

»Letztes Mal hast du sie doch verschüttet, wenn ich mich recht erinnere.« Ein breites Lächeln zupfte an seinen Mundwinkeln, die sich verdächtig nach oben bogen.

»Letztes Mal? Aber wir haben doch noch nie zusammen Radler getru... Oh. Oooh.« Ach du meine Güte. Die Erkenntnis, dass er auf den Vorfall beim Konzert anspielte, sickerte langsam in mein Hirn. Zähflüssig wie Ahornsirup verklebte sie jeden Nerv. Er hatte mich erkannt. Er wusste es. Von Anfang an.

»Ja, das war ich«, sagte er und beugte sich über den Tisch.

»Ich weiß«, gestand ich und vermied es, ihm dabei in die Augen zu sehen. Überhaupt sollte ich das in Zukunft vermeiden, wenn ich ich selbst bleiben wollte. »Aber ich dachte nicht, dass du mich ...«

»Dass ich dich nicht erkenne? Da muss ich dich leider enttäuschen, Merle. So ein schönes Gesicht vergisst man nicht mal eben so.«

Kapitel 16

Der Morgen dämmerte bereits. Auch wenn heute Sonntag war und ich eigentlich ausschlafen konnte, war ich wach. Hellwach. Mein Herz pochte wie verrückt in meinem Brustkorb und beruhigte sich kaum. Immer wenn ich die Augen schloss, sah ich *ihn*. Fabian Brandl. Den Mann, der mich gestern fast minütlich aus dem Konzept gebracht hatte. Stöhnend wälzte ich mich von einer Seite auf die andere und fluchte in mein Kissen.

Der Abend mit ihm war gemütlich ausgegangen. Wir hatten uns über alles Mögliche unterhalten und mitten im Gespräch war es mir sogar gelungen, noch ein paar Fragen unterzubringen. So wusste ich jetzt zum Beispiel, dass er, wie ich, ein Einzelkind war. Dass er nie Ambitionen zum Modeln oder fürs Fernsehen hatte, bis er als Achtzehnjähriger an diesem Wettbewerb teilgenommen hatte. Über seine Sprecherausbildung hatte er mir mehr erzählt, und dass er gern Disney-Trickfilme synchronisieren würde. Wobei ich ihn mir auch gut als Stimme von Bradley Cooper zum Beispiel vorstellen konnte. Oder Theo James.

Allein die Gedanken an Fabian versetzten mich schon wieder in eine Art Ausnahmezustand. Mein Puls raste, als wollte er Anlauf nehmen und ins Unendliche fliegen.

Natürlich hatte es sich Fabian gestern Abend nicht nehmen lassen, mich nach Hause zu bringen. Wir waren mit dem Taxi gefahren und als er mit mir gemeinsam vor meinem Haus ausgestiegen war, um mich zur Tür zu bringen, war mir klar, was passieren würde. Ich musste also höllisch aufpassen, mich nicht in etwas zu verlieren, was keine Zukunft hatte. Mein Job war meine Zukunft und das Einzige, was zählte. Während er sich von mir verabschiedete, war sein Gesicht meinem ganz nah. Alles in mir schrie danach, seine Lippen spüren zu wollen. Es wäre ein Leichtes gewesen, ihn einfach an mich heranzuziehen und zu küssen. Meine Arme um seine Taille zu schlingen und meine Finger unter sein T-Shirt wandern zu lassen. Ich vermutete, es war genau das, was er bezweckt hatte. Und in einem Liebesroman wäre das die perfekte Stelle für den ersten Kuss gewesen. Aber mein Leben war keine Schmonzette und genau diese Situation wäre mein Verderben geworden. So viel war klar. Mit einem knappen »Ciao« hatte ich ihn also einfach vor meiner Tür stehen lassen und war die Treppen nach oben ins Dachgeschoss gerannt.

Mitten in der Nacht hatte er mir eine Nachricht geschickt, in der er mich darauf hinwies, dass ich ihm noch ein paar Hotspots schuldig geblieben war. Und dass er mich heute Mittag abholen würde, um diese noch zu erkunden. Widerspruch wäre zwecklos, er hätte sich den Nachmittag schon freigeschaufelt.

Kurz überlegte ich, sein Vorhaben zu umgehen. Doch es wäre unfair ihm gegenüber, schließlich hatte er recht, ich hatte meinen Teil des Deals noch nicht erfüllt. Ich wusste jedoch nicht, ob ich noch einen Tag mit ihm verkraften würde. Ob mein Herz es schadlos verkraften würde, ihm für weitere Stunden zu widerstehen und das Wesentliche – meinen Job – im Blick zu behalten.

»Vielleicht sollte ich ihm einfach nachgeben«, murmelte ich und griff nach meinem Telefon, um den Chat mit ihm aufzurufen und seine Nachricht noch einmal zu lesen.

Fabian: Vielen Dank für den wundervollen Tag und deine erfrischende Gesellschaft. Es war mir ein Vergnügen. Und das wird es morgen nochmal sein, denn dir ist sicher nicht entgangen, dass wir erst bei sieben waren. Ich hole dich gegen zwölf Uhr ab, dann erkunden wir den Rest. Schlaf gut, Merle.

Merle: ... schreibt ... schreibt ... löscht ... überlegt ... schreibt ... löscht ...

Mir wollte so gar keine passende Antwort einfallen. Seine Worte entlockten mir einmal mehr ein Schmunzeln, doch mir fiel nichts ein, was ich entgegnen konnte. Ein schnödes *Okay* vielleicht?

Merle: Guten Morgen. Natürlich bin ich mir dessen bewusst, dass noch ein paar Punkte offen sind. Gern können wir die heute Nachmittag in Angriff nehmen. Bis dahin einen schönen Sonntag.

Es las sich wie der Text in einem Geschäftsbrief und doch schickte ich die Nachricht ab, bevor ich mich wieder in die Kissen kuschelte. An Schlaf war zwar nicht mehr zu denken, aber zum Aufstehen war es noch viel zu früh.

Fabian: Ganz die Geschäftsfrau ... Ich bin gespannt, was noch auf deiner Liste steht, und freu mich auf dich.

Merle: Du bist schon wach? Es ist Sonntag!

Fabian: Dito!?

Für einen Moment hatte ich ein Déjà-vu und hoffte, dass er mich nicht gleich anrufen würde wie neulich, als ich mitten in der Nacht in der Badewanne gelegen hatte. Sofort spürte ich wieder das Kribbeln auf meiner Haut, das bis in die entlegensten Nervenzellen reichte.

Merle: Es ist zu heiß unterm Dach, ich kann nicht mehr schlafen.

Fabian antwortete mit einem Emoji, der aussah wie eine Flamme, und ich konnte nur zustimmend nicken. Es war heiß in meiner kleinen Dachgeschosswohnung, was aber nicht nur allein an den hochsommerlichen Temperaturen lag.

***

»Und, wie war er?« Schrill und völlig überdreht dröhnte Helenes Stimme am Vormittag durchs Telefon. Sie hörte sich an wie ein Fahrgeschäftbesitzer, der gerade eine »Eeeextrarundeeee« ankündigte.

»Es war ganz okay. Das Interview ist im Kasten und ich kann meinen Artikel schreiben.« Dass der Tag großartig war, ich mich in Fabians Gesellschaft pudelwohl gefühlt und er mir mehr als einmal prickelnde Schauer über den Rücken gejagt hatte, erwähnte ich lieber nicht. Ich wusste, dass Helene gossip-artig regelrecht nach solchen Details gierte.

»Interview, tz. Das meine ich nicht, Merle. Wie war *er*? Der Wetterfrosch! Wie ist der so?« Fast hörte es sich an, als käme sie im nächsten Moment durchs Telefon gerauscht, so aufgeregt klang sie.

»Ganz okay«, wiederholte ich meine Aussage von gerade eben, wohlwissend, dass das nicht einmal ansatzweise der Wahrheit entsprach.

»Ganz okay? Echt jetzt? O Mann, Merle, kannst du nicht einmal etwas mehr Gefühl zeigen?« Helene stöhnte am anderen Ende theatralisch und ich verdrehte die Augen.

»Aber er *ist* okay, Leni. Und er trinkt Espresso, bei jeder Gelegenheit. Du weißt, was das heißt!«

»Ach du meine Güte. Sag mir, welchen Kaffee du trinkst, und ich sag dir, wer du bist? Ist es jetzt schon so weit? Er trinkt gern einen kleinen, starken Kaffee, das ist vollkommen in Ordnung.«

»Espresso.« Ich versuchte es einfach noch einmal. »Er trinkt Espresso. Mit Zucker.«

In einem Klatschmagazin hatte ich mal einen Artikel darüber gelesen, wie man Männer anhand ihrer Kaffeevorlieben kategorisieren konnte. Und Espressotrinker waren laut dieser Berichterstattung geborene Alphamännchen, die gerne auf der Sonnenseite und im Mittelpunkt des Lebens standen. Ich brauchte niemanden, den ich ständig anhimmeln und hofieren musste.

Doch auch wenn Fabian mich vom Gegenteil überzeugt hatte, traute ich meinen Gefühlen nicht über den Weg. Mein holperndes Herz war mir gestern schon mehrmals in die Quere gekommen, ich war mir sicher, das würde mir heute wieder passieren. Allein die Vorfreude auf den Nachmittag mit dem charmantesten Wetterfrosch aller Zeiten reichte aus, um es schon wieder gehörig aus dem Takt zu bringen.

Nachdem ich das Telefonat mit meiner Freundin beendet hatte, ging ich ins Bad, duschte ausgiebig und machte mir Gedanken darüber, was ich nachher anziehen sollte. Als ich dann vorm Schrank stand, griff ich schließlich nach einem knielangen roséfarbenen Plisseerock und einem weißen Trägertop. Meine Haare raffte ich im Nacken zu einem lockeren Knoten zusammen, bevor ich meine weißen Chucks aus dem Schuhschrank fischte.

Ich war gerade dabei, Sonnencreme, meine Geldbörse und was man halt so brauchte, in meine kleine Handtasche zu stopfen, als es auch schon an der Tür klingelte. Und prompt blieb mein Herz für einen Augenblick stehen, was ich mit einem Schnaufen quittierte. Ich wollte nicht derart auf ihn reagieren. Und doch passierte es immer häufiger. Wenn jetzt schon das Klingeln ausreichte, um mich völlig aus der Fassung zu bringen, was geschah dann mit mir, wenn ich ihm gleich gegenüberstand? Würde ich wie eine Trickfilmfigur vor ihm herumhampeln und mit heraushängender Zunge wirres Zeug erzählen?

Ich tupfte mir noch schnell die Schweißperlen von der Stirn, dann verließ ich meine Wohnung.

»Hey, du strahlst ja mit der Sonne um die Wette«, begrüßte mich Fabian, der sich vor der Haustür ein schattiges Plätzchen gesucht hatte. Als er mich sah, stieß er sich mit dem Fuß von der Hauswand ab und kam auf mich zu. Ehe ich mich versah, beugte er sich zu mir und drückte mir einen Kuss auf die Wange. Einen von der Sorte, den man sich nie wieder abwischen, sondern ewig spüren wollte. Seine weichen Lippen und das Kitzeln seiner Bartstoppeln auf meiner Haut zu spüren, ließ mich innerlich schier durchdrehen vor Verzückung.

»Hi«, piepste ich verlegen und hoffte, mein Herz würde zu seinem normalen Takt zurückfinden.

»Womit fangen wir an heute? Wollen wir wieder zu Fuß gehen? Ich bin gut zu Fuß, musst du wissen.« Fabian lachte auf und ich stimmte ein, denn ich verstand seine Anspielung auf meine gestrige Fragerei auf Anhieb. »Alternativ hätte ich auch mein Auto hier.« Mit dem Finger zeigte er auf einen schwarzen Audi, den er unmittelbar vorm Haus geparkt hatte.

»Klingt verlockend, allein der Klimaanlage wegen«, gab ich zu, um gleich darauf lachend den Kopf zu schütteln. »Lass uns laufen. Wenn du so gut zu Fuß bist, sollten wir das nutzen. Und heute sind wir nicht in der ganzen Stadt unterwegs.«

»Okay, Chefin. Dann los.«

»Nein, das war Spaß. Mit dem Auto zu fahren, wäre super. In der Mittagshitze an der Elbe langzulaufen käme vermutlich einem Gang durch die Sahara gleich.«

»Aber da ist doch die Elbe. Wir könnten baden gehen«, schlug er vor. »Außerdem kommt heute ganz bestimmt noch was.« Sein Blick glitt zum Himmel, der strahlendblau und vollkommen wolkenlos war.

»Na klar, wenn der Wetterfrosch das sagt.«

»Ja ja, ich weiß schon. Du glaubst mir nicht und willst mich lieber der Prinzessin zum Fraß vorwerfen.«

Ups. Las er etwa meine Kolumnen? Ich fühlte mich ertappt und Hitze stieg in meine Wangen.

»Solange du die Prinzessin bist, hätte ich kein Problem damit.« Er flirtete auf Teufel komm raus mit mir, dass mir ganz schwindelig wurde.

Arbeit, Merle, es geht hier nur um die Arbeit, erinnerte ich mich innerlich an mein Vorhaben. Wobei das so nicht stimmte, denn mein Job war bereits gestern erledigt und der Artikel schon so gut wie fertig.

Mit seinem Wagen, in dem ich die Kühle genoss, fuhren wir zu den Elbschlössern. Sicher navigierte ich Fabian durch die Straßen, bis wir am Schloss Albrechtsberg einen Parkplatz fanden.

»Eure Bauwerke sind wirklich beeindruckend.« Fabian betrachtete es fast schon ehrfürchtig. »Du weißt doch bestimmt wieder ein paar informative Details, oder?«

Ich ließ mich gern von ihm necken, während wir durch die wunderschöne und üppig grüne Parkanlage liefen.

»Nicht viel. Nur dass es erst im neunzehnten Jahrhundert für einen preußischen Prinzen erbaut wurde.«

»Na das passt ja. Prinzen, Prinzessinnen, Frösche ... Wie im Märchen. Wohin gehen wir eigentlich?«

»Zur Straußwirtschaft. Ich hab Hunger und da gibt es fabelhaften Wein.«

»Strauß...was?« Verblüfft sah er mich an und blieb stehen. Auch ich hielt einen Moment inne. Er sah süß aus, wenn er überlegte. Überhaupt war er unverschämt attraktiv. Und dass er heute etwas legerer gekleidet war als gestern, gefiel mir überaus gut.

»Straußwirtschaft.«

»Noch nie gehört. Ist das ein Zoo?«

Ich lachte auf. So weltgewandt und offen er auch war, es machte ihn liebenswert, dass er von vielem keinen blassen Schimmer hatte.

»Nein. Das ist ein kleines Winzerlokal, das nur im Sommer geöffnet hat, weil es draußen ist. Mitten am Weinberg«, klärte ich ihn auf.

»Und da gibt es Straußensteak? Hervorragend, das könnte ich jetzt gut vertragen.« Demonstrativ rieb er sich mit der flachen Hand über den Bauch, was mich zum Lachen brachte.

»Ich fürchte, da muss ich dich enttäuschen. Du wirst dich mit Flammkuchen oder einer Fettbemme begnügen müssen. Das ist eine Scheibe Brot mit Schmalz.« Den letzten Satz ergänzte ich schnell, weil ich vermutete, dass er mit dem Wort Fettbemme nicht viel anfangen konnte.

»Also hat das nichts mit den Tieren zu tun?«

Ich schüttelte den Kopf. »Nein. Eher mit selbst hergestelltem Wein und kleinen Köstlichkeiten, die der Winzer anbietet.«

Inzwischen hatten wir die Straußwirtschaft erfolgreich geentert und einen der wenigen Tische ergattert. Das kleine Outdoorlokal lag direkt an den Elbwiesen oberhalb des Radwegs, inmitten des kleinen Weinberges. Es war winzig und sehr improvisiert, aber es duftete verführerisch nach Flammkuchen und es gab himmlische Weine, die der Winzer selbst anbaute.

Wir genossen die Aussicht auf die Elbe, aßen und tranken und plauderten über Gott und die Welt als würden wir uns schon ewig kennen. Meine Anspannung verflog mit jedem Wort und ich fühlte mich so wohl wie lange nicht mehr.

»Warum bist du wirklich nach Dresden gekommen?«, wagte ich einen Vorstoß in unerforschtes Terrain, denn ich nahm ihm nicht ab, dass es sich einfach ergeben hatte.

Fabian stieß geräuschvoll die Luft aus und lehnte sich demonstrativ zurück, um die Arme vor der Brust zu verschränken. Ups, ich hatte wohl in ein Wespennest gestochen mit meiner Nachfrage.

»Du musst nicht antworten. Ich meine nur ... Weil München ist ja viel größer und da ist bestimmt mehr los als hier ...«, stammelte ich wie ein kleines Mädchen und spürte, wie meine Wangen sich mit Hitze füllten und wahrscheinlich so rot wurden, dass selbst das roteste Ampelmännchen vor Neid erblasste.

»Nein, schon gut«, sagte er schließlich, nahm einen großen Schluck Wein und sah mich an. Direkt in meine Augen. Als unsere Blicke sich trafen, entdeckte ich etwas, das ich jedoch nicht deuten konnte. Wehmut? Schmerz? Verlust? Ich konnte mir absolut keinen Reim darauf machen. »Und solange du die Antwort nicht in deinem Artikel unterbringst, will ich sie dir gern geben.«

»Ich bitte dich, mein Job war gestern schon erledigt, der Artikel ist fast fertig.«

Seine Augenbrauen schnellten in die Höhe. »Wow, das ging schnell. Habe ich dir so viel Stoff geliefert?«

»Nun ja, viel nicht, aber interessant war es schon.«

»Bekomme ich den Artikel eigentlich zu lesen, bevor er veröffentlicht wird?«

Die Gretchenfrage. »Ähm, also, ja ... Ähm, nein, das geht leider nicht. Wir können gern nochmal durchsprechen, was drinsteht.«

»Okay, verstehe. Dann lass ich mich also überraschen.«

»Keine Angst, ich habe dir keine wilden Affären angedichtet oder eine absurde Vergangenheit oder so.«

»Ach, wie schade, das wäre sicher lustig geworden.« Ein breites Grinsen zupfte an seinen Mundwinkeln und ließ ihn verwegen aussehen. Wenn er wüsste, wie süß das war. Blödsinn. Natürlich wusste er das. Ganz bestimmt.

Ich hingegen musste mir wieder meiner eigentlichen Ziele bewusst werden. Der Job. Journalismus war mein Ding. Nicht die Liebe, die alles und jeden durcheinanderbrachte. Die Pläne für immer zerstörte und das ganze Leben veränderte. Dafür war ich nicht bereit.

»Ja, vielleicht. Wollen wir das Auto hier stehen lassen und zu Fuß zum Blauen Wunder gehen? Dabei könntest du mir berichten, was es mit deinem Ortswechsel auf sich hat.«

»Ich komme also nicht drum herum?«

»Ich fürchte nicht. Also was hältst du davon?« Ich trank meinen Wein aus und einen großen Schluck Wasser hinterher.

»Gute Idee, mein Auto kann ich morgen ...« Sein Telefon brummte und nachdem Fabian aufs Display gesehen hatte, verdrehte er die Augen. »Tom? Was gibt's? ... Ah, okay ... Nein, wusste ich nicht ... Hör mal, ich kann grad nicht ... Ich bin mit ... Ja, genau ... Merle ...«

Während er sprach, liefen wir nebeneinanderher und sein Blick glitt immer wieder zu mir. Trotz verdrehter Augen schenkte er mir ein begnadetes Lächeln, das mich innerlich schmelzen ließ. Dieser Typ brachte mich noch um den Verstand. Wenn ich nicht aufpasste, schaffte er es am Ende tatsächlich, mich von meinem Weg abzubringen.

Kapitel 17

»Vivian und ich hatten viel vor«, begann er schließlich, als das Blaue Wunder schon in Sichtweite war.

»Vivian?«

»Meine Ex. Wir hatten uns bei einem Modelwettbewerb kennengelernt und sind irgendwann ein Paar geworden. Ich hätte wissen müssen, wie oberflächlich sie ist. Sie hat dieses Jetset-Leben so viel mehr geliebt als ich. Ständig aufs Essen geachtet, Sport gemacht. Sie war besessen von diesem ganzen Körperkult und allem, was damit zusammenhing. Trotzdem hat es mit uns funktioniert, denn sie war auch ein herzensguter Mensch. Vor zwei Jahren hatte sie beschlossen, nach Amerika zu gehen. Sie wollte in Hollywood ganz groß rauskommen. Ab da wurde es schwierig ...«

Für einen Moment hielt er inne, blinzelte in die Sonne und sah dann zu mir. Ich wusste nicht, was er zu sehen hoffte, und doch lag in seinem Blick so viel Sehnsucht, dass es mir den Hals zuschnürte. Ich ahnte, worauf seine Erzählung hinauslaufen würde. Genau das war der Grund, warum ich ...

»Anfang letzten Jahres hat sie mir dann die Pistole auf die Brust gesetzt. Entweder ich komme mit nach L.A. oder wir haben keine Zukunft. Aber ich lass mich ungern unter Druck setzen, weißt du. Also war sie eines Morgens weg, hat mir höflicherweise noch einen Zettel hinterlassen und mir alles Gute auf meinem weiteren Weg gewünscht. Es hat sich gelesen wie die Absage auf eine Bewerbung und ich wusste in dem Moment, dass meine Entscheidung die einzig richtige für mich gewesen war.«

»Wow. Das hört sich echt krass an.« Ich wusste nicht, was ich darauf erwidern sollte. Einerseits war ich dankbar, dass er sich mir anvertraute. Andererseits konnte er mir auch einen Bären aufbinden. Wer wusste das schon.

»Findest du? Ich finde eher, es hört sich an wie aus so einer bescheuerten Daily Soap.« Er lachte schief. Und schien immer noch verletzt zu sein.

»Warum wolltest du nicht nach Amerika?«, fragte ich ihn und er zuckte mit den Schultern.

»Weil mir dieses Business nie etwas gegeben hat. Das Modeln hat Spaß gemacht, ja. Mehr aber auch nicht. Ich hatte keinen Bock darauf, die Marionette von schrägen Modeschöpfern zu sein oder mich für irgendwelche Werbecastings zu verbiegen. Das liegt mir nicht.«

Okay. Jetzt verstand ich noch weniger, warum er nach Dresden gekommen war. Ihm hätte die ganze Welt offengestanden und er war hier in der Provinz gelandet?

»Und da war Dresden die Alternative?«

»Ja, ob du es glaubst oder nicht, aber das war es. Ich war mit München nie so verwachsen wie du mit Dresden. Das Angebot vom *City TV* kam mir da ganz recht. Außerdem kannte mich hier niemand, sodass ich nicht andauernd in irgendwelche Handykameras grinsen und Selfies mit wildfremden Leuten machen musste.«

»Na, ich vermute mal, dass Letzteres sich bald erledigt hat. Wenn du weiterhin so smart das Wetter verkündest, liegt dir bald die ganze Stadt zu Füßen.« Mit dem Ellenbogen knuffte ich ihn vorsichtig in die Seite. Gespielt taumelte er einen Schritt zur Seite.

»War das eben ein Versuch, mit mir zu flirten?«

»Was? Nein! Wie kommst du darauf? Das war lediglich ein Kompliment. Du machst dich ganz gut als Wetterfrosch«, winkte ich ab und versuchte, mich damit aus der Misere zu ziehen.

»Du flirtest.«

»Tue ich nicht.«

»Tust du.«

»Tue ich ... ach, egal. Vor uns liegt übrigens das Blaue Wunder. Hast du bestimmt schon mal gehört«, lenkte ich vom Thema ab, denn es war völlig egal, ob ich mit ihm flirtete oder nicht. Es würde nichts daraus werden.

»Natürlich. Ich fahre sogar regelmäßig darüber. Diese Ecke der Stadt mag ich wirklich sehr«, sagte er ehrfürchtig und blickte an dem Stahlriesen empor, der sich vor uns über die Elbe reckte und die Ufer miteinander verband. »Warum heißt es Blaues Wunder, wenn es doch eher grau ist?«

»Es ist hellblau, nicht grau.«

»Es ist grau, Merle.« Er war stehen geblieben und reckte seinen Kopf empor. Ich tat es ihm gleich und während ich meinen Nacken überstreckte, verlor ich für einen winzigen Augenblick das Gleichgewicht und taumelte mit der Schulter gegen seine Brust.

»Huch«, murmelte ich und spürte dem Gefühl nach, das seine Hand auf meinem Oberarm hinterlassen hatte, als er mich auffing. »Tut mir leid.«

»Muss es nicht. Ist ja nicht so, dass du mich umgerissen und ins Gras geworfen hättest. So eine Niederlage wäre schmerzhaft«, lachte er auf. »Also warum Blaues und nicht Graues Wunder?«

Während er sprach, hing ich an seinen Lippen. Plötzlich wollte ich unbedingt wissen, wie sie sich anfühlten. Aber um Himmels willen, ich würde den Wetterfrosch nicht küssen. Niemals.

»Seines Anstrichs wegen, der irgendwann wohl mal blau gewesen war und über die Zeit verblasst ist. Glaube ich.« Tatsächlich rankten sich zahlreiche Gerüchte darum, wie es zu diesem Namen kam.

»Komm, wir setzen uns da drüben in den Schatten und werfen Steine ins Wasser«, schlug er vor und ich nickte. Das war eine gute Idee und würde mich hoffentlich davon abhalten, ihn weiterhin heimlich anzustarren.

»Warum hast du keinen Freund?«

Seine Frage traf mich unvermittelt. Erst recht, weil wir die letzten Minuten schweigend nebeneinandergesessen und aufs Wasser geblickt hatten.

»Ich meine, du bist bildhübsch. Intelligent. Zielstrebig und fokussiert. Eine gute Gesprächspartnerin ...«

»Moment«, hatte ich gerade noch das Bedürfnis, seiner Frage auszuweichen, würde ich nun doch etwas dazu sagen. »Flirtest du jetzt etwa mit mir?« Ich zog die Knie an und drehte mich zu ihm, blinzelte, und sah, dass seine Mundwinkel verdächtig nach oben schnellten, bevor er anfing zu lachen.

»Erwischt. Und ich versuche gar nicht erst, es abzustreiten«, gestand er schulterzuckend. Für den Bruchteil einer Sekunde verhakten sich unsere Blicke und alles um uns herum schien stillzustehen. »Funktioniert es denn?«

Ja, schrie mein Herz innerlich. *Natürlich funktioniert es. Weil du nicht das Arschloch bist, das ich vermutet hatte. Weil du charmant bist. Und wahnsinnig attraktiv. Und so interessiert an allem.*

»Weiß nicht«, sagte ich stattdessen und riss meine Augen von ihm los. Es irritierte mich so sehr, dass er nicht aufhörte mich anzubaggern. Wobei es keineswegs plump war, was er da tat, sondern wirklich charmant und anscheinend auch aufrichtig.

»Schau mal, da sind die ersten kleinen Cumuluswolken. Heute Abend gibt es den langersehnten Regen.« Fabians Blick glitt zum Himmel und mit ausgestrecktem Arm zeigte er auf winzig kleine Flecken. Wie zufällig hatte er dabei meine Schulter gestreift und mir aus dem Augenwinkel zugezwinkert.

»Du hast ja doch Ahnung vom Wetter«, stieß ich überrascht aus und hielt mir gleich darauf lachend die Hand vor den Mund.

»Hey, was soll das denn heißen?«

»Ich dachte, du liest nur vom Teleprompter ab und hast keinen blassen Schimmer, worum es geht.« Instinktiv sprang ich auf, jederzeit bereit, die Beine in die Hand zu nehmen und davonzurennen, falls er meine flapsige Bemerkung ahnden wollte. Es gefiel mir zunehmend, ihn aus der Reserve zu locken. Wobei es eher andersherum war, musste ich mir eingestehen. Aber auch das mochte ich mittlerweile.

Tatsächlich war auch Fabian aufgestanden und hatte die Hände in die Hüften gestemmt. Wie im Zweikampf standen wir uns gegenüber, lauerten nur darauf, dass das Gegenüber einen Fehler machte. Ich prustete los vor Lachen, weil die Situation so absurd war und ich mich davon ablenken musste, dass meine Haut überall so seltsam prickelte. Sein Blick hatte sich verändert, war intensiver geworden und hatte mich gefangen genommen. Ich war wie gelähmt, konnte mich für einen Moment nicht bewegen. Bis auch er auflachte und mich damit aus meiner Schockstarre befreite.

»Du bist wirklich süß, Merle Schön«, sagte er, kam mit wenigen Schritten auf mich zu und legte mir einen Arm um die Schulter. »Wollen wir weiter? Ich bin gespannt, was noch alles auf deiner Liste steht.«

Ich atmete tief durch, versuchte, meinen Herzschlag zu beruhigen. »Ach, so viel ist da nicht mehr. Der Körnerplatz ist schön, den zeige ich dir noch und dann können wir beim Italiener was Essen gehen. Ich habe heute Vormittag noch schnell einen Tisch reserviert.«

»Das klingt hervorragend.«

Fabian hatte anscheinend keine Ambitionen, seinen Arm von meiner Schulter zu nehmen. Doch anstatt es zu genießen, machte ich mir Gedanken über meine Arme, die auch irgendwohin mussten. Sollte ich einen um seine Taille schlingen? Damit wir spazieren gingen wie ein Pärchen? Oder sollte ich mich vorsichtshalber mit beiden Händen an meiner Tasche festhalten? Mit den Armen in der Luft herumfuchteln und ihm irgendwas über die Stadt erzählen?

Letztlich tat ich nichts dergleichen. Während Fabian mich weiterhin umschlungen hielt, baumelten meine Arme ziemlich nutzlos vor sich hin. Erst als wir direkt am Blauen Wunder vom

Elbradweg den Körnerplatz ansteuerten, lockerte er seine Umarmung. Meine Haut brannte an der Stelle, an der sein Arm mich berührt hatte. Wie ein Lauffeuer breitete sich die Hitze durch meinen Körper aus. Bei den hochsommerlichen Temperaturen kam das einem Hitzschlag gleich.

Wir plauderten und spazierten durch die kleinen Nebenstraßen. Drückten uns die Nasen an Schaufenstern von individuellen Lädchen platt, aßen Eis. Wenn ich nicht darüber nachdachte, was gerade passierte, fühlte es sich so unbeschwert an, als wären wir schon lange gut befreundet.

»Es ist wirklich total schön hier«, meinte Fabian begeistert und ließ seinen Blick schweifen, als wir an einer Fußgängerampel warten mussten. »Die kleinen Gassen und Läden erinnern mich an Italien.«

»Wir könnten noch mit der Standseilbahn fahren«, schlug ich vor. Meine Füße konnten wirklich eine Pause gebrauchen. »Von da oben hat man eine fantastische Aussicht.«

»Ach, die hab ich auch so.« Schon wieder zwinkerte er mir mit einem Blick zu, der meine Knie weich wie Pudding werden ließ. Dieser Charmeur.

»Witzbold«, konterte ich und streckte ihm die Zunge raus.

»Ich weiß. Aber lass uns da hochfahren, ich bin natürlich auch für andere Aussichten offen.«

In der Bahn waren wir fast alleine und die Stimmung zwischen uns war inzwischen so aufgeladen, dass wir damit hätten die ganze Stadt beleuchten können. Das Knistern war fast schon spürbar und ich musste höllisch aufpassen. Auf mich und auf mein Herz, das dummerweise ein Eigenleben entwickelt hatte und nicht mehr auf meinen Kopf hörte.

Im Luisenhof, einem Restaurant direkt am Hang, ergatterten wir noch einen Platz auf der Terrasse und gönnten uns eine Abkühlung. Der Eiskaffee tat gut und wurde viel zu schnell warm.

»Du hattest recht, die Aussicht ist atemberaubend. Hier liegt einem die ganze Stadt zu Füßen.«

Ob ich seit gestern schon mal nicht recht gehabt hatte, lag mir auf der Zunge. Doch ich blieb still und grinste stattdessen vor mich hin.

Die Wolken am Himmel hatten sich im Laufe des Nachmittags tatsächlich verdichtet. Der Wetterfrosch würde also auch recht behalten, was das Wetter betraf. Es sah nach Regen aus. Die fünfunddreißig Grad drückten mit einer enormen Luftfeuchtigkeit aufs Gemüt.

»Da braut sich was zusammen«, prophezeite Fabian mit Blick in die Wolken.

»Wird auch Zeit. Diese Hitze hält ja keiner aus.«

»Bist du eher der Wintertyp?«

»Winter? Nee. Frühling. Von mir aus könnte es das ganze Jahr über Tulpen geben und zwanzig bis fünfundzwanzig Grad haben«, erwiderte ich. »Und du? Heiß oder kalt?« Noch während die Worte meinen Mund verließen, biss ich mir auf die Zunge. Die Anspielung war doch zu offensichtlich.

»Ich mag alle Jahreszeiten. Irgendwie hat doch jede ihre schönen Seiten, oder?«

Ich nickte.

In der drückenden Schwüle fuhren wir mit der Standseilbahn wieder hinab und liefen zum Restaurant, in dem ich reserviert hatte. Ohne hätten wir nämlich ziemlich alt ausgesehen, weil das Lokal sehr begehrt war. Es befand sich in einer kleinen Seitenstraße, die zur Elbe führte, in einem alten Fachwerkhaus, war liebevoll eingerichtet und bereits am Eingang empfing uns ein herrlicher Duft von frischem Pizzateig, Gebratenem und Knoblauch.

»Buonasera, Perla«, begrüßte mich der Kellner mit einem breiten Lächeln und einer Verbeugung.

»Hi, Gino, ich habe einen Tisch reserviert«, erwiderte ich die Begrüßung etwas weniger euphorisch.

»Ische weiß, Bellisima. Folge mir.« Gino und ich kannten uns schon. Wobei *kennen* nicht zutraf, ich kam oft hier her und irgendwann wusste man, mit wem man es zu tun hatte. Kam es mir nur so vor, oder ignorierte er Fabian?

»Habe für disch Tisch freigehalte in die Biergarten.« Zielstrebig steuerte Gino den Außenbereich an, der mit allerlei Tischen bestückt war, die fast alle besetzt waren. Besteck klapperte, Gläser klirrten, aus der Küche wurde immer mal etwas gerufen, was man nicht verstand. Der Garten war von einer alten Mauer eingefriedet, die dem ganzen etwas Behagliches und Heimeliges verlieh.

Aus dem Augenwinkel sah ich, wie argwöhnisch Fabian das Spektakel betrachtete, während Gino mir einen Stuhl zurechtrückte und mir gleich darauf die Speisekarte reichte. Die zweite Karte legte er einfach nur auf den Tisch, ohne meine Begleitung auch nur eines Blickes zu würdigen.

»Die Italiener spinnen doch«, murmelte Fabian und blickte dem Kellner aus zusammengekniffenen Augen hinterher.

»Wieso? Ich finde das ziemlich charmant.«

»Penetrant meinst du sicher, oder?«

Ich schüttelte den Kopf. »Charmant.«

»Der hat völlig übersehen, dass du nicht alleine hier bist.« Fabian schien völlig entrüstet.

»Schlimm? Kratzt das sehr an deinem Ego?«

Sein Lachen war fast erlösend. Für einen Augenblick hatte ich Angst, ihm würde es hier nicht gefallen.

»Mitnichten. Schließlich sitze *ich* mit der Perla von ganz Dresden an diesem Tisch und nicht Signore Schmalzlocke.«

Nur wenige Minuten später hatten wir bei Gino unsere Bestellung aufgegeben und erhielten gleich darauf unsere Getränke.

Der kühle Aperol Spritz tat so gut. Außen am Glas lief das Kondenswasser in kleinen Perlen hinab und tropfte auf die weißrot karierte Tischdecke, während die Wolkendecke über uns dichter wurde und die Abendsonne kaum eine Chance hatte, durchzudringen.

»Hoffentlich komme ich trocken nach Hause.« Einen Regenschirm hatte ich natürlich nicht im Gepäck. Zwar war der Regen bitternötig, aber bitte erst, wenn ich wieder im Trockenen war.

»Ich hab's so bestellt«, flachste Fabian.

Indes kam Gino mit unseren Tellern anbalanciert. Mit einem nonchalanten »Bellisima, deine Salate« stellte er meinen Teller vor mir ab. Fabians Essen fand weniger Beachtung, der Teller mit seinem Rinderhüftsteak landete ohne Kommentar auf dem Tisch.

»Also dieser Typ ...« Fabian schüttelte mit dem Kopf und schnappte sich das Besteck, während ich schon dabei war, im Salat herumzustochern.

Wir unterhielten uns gerade über Urlaubsziele und Lieblingsdestinationen, als sein Handy klingelte. Genervt verdrehte er die Augen, nahm das Gespräch jedoch an.

»Tom? Hast du Langeweile? ... Wir sind beim Italiener ... Ja, nein, weiß ich noch nicht ...«

Während er mit seinem Kumpel sprach, betrachtete ich Fabian. Seine Miene hatte sich genauso verdüstert wie der Himmel über uns. Angestrengt sah er auf seinen Teller, richtete sein Besteck, trank einen Schluck Wein.

»Was ist mit Beate? Kann sie nicht? ... Spinnst du? Ich wüsste nicht, was dich das angeht ... O Gott, jetzt mach aber mal einen Punkt ... Wir sehen uns morgen. Ciao.«

Er atmete geräuschvoll aus, nachdem er das Gespräch beendet hatte.

»Alles in Ordnung?«, wollte ich vorsichtig wissen.

»Ja. Das war Tom.«

»Seid ihr schon lange befreundet?«

»Wahrscheinlich zu lange. Ich mag ihn wirklich, auf ihn ist immer Verlass. Nur manchmal ist er etwas, sagen wir, anhänglich und das kann wirklich nerven.«

»Ähm ja, den Eindruck hatte ich am Freitag auch«, sagte ich völlig gedankenlos und Fabians Augenbrauen schnellten in die Höhe. »Ich habe ihn im Freibad getroffen.«

»Ach so, ja, das hatte er berichtet.« Ein süffisantes Grinsen huschte über seine Lippen. Ich mochte gar nicht darüber nachdenken, was Tom ihm alles erzählt hatte. »Er war am Boden zerstört, weil du ihn hast abblitzen lassen.« Sein Lachen entblößte seine schneeweißen und geraden Zähne.

»Keine Sorge, er flirtet nicht einmal halb so gut wie du«, stimmte ich in sein Lachen ein.

»Na, da bin ich ja beruhigt, dass ich bessere Chancen bei dir habe.« Er nahm sein Weinglas und stieß es vorsichtig gegen meines. Ein zartes Pling war zu hören und in seinem Blick schwang etwas mit, was mich durcheinanderbrachte. »Auf dich und diesen wundervollen Abend«, raunte er über den Tisch.

Mein Herz raste im Galopp. Schlagartig wurde mir klar, dass es für mich längst zu spät war, was ihn betraf.

Kapitel 18

Es war fast dunkel, als Fabian die Rechnung beglich. Dank eines großzügigen Trinkgeldes strahlte der Kellner nun auch ihn an, klopfte ihm freundschaftlich auf die Schulter und wünschte uns einen schönen Abend.

In reichlich Entfernung hörte man bereits Donnergrollen. Wetterleuchten erhellte immer wieder den Himmel und riss helle Löcher in die dunklen Wolken. Windböen schossen über die Elbwiesen und wirbelten alles durcheinander.

»Ich hab doch gesagt, dass es regnen wird«, meinte Fabian siegessicher, nachdem wir losgelaufen waren. Erneut hatte er es sich zur Aufgabe gemacht, mich sicher nach Hause zu bringen, und ich rang innerlich mit mir, ihn dieses Mal richtig zu verabschieden. So wie in einem Liebesfilm. Sofort jagte ein Kribbeln durch meine Magengegend.

Ein leiser Seufzer glitt über meine Lippen, als mich die ersten Regentropfen trafen. Einer nach dem anderen platschten sie auf den Asphalt und die Betonplatten des Fußweges. Erst ganz wenige, doch in Windeseile wurden es immer mehr, bis es nahezu Bindfäden regnete. Riesige Wassertropfen sorgten dafür, dass wir mitten auf der Brücke im Handumdrehen klitschnass wurden.

Unsere Schritte beschleunigten sich, bis wir fast rannten, um die Brücke so schnell wie möglich zu überqueren. Lachend griff Fabian nach meiner Hand, verschränkte seine Finger mit meinen und zog mich mit sich, bis wir das Blaue Wunder passiert hatten. Schutzsuchend steuerte er den erstbesten Hauseingang an, unter dessen Vorsprung wir uns stellten.

Es hatte sich schlagartig abgekühlt, Regentropfen liefen aus meinen Haaren über meine Wangen. Mein Shirt war völlig durchnässt, der Rock klebte an meinen Beinen und mich fröstelte.

Fabian löste seine Finger aus meinen und schlang seine Arme um meine Taille, um mich an seine Brust zu ziehen.

»Du zitterst«, flüsterte er und rieb mit den Händen über meinen Rücken.

»Es regnet und ist etwas frisch geworden«, entgegnete ich und rieb meine Hände aneinander, damit sie warm wurden. Ich hatte Angst, sie einfach auf seine Brust zu legen, weil ich mir nicht sicher war, ob ich dann aufhören könnte, ihn zu berühren.

»Ich weiß, Merle. Ich bin der Wetterfrosch, ich hab das vorausgesagt.« Er lachte auf und zog mich noch ein Stück näher an sich heran, sodass ich gar keine Wahl hatte, als meine Finger auf seinem Oberkörper abzulegen, wenn ich damit nicht in seinem Gesicht herumstochern wollte. Sofort spürte ich, wie er sich unter meiner Berührung anspannte. Das Spiel seiner Muskeln unter meinen Händen zu spüren erregte mich und ein leises Keuchen kam über meine Lippen. Seine Nasenspitze berührte meine Stirn und sein Atem kitzelte die klatschnasse Haut in meinem Gesicht. Er roch nach Rotwein und purer Versuchung. Alles in mir schrie danach, ihn einfach zu küssen. Jetzt. Hier. Doch genauso groß wie das Verlangen, seine Lippen auf meinen zu spüren, war die Gegenwehr in mir. Wenn es jetzt passierte, wenn wir uns jetzt küssten, gab es kein Zurück mehr. Dann war ich verloren und konnte für nichts mehr garantieren.

Fabians Blick streichelte meine Seele bis tief in ihr Innerstes. Regentropfen hatten sich in seinen Wimpern verfangen und rollten von da aus auf seine Wangen. Ich fasste all meinen Mut zusammen und strich sie sanft mit meinen Daumen von seiner

Haut, bevor ich meine Finger schließlich in seinen nassen Haaren vergrub. Ich spürte den kühlen Regen in jeder Pore und sog den Moment in mich auf.

Uns trennten nur wenige Millimeter. Meine Sinne spielten völlig verrückt und mein Herz überschlug sich pausenlos.

Seine Hände glitten währenddessen zärtlich meinen Rücken hinauf, über meine Schultern, liebkosten jeden Quadratzentimeter meines Halses und legten sich schließlich an meine Wangen. Mit sanftem Druck hob er mein Gesicht und überwand die letzte Distanz zwischen uns, bevor sich seine Lippen seidenweich auf meine legten.

Instinktiv schloss ich die Augen und seufzte an seinem Mund. Ich schlang meine Arme um seinen Hals und drückte meinen Körper gegen seine Brust. Ich wollte mehr. So viel mehr.

Fabians Hände hielten meinen Kopf, als wäre er ein fragiles Kunststück. Sie dirigierten mich an seine Lippen, während seine Zunge sich Einlass verschaffte und mit meiner einen aphrodisierenden Tanz begann, der mich aufkeuchen ließ. Zwischen meinen Beinen begann es heftig zu pochen, pure Erregung peitschte durch meine Adern, wie ich es noch nie zuvor erlebt hatte.

Völlig im Einklang miteinander wünschte ich mir, dieser Kuss würde ewig dauern. Ich wollte nicht, dass Fabian aufhörte, mich zu küssen, dass er mich losließ. Für immer wollte ich das spüren, was ich gerade in diesem Augenblick spürte. Es war, als bündelten sich alle Emotionen in mir, aufgestaut und bisher versteckt, entdeckten sie gerade die Welt.

Seine Daumen streichelten meine Wangen, die unter seinen Berührungen glühten. Ich brannte lichterloh und jammerte kläglich, als sich seine Lippen von meinen lösten.

»Nicht aufhören. Bitte«, flehte ich mit geschlossenen Augen und legte meine Stirn an sein Kinn.

»Keine Angst, ich höre nicht auf. Ich muss nur kurz atmen.« Seine kehlige Stimme beruhigte mich. »Seit wir uns das erste Mal begegnet sind, will ich dich küssen. Und ich habe nicht vor, jemals wieder damit aufzuhören.«

»Dann mach weiter«, flüsterte ich und legte meine Lippen auf seine, um wieder in diese andere Welt zu gleiten, in der nichts und niemand eine Rolle spielte. In der es nur mich, Fabian und diesen Moment gab.

Nicht einmal das tosende Gewitter um uns herum fand Beachtung, nicht der Regen, die Blitze, die Windböen, die um unsere Ohren jaulten.

Ich war gefangen im Augenblick, spürte nur noch die Erregung in mir und auch seine blieb mir nicht verborgen. Seine Hände waren wieder meinen Rücken hinabgewandert, umfassten meinen Po und drückten mein Becken fest an seinen Schritt.

O Gott, ich war so was von verloren.

Mir war jegliches Gefühl für Zeit und Raum abhandengekommen, als er sich erneut von mir löste. Erst jetzt sah ich, dass der Regen nachgelassen hatte und das Gewitter weitergezogen war. Der Donner grollte wieder weit entfernt.

»Ich bring dich nach Hause, okay?«

Stumm nickte ich, unfähig einen normalen Laut herauszubringen, der über ein hingebungsvolles Seufzen hinausging. Mein ganzer Körper vibrierte und spürte seinen Berührungen nach.

Wie vorhin griff er wieder nach meiner Hand und unsere Finger verschränkten sich ganz selbstverständlich miteinander. Eine seltsame Ruhe hatte mich erfasst, ich fühlte mich geerdet.

»Wenn du es schon die ganze Zeit wolltest, warum hast mich dann erst jetzt geküsst?«, fragte ich ihn schließlich, nachdem wir ein paar hundert Meter schweigend zurückgelegt hatten.

»Weil es ich es nicht versauen wollte. Ich habe irgendwie gespürt, dass da etwas ist zwischen uns und wollte den perfekten Moment abpassen. Aber nachdem du mich gestern Abend abserviert hast, habe ich ehrlich gesagt nicht mehr daran geglaubt.«

»Hey, ich habe dich nicht abserviert«, verteidigte ich mich, löste meine Finger aus seinen und boxte ihn mit dem Ellenbogen in die Seite, woraufhin er über den Fußweg taumelte.

»Doch, hast du. Oder warum hast du wie ein Bankräuber die Flucht ergriffen und mir nicht einmal den Hauch einer Chance gegeben?«

»Ein Bankräuber auf der Flucht?«, wiederholte ich und begann zu lachen. Der Vergleich war zu komisch und dank der Mischung aus Wein und einer Überdosis an Endorphinen im Blut schlug ich mir laut kichernd die Hände auf die Oberschenkel.

Fabian hingegen schmunzelte nur, bevor er mich aus meinem Lachkrampf befreite, indem er mich wieder an sich zog. Seine Arme um meine Taille fühlten sich so unglaublich gut an, und als er meine Nasenspitze küsste, seufzte ich schon wieder.

»Dafür war das eben der perfekte Moment. Für den perfekten ersten Kuss. Mit der perfekten Frau.«

Es war Sonntag Spätabend, wir standen mitten am Schillerplatz halb auf der Straße, als ich mein Herz verlor. An den Wetterfrosch.

»Hier wohne ich«, sagte ich unnötigerweise, als wir an dem alten Mehrfamilienhaus aus Gründerzeiten angekommen waren, in dessen Dachgeschoss ich lebte.

»Ich weiß.« Fabian grinste, sein Arm lag noch immer auf meiner Schulter, aber es fühlte sich anders an als am Nachmittag. Oder gestern. Jetzt war es viel inniger, intimer und persönlicher. Besitzergreifender, als hätten wir mit diesem magischen Kuss vorhin etwas besiegelt.

Verlegen stand ich neben ihm vor dem Hauseingang und kramte in meiner Tasche schon nach dem Schlüssel. »Möchtest du ... Also, willst du?« Himmel, es konnte doch nicht so schwer sein, ihn zu fragen, ob er ...

»Ob ich sichergehen will, dass du auch wohlbehalten in deiner Wohnung ankommst?«, beendete er mein Gestammel und ich nickte. »Nichts lieber als das.«

Unterm Dach angekommen, riss ich erst einmal alle Fenster auf, um die frische Nachtluft in die Wohnung zu lassen. Und um mich zu beschäftigen. Es machte mich unheimlich nervös, Fabian hier zu haben, obwohl ich es so sehr wollte. Aber jetzt, da er bei mir war, wusste ich nicht, was als Nächstes kam. Eben hatte sich alles noch vertraut und richtig angefühlt. Und jetzt wuselte ich durch meine vier Wände und war innerlich völlig aus dem Häuschen, während Fabian wie ein Fels in der Brandung in der Mitte meines Wohnzimmers stand.

»Möchtest du Wein? Kaffee? Wasser? Saft? Ach nein, Saft hab ich gar nicht. Wasser? Sagte ich schon, oder?« Herrgott, ich fühlte mich wie ein Teenager vorm ersten Mal.

»Kannst du mal aufhören, hier herumzuschießen wie eine Silvesterrakete? Komm her, Merle.« Fabians tiefe, beruhigende Stimme brachte mich augenblicklich dazu, stehen zu bleiben. Mein Blick traf auf seinen und wieder wurden meine Knie ganz weich, dass ich mich kaum noch auf den Beinen halten konnte. Er machte einen Schritt auf mich zu und ich tat es ihm gleich, bis wir uns ganz dicht gegenüberstanden.

Er legte seinen Zeigefinger unter mein Kinn und hob meinen Kopf, sodass ich ihn ansehen musste. Ich blinzelte unsicher, hielt seinem eindringlichen Blick jedoch stand.

»In erster Linie möchte ich, dass du dich nicht erkältest. Also halte ich es für das Beste, wenn du deine nassen Klamotten ausziehst, duschen gehst und anschließend ins Bett.«

Es dauerte ein paar Sekunden, bis ich begriff, was er eben gesagt hatte. Es schien, als würde mein Hirn nur im Energiesparmodus arbeiten und doppelt so lange benötigen, um Informationen zu übersetzen. Mit anderen Worten: Wollte er nicht mit mir ins Bett gehen? Echt jetzt? Obwohl ich mich gerade dazu überwunden hatte, ihm eine Chance zu geben? Gut, Letzteres konnte er natürlich nicht wissen.

Sanft legte er seine Hände um meine Schultern, zog mich an sich und küsste mich auf die Stirn. Seine Lippen lagen einen Moment zu lange auf meiner Haut, dass ich glaubte, zu schmelzen.

»Aber ich ... Also du ... Wir ... Nicht?« Ach du meine Güte, was würde ich dafür geben, in seiner Gegenwart wieder in ganzen und vor allem sinnvollen Sätzen sprechen zu können. Er vernebelte mir dermaßen die Sinne, dass ich nur noch den Kopf schütteln konnte, woraufhin Fabian leise auflachte.

»Nein. Heute nicht. Ich wollte wirklich nur sichergehen, dass du wohlbehalten in deiner Wohnung ankommst«, versicherte er mir.

Obwohl ich es nicht wollte, spürte ich die Enttäuschung tief in mir. Der Kuss vorhin im Regen war doch so unfassbar heiß gewesen ... Mir hätte es beinahe den Boden unter den Füßen weggezogen und ich hätte schwören können, dass es ihm ebenso ergangen war. Die Beule in seiner Hose war mir noch gut in Erinnerung geblieben.

»Echt?«, fragte ich und versuchte, meine Gefühle vor ihm zu verbergen.

»Hey, so einer bin ich nicht. Ich gehöre nicht zu denen, die schon beim ersten Date aufs Ganze gehen.«

Mich fröstelte, obwohl es hier drin trotz der weit geöffneten Dachfenster stickig war. Ich löste mich aus Fabians Umarmung und schlang meine Arme um meinen Oberkörper.

»Aber wir hatten ja gar kein Date«, versuchte ich es erneut.

»Eben. Vielleicht sollten wir erst einmal eins haben und dann schauen, wohin es uns führt?«

In mein Bett, bitte. Oder in deins. Egal. Ich wollte nur diesem Pochen zwischen meinen Schenkeln nachgeben und fühlte mich dabei wie eine notgeile Idiotin. Dabei hatte er völlig recht und ich rechnete es ihm hoch an, dass er diese Gelegenheit ungenutzt ließ.

»Okay«, flüsterte ich und hörte mich niedergeschlagen an.

»Ich ruf dich morgen an. Gute Nacht, Merle«, sagte er, umrahmte mein Gesicht mit seinen Händen und küsste mich erneut so, dass ich fast die Bodenhaftung verlor. Die Leichtigkeit seiner Lippen auf meinen ließ mich regelrecht schweben, der Tanz seiner Zunge mit meiner ließ mich ein ums andere Mal aufseufzen und mich in ihm verlieren.

»Gute Nacht, Fabian.« Nachdem ich mich schweren Herzens von ihm gelöst hatte, verabschiedeten wir uns und er verließ meine Wohnung. Noch während ich hinter ihm die Tür schloss, fuhr ich mit den Fingern über meine geschwollenen Lippen. Es fühlte sich so gut an. Am liebsten würde ich nie mehr etwas anderes tun, als den Wetterfrosch zu küssen.

Als ich auf dem Weg ins Bad war, um mich der nassen Klamotten zu entledigen und eine warme Dusche zu nehmen, verzeichnete mein Handy den Eingang einer Nachricht.

Fabian: Ich danke dir für den perfekten Tag. Und den perfekten Kuss. Schlaf gut und träum süß.

Merle: Dito. Schlaf schön.

Grinsend, das Telefon fest an meine Brust gedrückt, taumelte ich wie betrunken ins Badezimmer. Fakt war, er hatte alles durcheinandergebracht. All meine Prinzipien waren aus dem Lot geraten und wie ein Kartenhaus in sich zusammengestürzt. Es war nie geplant, dass ich mich bis über beide Ohren in diesen Mann verliebte und mein Verstand sich völlig in Luft auflöste.

Aber was sollte ich machen? Auf einmal war da jemand in meinem Leben und zeigte mir, dass man niemals planen sollte …

Kapitel 19

»Nein«, rief Helene am anderen Ende euphorisch. »Da sag nochmal einer, Wetterfrösche küsst man nicht. Dass ich das noch erleben darf.«

Am Montagmorgen war ich mit der Straßenbahn zur Arbeit gefahren. Trotz des Gewitters gestern Abend war es schon früh so schwül. Ich hatte eigentlich mit dem Rad fahren wollen, aber das stand noch immer kaputt im Keller. Vielleicht sollte ich Fabian fragen, ob er es reparieren konnte? Schnell schüttelte ich den Kopf. Nein, das wäre viel zu plump.

Allein der Gedanke an ihn reichte aus, um mich schon wieder in Aufruhr zu versetzen. Meine Haut prickelte und ein Schwarm Schmetterlinge scheuchte durch meine Magengegend, dass es nur so kribbelte. Das Gefühl seiner Lippen auf meinen und seiner Hände auf meiner Haut war allgegenwärtig und ließ mich verträumt lächeln. Wie ferngesteuert glitten meine Finger zu meinem Mund und spürten seinen Berührungen nach.

Wenn ich ganz ehrlich war, hatte ich mit einem Ausgang des Abends in dieser Form nicht gerechnet. Und doch hatte ich Fabian ab dem Nachmittag immer wieder unbewusst provoziert. Dass er es ganz gentlemanlike vorzog, die Gelegenheit nicht auszunutzen und über mich herzufallen, hatte mich wirklich verblüfft.

»Merle? Bist du noch da?« Ach, ich telefonierte ja mit meiner besten Freundin, während die Bahn gemütlich über die Gleise schuckelte.

»Äh, ja, natürlich. Was hast du gesagt?«

»Ich sagte, ich will alles wissen. Alles, hörst du, bis ins letzte Detail«, lachte sie.

»Da gibt es nicht viel zu berichten. Er ist ... Also, wir hatten eine wirklich schöne Zeit und haben viel gesehen. Also er, ich kenne ja alles. Na ja, und dann hat es sich irgendwie ergeben, dass ... Und dann der Regen gestern Abend ... Ach, Leni, ich weiß doch auch nicht ...«

»Aus deinem Gestammel muss man auch erstmal schlau werden. Aber wenn ich es nicht besser wüsste, würde ich sagen, du bist schwer verliebt, oder?«

Ihre Feststellung quittierte ich mit einem Seufzen. Das Gefühl, das Fabian in mir ausgelöst hatte, hatte mich letzte Nacht dazu beflügelt, zwei Kolumnen zu schreiben und an dem Artikel über ihn zu feilen.

»Ich bin auf dem Weg in die Redaktion. Leider habe ich so gar keine Zeit fürs Verliebtsein, wie du weißt.« Gelogen! Das war so gelogen, dass ich glaubte, die Bahn würde jeden Moment entgleisen, ähnlich der Balken, die brachen, wenn man schwindelte.

»Schon klar. Seht ihr euch wieder?« Natürlich durchschaute Helene mich. Wenn es um meinen Gemütszustand ging, war sie immer bestens informiert. Meistens kannte sie mich besser als ich mich selbst.

»Vielleicht, ja.«

»Dann schnapp ihn dir endlich. Mensch, der Kerl steht auf dich, offensichtlicher geht es ja wohl kaum«, ermahnte sie mich regelrecht, woraufhin ich mich mit einem knappen »Ich bin da« verabschiedete.

Ich wollte noch nicht weiterdenken oder darüber sinnieren, wie es wäre, wenn wir ... Fürs Erste war es sicher besser, mich auf meinen Job zu konzentrieren. Wobei das leichter gesagt als getan war, denn Fabian war in meiner illustren Gedankenwelt zum Hauptthema geworden.

Kai war der Erste, dem ich in der Redaktion begegnete. Gemeinsam fuhren wir im stickigen Fahrstuhl in die achte Etage.

»Du strahlst ja so«, stellte er fest und musterte mich mit hochgezogenen Augenbrauen. »Schönes Wochenende gehabt?«

»Ja, war okay.« Ich beließ es dabei und ging nicht näher darauf ein, was ich in den letzten zwei Tagen erlebt hatte.

»Was macht denn das Interview mit dem Fernseh-Heini?«, wollte er noch wissen, als wir den Fahrstuhl schon verlassen hatten.

Fernseh-Heini? Echt jetzt? Zu gern hätte ich Fabian verteidigt, er war alles, nur kein Heini, aber das wäre zu offensichtlich gewesen.

»Ist im Kasten, bin schon an der Feinarbeit. Apropos Arbeit ...« Mit flinken Schritten eilte ich zu meinem Schreibtisch, warf meinen Rucksack auf den Stuhl und schnappte mir Laptop, Notizblock und Stift, um zum Montagsmeeting zu eilen. Dass mein Handy wild vor sich hin brummte, ignorierte ich.

Am Vormittag hatte ich Harald beide Kolumnen geschickt, die er in den höchsten Tönen lobte. Was denn mit mir passiert sei, wollte er wissen. Das wäre das beste Gemecker, das ich je abgegeben hätte. Es machte mich verlegen und beflügelte mich zugleich. Natürlich rieb ich ihm nicht unter die Nase, dass mein verdammtes Gefühlsleben dafür verantwortlich war, dass die Worte nur so aus meinen Fingern geflossen waren. Und das tat auch gar nichts zur Sache.

Harald schlug vor, mir mehr Platz für meine Texte zur Verfügung zu stellen, was mich wirklich freute. Es schien ganz so, als würde sich beruflich endlich etwas tun. Und mehr Platz für längere Kolumnen und ab und zu ein größerer Artikel waren definitiv ein guter Anfang.

Erst nach dem Mittagessen kam ich dazu, auf mein Telefon zu schauen, auf dem mehrere Anrufe in Abwesenheit eingegangen waren. Und der Name, der auf dem Display leuchtete, ließ mich innerlich jubeln. Er hatte tatsächlich Wort gehalten und angerufen. Weil ich drei Mal nicht rangegangen war, hatte er mir noch eine Nachricht geschickt.

Fabian: Hey, alles okay? Hast du dich doch erkältet und liegst niesend im Bett?

Machte er sich tatsächlich Sorgen um mein Wohlergehen?

Merle: Hi. Nein, ich bin fit wie ein Turnschuh, war nur bis vorhin in der Redaktionskonferenz. Hoffe, du bist gut in die Woche gestartet. Wann regnet es wieder? Die kurze Abkühlung tat echt gut.

Dass ich damit weniger den Regen und den Temperatursturz meinte, sondern mehr den Umstand, dass Fabian uns in den Hauseingang gerettet und mich geküsst hatte, musste er nicht wissen.

Fabian: Vorerst kein Regen in Sicht. Ich schaue mir gerade die Prognosen an.

Merle: Echt schade, denn es war wirklich schön gestern. Also der Regen.

Fabian: Nicht nur der Regen war schön ... Abendessen morgen, 21 Uhr bei mir?

Mein Herz legte einiges an Tempo zu und galoppierte in meiner Brust, als ginge es um Leben und Tod.

Merle: Ganz schön spät, aber ich seh, was ich machen kann.

Fabian: Leider bin ich bis um acht im Sender, aber danach habe ich den ganzen Abend Zeit, um mit dir die Aussicht von meinem Balkon zu genießen.

Ach, was soll's, dachte ich und sagte schließlich zu. Sein Angebot klang zu verlockend und wenn ich eines mehr wollte als arbeiten, dann war es, ihn wieder zu küssen.

***

Ich war völlig durch den Wind. Nervös wischte ich mir den Schweiß von der Stirn, während mein Zeigefinger zitternd über dem Klingelschild schwebte. Fabian wohnte direkt am Neumarkt, in unmittelbarer Nachbarschaft zur Frauenkirche, dem Wahrzeichen der Stadt. Der nobelsten Gegend überhaupt. Ich vermochte mir nicht vorzustellen, wie hoch hier die Mietpreise waren.

Wenn ich jetzt nicht klingeln und einfach wieder gehen würde, könnte ich so tun, als wäre nichts gewesen. Vielleicht wäre das sogar besser, als mich Hals über Kopf in ein Abenteuer zu stürzen, das mich unter Umständen mein Herz kosten könnte.

Das Klingeln meines Telefons riss mich aus meinem Gedankenkarussell. Ich sollte einfach aufhören, ständig über alles so viel nachzudenken.

Fabian war dran und mit klopfendem Herzen wischte ich auf dem Display nach rechts, um seinen Anruf anzunehmen.

»Hi«, piepste ich.

»Hey, soll ich dich reinlassen oder hast du es dir anders überlegt?«

Woher wusste er ...?

»Ich ... Nein, also ich bin ja schon da ...«

»Aber du zögerst.«

»Nein, natürlich nicht. Ich habe nur die richtige Klingel gesucht«, versuchte ich, mich herauszureden. Instinktiv glitt mein Blick an dem Gebäude empor, das der ursprünglichen Bebauung nachempfunden war. Ziemlich weit oben entdeckte ich ihn, lachend winkte er mir von einem der Balkone.

»Na komm, drück drauf, damit ich dich reinlassen kann. Ich hab nämlich Hunger.«

»Okay«, erwiderte ich einsilbig und drückte meinen Zeigefinger auf das Namensschild, auf dem Brandl stand. Fast im gleichen Moment öffnete sich die Tür mit einem leisen Summen und ich betrat den kühlen Hausflur.

Ich entschied mich dafür, die Treppe zu nehmen. Immerhin verschaffte mir das etwas mehr Zeit, um mir darüber klar zu werden, was ich eigentlich wollte. Was ich von diesem Abend erwartete. Oder von Fabian. Erst recht von mir.

In der vorletzten Etage wartete er bereits an der offenen Wohnungstür auf mich. Er trug eine dunkelblaue Jeans und ein weißes Shirt, das eng an seiner Brust anlag und gut erahnen ließ, was sich darunter verbarg. Mit einer Hand fuhr er durch seine dunklen Haare, die aussahen, als hätte er eben erst geduscht.

»Hey, Merle. Komm rein.« Der tiefe Bass seiner Stimme vibrierte bis in sämtliche meiner Nervenzellen. Zaghaft erklomm ich die letzten Stufen, während er mir seine Hand entgegenstreckte, um mich sofort in seine Arme zu ziehen, als ich endlich bei ihm angekommen war. »Schön, dass du es dir doch nicht anders überlegt hast«, raunte er und ich verlor mich in seinem warmherzigen Blick.

Mir fiel nichts Passendes auf seine Bemerkung ein, also zog ich es vor, den Körperkontakt einfach zu erwidern, und legte meine Hände vorsichtig auf seine muskulösen Oberarme, die mich hielten. Der frische Geruch seines Duschbads stieg mir in die Nase und schon wieder war ich kaum noch Herrin über meine Sinne.

Einen Arm hatte er fest um meine Taille geschlungen, während der andere über meinen Rücken glitt und seine Hand sich in meinem offenen Haar grub. Mit leichtem Druck führte er meinen Kopf immer näher zu seinem und ich leistete keinen Widerstand. Mein Puls raste dermaßen, dass es sich anfühlte, als wollte er meine Blutbahnen sprengen und außerhalb weiterschlagen. Mein Magen kribbelte und zwischen meinen Schenkeln pochte es wie wild. Wann immer dieser Mann mich berührte, brachte er mich um den Verstand.

Endlich fanden unsere Lippen zueinander. Noch immer im Türrahmen zu seiner Wohnung stehend gab ich mich seufzend diesem Kuss hin, von dem ich mir wünschte, dass er ewig und drei Leben dauern würde.

»Lass uns lieber reingehen«, knurrte er, nachdem er sich für meine Begriffe viel zu früh von mir gelöst hatte.

Seine Wohnung war riesig, allein der Flur war so groß wie mein Wohnzimmer. Alles war offen gestaltet und modern eingerichtet. Helle Möbel im skandinavischen Design sorgten für ein Quäntchen Gemütlichkeit. Auf dem Küchentresen standen zwei Tüten und ich vermutete, er war auf dem Nachhauseweg schnell noch einkaufen gewesen.

Bedächtig sah ich mich um. Wenn man von der Couch aus direkt auf die Frauenkirche sehen konnte, ohne aufstehen zu müssen, sie thronte da einfach vorm Fenster, dann kam das einem Sechser im Lotto gleich. Der Balkon war riesig, von ihm aus konnte man die halbe Altstadt überblicken.

»Fühl dich wie zu Hause«, rief Fabian aus dem Hintergrund. »Ich hab uns etwas zu Essen vom Chinesen mitgebracht. Ich hoffe, das ist okay.«

»Klar, wobei ich gar keinen großen Hunger habe.« Dass mein Magen mit lautem Knurren meine kleine Lüge aufdeckte, brachte uns beide zum Lachen.

»Schon klar. Stellst du die mal auf den Tisch?« Er reichte mir zwei Teller und Besteck, was ich auf dem großen Esstisch, an den mindestens acht Leute passten, abstellte. »Ich dachte, wir essen draußen und genießen die fabelhafte Aussicht gemeinsam.«

Sein Blick haftete auf mir. Die Augen leicht zusammengekniffen musterte er mich bei jedem Wort, während er behände die Boxen mit dem Essen aus den Tüten befreite.

»Und ich dachte, du bist flexibel was Aussichten angeht«, konterte ich und schenkte ihm ein kesses Lächeln. Dem Blickduell hielt ich stand, auch wenn alles in mir nach Flucht schrie, weil sich der Ausdruck in seinen Augen schlagartig änderte. Wie ein Löwe auf Beutezug knurrte er und ließ mich nicht aus den Augen. In Windeseile umrundete er den Küchentresen und überwand die Distanz zwischen uns. Ich spürte ihn, obwohl er mich nicht berührte. Erst jetzt wendete ich meinen Blick ab, versuchte das pulsierende Verlangen in mir zu ignorieren, während er meine Seele streichelte.

»Du hast recht. Von daher schlage ich vor, die Aussicht von meinem Schlafzimmer aus zu genießen.« Seine Stimme war noch einige Oktaven tiefer als ohnehin schon und fuhr direkt zwischen meine Schenkel. Es war so unglaublich, wie ich auf ihn reagierte.

»Und das Essen?«, krächzte ich, während er sanft, aber bestimmt mein Handgelenk ergriff und mich mit sich zog.

»Welches Essen?«

»Das da«, rief ich und stolperte hinter ihm her durch das Wohnzimmer. »Das du extra für uns gekauft hast.«

Ruckartig blieb er stehen, dass ich frontal auf seiner angespannten Brust aufprallte. »Essen wird überbewertet, Merle.«

Kapitel 20

Langsam wurde es dunkel und Fabian hatte recht behalten. Der Ausblick aus seinem Schlafzimmer war noch viel schöner, als ich es mir je hätte vorstellen können. Die erleuchtete Kuppel der Frauenkirche lag direkt vor uns. Fast schien es, als könnte man mit den Händen danach greifen. Auf dem Neumarkt wuselten zahlreiche Touristen umher, die Restaurants waren noch gut gefüllt. Vorm Martin-Luther-Denkmal spielte ein Straßenmusiker auf seiner Violine und erfreute damit die Passanten, von denen sich einige im Takt der Musik hin und her wiegten. Hier pulsierte das pralle Leben in all seinen Facetten.

Ein vorsichtiges Knistern umgab uns, während wir umschlungen am offenen Fenster standen und in die Nacht sahen.

»Es ist wirklich wunderschön. So habe ich Dresden noch nie gesehen«, flüsterte ich und schmiegte mich mit dem Rücken an Fabians Oberkörper. Er hatte beide Arme von hinten um meine Taille geschlungen und zog mich fester an sich, dass ich am Po fühlen konnte, wie sehr auch er diesen Moment genoss.

»O ja, die Aussicht ist atemberaubend«, raunte er, zupfte leicht am Träger meines Tops und küsste mich sanft auf die Schulter. Gänsehautschauer rieselten meine Wirbelsäule hinab und sammelten sich mit einem heftigen Pochen in meiner Körpermitte. Bebend grub ich meine Finger in seine Arme, die mich festhielten, während Fabian sich mit federleichten und sommerzarten Küssen bis zu meinem Hals vorarbeitete. Ein leises Seufzen kam über meine Lippen, als er mich zärtlich seine Zähne spüren ließ.

Er lockerte die Umarmung und seine Hände glitten vorsichtig tastend über meinen Rock, genau dort, wo mein Venushügel verborgen lag. Unser beider Keuchen füllte den Raum und mischte sich mit den Geräuschen von draußen. Mit einem Ruck drehte er mich zu sich um. Mein Gesicht prallte an seine Brust und ich atmete seinen Geruch ein, den ich inzwischen unter tausenden immer wiedererkennen würde. Die frische Mixtur aus Meer und Sonne hatte sich längst in meinem Kopf festgesetzt.

»Was ist damit, dass du nicht der Typ Mann bist, der eine Frau beim ersten Date flachlegt?«, neckte ich ihn und fuhr mit meinen Fingern unter den Saum seines T-Shirts. Seine Haut zu berühren fühlte sich himmlisch an. Zufrieden spürte ich, wie er sich kaum merklich anspannte, als ich mit den Nägeln seinen Rücken auf und ab glitt.

»Weißt du was? Ich pfeif auf meine Prinzipien. Ich will dich. Schon die ganze Zeit. Und wenn man es genau nimmt, ist es ja nicht unser erstes Date. Sondern das ... warte ...« Er löste eine Hand von meinem Körper und zählte mit seinen Fingern ab, wie oft wir uns schon gesehen hatten. »Das fünfte, oder? Dann ist es völlig legitim, dass ich verrückt nach dir bin und mich in deiner Gegenwart kaum noch zurückhalten kann.«

»Du Schuft. Du hast mich reingelegt.« Empört boxte ich ihn auf die Brust.

»Na, du bist nicht ganz unschuldig daran, Madame«, entgegnete er und versiegelte meine Lippen mit einem Kuss, der mich zum Schweigen brachte und mir gleichzeitig den Atem raubte. Forsch grub sich seine Zunge in meinen Mund, nahm mich in Besitz und ließ mich spüren, wie sehr er mich wollte.

»Ich habe nichts getan«, versuchte ich, mich zu verteidigen.

»Aber hallo, du hast auf Teufel komm raus mit mir geflirtet.« Während er sprach, wanderten seine Hände unter mein Top und seine warmen Finger auf meiner Haut zu spüren, ließ mich wohlig erschauern.

»Ich schätze, es ist zwecklos, das jetzt auszudiskutieren, oder?«

»Absolut korrekt.« Seine Finger fuhren an meinen Seiten entlang nach oben, trafen auf meinen BH und tasteten sich an dessen Rand entlang zu meinem Busen.

Meine Atmung beschleunigte sich und mein Herz schlug wilde Purzelbäume.

»Letzte Chance, Nein zu sagen, Merle. Ich will dich so sehr, ich kann für nichts mehr garantieren, wenn wir jetzt weitermachen«, brummte er und begann, sanft meine Brüste zu kneten. Mit den Fingerspitzen fuhr er fest über meine Brustwarzen, die sich schmerzhaft gegen den BH reckten und nach seinen Berührungen gierten.

»Geht mir ähnlich«, hauchte ich an seinem Hals und fühlte seinem heißen Atem auf meiner Haut nach. »Vielleicht könntest du endlich aufhören, zu quatschen und einfach anfangen ...«

Als hätte er genau auf diese Worte gewartet, hob er mich hoch, trug mich mit Leichtigkeit zum Bett, als wäre ich eine Feder, und ließ mich vorsichtig fallen. Weich wie Watte gab die Matratze unter meinem und Fabians Körpergewicht nach, der sich neben mich gelegt hatte und sich am Saum meines Rocks zu schaffen machte. Mit seinen Fingerspitzen raffte er den Stoff zusammen und fuhr an der Innenseite meiner Oberschenkel nach oben. Beschrieb kleine Kreise auf meiner erhitzten Haut und trieb mich allein damit in den Wahnsinn. Verlangend reckte ich ihm mein Becken entgegen und schlang meine Arme an seinen Hals, um ihn innig zu küssen. Wie zwei Ertrinkende klammerten wir uns aneinander, hielten uns und brachten uns gegenseitig in Ekstase.

Als seine Hand meinen Slip zur Seite schob, keuchte ich auf und stöhnte kehlig an seinen Lippen, was ihn anfeuerte, noch einen Schritt weiterzugehen und seine Finger in meinen Schritt gleiten zu lassen.

Himmel, fühlte sich das fantastisch an. Er wusste genau, was er tat, ließ mich dabei keine Sekunde aus den Augen. Küsste mich und tauchte mit seinen Fingern fordernd in meine Spalte ein, um mir seine Berührungen gleich darauf zu entziehen.

»Zieh dich aus«, sagte er mit so rauer Stimme, dass ich von allein Folge leistete und den Rock umständlich im Liegen über meine Hüften schob. Abwartend sah ich ihn an.

»Jetzt du«, forderte ich ihn auf und biss mir lasziv auf die Unterlippe, als er sofort reagierte und sein Shirt auszog, das achtlos auf dem Boden neben dem Bett landete. O Gott. Ich musste im Himmel sein. Dieser Mann hatte einen begnadeten Körperbau. Er war aufgestanden und nickte mir zu, was wohl soviel hieß, dass ich mit dem nächsten Kleidungsstück dran war. Wortlos zog ich das Top über meinen Kopf und warf es zu seinem Shirt auf den Fußboden.

Mein Brustkorb hob und senkte sich im schnellen Takt meiner Atmung, als er langsam begann, seine Jeans zu öffnen. Die Spannung war zum Zerreißen, dass ich ihm am liebsten geholfen hätte, den Vorgang zu beschleunigen. Aber er ließ sich extra Zeit, schob langsam die Hosenbeine nach unten, bevor er die Jeans endlich über die Füße streifte und mir vollends den Atem raubte. Er trug nicht einmal eine Unterhose und stand nackt vor mir.

Meine Lippen öffneten und schlossen sich wieder, während mein Blick gierig an seinem Körper entlang glitt. Er war perfekt. So unfassbar schön und perfekt. Und gehörte mir. Zumindest diese Nacht.

Eindringlich sah er mich an, sagte kein Wort. Das war auch nicht nötig, denn ich verstand, das ich wieder dran war. Geschickt löste ich den Verschluss meines BHs auf dem Rücken und streifte anschließend meinen Slip von den Beinen. Fabian sog scharf die Luft ein, als ich mich wieder aufs Bett sinken ließ und ihn abwartend ansah.

Bevor er wieder zu mir kam, steuerte er den Nachttisch an, um aus der Schublade ein Kondom zu holen, was ich sehr begrüßte. In meiner berauschenden Euphorie hatte ich gar nicht darüber nachgedacht, dieses Thema anzuschneiden. Um so erleichterter war ich, dass er von selbst daran gedacht hatte.

Dann legte er sich endlich wieder zu mir aufs Bett, zog mich mit seinen Blicken tief in seinen Bann. Küsste mich mit so einer Intensität, dass alle Zweifel daran, das Richtige zu tun, verflogen. Ich lag hier in seinen Armen und nur das allein zählte in diesem Moment.

Fabians Fingerspitzen tanzten wie Federn im Wind über meinen Bauch. Seine leichten Berührungen jagten prickelnde Schauer über meine Haut.

»Warum hast du gezögert, bevor du geklingelt hast?«, fragte er mich plötzlich, ohne seine Hände von mir zu lassen. Er liebkoste weiterhin meinen Körper, spielte auf ihm, wie auf einem Instrument. Aber er redete zu viel ...

»Ich habe nicht gezögert.«

»Doch, hast du. Ich habe beobachtet, wie du zum Eingang geschlendert bist und dann überlegt hast. Aber es verging reichlich Zeit, bis ich zum Telefon gegriffen und dich angerufen habe. Hättest du auch ohne meinen Anruf auf die Klingel gedrückt?«

»Fabian, könnten wir ...« Seine Hände kneteten meine Brüste und als er mit Daumen und Zeigefinger in meine Brustwarzen kniff, stöhnte ich auf. »Ja, verdammt, natürlich hätte ich auch ohne deinen Anruf geklingelt«, gestand ich atemlos.

»Warum?« Fabian schien völlig unbeeindruckt und fuhr weiter mit seinen Fingern über meine Haut. Sie wanderten über meine Seiten zurück zu meinem Bauch, beschrieben kleine Kreise um meinen Nabel herum und fuhren erneut über meinen Venushügel. Ganz sanft massierte er die Stelle, von der ich glaubte, dass sie jeden Moment explodieren würde. Er heizte mich auf und ich brannte lichterloh.

»Weil ... weil ich dich sehen wollte«, wimmerte ich, weil ich wollte, dass er mich endlich von dieser Qual erlöste. »Schlaf mit mir, Fabian. Bitte. Jetzt.«

»Hast du es so eilig, Süße? Ich habe vor, jeden Moment mit dir auszukosten und wir haben die ganze Nacht Zeit.« Während mich seine tiefe Stimme betörte, setzte er sich auf und spreizte meine Beine, um sich gleich darauf dazwischen in Position zu bringen. Das Letzte, was ich sah, war sein Kopf, der zwischen meinen Schenkeln verschwand. Dann verlor ich endgültig die Kontrolle und mein Verstand löste sich in Luft auf.

***

Ich hatte nicht mitgezählt, wie oft wir uns geliebt hatten. Ein ums andere Mal hatte Fabian mich auf schwindelerregend hohe Klippen gejagt, mich in Abgründe gestoßen und wieder aufgefangen. Und ich würde wirklich lügen, wenn ich das Suchtpotenzial, das er hatte, abstritt. Ich war ihm verfallen, mit Haut und Haar und Leib und Seele und was es noch so alles gab. Und doch waren sie wieder da, die Zweifel, ob das alles richtig war. Ob es gut war, mein Herz zu verlieren. Oder ob ich es hätte besser schützen müssen. Ob es ein Abenteuer war oder mehr daraus werden konnte ... Wollte ich dieses Mehr überhaupt? Eigentlich hatte ich vor, mich voll und ganz auf meine Karriere zu konzentrieren. Fabian hatte das aber alles gehörig durcheinandergebracht und mein Gedankenkarussell drehte sich ohne Pause. Ich hatte ehrlich gesagt keine Ahnung, ob ich bereit war, mich auf ihn einzulassen. Ich wusste nicht einmal, ob das überhaupt zur Debatte stand.

An Schlaf war nicht zu denken, während er neben mir ruhig und in gleichmäßigen Zügen atmete. Die Bettdecke war verrutscht und hatte seinen Oberkörper entblößt. Schon wieder war ich versucht, mit den Fingerspitzen sein Sixpack nachzuzeichnen, hatte aber Angst, ihn aufzuwecken.

Stattdessen stand ich leise auf, um mir in der Küche ein Glas Wasser zu holen. Im Wohnzimmer war die Balkontür noch weit geöffnet. Die Geräusche des Abends waren verstummt und mit der Morgendämmerung hörte man die ersten Vögel zwitschern. Frische Sommerluft wehte zum Fenster herein und direkt in meine Nase. Ich nahm einen tiefen Zug und beschloss, meinen Artikel über ihn noch einmal zu redigieren.

Ich hatte Fabian inzwischen von einer ganz anderen Seite kennengelernt und die Wärme, die er ausstrahlte, seine Einfühlsamkeit wollte ich unbedingt noch einarbeiten. Wobei ich natürlich jegliche Details seines – und auch meines – Privatlebens außen vor ließ. Aber die Welt sollte wissen, was für ein feiner Kerl er war. Nicht der obercoole Wettermacho, der flotte Sprüche klopfte und oberflächliche Kommentare auf Lager hatte. Hinter dieser Fassade steckte so viel mehr.

Er war genauso verletzbar wie ich. Genauso interessiert wie ich, hatte mir Löcher in den Bauch gefragt und wollte mehr über meine Heimatstadt erfahren. Mit seiner offenen und charmanten Art hatte er mich völlig umgehauen. Und obwohl ich nie vorhatte, mich in ihn zu verlieben, obwohl ich mich gut geschützt hatte, war es doch passiert.

Ich hatte mich mit meinem Notizbuch auf den Balkon verzogen und mich mit einer Decke in einen der großen, gemütlichen Loungesessel gekuschelt. Die Morgenluft war noch frisch und die Sonne dämmerte langsam, tauchte den Himmel in ein Farbenmeer aus Grau, Blau, Orange und Rot, das die Stadt in warmes Licht tauchte. Keine Wolke war am Himmel zu sehen. Ganz bestimmt würde es auch heute wieder heiß werden.

Der Stift flog nur so über die Seiten, die sich schnell füllten. Ich vergaß Zeit und Raum und war ganz und gar im Schreibmodus, als plötzlich der Duft von frischem Kaffee meine Nase umwehte.

»Den kannst du bestimmt gut gebrauchen«, raunte Fabian mit verschlafener Stimme und setzte sich zu mir. Der Sessel war so riesig, dass wir zu zweit bequem darin Platz hatten. Wie selbstverständlich legte er seinen Arm um meine Schultern und zog mich an sich heran, küsste mich auf die Stirn.

»Danke. Wie spät ist es?« Dankbar griff ich nach der Tasse mit dem dampfenden Lebenselixier und nahm den ersten Schluck.

»Kurz nach fünf. Tut mir leid, dass du nicht schlafen konntest. Habe ich geschnarcht und dich damit aus dem Bett vertrieben, oder warum bist du mitten in der Nacht hier gelandet?«

»Nein, du hast geschlafen wie ein Baby«, neckte ich ihn. »Ich konnte nicht schlafen und habe gedacht, ich überarbeite meinen Artikel.« Schnell klappte ich mein Notizbuch zu, damit er keinen Blick darauf erhaschen konnte.

»Darf ich mal sehen? Du bist ja schließlich nicht als Journalistin hier, sondern als Merle Schön.« Bettelnd klimperte er mit seinen unglaublich langen Wimpern und entlockte mir damit ein leises Lachen, bevor ich den Kopf schüttelte. Seine Haare waren ganz verstrubbelt und er trug das weiße Shirt von gestern Abend und eine graue Jogginghose. Er sah so unfassbar heiß aus, dass ich förmlich dahinschmolz wie Eis in der Mittagssonne.

»Das geht nicht, ich hab nun mal meine Vorschriften. Sorry.« Entschuldigend zuckte ich mit den Schultern und drückte ihm versöhnend einen Kuss auf die Wange, bevor ich erneut am Kaffee nippte.

»Du liebst deinen Job, oder?«

»Ja, natürlich. Sonst hätte ich das nicht studiert.«

»Wolltest du schon immer Journalistin werden?«

»Irgendwie ja. Ich habe schon aktiv an der Schülerzeitung mitgearbeitet. Worte liegen mir einfach und ich liebe es, zu recherchieren und mich mit Menschen zu unterhalten, die besondere Geschichten zu erzählen haben.«

»Ist die viele Arbeit der Grund dafür, dass du nicht liiert bist?«

Unser Gespräch nahm eine Wendung an, mit der ich mich viel weniger behaglich fühlte als gerade eben noch. Hätte er sich nicht einfach zu mir setzen können, ohne zu reden?

»Wer sagt, dass ich nicht liiert bin?«, erwiderte ich und löste mich aus seiner Umarmung, um etwas Abstand zwischen uns zu bringen.

»Mal davon abgesehen, dass wir das Thema bereits am Wochenende hatten, wärst du wohl kaum hier, wenn in deiner Wohnung jemand auf dich warten würde, in den du bis über beide Ohren verliebt wärst. Oder?«

Seine Finger suchten meine Hand und begannen, mit meinen Fingerkuppen zu spielen. Ich fühlte mich ertappt und das Glühen in meinen Wangen sah man wahrscheinlich bis ins All.

»Also, ist es der Job? Oder steckt noch etwas anderes dahinter?«, bohrte er weiter, nachdem ich es vorgezogen hatte, nicht zu auf seine vorherige Frage zu antworten.

Das war doch alles Mist. Es verdarb vollkommen die Stimmung. Ich wollte nicht darüber reden und entzog ihm meine Hand, um mich an meinem Notizbuch festzuklammern.

»Du musst mir nicht darauf antworten. Ich würde dich nur gern besser kennenlernen. Ich meine, anfangs warst du ziemlich unnahbar und jetzt ...« Sein Blick glitt zu mir, über meine Schulter.

Ich atmete tief ein und wieder aus. »Muss ich mich dafür rechtfertigen, warum ich bin wie bin? Ich glaube nicht, dass ich ...«, fauchte ich ihn an. Es war Mittwochmorgen und meine kreative Energie hatte sich von einer Sekunde auf die andere verabschiedet. Und *das* war der wahre Grund, warum ich keinen Mann in meinem Leben brauchte.

»Hey, wie ich bereits sagte, es ist okay, wenn du mich im Dunkeln tappen lässt. Entschuldige, wenn ich zu indiskret war.«

»Angenommen«, murrte ich und rückte noch etwas von ihm weg, sodass wir nun nebeneinander im Sessel saßen und geradeaus auf die Dächer der Innenstadt schauten. Jeder nippte an seinem Kaffee, ansonsten herrschte für ein paar Minuten Funkstille.

»Ich krieg schon noch raus, wie du tickst«, sagte er vorsichtig und beugte sich zu mir, um mir umständlich die leere Kaffeetasse aus der Hand zu angeln – tunlichst darauf bedacht, mich dabei so viel wie möglich zu berühren. Und so gerne ich sauer auf ihn sein wollte, weil er in meine Privatsphäre eingedrungen war, so sehr mochte ich es auch, wie er versuchte, das wiedergutzumachen.

»Lass uns wieder ins Bett gehen. Ich muss heute erst um acht im Sender sein«, murmelte er an meinen Lippen, bevor er sich einen Kuss stahl und sich dann erhob, um wieder reinzugehen.

Ich folgte ihm und betrachtete dabei seine fabelhafte Rückansicht. Selbst in dieser Jogginghose hatte er den knackigsten Hintern der Welt und sein muskulöser Rücken zog meine Blicke auf sich. Ich konnte ihm beim besten Willen nicht länger böse sein und beschleunigte meine Schritte, um ihn einzuholen und von hinten meine Arme um seine Taille zu schlingen. Mein Gesicht presste ich an seinen Rücken und sog tief den Geruch von Fabian und Sommer ein.

So wie ich an ihm dranhing, zog er mich zurück ins Schlafzimmer und machte da weiter, wo wir letzte Nacht vor lauter Erschöpfung irgendwann aufgehört hatten.

Kapitel 21

Es war eine Woche her, dass ich zum ersten Mal über Nacht bei Fabian geblieben war und seitdem hatten wir uns nahezu jeden Tag gesehen. Ich war praktisch bei ihm eingezogen. Vorübergehend verstand sich.

Fabian war wirklich großartig. Er umsorgte mich, war immer darauf bedacht, dass mir nichts fehlte. Am Wochenende hatten wir sogar zusammen gekocht und hatten so viel Spaß dabei, dass er der Meinung war, Essen vom Chinesen wäre nie wieder nötig.

Abends saßen wir stundenlang auf seinem Balkon, zählten Touristen, dachten uns Geschichten über sie aus und lauschten den leisen Klängen der Straßenmusiker.

Aber die meiste Zeit, die wir miteinander verbracht hatten, lagen wir in seinem Bett. Er stellte Dinge mit mir an, die meinen Körper zum Klingen brachten wie ein Instrument. Die mich allein vom Gedanken daran ganz kribbelig machten.

Trotz aller Herzchen in meinen Augen hatte ich es geschafft, Harald endgültig von meinen Qualitäten als Journalistin zu überzeugen. Er war so begeistert von dem Artikel über Fabian, dass er sich fast überschlagen hatte mit Komplimenten. Mich machte das einerseits total glücklich. Andererseits rüttelte es natürlich stark an meinen Prinzipien, dass sich mein Job und eine Beziehung nur schwer oder gar nicht miteinander vereinbaren ließen. Anscheinend schloss das eine das andere nicht kategorisch aus.

Mein Chef hatte mir schon am Montag weitere Rechercheaufträge erteilt und so war ich gerade auf dem Weg in eine Galerie in der Neustadt, die die jüngsten Werke eines ganz neuen Künstlers ausstellte, als mein Handy klingelte.

Mein Herz hüpfte vor Freude, als ich sah, wer mich anrief.

»Fabian, hey«, begrüßte ich den Wetterfrosch aufgeregt.

»Hey, meine Schöne. Hast du heute Abend schon etwas vor?«

»Na ja, nichts Bestimmtes. Wieso?«

»Tom und Bea wollen in den Elbsegler gehen, da ist irgendeine Party. Hast du Lust mitzukommen?«

Scharf sog ich die Luft zwischen den Zähnen ein. Seine Freunde kennenlernen? Also mit Tom hatte ich ja bereits das Vergnügen, aber jetzt, da das mit Fabian sich auf eine neue Ebene verlagert hatte, war das nochmal eine ganz andere Sache. »Ich weiß nicht recht«, sagte ich daher unsicher.

»Ach komm, gib dir einen Ruck. Die beiden sind wirklich nett«, versuchte er, mich zu überzeugen.

»Ja, ich weiß, wie nett Tom ist«, lachte ich und stimmte schließlich zu. »Okay. Kann ich Helene mitbringen? Ich glaube, mit ihr würde ich mich sicherer fühlen.«

»Was soll das denn heißen? Ich bin dein Beschützer. Aber bring sie gern mit.«

»In Ordnung, ich sag ihr gleich Bescheid.«

Wir verabschiedeten uns und ich konnte mich endlich meiner Recherche widmen.

Schnell lugte ich nochmal in meine Mappe, die ich mir schon vorgefertigt hatte, damit ich den Künstler, der versprochen hatte, beim Termin dabei zu sein, abrufbereit hatte.

Berthold Weimer war schon knapp achtzig Jahre alt und hatte erst kürzlich nach dem Tod seiner Frau die Aquarellmalerei für sich entdeckt. Seitdem malte er unentwegt alles, was ihm in den Sinn kam und sein Sohn hatte die Idee, die Werke hier auszustellen.

Kai hatte es gerade rechtzeitig geschafft, kurz bevor ich fertig war, aufzukreuzen und ein paar Fotos von Herrn Weimer und seinen Bildern zu machen.

Mit den Worten »Ich in der Zeitung. Dass ich das noch erleben darf. Machen Sie was Schönes draus, Fräulein Schön.« verabschiedete sich der alte Herr von mir und ich verließ mit Kai gemeinsam die Galerie.

»Schön, dich mal wiederzusehen«, sagte er, während er seinen Rucksack auf die Schulter hievte.

»Wieso? Wir sehen uns doch in der Redaktion ständig?«

»Ist dir vielleicht nicht aufgefallen, aber du bist nicht mehr ständig in der Redaktion.«

»Oh, ach so ...« Mir dämmerte, worauf er hinauswollte. Tatsächlich hatte ich mit Harald vereinbart, mehr von zu Hause aus zu arbeiten. Also von Fabians Balkon aus. Ich wusste nicht, ob es der Blick auf die City war, der mich beflügelte, oder das Gefühl von Fabians Präsenz, auch wenn er im Sender war.

»Ja, du hast natürlich recht. Ich arbeite vieles von zu Hause ab derzeit. War Haralds Idee.«

»Wie auch immer. Ab und zu sehen wir uns ja. Ist dein Fahrrad eigentlich wieder ganz?«, wollte Kai wissen und war an seinem Auto, das mit dem Hinterreifen recht wild auf dem Bordstein geparkt war, stehen geblieben.

»Nee. Steht noch kaputt im Keller rum. Ich bin mit der Straßenbahn hergekommen«, erwiderte ich und hielt demonstrativ Ausschau, ob eine der gelben Schienenschlangen schon in Sicht war.

»Soll ich mich mal drum kümmern und es reparieren?«, bot er mir an und ich fand es furchtbar nett von ihm.

»Das ist lieb, danke. Aber Fa...« Gerade noch rechtzeitig biss ich mir auf die Zunge. Zwar hatte Fabian mir versprochen, sich den kaputten Reifen anzusehen, aber das musste Kai ja nicht unbedingt wissen. »Ich will es eh in die Werkstatt bringen. TÜV und so.«

»Okay, alles klar. Aber lass mich wissen, wenn ich dir helfen kann.« Während er sprach, stieg er in seinen alten VW Bus, bei dem man die Fensterscheiben noch per Hand herunterkurbeln musste.

»Geht klar. Danke, Kai. Mach's gut.«

»Tschüss, Merle, und pass gut auf dich auf.«

»Immer.« Ich winkte ihm noch einmal, bevor ich die Haltestelle ansteuerte.

Ich hatte keine Ahnung, warum ich ihm das mit der Fahrradwerkstatt erzählt hatte. Aber irgendwie fühlte es sich noch nicht so gut an, mein Gefühlsleben vor ihm auszubreiten. Obwohl wir uns inzwischen ganz gut kannten und auch einen freundschaftlichen Draht zueinander hatten. Aber wollte ich ihn schon einweihen, dass ich mit Fabian etwas am Laufen hatte, von dem ich selbst noch nicht wusste, was es war? Damit wäre es denn quasi fast schon offiziell. Und ich war mir nicht sicher, ob ich das wollte.

***

Der Elbsegler war ein Biergarten in Elbnähe. Unterhalb des Hotels Bellevue sah man schon von Weitem die weißen Segel, die dem Lokal das namensgebende Aussehen verliehen.

Nachdem Fabian mir angeboten hatte mich abzuholen – ich war ausnahmsweise mal wieder in meiner Wohnung –, hatte ich darauf bestanden, mit Helene gemeinsam aufzukreuzen. Sie hatte dankbarerweise sofort zugesagt. Aber nur, weil sie den Wetterfrosch mal aus nächster Nähe sehen wollte, wie sie mehrfach betont hatte. Trotzdem war ich heilfroh, sie an meiner Seite zu wissen. Denn die Unsicherheit nagte an mir wie nie zuvor.

Zwar war ich Tom schon ein paar Mal begegnet, aber von Sympathie konnte man nicht sprechen. Vielmehr wurde ich das Gefühl nicht los, dass er so etwas wie Fabians Wachhund war, der immer dann vorpreschte, wenn es am unangebrachtesten war.

Fabian hatte mir noch versichert, wie sehr sich Tom und diese Bea, die ich noch gar nicht einordnen konnte, auf das Treffen freuten, trotzdem schlug mir das Herz bis zum Hals, als ich die drei im Biergarten entdeckte.

»Bist du bereit für die Familienzusammenführung?«, fragte Helene leise und klang dabei sehr geheimnisvoll.

»Mach dich nicht lustig. Mir geht der Hintern auf Grundeis.«

»Ach komm, nur weil die beim Fernsehen arbeiten, sind die nicht besser als wir.« Zumindest bei Fabian war ich mir da ziemlich sicher, bei den anderen beiden konnte ich das nicht beurteilen. »Das wird bestimmt lustig. Da hinten sind sie.«

Zielsicher steuerte meine beste Freundin den Tisch an, an dem die drei saßen, und ich trottete schutzsuchend hinter ihr her. Ich freute mich so sehr auf Fabian, aber die Begegnung mit seinen Freunden bereitete mir Magengrummeln. Ich wusste nicht so recht, wie ich ihm gegenübertreten sollte.

Heute Vormittag hatte ich Kai angelogen, weil ich das mit Fabian nicht offiziell machen wollte. Und jetzt war ich mir ziemlich sicher, dass es ihn nicht stören würde, wenn alle Bescheid wussten.

»Das ist ja unsere Karla Kolumna«, rief Tom, während Fabian aufgestanden war, um mich in eine Umarmung zu ziehen und mich in aller Öffentlichkeit so innig zu küssen, dass ich glaubte, den Boden unter den Füßen zu verlieren.

»Hi, Tom.« Nachdem Fabian mich wieder freigegeben hatte, reichte ich Tom die Hand zur Begrüßung und wendete mich dann der dritten Person am Tisch zu. »Du musst Beate sein, freut mich, dich kennenzulernen.«

»Mich auch«, sagte sie einsilbig und erwiderte den Handschlag.

»Übrigens ist sie meine Karla Kolumna, klar?« Fabian zog mich neben sich auf die Bank, während Helene sich auf die andere Seite zu Tom und Beate setzte.

»Ja ja, mein Großer, hab schon verstanden. Merle, die Anmeldung für den Skikurs ist übrigens da hinten.« Tom feixte dreckig, trank einen großen Schluck Bier und als ich ihm dabei zusah, wie sein Kehlkopf wippte, spürte ich, wie trocken mein Hals war.

»Skikurs?« Fabian schien verwirrt und sah mit gerunzelter Stirn abwechselnd zu seinem Kumpel und zu mir.

»Ach, nur so ein kleiner Insider«, winkte ich ab und hoffte, dass Tom endlich seine große Klappe halten würde. Doch der zwinkerte mir noch ganz kess zu.

»Was wollt ihr trinken?« Ich war ganz dankbar, dass Fabian das Thema wechselte.

»Ich würde einen Moscow Mule nehmen«, antwortete Helene wie aus der Pistole geschossen.

»Und ich hätte gern einen Gin Mule. Und ein Wasser, bitte.«

»Kommt sofort.« Fabian erhob sich erneut und drückte mir einen Kuss auf den Haaransatz, dass ich Gänsehaut bekam. »Bin gleich wieder da«, raunte er mir ins Ohr, bevor er zur Bar ging, die am anderen Ende des Biergartens lag.

Am Tisch entstand Stille, als er weg war. Keine von der angenehmen Sorte. Die chilligen Klänge im Hintergrund übertönten unser Schweigen und ich sehnte mich danach, dass Fabian wieder auftauchte.

Helene war es schließlich, die dem ein Ende setzte. »Woher kennt ihr drei euch denn?«, wollte sie wissen und sah abwechselnd zu Tom und der Frau mit den blonden Haaren, die einiges älter zu sein schien als wir.

Beate musterte meine Freundin offensichtlich von der Seite. Ihr Blick glitt von ihrem Gesicht über ihre Schulter zu ihren Händen, die auf dem Tisch lagen, bevor sie sich pikiert wieder zu Tom drehte.

»Ich bin mit Fab aus München hergekommen.« Selbstsicher nahm er den nächsten Schluck Bier.

»Fääáb?«, echote Helene und ich verkniff mir ein Lachen. Diese Abkürzung war aber auch echt dämlich.

Jetzt war es Toms Blick, der erst abschätzig, dann belustigt zu Helene schnippte. »Du bist lustig. Ich mag deinen Dialekt«, sagte er, ohne auf die Abkürzung einzugehen.

»Hey, ich gebe mir große Mühe, dass man meine Herkunft nicht hören kann.« Das stimmte wirklich. Sie sprach verdammt gut, auch wenn es sich nicht vermeiden ließ, dass unser sächsisch überall herauszuhören war.

»Ich find's charmant.« Tom zuckte mit den Schultern.

»Und woher kennst du Fabian?«, wollte ich von Beate wissen.

»Über den Sender.« Sie schien keine Lust zu haben, mehr zu verraten.

»Ladies, eure Drinks sind da.« Froh darüber, dass Fabian endlich wieder da war, beschloss ich, nicht weiter nachzufragen. »Hab ich etwas verpasst?«, wollte er wissen und sah in die Runde.

»Nö.«

Tatsächlich brauchten wir eine Weile, bis wir alle warm miteinander wurden. Es konnte auch am Alkohol gelegen haben, aber im Laufe des Abends wurde die Stimmung gelöster. Irgendwann hatte ich nicht mehr den Eindruck, dass Tom mir gegenüber so feindselig war wie am Anfang.

Dennoch wurde ich das Gefühl nicht los, dass er nicht ganz einverstanden war mit dem, was zwischen mir und seinem besten Freund lief. Okay, ich musste zugeben, dass ich in manchen Momenten selbst noch überlegte, was es mit unserer Verbindung auf sich hatte. Dabei gab Fabian sich wirklich allergrößte Mühe, mich auf Händen zu tragen.

Aber je mehr ich in sein Leben vordrang, je mehr ich Teil seiner Privatsphäre wurde, umso größer wurden meine Zweifel daran, ob ich überhaupt bereit dafür war, Teil eines anderen Lebens zu sein.

Es war schon nach Mitternacht, als der DJ die Lautstärke runterfuhr und der Biergarten sich langsam leerte. Beate war schon vor Stunden gegangen, genau wie Helene, die Kopfschmerzen bekommen hatte. Tom saß mit Bier Nummer fünfundzwanzig immer noch am Tisch, während Fabian und ich den Blick auf die beleuchtete Altstadt genossen.

»Danke für den schönen Abend«, hauchte ich.

»Das Vergnügen war ganz meinerseits. Wollen wir nach Hause gehen?« Wir standen nebeneinander und Fabian legte seinen Arm um meine Schultern.

Mir war klar, dass er sein zu Hause meinte und plötzlich fühlte ich mich eingeengt. Ich war gern mit zusammen, mochte, wie er mich ansah, bevor er mich küsste. Hatte Schmetterlinge im Bauch, sobald ich an ihn dachte oder sah. Schwebte im siebten

Himmel, wenn er mich in seinem Schlafzimmer wieder und wieder verwöhnte.

Doch so sehr ich auch dagegen ankämpfen wollte, die Zweifel verstummten nicht. Es war seltsam, ihn in seinem gewohnten Umfeld zu erleben, mit seinen Freunden. Er war den ganzen Abend mindestens genauso angespannt gewesen wie ich, während ich trotz der gelösten Stimmung immer wieder darüber nachdachte, ob ich in diese Welt passte.

»Ich glaube, Tom kann mich nicht leiden«, sagte ich schließlich, nachdem ich tief Luft geholt hatte.

»Ach quatsch, der mag dich. Er kann es nur nicht zeigen. Tom ist ein Raubein, ein ungehobelter Klotz. Aber unter seiner Fassade ist er ein feiner Kerl«, erwiderte Fabian verständnisvoll.

»Er war schon so komisch, als ich zum ersten Mal bei euch im Sender war.«

»Das darfst du nicht überbewerten. Manchmal kann er eben nicht aus seiner Haut.«

Was auch immer das zu bedeuten hatte, ich ließ es so stehen. Bestimmt hatte Fabian recht, schließlich kannte er seinen Freund besser als ich.

»Lass uns nach Hause gehen.« Sein Vorschlag ließ mein Herz schwer werden. Alles, was ich wollte, war, ihn bei mir zu wissen. Seine Lippen auf meinen zu spüren. Seine Haut auf meiner. Doch die Zweifel fraßen mich innerlich auf.

»Ich würde heute gern meiner Wohnung mal wieder einen Besuch abstatten.« Meine Stimme flatterte mit meinem Herz um die Wette, als ich es aussprach und seinen enttäuschten Blick sah. Behutsam legte er eine Hand an meine Wange.

»Das ist völlig okay, Merle. Aber ist alles in Ordnung?«

»Ja. Ja, natürlich ist alles in Ordnung. Ich muss nur mal wieder Blumen gießen.« Ich rang mir ein Lächeln ab und schmiegte mich in seine Berührung.

»Du meinst wie neulich, als wir telefoniert haben und du in der Wanne gelegen hast?«

»So in der Art.«

»Dann rufe ich dich nachher an.«

»Okay.«

Dass ich einfach nur etwas Zeit für mich selbst brauchte, um das Chaos in meinem Kopf zu sortieren, erzählte ich ihm nicht.

Kapitel 22

»Ihre Artikel werden immer grandioser. Wenn ich es nicht besser wüsste, würde ich sagen, Sie sind verliebt, Merle.« Mein Chef saß mir gegenüber auf seinem Ledersessel. Schweiß stand ihm auf der Stirn und er wirkte etwas geschafft. »Man könnte meinen, Sie wetteifern mit dem Hochsommer um die Wette.«

Ich hatte keine Ahnung, was er damit meinte, aber meine Gedanken glitten automatisch zu Fabian, den ich seit zwei Tagen nicht gesehen hatte. Mein Blick wanderte zum Fenster in den wolkenlosen hellblauen Himmel. Natürlich hatten wir telefoniert und natürlich hatte er mich mit vielen liebevollen Nachrichten überschüttet, aber die Zweifel wollten einfach nicht verschwinden. Auch wenn unsere Liaison anscheinend gut war für meine Karriere, so hatte ich noch immer das Bedürfnis, mein Herz zu schützen.

»Merle?«

»Hm? Wie bitte?«

»Ich sagte, im Vorstand ist ein Posten frei für Sie.«

Wie ein Gummi schnippte mein Kopf wieder in seine Richtung und ich sah ihn erschrocken an.

»Äh, was? Vorstand?« Meine Hände wurden schweißnass, was sollte das denn nun schon wieder?

»Keine Sorge, ich wollte nur sichergehen, dass ich Ihre ungeteilte Aufmerksamkeit habe.«

»Die haben Sie. Gar kein Problem.« Puh, das war gerade nochmal gut gegangen.

»Ihre Artikel sind gut, Merle. Und auch wenn noch etwas Zeit bis dahin ist, würde ich Sie gern mit den Berichten über die Filmnächte und den Presseball betrauen.«

»Filmnächte? Doch hoffentlich nicht die Kaiser-Mania?« Es war das Wochenende schlechthin, wenn gleich mehrere Konzerte von diesem beeindruckenden Sänger hintereinander stattfanden. Jedes war bis auf die allerletzte Karte ausverkauft. Jahr für Jahr.

»Nein.« Harald lachte verschmitzt. »Die Aftershow-Party nach *Dirty Dancing*. Ich dachte mir, das ist doch bestimmt genau Ihr Ding.«

Das allerdings gefiel mir. Denn auch das war inzwischen Kult und gehörte zu den Filmnächten wie die Frauenkirche zu Dresden.

»Das klingt hervorragend. Und der Presseball auch. Danke für die Chancen«, sagte ich leise, als mir bewusst wurde, dass Fabian sicher auch beim Presseball wäre.

»Ist alles in Ordnung, Merle?«, wollte Harald wissen und war aufgestanden, um seinen Schreibtisch zu umrunden und sich vor mich auf die Tischkante zu setzen. Er legte die Hände in den Schoss und sah mich abwartend an.

»Ich ... Ähm, ja natürlich, Harald. Es ist alles bestens«, log ich wie gedruckt.

»Den Eindruck habe ich irgendwie nicht. Sie wirken etwas abwesend, seit wir diese Unterhaltung begonnen haben.« Er war aber auch ein schlauer Fuchs, dem nichts entging.

»Das muss an der Hitze liegen, die macht mich langsam wirklich mürbe. Entschuldigen Sie.«

»Ganz sicher? Ist es nicht vielleicht doch eher so, dass Sie ein bisschen verliebt sind?« Mein Chef ließ nicht locker. Es missfiel mir, dass er in meinem Privatleben herumstocherte. Andererseits bot das die Gelegenheit, mit jemandem, der vollkommen neutral gegenüber meiner Situation war, zu sprechen.

»Sind Sie verheiratet, Harald?«, wollte ich daher wissen und hoffte einfach, damit nicht übers Ziel hinauszuschießen.

Harald legte den Kopf schief, wobei seine Brille auf dem Nasenrücken ein Stück nach unten rutschte. »Nein.«

Na, da hatten wir es doch. Ich lag also gar nicht so falsch mit meiner These, dass die Liebe der Karriere nur im Weg stand.

»Nicht mehr«, ergänzte Harald noch und in seinen Augen blitzte Wehmut auf.

»Bestimmt wegen der vielen Arbeit, oder?«, fragte ich weiter.

»Nein. Wir hatten uns einfach auseinandergelebt. So etwas passiert, wissen Sie. Das hatte weder etwas mit meinem Job zu tun noch mit dem meiner Frau. Ex-Frau.«

»Tut mir leid, ich wollte nicht ...«

»Schon in Ordnung, Merle. Es ist zehn Jahre her, ich bin darüber hinweg.« Jetzt zwinkerte er mir aufmunternd zu. »Und Sie wehren sich also gegen Ihre Gefühle, die Sie offensichtlich für jemanden haben, weil Sie glauben, es könnte Ihre Karriere als Journalistin zerstören?«

Jedes einzelne seiner Worte sickerte in meine Hirnwindungen. Hängen blieben jedoch nur Karriere und zerstören. Und genau das war es, wovor ich Angst hatte. Ich arbeitete zu hart, als dass ich das aufgeben und zusehen würde, wie mir alles durch die Finger rann, weil ich für einen Moment meine Gefühle nicht im Griff hatte.

Ich nickte lediglich, anstatt ihm ausführlich zu antworten.

»Dann stimmt es also, was in der Gerüchteküche vor sich hin brodelt? Sie und der Wettermann vom *City TV*?«

Theatralisch warf ich die Hände in die Luft. »Und genau auf diese Art von Publicity kann ich gut verzichten. Das nützt doch keinem etwas.«

»Solange es sich derart positiv auf Ihre Arbeit auswirkt, sollten Sie mit jeder Form von Publicity einverstanden sein. Also stimmt es oder nicht?«

Das Herz schlug mir bis zum Hals, nervös knetete ich meine Hände. »Was auch immer da in den Töpfen der Gerüchteküche vor sich hin kocht ... Jein. Also vielleicht könnte es sein, dass ich und er ...«

»Hören Sie zu, Merle. Ich habe ein paar mehr Jährchen auf dem Buckel als Sie und kann Ihnen versichern, selbst wenn Sie die Allerbeste in Ihrem Job wären, das allein wird Sie nie so mit Glück erfüllen, wie das Gefühl, so etwas mit jemandem teilen zu können.«

»Harald, ich ... Sie müssen nicht ...« Sein väterlicher Rat machte mich verlegen.

»Doch, doch, ich muss. Ich sehe doch, wie es in Ihnen arbeitet. Und *das* wird am Ende Ihre Arbeit beeinflussen. Nicht die Tatsache, dass Sie einen Frosch geküsst haben, der sich aus Versehen sogar als Prinz entpuppt hat.«

Ich hatte keinen blassen Schimmer, wann sich unser Gespräch über die anstehenden Artikel und Termine in eine Therapie umgewandelt hatte. Aber was er sagte, leuchtete mir sogar ein. Ob ich wollte oder nicht, innerlich pflichtete ich ihm bei.

»Sie sind noch jung. Genießen Sie das Leben, nutzen Sie es in vollen Zügen.«

Es war mir ein wenig unangenehm, dass wir hier saßen und über mein Liebesleben sprachen, von dem ich wollte, dass es nicht existierte. Immerhin war er mein Chef und kein Freund oder so.

»Okay. Ich denke darüber nach«, sagte ich schließlich und erhob mich, während er mich kopfschüttelnd ansah.

»Genau das ist wohl Ihr Problem. Die Journalistin in Ihnen denkt zu viel nach. Lassen Sie das los und verlieben Sie sich. Es wird Ihnen guttun, versprochen. Und jetzt ab an die Arbeit, ich will natürlich trotzdem Ergebnisse sehen.«

»Danke.« Mit hängendem Kopf verließ ich das Büro meines Chefs und schlurfte zu meinem Schreibtisch. An Arbeit war gerade nicht zu denken, seine Worte hatten mich viel zu sehr aufgewühlt. Er konnte schließlich nicht wissen, warum ich so festgefahrene Ansichten hatte, was dieses Thema betraf.

Ich beschloss, mir in der Cafeteria einen Eistee zu kaufen und mich für ein paar Minuten in die Sonne zu setzen, um mit meiner besten Freundin zu telefonieren und ihr von dem Gespräch mit meinem Chef zu erzählen. Ich wollte hören, was sie dazu zu sagen hatte. Wobei ich das eigentlich schon wusste ...

Gerade als ich mir einen Platz auf einer Bank gesucht hatte, erhielt ich eine Nachricht. Vorsichtig stellte ich den Becher mit dem Eistee neben mir ab, um nachzusehen, wer mir geschrieben hatte. Mein Herz machte einen gewaltigen Satz und ich öffnete die Nachricht.

Fabian: Hey, meine Schöne. Ist alles okay bei dir? Muss ich mir Sorgen machen? Wenn es wegen Tom ist, vor dem brauchst du dich nicht zu fürchten, der ist harmlos. Wirklich! Sehen wir uns am Wochenende? Ich würde gern noch weiter die Stadt mit dir erkunden, du hast doch bestimmt noch ein paar Geheimtipps, oder? Ich vermisse dich. Fabian

Am Ende des Textes hatte er ein Herz eingefügt, was mich schmunzeln ließ. Ich wusste, dass es nicht fair war, ihn zappeln zu lassen. Wir hatten so eine tolle Zeit miteinander verbracht und nun hatte ich mich mir nichts, dir nichts wieder in mein Schneckenhaus zurückgezogen. Ich hatte keine Ahnung, was ich ihm antworten sollte.

Während ich überlegte, griff ich nach dem Pappbecher mit dem Eistee. Vom Eis war inzwischen nicht mehr viel übrig. Dafür rauschte ein wahrer Zuckerschock durch meine Blutbahnen, nachdem ich den ersten Schluck genommen hatte. Urghs, was war denn da passiert?

»Bäh«, murmelte ich und stellte den Becher wieder ab. Sollten sich die Bienen und Wespen daran laben, für mich jedoch war das Getränk viel zu ekelhaft süß.

Als hätte sie von meinem Vorhaben geahnt, leuchtete Helenes Name im Display meines Telefons auf.

»Hey, woher hast du gewusst, dass ich dich gerade anrufen wollte?«, begrüßte ich sie lachend.

»Sechster Sinn. Was gibt's denn?« Sie tat allen Ernstes so, als hätte sie es tatsächlich gewusst.

»Na, das weißt du doch bestimmt auch? Sechster Sinn und so?«

Ihr glockenklares Lachen drang in mein Ohr. »Komm schon. Was ist los? Ist irgendwas mit dem Wetterfrosch?«

Ich sog geräuschvoll die Luft durch meine zusammengepressten Zähne ein. »Ich weiß nicht.«

»Wie, du weißt nicht? Ihr verbringt doch jede freie Minute zusammen?«

»Nicht ganz. Ehrlich gesagt haben wir uns seit dem Abend neulich im Elbsegler nicht mehr gesehen.«

»Ach du Sch... Ärger im Paradies? Hat er dich versetzt? Schluss gemacht? Soll ich ihm eins überbraten? Ich hätte da so eine neue Bratpfanne, die ich einweihen könnte.«

»Warum habe ich das Gefühl, dass du mich nicht ernst nimmst, Leni?«

»Ich nehme dich ernst, sehr sogar. Und wirklich immer. Nur finde ich es nicht so dramatisch, dass ihr euch – wie lange? – drei Tage oder so nicht gesehen habt. Was ist dein Problem?«

Anstatt zu antworten, schnaubte ich lediglich.

»Ach, warte, ich weiß, was du hast. Angst, er könnte es ernst meinen mit dir, oder? Ist es das? Dass du dich in eine Beziehung verstrickst, die du nicht willst?«

Da war sie wieder. Meine beste Freundin mit ihren psychoanalytischen Fähigkeiten.

»Ja ... Nein ... Ach, verdammt ...«, stammelte ich.

»Merle, ganz ehrlich. Fabian ist ein feiner Kerl. Und so, wie ich das sehe, ist er zudem bis über beide Ohren und weit darüber hinaus in dich verknallt. Ich schätze, er würde dir die Sterne vom Himmel holen, wenn er es könnte.«

Ich lachte bitter auf. »Genau der Typ Mann, den du eigentlich suchst, oder?« Es war doch der pure Hohn. Helene war diejenige, die den Prinzen auf dem weißen Pferd suchte, nicht ich.

»Ja. Aber er hat nun einmal dich gefunden und nicht mich. Also wovor genau hast du Angst?«

Mich beschlich das Gefühl, dass es eine bescheuerte Idee gewesen war, dieses Thema mit meiner Freundin zu besprechen. Wir hatten vollkommen verschiedene Ansichten und sie verstand einfach nicht, warum ich mir keine Beziehung ans Bein binden wollte.

»Ich will mich einfach auf meinen Job konzentrieren, verstehst du? Gerade läuft es so richtig gut. Harald hat schon wieder neue Artikel für mich. Mein E-Mail-Postfach ist voll mit Pressemitteilungen.«

»Ja, und? Das ist doch fantastisch. Allerdings ist das keine Antwort auf meine Frage.«

»Ähm, wie war die Frage gleich nochmal?«, versuchte ich ein Ablenkungsmanöver, auf das Helene allerdings nicht hereinfiel.

»Wovor du Schiss hast!«

»Ich hab keinen Schiss. Es ist nur ...«

»Ach ja? Du hast also keine Angst davor, dass das mit dir und dem Wetterfrosch etwas werden könnte und du vielleicht endlich anfängst, dein Leben zu genießen? Mensch, Merle, der begehrteste Junggeselle der ganzen Stadt, ach was, der ganzen Bundesrepublik, steht auf dich und du denkst lieber an deine Artikel? Was stimmt nicht mit dir?«

Sie hatte recht und das schmerzte höllisch. Ihre Worte glichen einem herben Schlag in die Magengrube, nach dem man sich am liebsten zusammengerollt auf dem Boden herumwälzte, wimmernd vor Leid.

»Was wenn ... Also, was ist, wenn es schiefgeht und ich dann kein vernünftiges Wort mehr zu Papier bringen kann vor lauter Liebeskummer?«, erwiderte ich leise.

»Ach Süße, darüber machst du dir Gedanken? Du sollst doch nicht gleich den Worst Case in Betracht ziehen. Genieße es so, wie es ist. Fabian ist ganz vernarrt in dich. Außerdem ist das Leben viel zu kurz, um sein Glück auf später zu verschieben, weil man erstmal Karriere machen muss.«

Wieder schwieg ich. Ihre Worte führten mir meine eigene Dummheit vor und das arbeitete in mir. Aus ihrem Mund klang das plausibel und so einfach. Wenn ich nur auch so ticken würde.

»Empfindest du etwas für ihn?«, wollte sie wissen und ich atmete hörbar aus.

»Ja«, gestand ich kleinlaut. »Ich mag ihn schon irgendwie.«

Inzwischen stand die Sonne im Zenit und brannte auf die Erde nieder, als wäre es ihre letzte Gelegenheit, uns alle zu grillen. Es war so heiß, dass man es selbst im Schatten kaum aushielt.

»Schon irgendwie ein bisschen mehr, oder?«

Helene war eine Nervensäge. Ließ sie denn nie Ruhe mit diesem Thema?

»Ja. Bist du jetzt zufrieden?«

»Nein, noch nicht ganz. Wann seht ihr euch wieder?«

»Witzig, habt ihr euch abgesprochen? Fabian hat mir die gleiche Frage gestellt.«

»Und was ist die Antwort?«

»Keine Ahnung, vielleicht am Wochenende.«

»Also bestimmt am Wochenende. Und bestimmt wirst du mit ihm darüber reden, warum du so ein kleiner Schisshase bist.«

»Ganz bestimmt nicht. Leni, ich war nie auf der Suche nach einer Beziehung. Ich will als Journalistin Fuß fassen. Und ja, genau deswegen habe ich verdammt noch mal Angst. Es bringt mich vollkommen durcheinander, dass er mich so durcheinanderbringt. Verstehst du? Hätte er nicht dich um den kleinen Finger wickeln können?« Endlich war es raus und so, wie die Worte meinen Mund verließen, fühlte ich mich Stück für Stück erleichtert, es mir endlich von der Seele geredet zu haben.

»Er will aber dich, Merle. Und das freut mich noch viel mehr. Wir haben doch alle Liebe verdient, du auch.«

»Du mit deinen Weisheiten immer. Ich muss wieder ins Büro.«

»Bevor du dich wieder deinen heißgeliebten Recherchen widmest, eine Weisheit habe ich noch auf Lager.«

»Die wäre?« Genervt verdrehte ich die Augen und war froh, dass sie es nicht sehen konnte. Sie hätte mir direkt den nächsten Dämpfer verpasst.

»Wenn es dir so viel Angst macht, ist es definitiv einen Versuch wert.«

»Vielen Dank für Ihre Hilfe, Frau Doktor Bauer. Ich werde das berücksichtigen.«

»Wirklich?«, fragte Leni nach und ich konnte formlich hören, wie sie die Augenbrauen nach oben zog.

»Ja, wirklich und jetzt muss ich auch wirklich wieder an meine heißgeliebte Recherche. Mach's gut und danke fürs Zuhören.«

Wir verabschiedeten uns und bevor ich wieder ins klimatisierte Bürogebäude ging, antwortete ich Fabian. Einen Geheimtipp hatte ich noch und dank der eindringlichen Worte meiner Freundin war ich auch in der Lage, mir einzugestehen, dass auch ich ihn vermisste.

Kapitel 23

Mein Herz machte einen gewaltigen Satz, als Fabian überpünktlich an der Tür klingelte.

Ich hatte es tatsächlich geschafft, mich mit ihm für heute zu verabreden und mir fest vorgenommen, ihm reinen Wein einzuschenken, was meine Gefühlslage betraf. Stundenlang hatte ich letzte Nacht wachgelegen, was zum einen der unerträglichen Hitze geschuldet war. Zum anderen plagten mich die Gedanken, wie ich Fabian beibringen sollte, dass ich ... Nun ja, dass ich mich schwertat mit der Liebe und so. Mir war leider überhaupt nichts Passendes eingefallen und waghalsig hatte ich beschlossen, es einfach auf mich zukommen zu lassen. Vielleicht kam er ja von selbst drauf, wenn ich zurückhaltender war als sonst?

Das blaue-weiße Etuikleid, für das ich mich entschieden hatte, klebte wie eine zweite Haut an meinem Körper. Während ich in meine dunkelblauen Sandaletten schlüpfte, puderte ich mir ein letztes Mal die Nase. Völlig sinnfrei, weil ich ohnehin gleich wieder schwitzen und das Make-up davonschwimmen würde.

Mit wild klopfendem Herzen verließ ich schließlich meine Wohnung und lief die Treppe hinab. Auf den letzten Stufen verlangsamten sich meine Schritte fast schon automatisch. Das

Atmen fiel mir plötzlich so schwer. Wir hatten uns ein paar Tage nicht gesehen und ich hatte keine Ahnung, wie ich ihm gleich gegenübertreten sollte.

Fabian nahm mir diese Entscheidung ab, nachdem ich aus der Haustür ins Freie getreten war. Wie beim letzten Mal hatte er im Schatten an der Hauswand gelehnt und sich mit dem Fuß abgestoßen, als er mich entdeckt hatte. Mit wenigen Schritten war er bei mir, legte seine Arme um meine Taille und zog mich vorsichtig zu sich. Mir stockte der Atem, ich glaubte, mein Herzschlag setzte für zwei oder drei Momente aus, als er mir tief in die Augen sah. Ich erwiderte seinen Blick. Die goldenen Sprenkel in seinen braunen Augen funkelten wie Bernstein in der Sonne und nahmen mich gefangen.

»Du siehst bezaubernd aus«, raunte er, während er mit einer Hand meinen Rücken hinauffuhr, die gleich darauf in meinem Nacken zum Stillstand kam. Zärtlich beschrieben seine Finger kleine Kreis auf meiner Haut und jagten prickelnde Schauer über meine Wirbelsäule.

Es war unmöglich, mich von seinem Blick zu lösen. Meine Augen wanderten über sein markantes Gesicht. Die verstrubbelten Haare, die immer ein bisschen so aussahen, als wäre er gerade erst aus dem Bett aufgestanden. Seine dichten Augenbrauen, die ihn geheimnisvoll und verwegen zugleich aussehen ließen. Hohe Wangenknochen und ein markantes Kinn, das von einem Bartansatz geziert wurde, der unheimlich sexy aussah. Und diese begnadet schönen Lippen, von denen ich wusste, wie weich und perfekt sie sich anfühlten. Von denen ich wohl nie genug bekommen würde.

Meine Atmung beschleunigte sich merklich und ich presste ein zittriges »Hi« hervor, was Fabian schmunzeln ließ, bevor er mich endlich küsste. Der Moment, in dem sein Mund meinen erst zaghaft, dann fordernd in Besitz nahm, ließ mich abheben. Ich glaubte zu schweben, während seine Zunge immer wieder zärtlich an meine stupste. Es fiel mir so leicht, mich diesem Spiel hinzugeben, mich von ihm in andere Sphären heben zu lassen. Wir waren wie zwei Gewitterwolken, die sich mit einem gigantischen Funkenflug entluden.

Völlig außer Atem lösten wir uns voneinander. Unsicher wich ich seinem Blick aus.

»Alles in Ordnung?«, wollte er wissen und zwang mich mit seinem Zeigefinger unter meinem Kinn, ihn anzusehen.

»Ja, klar. Wollen wir dann starten?«

»Unbedingt, ich dachte schon, du willst die ganze Zeit hier festwurzeln und mich küssen.« Fabian lachte dunkel auf und nahm meine Hand, um mit mir zu seinem Wagen zu gehen, den er in einer Seitenstraße geparkt hatte.

»Gibt sicher Schlimmeres«, murmelte ich und betrachtete ihn verstohlen von der Seite. Obwohl es so unfassbar heiß war, trug er eine hellgraue Stoffhose, die er bis zu den Knöcheln aufgekrempelt hatte, seine Füße steckten in weißen Segelschuhen und ein weißes, schlichtes Shirt komplettierte sein Outfit. Er konnte anziehen, was er wollte, er sah jedes Mal unverschämt gut aus.

»Was sagtest du?«, fragte er nach und ich winkte schnell ab, weil ich mich ertappt fühlte.

»Ach, nichts.«

Eine knappe Stunde später fuhren wir eine lange Straße entlang, die links und rechts von Feldern und Wiesen gesäumt war. Wir hatten die Stadt verlassen und waren ins Umland gefahren, weil ich ihm einen ganz besonderen Platz zeigen wollte.

»Wir sollten hier gleich parken«, schlug ich vor. »Weiter hinten wird es erfahrungsgemäß immer recht knapp.«

Fabian lenkte seinen Audi geschickt in eine der Parklücken am Straßenrand und wir legten den Rest des Weges im sengenden Sonnenlicht zurück. Wie selbstverständlich hatte er nach meiner Hand gegriffen und seine Finger mit meinen verschränkt. Immer wieder streifte mich sein liebevoller Blick.

»Ich weiß übrigens, wo du mich hinführst«, warf er siegessicher ein und grinste triumphierend.

»So? Das glaube ich eher nicht.« Ich schenkte ihm im Gegenzug ein zuckersüßes Lachen.

»Doch, ich glaube schon. Hier geht's auf direktem Weg zum Spitzhaus«, stellte er fest und ich nickte.

»Das stimmt.« Ich ließ ihn in dem Irrglauben, dass wir in das Panorama-Restaurant gingen, das direkt in den Radebeuler Weinhängen lag und von dem aus man einen fantastischen Ausblick auf die Umgebung hatte.

Hand in Hand schlenderten wir die Straße entlang, genossen die Aussicht und tatsächlich zog mich Fabian am Restaurant Richtung Eingang. Doch ich tat nichts dergleichen, sondern lief einfach weiter.

»Wie? Nicht hier?«

Ich biss mir lachend auf die Unterlippe und zuckte mit den Schultern, während ich ihn mit mir zog. Wir passierten das Restaurant und folgten der Straße, die jetzt nur noch ein holpriger Weg war, der uns mit Staub einhüllte.

»Nur gut, dass ich so gut zu Fuß bin. Wohin verschleppst du mich, Merle?«, bohrte er weiter und entlockte mir damit ein herzliches Lachen.

»Wir sind gleich da.«

»Wir gehen in eine Gartensparte?«, fragte er ungläubig, nachdem ich ein altes, quietschendes Gartentor geöffnet hatte, von dem aus eine mindestens genauso alte Steintreppe hinab in den Weinberg führte. Ein paar Tische standen auf dem terrassenartig angelegten Grundstück. Weiter unten war ein alter Bungalow, daneben eine Pergola, die über und über mit Weinreben bewachsen war und unter der ebenfalls Tische standen. Das Highlight jedoch war eine kleine Terrasse, von der aus man bis in die sächsische Schweiz sehen konnte. Es passten gerade einmal zwei Hollywood-Schaukeln mit zwei Tischen darauf und ich war froh, dass eine davon noch frei war.

»Lass mich raten. Das ist doch garantiert wieder so eine Vogelwirtschaft.« Gott, dieser Mann machte mich fertig. Vogelwirtschaft? Echt jetzt? Prustend ließ ich mich in die Schaukel fallen, die sofort gefährlich Fahrt aufnahm.

»Strauß. Es ist der Strauß, der hier wirtschaftet. Aber ja, auch das ist ein Winzer, der hier seine Weine verkauft. Und die sind wirklich gut.« Mit dem Kopf deutete ich auf den Bungalow, der hinter uns stand und an dessen Rückseite sich ein Fenster befand, aus dem heraus verkauft wurde. Es war urig und einfach, aber wunderschön.

Fabian wartete einen Moment, bevor er sich neben mich setzte.

»Schaukeln mit Aussicht also?«, fragte er und legte seinen Arm um meine Schultern.

»Ja. Ich dachte, da du so auf schöne Aussichten stehst, würde dir das hier sicherlich gut gefallen.«

Fest drückte er seine Lippen auf den Haaransatz über meiner Stirn. »Du hast voll ins Schwarze getroffen. Wobei es mit dir selbst in der dunkelsten Höhle wunderschön wäre.«

»Du alter Charmeur. Holst du uns etwas zu trinken? Auf der Rückseite des Bungalows ist der Ausschank«, erwiderte ich ein wenig zu kokett. Ich war nervös und es fiel mir schwer, mich einfach fallenzulassen wie noch vor ein paar Tagen.

Fabian erhob sich wieder und war kurz darauf mit einem Tablett, das mindestens genauso alt war wie die Hollywood-Schaukel, zurück. Zwei Gläser Weißwein, eine Karaffe mit Wasser und sogar zwei Stücke hausgebackenen Zwiebelkuchen hatte er mitgebracht. Mir lief sofort das Wasser im Mund zusammen.

Die Sonne stand endlich etwas tiefer am Himmel und die Sommerhitze wurde langsam erträglicher. Schon jetzt freute ich mich auf den Sonnenuntergang, der in den Weinbergen immer noch mal eine Nummer schöner war. Mit einem tiefen Klong stießen wir die robusten Weingläser aneinander.

»Hm, der ist wirklich gut«, lobte Fabian den Wein.

»Sag ich doch.«

Behutsam nahm er mir das Glas aus der Hand und stellte es zu seinem auf den kleinen Tisch, der vor uns stand. »Verrätst du mir jetzt, was mit dir los ist, Merle? Seit Tagen habe ich das Gefühl, etwas falsch zu machen.«

Mir war klar, dass dieses Gespräch kommen würde und die Worte meiner besten Freundin fielen mir wieder ein. Das Leben sei zu kurz, um Chancen nicht zu nutzen oder so. Und es wäre einen Versuch wert, weil es mir Angst machte ...

Die Schaukel bewegte sich leicht, meine Füße tippten auf die Holzdielen der Terrasse und verloren bei jeder Vorwärtsbewegung die Verbindung zum Boden.

»Ich ... Also ...« Wenn es nur einfacher wäre, in seiner Gegenwart ganze und vor allem sinnvolle Sätze zu sprechen. Fabian hatte sich seitlich gesetzt, den Arm, der vorher auf meiner Schulter geruht hatte, auf die Lehne gelegt und seine Sonnenbrille ins Haar geschoben. Sein eindringlicher Blick verunsicherte mich noch mehr.

»Ist es wegen Tom? Hat er dir so zugesetzt?«

»Was? Nein. Es hat nichts mit Tom zu tun, wobei ich noch immer davon überzeugt bin, dass er mich nicht leiden kann.«

»Das ist Quatsch, Merle, und das weißt du. Und selbst wenn es so wäre, hätte es rein gar nichts mit unserer Beziehung zu tun.«

»Haben wir denn eine ... Beziehung?«, flüsterte ich und senkte meinen Blick.

»Sag du es mir. Ich für meinen Teil würde mir nichts lieber wünschen. Aber seit dem Abend im Elbsegler werde ich das Gefühl nicht los, dass es dir nicht so geht.« Die Enttäuschung in seiner Stimme war so laut wie ein Presslufthammer, der sich in meinen Kopf bohrte. Es tat mir körperlich weh zu hören, dass er das tatsächlich dachte. *Doch, mir geht es genauso,* wollte ich am liebsten schreien, dass es die ganze Welt hörte. Es konnte doch nicht so schwer sein.

»Das stimmt so nicht«, krächzte ich stattdessen und holte tief Luft.

»Wie ist es dann? Was macht dir so viel Angst, dass du mir in einem Moment alles gibst und im nächsten auf Abstand gehst?« Fabian war unerbittlich. Einerseits gefiel es mir, dass er nicht aufgab und wollte, dass ich Farbe bekannte. Andererseits jagte er mir damit unangenehme Schauer über den Rücken, weil ich mich mir selbst stellen musste. Wer tat so etwas schon gern aus freien Stücken?

Noch einmal atmete ich tief ein und aus. Und noch einmal. »Ja, okay, es jagt mir eine Heidenangst ein, was zwischen uns ist«, gab ich zu und merkte, wie meine Stimme ins Stocken geriet. »Das Gefühl ist neu für mich, weißt du. Ich war nicht auf der Suche nach so etwas, sondern hatte mehr oder weniger ein paar Abenteuer. Es fällt mir schwer, mich zu binden.« Jetzt, da ich es aussprach, hörte ich selbst, wie absurd das alles war.

»Aber warum? Ich will kein Abenteuer. Also doch schon irgendwie, aber wenn, will ich alle Abenteuer dieser Welt mit dir. Ich bin verrückt nach dir, Merle. Und als du neulich bei mir warst, hatte ich sogar den Eindruck, dass du auch ein bisschen verrückt nach mir bist. Sollte ich mich so getäuscht haben?«

Ich starrte weiterhin gerade aus auf die Dächer der Stadt, die uns förmlich zu Füßen lagen, und schüttelte den Kopf. »Hast du nicht«, flüsterte ich kaum hörbar.

»Sieh mich an, Merle. Sag mir, warum du es nicht zulassen kannst.«

Vorsichtig drehte ich den Kopf in seine Richtung und blinzelte in die Abendsonne, die durch die Weinreben der Pergola funkelte.

»Ich habe Angst, dass es meiner Arbeit schadet. Weil, wenn du mir das Herz brichst, schreibe ich nicht mehr gut und das kann ich mir nicht leisten. Nicht jetzt, da Harald gerade dabei ist, mir immer mehr Verantwortung zu übertragen. Verstehst du?«

»Nee, ehrlich gesagt, verstehe ich das nicht. Du gehst also per se davon aus, dass ich dir das Herz breche und unterdrückst deswegen deine Gefühle für mich?«

Er hatte die Augenbrauen hochgezogen und sah mich fragend an.

»Ich weiß, dass es total bescheuert ist, aber so ticke ich nun einmal. Dieser Job bedeutet mir alles und ich will vorankommen.«

Fabian betrachtete mich einen Moment lang schweigend, bevor sich seine Lippen zu einem Lächeln verzogen. »Pass mal auf, Süße. Du bist gut in deinem Job. Mit mir oder ohne mich schreibst du hervorragende Artikel. Ich lese sie schon eine Weile und ich finde, sie werden von Mal zu Mal besser. Verabschiede dich aber davon, dass du immer Höchstleistungen erbringen kannst. Es wird Tage geben, an denen es gut läuft und Tage, an denen es weniger gut läuft. Ich gebe zu, für Letzteres wäre ich nur ungern verantwortlich, aber ausschließen kann ich es nicht. Ich bin schließlich kein Hellseher. Aber eines weiß ich ganz genau: Ich will jede Sekunde mit dir genießen, dich besser kennenlernen, dir deine Ängste nehmen und für dich da sein.«

Seinen Arm hatte er wieder um meine Schultern gelegt und mich zu sich gezogen. Ihn so nah zu spüren, löste nahezu alle Barrieren in mir in Luft auf. Der Geruch seines Parfums stieg in meine Nase und weckte Erinnerungen an unsere erste gemeinsame Nacht, in der ich zum ersten Mal seit Langem gespürt hatte, das mir etwas gefehlt hatte. Er hatte vergessene Sehnsüchte in mir geweckt, die ich unter all meiner Arbeit vergraben hatte.

Ein paar Tränen lösten sich aus meinen Augenwinkeln, ich schniefte wenig elegant. Fabian war wirklich ein Traummann und bei seinen Worten wusste ich nicht mehr, was genau mir eigentlich so viel Angst machte. Ich verstand mich selbst immer weniger.

»Ich weiß nicht, ob ich das so einfach abstellen kann.«

»Ich glaube, die Frage ist nicht, ob du es kannst. Sondern ob du es willst. Ich würde dir gern helfen, dich fallen zu lassen. Wenn du es möchtest.«

Verdammt. Ich wollte nichts mehr als das und doch fiel es mir so schwer. »Einen Versuch ist es wert«, sagte ich schließlich und spürte die Erleichterung in mir. Erst jetzt merkte ich, wie sehr mein Gedankenkarussell in den letzten Tagen gearbeitet hatte. Und dass es vollkommener Unsinn war zu glauben, dass er es nicht ernst meinen und mir das Herz brechen würde. Vielleicht brach ich auch seines? Wer wusste das schon? Gehörte nicht genau das zum Abenteuer Liebe dazu?

»Hör auf zu grübeln, Merle«, raunte Fabian ganz dicht an meinem Gesicht. Seine Hand hatte er an meine Wange gelegt, beschrieb mit dem Daumen kleine Kreise auf meiner Haut und schickte damit ein Kribbeln durch meinen Körper. »Wer nichts wagt, der nicht gewinnt, oder?«

Ich nickte und blendete alles um uns herum aus, während seine Hand von meiner Wange in mein Haar glitt. Sanft erhöhte er den Druck, sodass ich mit meinem Mund unweigerlich an seinen Lippen landete. Es tat so gut, ihn zu spüren. Ich hatte es wirklich vermisst. Und jetzt, da ich meine Zweifel ausgesprochen hatte, wusste ich, wie bescheuert es war, sie überhaupt zuzulassen.

Vorsichtig stupste seine Zunge an meine Lippen, die ich bereitwillig öffnete. Dieser Kuss war anders. Nicht wild und ungestüm. Eher zaghaft und zurückhaltend, wie ein kleiner Neuanfang. Ein Versprechen. Zum ersten Mal seit Langem hatte ich nicht das Gefühl, mich verschließen zu müssen. Mich zu schützen. Viel mehr wollte ich mich fallen lassen. Weil ich wusste, Fabian würde mich auffangen.

Kapitel 24

Mitten in der Nacht wurde ich wach und hatte für einen Augenblick Schwierigkeiten, mich zu orientieren. Beruhigt schloss ich wieder die Augen, als ich feststellte, dass Fabian neben mir gleichmäßig atmete.

Endlich hatte ich erkannt, dass er es wert war, mich auf ihn einzulassen. Ganz egal, was daraus werden würde. Er hatte mir die Augen geöffnet, denn sein Job war ihm mindestens genauso wichtig wie mir meiner. Und er hatte keine Angst zu versagen, wenn das mit uns vielleicht doch nicht klappen sollte.

Leise krabbelte ich aus dem Bett, hielt einen Moment inne, als Fabian sich auf die andere Seite drehte, und schnappte mir sein T-Shirt, um es überzuziehen und mich auf seinen Balkon zu setzen.

Dresden schlief noch seelenruhig. Der Geruch von Sommer lag in der Luft, ab und zu hörte man Autos, aber ansonsten war es nahezu menschenleer und ganz still. Auf den Loungesessel gekuschelt zog ich die Knie an und genoss den Blick auf die Frauenkirche.

Daran könnte ich mich wirklich gewöhnen, dachte ich gerade, als ich ein Stupsen an meiner Schulter spürte, das mich aus meinen Gedanken riss.

»Hey«, brummte Fabian leise und setzte sich neben mich. »Grübelst du schon wieder?«

Schmunzelnd stieß ich ihn mit dem Ellenbogen in die Seite. »Nein. Ich genieße nur diese fabelhafte Aussicht und die Ruhe. Es ist magisch, oder?«

»Ja, das ist es. Und es gefällt mir, dass es dir bei mir gefällt. Ich hab dich gern hier.« Besitzergreifend legte er seinen Arm um meine Schulter und zog mich an sich, um mich auf die Stirn zu küssen. Seufzend lehnte ich mich an ihn, genoss seine Berührung. Ein Stirnkuss war etwas Magisches. Ein Versprechen, dass alles gut werden würde. In diesem Moment küsste Fabian nicht einfach nur meine Stirn, viel mehr küsste er alles, was ich dahinter verborgen hielt und Stück für Stück freigab. Es war, als verband er damit unsere Seelen mit einem unsichtbaren Band.

Wenn es überhaupt möglich war, so verliebte ich mich in diesem Augenblick noch einmal in den Wetterfrosch. Und dieses Mal so richtig und noch viel mehr als beim ersten Mal. Mein Herz flatterte und mein Magen kribbelte, als schwirrten tausende Schmetterlinge darin umher.

»Am liebsten würde ich ewig hier mit dir sitzen«, seufzte ich.

»Ich hätte nichts dagegen einzuwenden.«

»Aber ich muss dich warnen, du hast meine Wohnung ja schon gesehen. Mit Ordnung hab ich es nicht so und vielleicht bin ich auch nicht ganz so nett, wie ich wirke.« Mit hochgezogenen Augenbrauen sah ich ihn an und unterdrückte das Bedürfnis, laut loszulachen.

»Ja ja, netter Versuch. Aber aus der Nummer kommst du jetzt nicht mehr raus.« Sein Blick war ernst und eindringlich, dass ich mir auf die Unterlippe biss. »Man verliebt sich nicht in jemanden, weil er nett und ordentlich ist. Sondern weil er Chaos und Verrücktheiten ins Leben bringt. Und du hast beides geschafft, Merle. Also bleib gern einfach hier bei mir und wirbel alles schön durcheinander, okay?«

Wow. Mir stockte der Atem. Was war das? War *da*s eine Liebeserklärung? Er war so unglaublich süß.

»Das war das Schönste, was ich je gehört habe«, gestand ich.

Für eine Weile saßen wir schweigend da, dösten in der Morgendämmerung, die den Himmel in einen Mix aus den wildesten Farben tauchte. An Fabians Seite fühlte ich mich unschlagbar. Als könnte ich alles schaffen.

»Woher kommen deine Zweifel eigentlich?«, fragte er schließlich. »Schlechte Erfahrungen gemacht?«

»Schon irgendwie, ja. An der Uni hatte ich einen Freund, der es mit mir nicht so ernst gemeint hat, wie ich mit ihm. Während er mir die Welt zu Füßen gelegt hat, hat er den halben Campus vernascht und mich damit tief verletzt. Ich brauchte zwei Semester, um mich wieder zu fangen, und musste eines an die Regelstudienzeit dranhängen, um meinen Abschluss zu machen. Ich will das nicht noch einmal erleben.« Ich holte tief Luft, nachdem ich fertig war. Es war fünf Jahre her und doch wühlte es mich noch immer so auf. Zwar hatte ich es geschafft, die Gedanken an damals in meinem Alltag zu verdrängen, aber mein Unterbewusstsein hatte das nicht geschafft und mir immer schön den Spiegel vorgehalten.

»Und was ist mit den Beziehungen danach?«

»Hatte ich keine. Und du so?« Aus zusammengekniffenen Augen blitzte ich ihn an. Er war furchtbar neugierig. Aber es gefiel mir, dass er sich für mich interessierte und tiefer grub als alle anderen Typen, die es mit mir aufnehmen wollten.

»Auch nicht.«

»Ach, sieh an. Auch Schiss, dass sich das von damals wiederholt und dir wieder eine das Herz bricht?« Das war frech und vielleicht auch ein wenig zu gewagt. Aber wenn er so tief in meiner Privatsphäre grub, durfte ich das auch in seiner.

»Nein, Süße. Ich hatte einfach keine Lust auf etwas Festes. Wie du anscheinend, hm.« Belustigt wackelte er mit den Augenbrauen und ein Lächeln zupfte an seinen Mundwinkeln. »Und trotzdem sitzen wir jetzt hier. Wir machen doch alle unsere Erfahrungen mit der Liebe und gebrochene Herzen gehören dazu. Dich ganz davor zu verschließen, zermürbt dich nur. Lass mich dir zeigen, dass es auch anders geht.«

Trocken schluckte ich. Dieser Mann war wirklich zu gut, um wahr zu sein. Er hatte immer die richtigen Worte auf Lager. Sagte sie zur richtigen Zeit. Damit hatte er mich gefangen genommen, und wenn es nach mir ging, konnte es genauso bleiben.

»Okay«, hauchte ich.

Fabian rutschte vom Sessel und kniete sich vor mich. Seine Hände umschlossen meine Oberschenkel und sein Blick ruhte fest auf mir. Verlegen lachte ich auf, als er mich mit einem Ruck ein Stück nach vorn zog und begann, federleichte Küsse auf meiner Haut zu verteilen. Die Stoppeln seines Dreitagebarts kratzten angenehm und verursachten mir eine Gänsehaut. Sein warmer Atem streifte mich und ließ mich immer wieder erschauern.

»Was tust du da?«, krächzte ich mit trockenem Hals.

»Deine Zweifel beseitigen und dir zeigen, wie ernst es mir mit dir ist.« Sein Blick traf mich bis ins Mark, rauschte wie ein Blitz durch mich hindurch und hinterließ ein heißes Prickeln.

Ich lehnte meinen Kopf zurück und genoss die Berührung seiner Lippen, die mich regelrecht in Brand setzte. Wie ein Lauffeuer jagte der Rausch durch meinen Körper. Meine Atmung beschleunigte sich, je weiter er sich in Richtung meiner Mitte küsste. Leise schnappte ich nach Luft, als er meine Knie auseinander drückte und sein Kopf zwischen meinen Beinen verschwand.

»Fabian, nicht. Also nicht hier draußen«, versuchte ich, ihn von seinem Vorhaben abzuhalten. Nicht, dass ich es nicht wollte. O Gott, ich wollte nichts lieber als das. Aber in seinem Bett fühlte ich mich sicherer als hier draußen.

»Hier und jetzt, Merle. Niemand außer uns ist hier. Und ich bin verrückt nach dir«, murmelte er und fuhr mit der Zunge über meinen Venushügel, was mich aufstöhnen ließ. »Übrigens mag ich es, wenn du meine Shirts trägst.«

Dieser Mann brachte mich vollends um den Verstand. Für einen Augenblick glaubte ich zu träumen, doch als seine Zunge ein paar Zentimeter tiefer wanderte, wusste ich, dass es tatsächlich passierte.

Erregt beugte ich ihm mein Becken entgegen, presste mich regelrecht an sein Gesicht und wollte so viel mehr.

»Na, immer noch Bedenken?«, neckte er mich, ohne von mir abzulassen. Seine tiefe Stimme vibrierte an meiner Mitte.

Hektisch schüttelte ich den Kopf. »Nein, mach weiter. Bitte. Hier und jetzt.«

»Dein Wunsch ist mir Befehl.«

Mit allem, was ich war und was ich hatte, gab ich mich ihm hin, als wäre es das erste und das letzte Mal zugleich.

***

Zwei Stunden später standen wir in Fabians Küche und tranken Kaffee. Die Sonne war bereits aufgegangen und ließ erahnen, dass uns wieder mal ein heißer Tag bevorstand.

»Glaubst du mir jetzt, dass das mit uns kein Abenteuer für mich ist?« Über den Rand seines Kaffeepotts hinweg schenkte er mir ein verschmitztes Lächeln.

Sofort spürte ich die Hitze, die in meine Wangen schoss, und nickte verlegen, während sich in meinem Schoß schon wieder dieses Prickeln ausbreitete. »Ja schon, aber es könnte sein, dass du das von Zeit zu Zeit wiederholen musst.« Frech streckte ich ihm die Zunge heraus, bevor ich scheppernd meine Kaffeetasse auf dem Küchentresen abstellte und die Beine in die Hand nahm. Fabian hatte nämlich schon Anlauf genommen, um meine Worte in die Tat umzusetzen.

Mit einem heiseren »Liebend gern« jagte er mir nach und bekam mich an der Badtür zu fassen, um mich in seine Arme zu ziehen und innig zu küssen. Seine Lippen schmiegten sich auf meinen Mund, als wären sie dafür gemacht. Nur für mich. »Ich muss leider in den Sender. Willst du mitkommen? Ich könnte dir alles zeigen. Frau Hanke freut sich bestimmt, die kleine, chaotische Reporterin wiederzusehen.«

Allein der Gedanke an diesen Termin trieb mir das Unwohlsein in die Magengegend. Tiefer hätte ich damals kaum sinken können. Ich verdrehte die Augen und winkte ab. »Ganz bestimmt freut die sich.«

»Sie hat zumindest schon ein paar Mal nach dir gefragt, weil sie wissen wollte, wann wir unser Gespräch nachgeholt haben.« Noch immer hielten mich seine Arme umschlungen und er wackelte amüsiert mit den Augenbrauen. »Wenn sie wüsste ...«, setzte er noch bedeutungsschwanger nach.

»Was sie nicht weiß, macht sie nicht heiß. Ich muss heute leider in die Redaktion. Da wartet einiges an Recherche auf mich, die neuen Artikel, du weißt schon. Und dann muss ich noch ein paar Texte für die Kolumne schreiben. Außerdem sollte ich mich zu Hause blicken lassen.«

»Du meinst, nicht dass deine Badewanne eine Vermisstenanzeige aufgibt? Wir könnten sie gemeinsam davon überzeugen, dass du nicht verloren gegangen bist.« Allein der Klang seiner Stimme reichte aus, um meine Knie weich wie Pudding werden zu lassen. Verlegen räusperte ich mich, als sein Atem meine Nase kitzelte und seine Bartstoppeln meiner Wange immer näher kamen. Ganz langsam, so als hätte er Angst mich kaputtzumachen, sanken seine Lippen auf meine und verschmolzen zu einem dieser Küsse, die nie aufhören sollten.

Lustvoll leckte sich Fabian über die Lippen, nachdem er sich von mir gelöst hatte. »Entschuldige, ich kann einfach nicht genug von dir kriegen. Und ich fürchte, wenn wir jetzt nicht in die Gänge kommen, dann kommen wir im Schlafzimmer. Du zuerst, dann wir gemeinsam. Dann wieder du. Dann ich. Du. Wir zusammen, na ja, du weißt sicher, wie das endet.«

Kichernd verdrehte ich die Augen. »O Gott, Fabian«, stieß ich atemlos aus und boxte ihn auf die Brust, während seine Hände schon wieder dabei waren, von meinem Rücken auf meinen Po zu rutschen und mich fester an sein Becken zu drücken. Demonstrativ fädelte ich meinen linken Arm aus seiner Umklammerung und blickte auf die Uhr. »Ich muss wirklich los. Die Arbeit und so ...«

»Ich weiß. Du und dein Job, ihr seid das wahre Liebespaar. Ich bin hier nur so eine Art Komparse. Aber hey, ich kann gut damit leben, solange du mir hin und wieder deine Aufmerksamkeit schenkst.«

Lachend lösten wir uns endlich voneinander. »Du bist ein Spinner«, stellte ich fest und warf ihm einen Luftkuss zu, den er auffing und mit einer theatralischen Geste an sein Herz drückte.

»Genau so, Süße.«

»Kannst du mich schnell nach Hause bringen?«, fragte ich, nachdem sich mein Herzschlag ein wenig beruhigt hatte. In Fabians Gegenwart geriet mein wichtigstes Körperorgan ständig außer Kontrolle und ich wusste nicht, wie lange das gut gehen würde.

»Natürlich, liebend gern sogar. Dann habe ich noch länger was von dir.« Wieder dieses verwegene Schmunzeln auf seinen Lippen, deren Berührung ich noch immer spürte. Gepaart mit dem bernsteinfarbenen Funkeln in seinen Augen brachte es mich um den Verstand. Es fiel mir schwer, klar Gedanken zu fassen, wenn ich mit ihm zusammen war. Es schien, als wären alle Lichter ausgeknipst. Als herrschte nur noch dieses Flackern in meinem Hirn und wenn wir uns näherkamen, entflammte eine viel zu kurze Zündschnur, die ein Feuerwerk in Brand setzte, was ich so noch nie erlebt hatte.

Kapitel 25

Wie schon an den letzten Tagen wartete Fabian auch heute Nachmittag am Eingang des Redaktionsgebäudes auf mich. Langsam hatte sich herumgesprochen, dass wir zusammen waren und einige Damen ließen es sich nicht nehmen, ihm beim Warten Gesellschaft zu leisten. Wie jedes Mal war er wieder umringt von einer Traube Frauen jeden Alters, die ihn erkannt hatten und Autogramme wollten, als ich aus dem klimatisierten Gebäude in die knallende Hitze trat. Schmunzelnd stellte ich fest, dass es mich nicht beunruhigte, wenn er mit diesen Damen flirtete. Tapfer lächelte er in Handykameras, signierte auf Papiertaschentüchern und war charmant. Doch wenn er mich sah, huschte jedes Mal ein unvergleichliches Strahlen über sein Gesicht, das er nur mir schenkte.

»Ich muss leider los, meine Freundin kommt gerade«, hörte ich ihn sagen und ein breites Grinsen legte sich auf meine Lippen. Mein Herz machte einen freudigen Satz und pure Glückseligkeit rauschte durch mich hindurch. In Momenten wie diesen verstand ich nicht mehr, warum ich jemals Zweifel daran hatte, dass eine Beziehung meiner Karriere im Weg stehen würde. Warum es meine Arbeit negativ beeinflussen würde, wenn ich mit jemandem zusammen war. Das Gegenteil war der Fall. Ich war gut wie nie in dem, was ich tat, und das war ihm zu verdanken, der da lässig am Fahrradständer lehnte, die Sonnenbrille ins Haar geschoben hatte und gegen die Sonne blinzelte. Manchmal brauchte das Herz eben mehr Zeit, um etwas zu akzeptieren, was der Kopf längst wusste.

Die Traube Frauen löste sich nur widerwillig von ihm. Ich hörte ihr Getuschel, doch es störte mich keineswegs.

»Hey, schöne Frau, willst du auch ein Autogramm?«, begrüßte mich Fabian und zog mich sofort in eine Umarmung, um mich sanft zu küssen.

»Ich bitte darum«, murmelte ich an seinem Mund, der gleich darauf über meine Hals streifte.

»Soll ich hier unterschreiben? Oder hier?« Er verteilte noch ein paar federleichte Küsse auf meiner Schulter und von mir aus hätte er stundenlang weitermachen können.

»Lass uns das auf später verschieben, ich wüsste da eine Stelle, an der ich deine Unterschrift gern hätte.« Ich biss mir lasziv auf die Unterlippe und schenkte ihm einen Augenaufschlag, der ihn schlucken ließ.

»Dein Wunsch ist mir Befehl.« Noch ein Kuss auf meine Lippen, die sich den ganzen Tag nach ihm gesehnt hatten. »Ich muss nochmal ins Studio. Kommst du mit?«

»Blöde Frage, natürlich. Oder soll ich hier Wurzeln schlagen derweil?« Lachend hakte ich mich bei ihm unter, während er den Damen noch einmal zuwinkte.

»Ciao, Ladies«, rief er charmant und zog die Sonnenbrille auf die Nase.

»Wenn ich es nicht besser wüsste, könnte man annehmen, du wärst Theo James oder so.«

»Theo wer?«, lachte er auf und öffnete mir die Beifahrertür seines Wagens.

»Ach egal, ein berühmter Schauspieler eben.«

»Na, zumindest in Dresden bin ich wohl inzwischen sowas wie ein Star«, gab er zu, nachdem er eingestiegen und losgefahren war. »Wenn ich ganz ehrlich bin, habe ich mit diesem Ruhm in so kurzer Zeit nicht gerechnet. Ich meine, ich lese vor, wie das Wetter wird, und bin eben kein berühmter Schauspieler.«

»Aber du bist ein verdammt gutaussehender Wetterfrosch.«

»Einer, den du nie küssen wolltest, du erinnerst dich?« Er schenkte mir ein freches Lächeln, bevor er nach meiner Hand griff und sie an seine Lippen führte.

»Das war Quatsch. Das weiß ich jetzt auch«, gestand ich kleinlaut.

»Schön. Dann lernen wir doch beide dazu.«

Nachdem Fabian seinen Audi auf dem Gelände des Fernsehsenders geparkt hatte, zog er mich an der Hand zum Eingang. Innerlich sträubte sich etwas dagegen. Seit unserer ersten peinlichen Begegnung war ich nicht mehr hier gewesen und jetzt war ich so nervös, dass meine Hände ganz feucht waren und zitterten.

Die ältere Dame am Empfang winkte Fabian hektisch zu. »Das wird aber höchste Eisenbahn, Herr Brandl. Nun aber schnell ins Studio mit Ihnen.«

»Hallo Frau Hanke«, sagte ich kaum hörbar, was sie mit einem breiten Lächeln quittierte.

»Schön, Sie zu sehen. Ich wusste, dass das was wird.« Verschwörerisch zwinkerte sie mir zu und deutete erneut mit einer wedelnden Geste an, dass wir uns wohl beeilen sollten.

Wir eilten den langen Gang entlang bis zu Fabians Garderobe. Ich konnte es noch immer nicht fassen, dass er eine eigene hatte. Als wäre er ein Star. Die Berühmtheit schlechthin.

Gerade als Fabian sich das T-Shirt sozusagen vom Leib gerissen und mir damit eine trockene Kehle beschert hatte, wurde die Tür aufgestoßen.

»Mann, Fab, wo bleibst du denn?«

»Hi Tom«, sagte Fabian ziemlich unbekümmert, zuckte mit den Schultern und blickte dann zu mir.

Hitze stieg in meine Wangen. So viel Testosteron in einem Raum ertrug ich einfach nicht.

»Ach, Merle, hi. Du auch hier?« Tom nickte mir kurz zu. Ich wusste doch, dass er etwas gegen mich hatte.

»Kommst du, Fab?« Toms Tonfall war ziemlich unterkühlt, während sein Blick zwischen mir und Fabian hin und her schwankte.

»Darf ich mir noch was anziehen? Oder soll ich, zur Freude aller Damen im Studio, gleich nackt auflaufen?« Fabian ließ sich gar nicht beirren und schnappte sich ein hellblaues Hemd von einem der Bügel, die gut bestückt in einem offenen Schrank hingen.

Wenn er jetzt auch noch seine Hose wechseln musste, war ich verloren und sollte schleunigst das Weite suchen. Ich wollte nicht dafür verantwortlich sein, dass er seine Aufnahme verpasste.

Prompt begann er, den Knopf seiner kurzen Jeans zu öffnen, viel zu langsam. Und sein Blick haftete viel zu sehr auf mir, während er sie sich über die Hüfte streifte. Ich biss mir auf die Unterlippe und stöhnte innerlich auf. Fabian tat ganz so, als wären wir allein hier.

Tom räusperte sich. »Wollt ihr schnell noch ’ne Nummer schieben? Wird dann das Wetter besser, oder was? Mensch, Brandl, beweg deinen Arsch ins Studio. Und zwar sofort.« Da war auf einmal so viel Feindseligkeit in seiner Stimme, dass selbst ich zusammenschrak. Gleich darauf rauschte er aus dem kleinen Raum und ließ demonstrativ die Tür auf.

Fabian zuckte entschuldigend mit den Schultern. »Tut mir leid, Süße. Er ist eigentlich ganz normal. Keine Ahnung, welche Laus ihm heute über die Leber gelaufen ist.«

Schnell huschte er in die dunkelblaue Chinohose und seine Segelschuhe, bevor er wieder nach meiner Hand griff und mich mit sich zog. »Wie hat Frau Hanke vorhin gesagt? Nu aber schnell.«

Lachend lief ich hinter ihm her, mein Herz schlug bis zum Hals, weil ich gleich zum ersten Mal im Leben ein Fernsehstudio betreten würde. »Dein Sächsisch ist grauenhaft«, kicherte ich, bevor der die schwere Stahltür zum Studio öffnete.

»O Gott, Fabian, wo hast du gesteckt?«

»War er schon in der Maske?«

Wie in einem Ameisenhaufen liefen sofort mehrere Personen auf ihn zu, drückten ihm Karteikarten in die Hand, puderten seine Nase, sprachen mit ihm, zupften an seinem Hemd. Allein vom Zuschauen wurde ich ganz wirr. Ihn hingegen schien es nicht zu stören. Seelenruhig studierte er seine Zettelwirtschaft. Ein Stück neben ihm stand eine Art Tresen, hinter dem die Nachrichtensprecherin – die mit den glühenden Wangen – schon in Position stand.

Ein älterer Herr mit zerzausten Haaren kam auf mich zu, Kopfhörer um den Hals und ein Klemmbrett mit etlichen Papieren in der Hand. »Biste neu hier?«, nuschelte er, einen Kugelschreiber mit den Zähnen festhaltend.

Ich schüttelte den Kopf. »Ähm, nein, ich begleite nur Fabian.«

»Okay, du kannst am besten hinter dem Kameramann stehen, damit er nicht dauernd von der Linse wegstarrt. Wobei ich's verstehen kann«, bemerkte er und taxierte mich wenig elegant.

Meine Blase drückte unangenehm und ich trat von einem Bein aufs andere. »Wo sind denn die Toiletten? Ich müsste noch mal ganz dringend.«

»Draußen gleich rechts. Aber beeil dich, wer senden in fünf Minuten. Wenn dann über der Tür das rote Licht blinkt, musste draußen bleiben. Klar?«

»Klar.«

»Dann los, damit du seinen Auftritt nicht verpasst.« Der fremde Mann zwinkerte mir zu, anscheinend hatte er die Verbindung, die zwischen mir und Fabian bestand, schneller gecheckt, als mir lieb war.

Mit eiligen Schritten rannte ich nach draußen. Verdammt, waren da vorhin schon so viele Türen? Ich sah auf die Uhr, noch vier Minuten. Stimmengemurmel lenkte mich auf der Suche nach dem WC ab.

»Jetzt schleppt er sie schon mit hier her. Was sind wir, ein Kindergarten?«, hörte ich jemanden schimpfen, dessen Stimme sich klar Tom zuordnen ließ. Und es war genauso klar, dass er von mir sprach. Eiskalte Schauer rieselten über meinen Rücken. Ich drückte mich gegen die kühle Betonwand und spürte meinem

Herzschlag nach, der raste, als ginge es um Leben und Tod. Dass ich eigentlich eilig zur Toilette musste, vergaß ich.

»Was hast du gegen sie? Sie ist doch nett?« Mit wem sprach er da? War das diese Beate?

»Nett? Sie hat ihm völlig den Kopf verdreht, dass er vergisst, dass er hier einen Job zu erledigen hat.«

»Hey, nun mach mal halblang und gönn ihm das Vergnügen. Ist sicher eh nicht von Dauer.«

»Na, das will ich hoffen. Im Moment haben wir ja gar nichts von ihm. Ständig hängt er mit ihr rum. O Gott, und diese Blicke, die sie sich zuwerfen, wie liebeskranke Teenager auf Speed, sag ich dir. Ätzend.«

»Findest du nicht, dass du etwas übertreibst?«

Noch gut zwei Minuten. Ich sollte wieder reingehen. Doch dieses Gespräch, in dem es offensichtlich um Fabian und mich ging, hielt mich gefangen.

»Ich? Übertreiben? Spinnst du? Ich hab ja wohl jedes Recht dazu. Immerhin bin ich derjenige, der in München alles aufgegeben hat, damit der Herr hier neu Fuß fassen kann. Weil er ja nichts alleine hinbekommt. Kein Wunder, dass Vivian abgehauen ist, ich kann's voll verstehen.«

Okay, ich hatte genug gehört. Mir drehte sich fast der Magen um. Für einen Moment zog ich es in Erwägung, zu gehen. Aus diesem Gebäude zu flüchten, wie ein Schwerverbrecher. Ich wollte nicht daran schuld sein, dass eine Freundschaft zerbrach. Andererseits, was für eine Art von Freundschaft war das eigentlich, in der man so von seinem Kumpel sprach?

Ganz leise atmete ich tief durch, setzte einen Fuß vor den anderen und öffnete rechtzeitig die Tür zum Studio, in dem gerade die Kameras angingen.

Fabian stand seitlich vor einer riesigen blauen Wand und strahlte, als er mich entdeckte. Brav versteckte ich mich hinter dem Kameramann, wie man mir aufgetragen hatte, um ihn nicht abzulenken.

Gespannt lauschte ich der Nachrichtensprecherin, die mit klarer Stimme und fokussiertem Blick zu den Zuschauern sprach.

Es war faszinierend, wie hier alles Hand in Hand ging. Dass ich vor wenigen Minuten noch Zeugin dieses grässlichen Gesprächs geworden war, vergaß ich für einen Moment.

»Und nun, meine Damen und Herren, das Wetter für Sie. Von und mit Fabian Brandl. Wie sieht es aus, Fabian, bleibt es so heiß? Oder bekommen wir endlich mal eine Abkühlung?« Die Nachrichten-Tante mit den hochroten Wangen fächelte sich gespielt Luft zu und versuchte es mit einem betörenden Augenaufschlag. Einen von dieser Sorte, die ich nie hinbekommen würde. Ihr Blick verursachte für den Bruchteil einer Sekunde dieses fiese Ziehen in meiner Magengegend. Doch das beruhigte sich schnell, als ich bemerkte, dass Fabian ihn total ignorierte und stattdessen überaus professionell das Wetter prophezeite. Ich nahm an, es war pure Absicht, dass er meinen Nachnamen in fast jedem Satz unterbrachte und dabei an der Kamera vorbeilugte und ... zwinkerte er mir etwa zu?

Vergessen war die Nachrichtenfee mit ihren klimpernden Wimpern. Dresdens begehrtester Wetterfrosch hatte nur Augen für mich und das gefiel mir immer mehr.

»Wow, das war echt spannend«, meinte ich, nachdem wir einige Zeit später wieder in Fabians Auto saßen und auf dem Weg zu mir nach Hause waren.

»Ja, ist es. Für Außenstehende vermutlich mehr, als wenn man das jeden Tag macht.«

Fieberhaft überlegte ich, ob ich ihm von dem Gespräch erzählen sollte, das ich unfreiwillig belauscht hatte. Einerseits brannte alles in mir und drängte mich dazu, ihm zu berichten. Auf der anderen Seite wusste ich nicht einmal, ob wirklich wir gemeint waren. Schließlich hatte Tom keine Namen genannt. Wobei es schon offensichtlich gewesen war, auf wen seine Feindseligkeit abzielte. Ich war unschlüssig und nahm mir vor, ihm in den nächsten Tagen davon zu erzählen.

Der Rest der Heimfahrt verlief weitestgehend schweigend. Plötzlich merkte ich, wie müde ich war. Die letzten Nächte, die ich mit Fabian verbracht hatte, waren nicht unbedingt von viel Schlaf geprägt gewesen.

Wie selbstverständlich lenkte Fabian sein Auto in die richtige Straße, parkte unmittelbar und sehr präzise direkt vorm Haus ein, um gleich darauf um den Wagen herumzueilen und mir die Tür zu öffnen, bevor ich bis drei zählen konnte.

»Ganz der Gentleman.« Mit einem Lächeln auf den Lippen ergriff ich seine Hand, während er mit der anderen die hintere Tür öffnete und eine Tasche herausnahm.

»Bringst du mich wieder bis hoch, um sicherzugehen, dass ich heil ankomme?«

»Natürlich. Und heute will ich ganz sicher gehen«, sagte er mit Nachdruck und hob die Tasche in mein Sichtfeld.

»Hast du die immer im Auto? Für Notfälle? Oder spontane Pyjamapartys?«

»Hm, lass mich überlegen. Eher Letzteres, wobei es mir persönlich zu warm ist für einen Pyjama. Wie sieht es mit dir aus?«

»Ähm, ja ...« Mit seiner Schlagfertigkeit hatte er mir den Wind aus den Segeln genommen, dafür dem Schmetterlingsschwarm in meiner Magengegend ein heftiges Durcheinander beschert.

Auf dem Weg nach oben spürte ich seinen Blick auf meinem Rücken, meinem Hintern, meinen Beinen. Mit jeder Stufe, die wir meiner Wohnung näher kamen, schlug mein Herz schneller und meine Atmung beschleunigte sich, was garantiert nicht meiner miesen Kondition geschuldet war.

»Da wären wir.« Ich schaffte es gerade noch, die Tür zu öffnen, da hatte Fabian die Tasche bereits in den Flur geworfen, mich gepackt und an die nächstgelegene Wand gedrückt.

Sein heißer Atem streifte die empfindliche Haut unterhalb meines Ohrläppchens, sodass ich leise aufstöhnte.

»Ich will dich. Hier und jetzt und die ganze Nacht«, raunte Fabian kehlig und jagte mir damit wohlige Gänsehautschauer über den Rücken.

Mit seinen Zähnen knabberte er sanft an meinem Hals, küsste sich bis hin zu meinen Schlüsselbeinen, während seine Hände mein Shirt nach oben schoben und nach meinen Brüsten tasteten.

Gott, ich wollte ihn auch. So sehr.

Unser beider Keuchen mischte sich miteinander und ich hatte das Gefühl, die Temperatur in meinem kleinen Flur war um hundert Grad gestiegen. Ich nestelte am Saum seines Shirts, raffte es zusammen und grub meine Finger in seinen muskulösen Rücken, dass seine Lippen aufstöhnend an meinen vibrierten.

Jede seiner Berührungen jagte wie kleine Blitze durch meine Nervenbahnen, sammelte sich in meinem Schoß mit einem heißen Prickeln. Wie die Wolken vor einem Gewitter bauschte sich meine Lust immer mehr auf, immer höher wurde der Wolkenberg, bis ich zu zittern begann. Mein ganzer Körper stand unter Strom, meine Fingernägel gruben sich tiefer in Fabians Haut, um nicht den Halt zu verlieren.

»Schlaf mit mir«, flüsterte ich heiser. Ich liebte es so sehr, von ihm begehrt zu werden. Er versetzte mich in einen Rauschzustand, der schöner war als alles andere auf der Welt.

Es gab nur noch ihn und mich, die Zeit um uns stand still.

Kapitel 26

»Bist du alleine?«, wollte Helene wissen und spähte in meine Wohnung, nachdem ich ihr die Tür geöffnet hatte.

»Ja. Fabian ist im Studio.«

»Okay. Klar, Wetter gibt es schließlich auch am Wochenende. Aber ich hab Eis mitgebracht, damit es dir nicht langweilig wird.« Wild fuchtelte sie mit einer Packung Schokoladeneis vor meiner Nase herum.

»Muss das noch mal in den Kühlschrank?«, fragte ich argwöhnisch.

»Nee. Am besten wandert es direkt in unsere Bäuche.« Lachend rieb sie sich über ihren begnadet flachen Bauch, während ich in der Küche zwei Löffel für uns holte.

Meine beste Freundin hatte es sich bereits auf meiner Couch gemütlich gemacht.

»Du strahlst mit der Sonne um die Wette, Merle. Wenn ich es nicht besser wüsste, würde ich sagen, die Liebe steht dir hervorragend. Aber damit hast du ja nichts am Hut, oder?«, neckte sie mich und stocherte im matschigen Eis herum, um sich gleich darauf einen viel zu vollen Löffeln davon in den Mund zu schieben.

»Ja ja. Dank dir sehe ich das inzwischen etwas anders. Du hattest recht.«

»Ach? Was du nicht sagst, erzähl. Kannst du etwa Liebe und Karriere doch miteinander vereinbaren?«

»Hör auf damit. Du weißt, dass das nicht leicht für mich ist.« Wobei das so nicht stimmte, denn dank Fabian war es das Leichteste der Welt, mich fallen zu lassen und trotzdem gute Arbeit zu leisten. Sein Job war ihm genauso wichtig wie mir meiner. »Aber Harald ist der Meinung, dass meine Texte sogar noch besser geworden sind und ich beschwingter schreibe. Was auch immer er damit meint.«

»Das ist der Sex, meine Liebe.« Verschwörerisch blinzelnd leckte sie den Löffel ab. »Ist er gut? Also, nicht, dass mich das interessieren würde, aber wie ist er?«

Ein Lächeln huschte über meine Lippen und ich spürte dem kurzen Kribbeln in mir nach, das allein die Gedanken an ihn und seine Berührungen auslösten, bevor ich zaghaft nickte. »Er ist himmlisch.«

Ich schwärmte von meinem Freund, bis mich das schlechte Gewissen überkam. »Tut mir leid, Leni«, sagte ich mitleidig.

»Was genau tut dir leid? Dass du bis über beide Ohren verknallt bist? Dass du guten Sex hast?«

»Na ja, noch vor Kurzem hast du mir den Kopf gewaschen, weil ich der Meinung war, ich bräuchte keinen Mann in meinem Leben. Jetzt habe ich einen, den ich nie wieder hergeben möchte und du bist noch immer solo. Das ist nicht fair.«

»Was? Spinnst du? Hörst du bitte mal auf, solchen Unsinn zu erzählen? Also zumindest das mit dem nicht fair und so. Ich bin ja wohl für mich selbst verantwortlich. Und ganz ehrlich, Merle, ich freue mich so sehr für dich, dass das Leben dir gezeigt hat, dass auch du die Liebe brauchst. Fabian und du seid wie füreinander geschaffen, ihr passt perfekt zusammen, wie Arsch auf Eimer.« Sie lachte auf, trotzdem blieb ich unsicher.

»Aber du hast das genauso verdient.«

»Natürlich. Jeder verdient das. Und ich weiß, dass mein Traumprinz irgendwo da draußen auf mich wartet. Eines Tages wird er vor mir stehen und ich werde einfach wissen, dass er der Richtige ist.« Verträumt lenkte sie ihren Blick aus dem Fenster. Leiser Sommerwind raschelte in den Bäumen, die die Straßen säumten.

»Da bin ich mir ganz sicher, du Romantikerin.« Ich beugte mich zu ihr und nahm sie fest in den Arm. »Ich wünsche es dir so sehr«, flüsterte ich.

»O Gott, seit wann bist du so schmalzig?«, prustete sie und löste sich von mir. »Das ist doch gar nicht deine Art?«

»Seit Neuestem anscheinend doch. Aber im Ernst, ich wünsche dir von Herzen, dass dir auch ganz bald ein Frosch über den Weg läuft, den du küssen und gegen die Wand werfen kannst, damit er dein Prinz wird.«

Ihre Augenbrauen schnellten in die Höhe. »Hast du? Hast du Fabian gegen die Wand geworfen?«

Jetzt war ich es, die sich prustend auf die Oberschenkel schlug. »Äh, nein, natürlich nicht. Meine Meinung hat sich halt geändert.«

»Jaaaa, das blieb nicht unbemerkt. Aber er tut dir gut und macht dich glücklich, und das wiederum macht mich glücklich.«

Helene Bauer war wirklich die weltallerbeste beste Freundin, die man sich nur wünschen konnte. Ich erinnerte mich noch gut an unser Gespräch neulich beim Frühstück im Café, nach dem Desaster mit dem Fahrkarten-Mann. Eigentlich war sie diejenige, die schon immer auf der Suche nach ihrem Mister Perfect war. Nun hatte ich meinen gefunden und sie stand noch immer mit leeren Händen da. Trotzdem freute sie sich so für mich. Sie war einfach die Beste und ich hoffte nichts mehr, als dass sie bald ihren passenden Deckel finden würde und wir die Welt zu viert unsicher machen konnten. Das würde sicher lustig werden.

»Apropos«, wechselte ich abrupt das Thema, »nächstes Wochenende müssen wir unbedingt zu den Filmnächten. *Dirty Dancing* kommt und ich darf berichten.«

»Wooohooo!« Helene machte mit Armen und Oberkörper eine tanzende Bewegung. »Freikarten?«

»Klar. Auch für die After-Show-Party.«

»Uuuhh, noch besser. Dann lass uns gleich mal in deinem Kleiderschrank nach den passenden Klamotten wühlen. Kommt Fabian mit?«

»Wir treffen ihn da. Er und seine Kollegen kommen zur Party danach.«

Helene war aufgesprungen und begann *Time of My Life* durch mein Wohnzimmer zu schmettern. »Das wird mega, wirst sehen. Vielleicht hat dein Wetterfrosch ja einen leckeren Kollegen. Was ist mit diesem Typen, der neulich im Biergarten mit dabei war? Und den wir im Schwimmbad getroffen haben? Ist der auch mit dabei?«

»Du meinst Tom?«

»Ja, ich glaube, so hieß er. Gut, im Biergarten hat er sich nicht unbedingt von seiner charmantesten Seite gezeigt, aber jeder hat ja mal einen schlechten Tag.«

Bei Tom war ich mir da nicht so sicher, ob es wirklich nur an einem schlechten Tag lag oder es einfach nur die Abneigung mir gegenüber war, die ihn so kaltherzig erscheinen ließ. Noch immer arbeitete das Gehörte in mir, es hatte sich regelrecht in meinem Unterbewusstsein manifestiert. In manchen Momenten konnte ich an nichts anderes denken als an Toms Worte.

»Hm, keine Ahnung. Ich kann ihn nicht einschätzen«, erwiderte ich und zuckte mit den Schultern.

»Du magst ihn nicht sonderlich, oder?« Leni war schon auf dem Weg in mein Schlafzimmer und lugte argwöhnisch über die Schulter hinweg zu mir.

»Ich denke eher, es ist andersherum.«

»Was? Das glaube ich nicht.«

»Ich schon.«

In Kurzform erzählte ich ihr von dem Gespräch, das ich im Studio mitbekommen hatte. Helene schüttelte ungläubig den Kopf.

»Er kann doch unmöglich dich gemeint haben. Oder Fabian. Ich dachte, die beiden sind so.« Sie überkreuzte Zeige- und Mittelfinger beider Hände, um ihre Worte zu verdeutlichen.

»Dachte ich ehrlich gesagt auch. Aber jetzt bin ich mir da nicht mehr so sicher.«

»Hast du Fabian davon erzählt?«

»Nein. Ich weiß nicht, ob das so eine gute Idee ist. Immerhin lernen wir uns gerade erst kennen. Und Tom kenne ich praktisch gar nicht. Also steht es mir irgendwie nicht zu, dazwischenzufunken, oder?«

»Okay, das verstehe ich. Sprich doch nächstes Wochenende mal mit ihm«, schlug sie vor.

»Mit Fabian?«

»Nee, den siehst du hoffentlich vorher noch. Mit Tom meinte ich. Frag ihn einfach, wie er das gemeint hat. Bestimmt löst sich das schnell auf.«

»Ich denke drüber nach«, sinnierte ich und zog die oberste Schublade der Kommode auf, in der meine Sommertops lagen. Ich zupfte ein weißes Top mit Spaghettiträgern heraus und angelte aus dem Schrank den rosafarbenen Plisseerock, den ich trug, als ich Fabian meine Lieblingsplätze gezeigt hatte. Für einen Augenblick erlaubte ich mir, in Erinnerungen zu schwelgen. An diesen Abend beim Italiener, an den Regenguss, durch den wir übers Blaue Wunder gerannt waren. An unseren ersten Kuss, der mir allein beim Gedanken daran den Boden unter den Füßen wegzog. Völlig versunken kaute ich auf meiner Unterlippe und drückte den Rock an meine Brust.

»Hallo? Erde an Merle? Geht's dir nicht gut, oder was?«

»Was?« Schnell schüttelte ich mich. »Doch, doch, alles in Ordnung. Kann ich das anziehen?« Als hätte ich mich an ihm verbrannt, warf ich den Rock aufs Bett, wo er halb neben, halb auf dem Top landete. »Und weiße Chucks dazu?«

»Natürlich. Das ist perfekt. Ich hab den gleichen Rock in hellblau und zieh einfach ein schwarzes Shirt dazu an. Dann sehen wir nicht ganz so aus wie Zwillinge.«

Helene startete in ihrer Musik-App den Soundtrack von *Dirty Dancing* und wir tanzten durch meine kleine Wohnung, tranken Sekt und lachten. Meine Freundin malte sich in den schillerndsten Farben ihr Leben in fünf Jahren aus. Wie es wohl wäre mit ihrem

Mister Right, der natürlich überaus gutaussehend durch einen amüsanten Zufall in ihr Leben treten würde.

Ich war so beschwingt wie lange nicht mehr und spürte, wie das Glück förmlich durch mich hindurch rauschte und bis in meine Haarspitzen kribbelte. Helene war schon längst gegangen, da tanzte ich immer noch durchs Wohnzimmer und schrak heftig zusammen, als es an der Tür klingelte.

Fahrig wischte ich mir den Schweiß von der Stirn und ein paar Haarsträhnen, die an meiner Haut klebten. Es war aber auch unerträglich heiß.

»Ja?«, fragte ich und war gespannt, wer mich da bei meinem Freudentanz unterbrochen hatte.

»Merle?«, erklang eine abgehetzte Männerstimme. Fabian. »Kann ich kurz hochkommen?«

Mein Herz überschlug sich ein Mal. Na gut, mehrere Male, und ich warf schnell einen prüfenden Blick in den Spiegel, der über einem Schränkchen direkt neben meiner Wohnungstür hing. Aufgrund meines kleinen Ausbruchs war ich nicht unbedingt vorzeigefähig.

»Ähm, ja ... Also ...« Wie ferngesteuert betätigte ich den Türsummer und dachte mir, *pfeif drauf, er hat dich auch schon morgens gesehen, ungeschminkt und völlig verschlafen. Da wird ihn dieser Anblick nicht gleich umhauen.*

»Kann ich reinkommen?«, hörte ich ihn schnaufen. Ich war schon wieder in der Küche, um eine Flasche Mineralwasser aus dem Kühlschrank zu holen und in zwei Gläser zu verteilen.

»Ja klar«, rief ich und schrak zusammen, als seine Arme mich von hinten umfassten und er mir einen Kuss auf die feuchte Haut in meinem Nacken drückte.

»Warst du joggen bei der Hitze?«

In seiner Umarmung hatte ich mich umgedreht, und er sah das ganze Ausmaß meiner kleinen Tanzsession. Doch auch er wirkte abgehetzt. Schweißperlen standen ihm auf der Stirn, ein paar schimmerten auch in seinem Bartansatz.

»Das könnte ich dich aber auch fragen.« Kokett zwinkerte ich ihn an und angelte nach den Wassergläsern, von denen er eines dankbar ergriff. »Warum siehst du aus, als ob du vom Sender hierher gerannt wärst?«

»Ich hab zuerst gefragt«, konterte er.

»Ich habe getanzt.« Zur Veranschaulichung bewegte ich meine Hüften elegant, vielleicht rieb ich sie auch ein wenig zu sehr an seinem Becken.

»Nicht«, raunte er sofort mit heiser Stimme. »Das gefährdet sonst unsere Pläne für heute Abend.« Seine Lippen legten sich fordernd auf meine und seine Hände begaben sich auf Wanderschaft zu meinem Po, was so gar nicht zu dem passte, was er gerade gesagt hatte.

»Welche Pläne haben *wir* denn?«

Umständlich wand ich mich aus seinen Armen, auch wenn ich liebend gern noch dort verweilt hätte.

»Tom gibt eine spontane Party. Also mehr oder weniger.« Fabian nahm einen großen Schluck Wasser.

»Spontane Party? Und was heißt mehr oder weniger?«

»Also es ist nicht seine Party, sondern die der Hausgemeinschaft, in der er wohnt. Grillen, quatschen, bisschen Spaß haben. Und vielleicht auch tanzen. Ein paar Leute vom Sender kommen auch.«

»Okay, das klingt gut. Aber ich muss erst duschen.«

»Hm, das klingt noch viel besser.« Seine Augenbrauen zuckten belustigt und seine Finger nestelten schon wieder am Saum meines Shirts. »Aber weißt du was? Pack dir ein paar Klamotten zusammen, wir duschen bei mir und fahren dann zu Tom.«

»Okaaay. Ich bin gespannt, ob wir jemals bei Tom aufschlagen.« Mit einem breiten Grinsen biss ich mir auf die Unterlippe und flüchtete ins Schlafzimmer, um ein paar Klamotten in meinen Weekender zu werfen.

In all der Aufregung hatte ich nicht gemerkt, dass Fabian mir gefolgt war. Erneut stand er dicht hinter mir und ließ mich seinen heißen Atem im Nacken spüren. »Pack lieber etwas mehr ein, dann kannst du länger bleiben. Ich hab dich gern bei mir.«

Seine Worte rieselten wie pures Glück durch meine Adern, fluteten mich mit Endorphinen und bescherten mir das eine oder andere verträumte Lächeln. Die Schmetterlinge in meinem Magen stoben auf und schwirrten wild durcheinander, während eine mahnende Stimme leise in mir darauf hinwies, dass das alles vielleicht etwas zu schnell ging. Aber ach was, zu schnell? Nein, es war genau richtig.

Obwohl ich alles anders geplant hatte, war ich bis in die Fußspitzen in Fabian Brandl verliebt. Er hielt mein Herz in seinen Händen und ich hatte beschlossen, das zu genießen. Es fühlte sich verdammt gut an. Und richtig. Und, für mich das Allerwichtigste, es wirkte sich nicht nachteilig auf meine Arbeit aus.

Ich wusste nicht genau, wie er es angestellt hatte. Aber Fabian hatte es geschafft, dass ich loslassen konnte. Dass ich mich fallen ließ und dass ich wusste, dass er mich jederzeit auffing.

Die Zeit mit ihm war himmlisch, jede Minute ein Geschenk. Ich sog alles von ihm in mich auf, machte ihn zu einem Teil von mir und einen Teil von mir zu seinem.

Kapitel 27

»Da seid ihr ja endlich!«, grölte Tom schon von Weitem, als er uns entdeckte.

Tatsächlich grenzte es an ein Wunder, dass wir es hierher geschafft hatten. Fabian hatte sich nämlich in den Kopf gesetzt, sehr ausgiebig zu duschen. So ausgiebig, dass mein Körper noch immer vibrierte und ich seine Berührungen an meinen intimsten Stellen noch immer spüren konnte. Hand in Hand waren wir zu Toms Wohnhaus geschlendert, als wären wir schon ewig ein Paar. Seufzend schloss ich meine Finger fester um seine.

Tom wohnte mitten im Hechtviertel auf der Nordseite der Elbe. Von der Straße aus passierten wir eine Durchfahrt und landeten in einem herrlich begrünten Innenhof. Sofort kam ich mir vor wie in einer anderen Welt. Ringsherum ragten die Wohnhäuser in die Höhe und umrandeten den Hof, in dem Bäume und Sträucher und etliche Sitzecken für eine gemütliche Atmosphäre sorgten. Lichterketten und Musik brachten die passende Sommerstimmung.

Zielgerichtet liefen wir zu Tom, der Fabian mit einem übermütigen High five begrüßte und mich mit einem majestätischen

Knicks und einem Handkuss, der ihm einen grimmigen Blick von meinem Freund einbrachte.

»Hey, entspann dich, Fab«, lachte Tom auf und setzte die Bierflasche an den Mund, die er in der anderen Hand hielt. »Fühlt euch wie zu Hause. Es gibt Steaks und Bratwürste, Beate hat Kartoffelsalat mitgebracht und Getränke gibt es auch reichlich.«

»Okay«, entgegnete ich und sah mich erst einmal weiter um. Inmitten der Hausbewohner entdeckte ich auch bekannte Gesichter. Also zumindest das von Beate kannte ich und einige Kollegen aus dem Sender. Zum Beispiel der Kameramann, hinter dem ich mich neulich verstecken sollte, um Fabian nicht abzulenken.

»Hast du Hunger?« Mit seiner Frage holte er mich wieder auf den Boden der Tatsachen.

Ich schüttelte den Kopf. »Nee, nicht wirklich. Für Steaks und Kartoffelsalat ist es mir zu warm. Aber etwas trinken würde ich gern.«

In einer Ecke des Hofes war ein Cocktailstand aus Holzpaletten aufgebaut worden. Geschmückt mit Girlanden und Lichterketten bekam man direkt das Gefühl, in einer Beach Bar zu sein. An der Seite des Aufbaus war eine Tafel befestigt, auf der mit Kreidestift die Cocktails angeschrieben waren. Alles mit Alkohol? Hm, mir blieb wohl nichts anderes übrig.

Ich entschied mich für einen Gin Tonic, der mir gleich darauf serviert wurde, während sich Fabian auf die Suche nach etwas Alkoholfreiem machte. Mit meinem Getränk in der Hand und am Strohhalm saugend schlenderte ich durch den Innenhof. Die Sonne schaffte es inzwischen nicht mehr über die Dächer und es dämmerte langsam, sodass all die Lichterketten und Kerzen richtig zur Geltung kamen. Wer immer das organisiert und dekoriert hatte, hatte ganze Arbeit geleistet.

Schnell war mein Glas geleert und ich besorgte mir Nachschub. Dann beschloss ich, Fabian zu suchen, den ich irgendwie aus den Augen verloren hatte. Ich scannte im Halbdunklen die Menschentrauben und versuchte, den Stimmen zu folgen. Endlich hatte ich ihn ausfindig gemacht. Gemeinsam mit den Kollegen vom Sender stand er hinten beim Grill. Es war sein lautes, dunkles Lachen, das mich auf ihn aufmerksam gemacht hatte. Von Weitem sah ich seine Rückansicht und war einmal mehr hin und weg von diesem Mann.

Er trug eine kurze Hose, die seinen enorm griffigen Po bestens betonte und einen Blick auf gut gebräunte, athletische Waden freigab. Seine Füße steckten – wie immer – in Segelschuhen. Manchmal fragte ich mich, ob er nur dieses eine Paar besaß. Amüsiert über meine Gedanken schüttelte ich den Kopf und ließ meine Augen weiter an ihm hinaufwandern. Die langen Ärmel seines hellblauen Leinenhemdes hatte er bis zu den Ellenbogen aufgekrempelt. Obwohl es leger geschnitten war, konnte man anhand seiner Konturen erahnen, dass er muskulös gebaut war. Und bei Gott, das war er wirklich.

Vorhin unter der Dusche ... Noch immer spürte ich das Prickeln zwischen meinen Beinen und presste die Schenkel augenblicklich fest zusammen. Das war ja jetzt wohl total unpassend.

»Na, Turteltäubchen? Dich hat es ja ganz schön erwischt, oder?« Der Klang einer mir vertrauten Männerstimme gepaart mit einer Hand, die sich auf meine Schulter legte, ließ mich zusammenzucken. Mein Kopf ruckte reflexartig zu der Seite, von der die Stimme kam, und ich blickte geradewegs in Toms grinsendes Gesicht.

Ich schluckte trocken und fühlte mich auf seltsame Weise ertappt. »Schön wohnst du hier«, entgegnete ich und beschloss, auf das Gesagte gar nicht einzugehen. Es ging ihn schlichtweg nichts an. Wir kannten uns kaum, eigentlich gar nicht, und wenn er über meine Beziehung zu Fabian mit jemandem sprechen wollte, dann ja wohl mit ihm.

»Sorry, wollte dir nicht zu nahetreten.« Er wich einen Schritt zurück und nahm die Hand von meiner Schulter, um sich an seiner Bierflasche festzuhalten. Sein Grinsen jedoch blieb. »Aber ja, ich hab's ganz gut hier, finde ich auch.« Mit einer ausladenden Geste drehte er sich einmal um seine eigene Achse, um einen Moment später schwankend vor mir wieder anzuhalten. »Noch 'n Gin Tonic?«

Mit einem Nicken deutete er auf mein Glas, das sich mittlerweile wieder gut geleert hatte. Eigentlich sollte ich einen Gang runterschalten und vielleicht lieber Wasser trinken. Doch Tom war schneller und nahm mir das Glas aus der Hand.

»Bin gleich wieder da, lauf nicht weg, ja.«

»Keine Sorge, ich bleib hier«, rief ich ihm hinterher.

Keine drei Minuten später stand er wieder vor mir mit einem übervollen Glas, dass mir das Getränk fast mit einer Flutwelle übers Dekolleté schwappte. Vorsichtig trank ich etwas ab und verzog das Gesicht. »Boah, der ist aber stark. Ist da überhaupt Tonic drin?«

»Klar doch. Hab ich selbst gemixt.« Stolz klopfte sich Tom auf die Brust und ich musste lachen, als er seine Bierflasche gegen mein Glas stieß und am Ende doch etwas von dem Getränk überschwappte.

Hastig trank ich lieber noch einen größeren Schluck ab, damit nicht noch mehr verloren ging.

»Cheers, Merle«, sagte Tom und wurde plötzlich ganz ernst. »Wir hatten irgendwie einen Scheißstart, glaube ich. Es tut mir leid, dass ich so ranzig zu dir war.«

»Ranzig? Butter wird ranzig. Oder Öl. Aber ja, du hast nicht ganz unrecht. Charmant warst du nicht unbedingt in meiner Gegenwart.« Ich hob die Schultern und sah ihn herausfordernd an. Noch konnte ich die Wendung unseres Gesprächs nicht einordnen.

»Ja ja, reib's mir nur immer schön unter die Nase«, lachte Tom und trank einen Schluck aus seiner Bierflasche und schnaufte. »Weißt du, Fab ist wie ein Bruder für mich. Wir kennen uns schon etliche Jahre und haben vieles durchgemacht. Ich hab für ihn alles aufgegeben und bin mit hierhergekommen. Er hat dir von seiner Ex erzählt?«

»Hm«, nickte ich und setzte das Cocktailglas an meine Lippen. Gespannt lauschte ich Toms Ausführungen.

»Gut, dann weißt du ja, was Vivian abgezogen hat und wie es ihm danach ging. Ich war übrigens derjenige, der ihn aus diesem

Sumpf wieder herausgeholt und ihm eine Perspektive geboten hat, nachdem er sich durch halb München gevögelt hatte.«

Durch halb München gevögelt? Ich schluckte. So hatte ich Fabian gar nicht eingeschätzt. Aber gut, es war nicht richtig, darüber zu urteilen. Schließlich war ich auch kein Kind von Traurigkeit.

»Ich hab ihm diesen Job hier besorgt und bin mit hergezogen, weil er völlig am Boden war und alles hinschmeißen wollte.«

»Okay. Krass«, erwiderte ich lediglich, während mein Blick immer wieder zu der kleinen Gruppe von Leuten glitt, mit denen mein Freund sich unterhielt.

»Lass mich raten, das hat er dir natürlich nicht erzählt. Ja, unser Prince Charming ist auch nicht perfekt.«

»Ach, das ist okay. Wir lernen uns ja gerade erst kennen.« Ich hatte keine Ahnung, warum Tom mir das alles erzählte, aber es war schon interessant. Die beiden verband anscheinend eine richtig tiefe Freundschaft.

»Ich würde meinen linken Arm für ihn opfern, weißt du.« Tom beugte sich näher zu mir, seine Bierfahne stieg mir in die Nase, die ich angewidert rümpfte. »Und ich würde nicht davor zurückschrecken, jemandem mit diesem Arm eins überzuziehen, wenn er Fab etwas Böses wollte.«

Okay. Ich verstand langsam. »Mach dir keine Sorgen, ich habe nichts Böses im Sinn mit ihm. Kannst deinen Arm behalten.« Zwinkernd trank ich wieder einen Schluck und merkte langsam die Auswirkungen des Alkohols. Mir wurde es schwummrig in der Magengegend. Ich hätte vielleicht doch etwas essen sollen.

Lachend legte Tom seinen Arm um meine Schultern. »Du bist echt in Ordnung, Merle. Hätte ich anfangs nicht gedacht, sorry. Aber du bist 'ne krass coole Lady.«

»Na, wenn du das sagst.« Ich stimmte in sein Lachen ein und fühlte mich etwas besser, was ihn betraf. Bis eben hatte ich ihn wirklich nicht einordnen können. Er war mir aalglatt vorgekommen und nicht zuletzt feindselig – das Gespräch neulich im Sender hatte ich noch gut im Hinterkopf. Aber vielleicht waren wirklich nicht Fabian und ich gemeint gewesen.

»Komm, wir holen uns noch ’n Bier und schauen mal, was unser Freund so treibt.«

Beschwingt stimmte ich in sein Lachen ein und ließ mich von ihm mitziehen. »Aber ich hab noch etwas Gin Tonic übrig.«

»Dann trink den schnell aus. Der schmeckt doch eh nicht mehr, wenn er zu warm ist.«

»Das stimmt auch wieder«, kicherte ich und trank den Rest schnell aus. Tom hatte Recht, ohne Eiswürfel schmeckte es furchtbar. Angewidert verzog ich das Gesicht, es war, als würde ich puren Gin trinken, der zu lange in der Sonne gestanden hatte. Das Glas stellte ich im Vorbeigehen auf einem der Tische ab, während Tom mich durch den inzwischen dunklen Innenhof dirigierte und bei ein paar Männern stoppte, die auf Bierkästen saßen und Karten spielten. Ich versuchte, den Spielzügen zu folgen, doch meine Augen waren viel zu langsam und ich schwankte verdächtig.

»Darf ich mal?«, hörte ich Tom sagen und sah aus dem Augenwinkel, wie einer der Kerle sich erhob und Tom zwei Flaschen aus dem Kasten nahm und mit den Zähnen öffnete. Urghs. Ich schüttelte mich, die armen Zähne.

Eine der Flaschen hielt er mir gleich darauf vor die Nase. »Hier. Cheers, Superlady«, feixte er und stieß seine Flasche an meine.

»Puh, ich kann eigentlich nicht mehr ... Der letzte Gin Tonic war so stark ...« Hitze wallte durch meinen Körper und in meinem Kopf setzte sich ganz langsam ein Karussell in Gang.

»Ach komm schon, lass uns auf unsere Freundschaft trinken. Ich finde es wirklich super, dass Fab jemanden gefunden hat, der ihn aus seinem Sumpf geholt hat. Und ihr passt so gut zusammen. Und jetzt trink schon mit mir, Merle.«

Ich holte tief Luft. Okay. Tom schien doch in Ordnung zu sein. Geräuschvoll stießen unsere Flaschen gegeneinander und ich trank einen Schluck, bevor er sich wieder zu mir beugte und mir einen feuchten Bierkuss auf die Wange drückte.

»Du bist cool«, brummte er, legte seinen Arm wieder um meine Schultern und zog mich weiter. Gemeinsam stolperten wir zu der kleinen Gruppe, in der Fabian stand.

»Fäb!« brüllte Tom. »Deine Freundin ist mega cool.« Alle drehten sich nach uns um, während ich damit beschäftigt war, vor Scham im Boden zu versinken. Ich war zwar angetrunken, doch nicht betrunken genug, als dass diese Bemerkung einfach so von mir abgeprallt wäre.

Tom stolperte und rempelte ein paar Leute an, bis wir irgendwie vor Fabian landeten.

»Gott, Fab, sie ist so toll«, schwärmte Tom völlig unbeirrt weiter und ich kicherte vor mich hin.

»Was habt ihr denn gemacht?« Argwöhnisch runzelte Fabian die Stirn.

»Nichts«, antworteten Tom und ich nahezu synchron.

»Ich hab nur mit deiner Perle, äh, Merle auf unsere Freundschaft angestoßen. Sie ist echt cool, musst du wissen, und so was von trinkfest. Ich meine, schau sie dir an.« Endlich gab er mich frei, machte einen Schritt zurück und zeigte mit beiden Händen auf mich. »Ich hab ihr einen Gin Tonic gemixt und sie steht immer noch.«

»Du bist 'n Blödmann, Tom«, feixte Fabian und sah mich mitleidig an.

»Der Schingtonig war suuuper.« Mir fehlte eine Stütze und erneute schwankte ich. In meinem Kopf drehte sich alles, das Karussell hatte mächtig Fahrt aufgenommen und ich konnte förmlich zusehen, wie es meine Gehirnzellen umher schleuderte. Mir wurde schwindelig und es fiel mir zunehmend schwerer, mich auf den Beinen zu halten.

»Ich übernehme dann mal«, sagte Fabian fürsorglich. »Ich glaube, ich sollte Merle nach Hause bringen.«

Mein Blick war so verschwommen, dass ich die Augen zusammenkneifen musste, um wenigstens etwas zu erkennen. Fabian verabschiedete sich von Tom und ein paar anderen Leuten mit einem Handzeichen und ich winkte hektisch.

»Schüssi«, hörte ich mich rufen.

Davon, wie Fabian mich zu seinem Wagen hievte, bekam ich nicht mehr viel mit. Ich war so müde. Immer wieder klappten meine Augenlider zu und ich riss sie wieder auf, während sich meine Finger in den Kurven ins Armaturenbrett krallten.

»Gott, Merle, was habt ihr alles getrunken?«

»Schingtonix und bissl Bier. Scheiß Mischung, ich weiß«, lallte ich und lehnte mich wieder zurück.

»Toms Mischungen sind immer mit Vorsicht zu genießen«, belehrte er mich. Leider zu spät. Aber fürs nächste Mal wusste ich Bescheid.

Die Fahrt ging an mir vorbei. Ich war müde und in meinem Kopf drehte sich alles.

»Wir sind schon da?« Erschrocken krächzte ich auf, während Fabian mich in seine Wohnung schob. »Wie hast du uns so schnell hierher gebeamt, Scotti?«

Ich ließ mich direkt auf die Couch sinken, hörte noch, wie Fabian sich in der Küche zu schaffen machte und gleich darauf mit einem Glas Wasser neben mir saß.

»Trink!« Sein Tonfall ließ erahnen, dass er alles andere als amüsiert über meinen Zustand war und ich leistete Folge, ohne zu murren.

»Tut mir leid, ich wollte die Party nicht sprengen«, nuschelte ich und sank wieder in die Sofakissen, nachdem ich ein halbes Glas Wasser auf einmal getrunken hatte.

»Hast du nicht.«

»Ich meine, ich dachte die ganze Zeit, Tom hat etwas gegen mich. Aber wir haben lange gequatscht und eigentlich ist er ein cooler Typ.« Noch immer hörte sich meine Stimme seltsam an. Es war, als hörte ich jemand Fremdem beim Reden zu und nicht mir selbst.

»Ist er, ja. Und dass er etwas gegen dich hat, ist Quatsch.«

»Er beschützt dich, weißt du«, lallte ich. »Wegen Vanessa. Vivian, Vajana oder so. Er will seinen Arm abschrauben und mir eins überbraten, wenn ich dir wehtue.«

Durch meine halbgeschlossenen Augen sah ich das Grinsen auf Fabians Lippen. Es war genau diese Art Grinsen, in das ich mich verliebt hatte. Mein Körper befand sich im Rausch und neben dem Alkohol rasten allerlei Hormone durch meine Blutbahnen, die mich für einen Augenblick regelrecht beflügelten.

»Ich hab dich ganz schön lieb, Wetterfrosch. Und Toms Arm will ich nicht abkriegen.« Mit einer Hand tätschelte ich Fabians Wange. Wärme flutete mich, als er sie ergriff und festhielt.

»Du bist betrunken, Süße. Rutsch ein Stück.«

Schwerfällig bewegte ich mich ungefähr zwei Zentimeter und merkte, wie das Sofa nachgab, als Fabian sich hinter mich legte. Ich spürte seinen Körper an meinem, seine Wärme, seinen Atem im Nacken, seinen Arm, den er beschützend um mich legte.

Zufrieden holte ich tief Luft und entglitt ins Reich der Träume.

Kapitel 28

Es war der Duft von frisch gemahlenem Kaffee und das penetrante Geräusch des Mahlwerks, das am nächsten Morgen in mein Unterbewusstsein schlich und mich langsam weckte. O Gott, ich fühlte mich schrecklich. Ächzend richtete ich mich auf und legte mir sofort die Hand an die Stirn, weil dahinter mindestens zehn Presslufthammer den gestrigen Abend lautstark in Stein meißelten. Es schmerzte höllisch, was ich wohl dem starken Gin Tonic von Tom zu verdanken hatte. Je mehr ich darüber nachdachte, umso mehr zweifelte ich daran, dass er tatsächlich Tonic dazugegeben hatte. Aber wie auch immer, feststand, dass mich dieses Getränk und die paar Schlucke Bier danach völlig ausgeknockt hatten.

Mit einem herzzerreißenden Stöhnen ließ ich mich wieder in die Kissen fallen. Moment, Kissen? Mir war so, als wären wir auf dem Sofa eingeschlafen und jetzt lag ich in Fabians Bett? Alleine? Ich presste mein Gesicht in sein Kissen, atmete seinen Duft tief ein und ließ wieder locker.

»Na, Schlafmütze? Weilst du wieder unter den Lebenden?« Mit einer Tasse heißem Milchkaffee setzte sich Fabian zu mir ans Bett. Dieser Mann wusste immer wieder, wie er mich beeindrucken konnte. Allein seine bloße Erscheinung und die Tatsache, wie gut er zu mir war, ließen mein Blut in Wallung geraten.

»Guten Morgen«, ächzte ich und erntete ein dunkles Lachen.

»Wie geht's dir?«

»Nicht besonders gut«, gab ich zu. »Wie bin ich denn ins Bett gekommen?« Fragend blickte ich auf die zerwühlten Laken um mich herum.

Fabian grinste schelmisch. »Du warst ganz schön angetrunken und bist auf der Couch eingepennt. Wie ein Stein hast du geschlafen und gar nicht mitbekommen, dass ich dich mitten in der Nacht ins Bett getragen habe. War für uns beide bequemer.«

»Danke«, flüsterte ich und spürte die Hitze in meinen Wangen, die garantiert nicht von den sommerlichen Temperaturen, die der Sommerwind durchs offene Fenster wehte.

»Hast du Hunger? Ich hab uns was zum Mittag gemacht.«

»Mittag?« Das Kreischen meiner Stimme fuhr tief in meine Hirnwindungen und verursachte Schmerzen. »Wieso ist schon Mittag?«

»Weil du den halben Tag verschlafen hast?« Fabian lachte auf und legte seine Hand an meine Wange, strich mit seinem Daumen behutsam über meine Haut, dass mir ein Gänsehautschauer nach dem anderen über die Wirbelsäule rieselte und ich ihn am liebsten zu mir ins Bett gezogen hätte. »Du bist so, so, so ... süß.« Ein verliebtes Grinsen blieb auf seinen Lippen und die Wärme in seiner Stimme haute mich regelrecht um.

Ich schnappte nach Luft. »Ich ... Ich dachte, du musst in den Sender?«

»Da war ich schon. Und nachher muss ich noch mal hin. Aber ich dachte, ich schau lieber nach dir.«

»Das ist ... lieb von dir, danke.« Verlegen zupfte ich an der Bettdecke und nippte am Kaffee. Gott, das tat so gut. Allein der Gedanke an Koffein belebte mich. »Ich hoffe, es war nicht zu peinlich gestern Abend. Tut mir leid, falls doch.«

»Was? Nein. So ein Quatsch. Dir muss gar nichts peinlich sein. Eher Tom. Er war derjenige, der etwas neben der Spur war, aber er hat sich schon reumütig bei mir entschuldigt. Ich soll dich lieb grüßen und dir ausrichten, der nächste Gin Tonic wird besser.«

»Nie wieder trinke ich mit Tom, nicht einmal Wasser. Und schon gar nicht seine selbst gemixten Kreationen«, stieß ich quietschend aus.

»Glaub mir, dafür werde ich sorgen. Und jetzt komm essen, du brauchst etwas im Magen.« Dankbar ergriff ich seine Hand, und ließ mich von ihm aus dem Bett ziehen.

Lediglich mit einem seiner T-Shirts bekleidet setzte ich mich an den Küchentresen.

»Danke fürs Kochen.« Wie auf Kommando knurrte mein Magen, während Fabian Salat und gebratenes Hühnchen auf meinen Teller schaufelte. Es war ganz sicher keine Fünf-Sterne-Küche, doch die brauchte ich nicht. Der Mann meiner Träume hatte für mich gekocht und das reichte mir vollkommen aus, um glücklich zu sein.

Überfürsorglich schob er mir noch ein Glas Wasser und eine Kopfschmerztablette über den Tresen. »Vorsichtshalber«, sagte er dazu und begann dann ebenfalls zu essen.

»Aber ihr habt euch ganz gut unterhalten gestern Abend, du und Tom?« Nachdem er ein Stück Hühnchen aufgekaut hatte, betrachtete er mich.

»Ja, irgendwie schon. Ich glaube, ich habe ihn falsch eingeschätzt«, gestand ich. Auch wenn Tom gestern einiges getrunken hatte, so hatte ich unser Gespräch dennoch ernst genommen. Seine Worte, die ich im Sender gehört hatte, waren zwar noch immer in meinem Hinterkopf, aber ich maß ihnen nicht mehr viel Bedeutung bei. Inzwischen war ich auch davon überzeugt, dass er nicht von uns gesprochen hatte. Denn gestern hatte ich wirklich den Eindruck, dass wir seinen Segen hatten, auch wenn wir diesen nicht unbedingt brauchten.

»Das habe ich dir doch gesagt, Süße. Tom ist schwer in Ordnung. Er ist das für mich, was Helene für dich ist.«

»Ich weiß und ich bin wirklich froh, dass du so jemanden hast. Er meinte sogar, er hat dir den Job hier verschafft? Also sollte ich ihm dankbar sein, sonst wären wir uns wohl nie über den Weg gelaufen.«

Fabian lachte auf und schob seinen Teller beiseite. »Ganz so war es nicht, aber nahe dran. Nach der Sache mit Vivian wollte ich unbedingt weg aus München. Mir war es egal, wohin. Tom hatte ganz gute Connections in die Medienbranche. Aber ich wollte keinen Großstadttrubel mehr, sondern war eher auf der Suche nach etwas Gemütlichem. Und dann kam das Angebot vom *City TV*. Tja, und jetzt sitze ich hier mit der schönsten Frau der Stadt – ach was, der ganzen Welt –, bin bis über beide Ohren in sie verknallt und will hier nie wieder weg. Und in letzter Zeit enden Tage, an denen du nicht bei mir bist, immer damit, dass ich dich schrecklich vermisse.«

Schmunzelnd biss ich mir auf die Unterlippe. »Du Charmeur«, stieß ich aus und schnappte nach Luft, als er sich mit einem Mal über den Tresen beugte und mir einen festen Kuss auf die Lippen drückte.

»Ist es eigentlich wahr, was du mir letzte Nacht ins Ohr geflüstert hast?«, wollte er noch wissen, nachdem er sich von mir gelöst hatte.

Mist. Was hatte ich ihm denn ins Ohr geflüstert? Mir fehlten leider sämtliche Erinnerungen. Als hätte jemand die Löschtaste gedrückt. Ich hatte keinen blassen Schimmer, was er meinte.

»Sag jetzt nicht, dass du das nicht mehr weißt!«, entrüstete er sich gespielt. »Dabei war es so episch, was du gesagt hast.«

»Ich ... Was habe ich denn gesagt? Irgendetwas Schlimmes?«, flüsterte ich unsicher.

»Das kommt ganz darauf an, Merle.« Fabian umrundete den Tresen und kam auf mich zu, drehte den Barhocker so, dass ich ihn ansehen und er zwischen meinen Oberschenkeln stehen konnte. Mit seinen Armen stützte er sich an meinen Oberarmen vorbei an der Arbeitsplatte ab und fixierte mich mit seinem fordernden Blick. Sein Atem kitzelte meine Nasenspitze und seine Haut auf meiner zu spüren, machte mich ganz wuschig.

»Nun sag schon, was habe ich von mir gegeben, hm?«, bettelte ich und klimperte besonders eindringlich mit den Wimpern.

Hatte ich das große L-Wort benutzt? O Gott, hoffentlich nicht. Dafür war ich nicht bereit. Wirklich nicht, auch wenn ich Fabian über alles mochte. Aber L war noch keine Option.

Angespannt wartete ich darauf, dass er das Rätsel endlich auflöste und während ich darauf wartete, schlang ich meine Arme um seine Taille und ließ meine Hände unter seinem Shirt verschwinden. Sofort spürte ich, wie auch er sich anspannte, sobald ich meine Nägel in seine Haut grub. Am unteren Rücken, direkt überm Hosenbund, war er so empfindlich.

»Du«, knurrte er und küsste mich noch einmal fordernd. »Hast.« Ein Kuss auf mein Kinn. »Gesagt«. Seine Lippen wanderten zu meinem Hals und bissen sanft in die Haut, unter der mein Puls sich beinahe überschlug. »Dass du.« Seine Hände vergrub er in meinen Haaren und zog meinen Kopf leicht nach hinten, um meinen Hals weiter zu küssen. »Mich.« O Gott, jetzt kam es gleich. Ich spürte, wie sich meine Brustwarzen verlangend zusammenzogen. Er beherrschte dieses Spiel so perfekt. Bevor er weitersprach, unterbrach er seine Kusswanderung und lenkte seinen Blick wieder auf meine Augen. Das Bernsteinfunkeln faszinierte mich jedes Mal. Es war wie flüssige Lava, die mich mitriss in einen Strudel, dem ich nicht entkommen konnte. »Lieb hast«, sagte er schließlich und ich atmete geräuschvoll aus. »Und ich will wissen, ob du auch nüchtern so empfindest.«

Meine Kehle war staubtrocken und ich schluckte schwer. »Ja.« Meine Stimme klang dünn, zitterte unsicher und doch meinte ich es ernst.

»Dann sag es noch einmal«, forderte Fabian mich auf.

»Ich ... hab dich lieb?« Ich kniff ein Auge zusammen und zog die Schultern nach oben und war erleichtert, als Fabian auflachte.

»Du bist zuckersüß und ich habe dich auch sehr, sehr gern. Du bringst mich immer wieder zum Lachen. Holst mich auf den Boden der Realität zurück. Bewahrst mich davor, abzuheben. Bringst mich um den Verstand.«

»Wow«, flüsterte ich, nicht darauf vorbereitet, dass wir uns gerade jetzt die große Liebe, ach verdammt, das L-Wort, gestehen. »Ich, ähm, ja. Ja.« Ich nickte einfach, während Fabian mich in seine Arme zog.

»Ehrlich gesagt hätte ich bei unserem ersten Aufeinandertreffen nicht gedacht, dass du mir so wichtig werden würdest«, gestand ich dann doch.

»Erinnere mich nicht daran. Ich war so ein Arsch und hab dich eiskalt abblitzen lassen, das tut mir heute noch weh.« Mit seinen Händen umrahmte er mein Gesicht und lehnte seine Stirn an meine. »Du bist etwas ganz Besonderes, Merle. Und jetzt will ich dich küssen, deinen Körper spüren, dich festhalten und ansehen. Ich bin so verrückt nach dir und werde wohl nie genug von dir haben.«

Seufzend griff ich nach seiner Hand und folgte ihm ins Schlafzimmer.

Wenn das gerade eine Liebeserklärung war, dann war es die Schönste, die es auf der ganzen großen Welt je gegeben hatte. Und sie galt mir. Mein Herz machte einen gewaltigen Satz, überschlug sich, holperte und stolperte vor Freude.

Vielleicht war das große L doch gar nicht so beängstigend, wie ich immer geglaubt hatte. Vielleicht hatte ich es bisher nur mit den falschen Kandidaten in Verbindung gebracht und mich viel zu sehr auf meine Karriere versteift.

Mit Fabian an meiner Seite hatte ich jedoch das Gefühl, alles schaffen zu können. Als würden mir alle Türen der Welt offenstehen. Ich war wie ein Schneeglöckchen, das viel zu lange unter der Schneedecke darauf gewartet hatte, dass endlich die Frühlingssonne schien und es erblühen ließ.

Am Nachmittag verabschiedete sich Fabian und verschwand noch einmal in den Sender für ein paar Aufnahmen. Ich hatte einige Recherchesachen abzuarbeiten und machte es mir auf seinem Balkon gemütlich.

Seit ich zum ersten Mal hier gewesen war, hatte ich mich wohlgefühlt. Zwar war es ganz anders als mein zu Hause, doch allein Fabians Gegenwart machte es zu meinem.

Gedankenversunken griff ich nach meinem Telefon und öffnete den Chat mit Helene, um ihr von der Party gestern zu berichten. Ich ließ sie natürlich auch wissen, dass Tom mit mir gesprochen hatte, und gestand ein, dass ich wohl etwas in seine fiesen Worte im Sender hineininterpretiert hatte, was nicht da war.

Bevor ich das Handy weglegte und mich endgültig meiner Recherche widmete, schrieb ich Fabian noch eine Nachricht.

Merle: Wenn ich bei dir bin, bin genau da, wo ich hingehöre.

Ich versah die Nachricht mit einem Herz und drückte das Telefon fest an meine Brust, nachdem ich die Message abgesandt hatte. Es dauerte nur wenige Sekunden, bis die Punkte im Chatfenster zu hüpfen begannen und gleich darauf eine Antwort von ihm kam.

Fabian: Du ahnst gar nicht, wie glücklich mich das macht. Du bist das Beste, was mir je passiert ist, und wenn es nach mir geht, kann es genau so bleiben, wie es gerade ist. Ich bin in ungefähr zwei Stunden wieder zu Hause und dann machen wir da weiter, wo wir vorhin aufgehört haben.

Ich las seine Worte mehrmals und spürte dem Prickeln nach, das sie in meinem Schoß auslösten. Gott, ich war so verknallt in ihn.

Kapitel 29

Nachdem Fabian am Sonntag noch mal zum Sender gefahren war, hatte ich ausgiebig mit meiner besten Freundin telefoniert. Im Bikini hatte ich es mir im Loungesessel gemütlich gemacht, während ich Helene von der Party berichtet hatte. Dass ich ziemlich betrunken gewesen war, milderte ich etwas ab, erzählte ihr aber wohl von dem Gespräch mit Tom. Von schallendem Lachen war sie zu »Siehst'e, hab ich dir doch gesagt« gewechselt. Tom hatte zwischenzeitlich auch mir Nachrichten geschickt – ich nahm an, Fabian war so frei, ihm meine Telefonnummer zu geben – und sich für den überstarken Gin Tonic und sein ganzes Verhalten entschuldigt.

Aber unser Gespräch hatte er ernst gemeint, das schwor er mir so oft, dass ich es nun wirklich glaubte.

Überhaupt begann es mir zu gefallen, dass ich immer mehr Teil von Fabians Leben wurde. Und er ein Teil meines Lebens. Alles verwob sich miteinander wie zwei Netze, die sich anfangs etwas verheddert hatten und sich nun Masche für Masche zu einem Großen und Ganzen verbanden. Unsere gemeinsame Zeit fühlte sich an wie ein kostbares Schmuckstück, das man hegte und pflegte.

Wenn ich hier in seiner Wohnung war, liebte ich das Geräusch des Schlüssels im Türschloss, wenn er nach Hause kam. Jedes Mal machte mein Herz einen freudigen Satz, hüpfte ungeduldig in meiner Brust und beruhigte sich erst, wenn er mich in seine Arme zog und küsste, als gäbe es kein Morgen.

Fabian hatte es in der kurzen Zeit geschafft, mir die Angst zu nehmen, mich zu verlieben. Inzwischen wusste ich selbst nicht mehr, warum sich all diese Befürchtungen, die Liebe hätte so schlechten Einfluss auf meine Karriere, in mir manifestiert hatten. Blickte ich zurück auf meine Einstellung, die noch vor wenigen Wochen in mir vorherrschte, fand ich es einfach lächerlich, so zu denken. Es war noch gar nicht lange her, dass ich mit Helene die leidige Romantikdiskussion hatte. Und jetzt war ich diejenige, die wie Eis in der Sonne dahinschmolz, wenn Fabian mich mit seinen verliebten Blicken anschmachtete.

Es fühlte sich so unglaublich gut an, dass ich manchmal glaubte, es müsste ein Traum sein. Niemals hätte ich gedacht, dass es so befreiend sein konnte, zu lieben. Aber es schien ganz so, als wäre es genauso richtig, wie es jetzt war. Mit Fabian an meiner Seite hatte ich das Gefühl, alles schaffen zu können.

Sogar eine Kolumne hatte ich diesem Thema gewidmet und mein Chef war mehr als begeistert gewesen. Er hatte die wahnwitzige Idee, dieses ganze Projekt anzupassen, weil er der Meinung war, dass ich den Meckertexten, die ich bisher verfasst hatte, entwachsen war. Harald hatte mir vorgeschlagen, zu ernsten Themen Stellung zu nehmen, selbstverständlich auf meine Weise. Aber er wollte mir auf jeden Fall dafür auch mehr Platz einräumen.

Kurzum, ich war der glücklichste Mensch auf diesem kugelrunden Planeten. Ich hätte tanzen können vor lauter Glücksgefühlen und manchmal erwischte ich mich, wie ich seufzend auf die Frauenkirche blickte, wenn ich auf Fabians Balkon saß und das alles kaum fassen konnte.

***

Die letzten Tage waren wie im Flug vergangen. Nahezu jede freie Sekunde hatten wir gemeinsam verbracht. In meiner Wohnung war ich schon seit dem Party-Wochenende nicht mehr gewesen, weil ich mich in diesem luxuriösen Apartment in der Innenstadt so wohlfühlte. Auch wenn die Hitze hier gefühlt noch etwas mehr drückte als überall anders.

Es war Freitagnacht, als mich die Wärme in Fabians Apartment nicht schlafen ließ. Gefühlte Stunden lag ich schon wach, lauschte den Geräuschen, die von draußen zu uns drangen, und Fabians gleichmäßigem Atem. Er lag mit dem Rücken zu mir, war nur bis zur Hüfte zugedeckt und ich betrachtete seine Konturen. Vorsichtig, um ihn ja nicht aufzuwecken, begann ich, mit der Spitze meines Zeigefingers von seiner Schulter über seinen Arm zu streicheln. Seine Haut unter meiner zu spüren, war inzwischen so vertraut. Ich fuhr bis zu seinen Fingern und verschränkte meine ganz behutsam mit seinen, um mich gleich darauf mit meinem ganzen Körper an ihn zu schmiegen und seinen Geruch zu inhalieren. Ich liebte, wie er roch – nach Frische und Meer, Freiheit und purem Glück. Mein Glück.

Wir waren offiziell zusammen, also ein richtiges Paar und in manchen Momenten fragte ich mich, wann es wohl in der Regenbogenpresse auftauchte. Meine Kollegen hielten sich bedeckt, weil ich sie darum gebeten hatte, das nicht zum Titelseiten-Thema zu machen.

Fakt jedoch war, dass Fabian Brandl der wohl heißeste Single der Stadt war. Also Ex-Single. Und wenn die ersten windigen Reporter davon Wind bekamen, war es nur eine Frage der Zeit, bis die Spekulationen begannen. Erst jetzt wurde mir bewusst, was das eigentlich bedeutete – alles und nichts irgendwie. Und ich konnte nur hoffen, dass es uns beiden mehr Nutzen als Schaden bringen würde.

»Hey, grübelst du schon wieder?«, murmelte er und drehte sich langsam auf den Rücken. Ich legte meinen Kopf auf seine Brust und schlang meinen Arm um seine Taille, während er begann, meine Schulter zu streicheln und mich aufs Haar zu küssen.

»Nicht wirklich.« Seufzend ließ ich meine Fingerspitzen über seine empfindliche Seite tanzen, was ihn aufstöhnen ließ.

»Was ist es dann, was dich wachhält?« Er ließ nicht locker. So feinfühlig, wie er war, spürte er sofort, wenn mir etwas durch den Kopf ging.

»Na ja«, begann ich und küsste seine muskulöse, unbehaarte Brust. »Ich frage mich nur, wie es wohl sein wird, wenn die Presse von uns Wind bekommt. Ich meine, du bist der Star der Stadt ...«

Fabians Lachen vibrierte an meiner Wange, die ich fest an seine Brust gepresst hatte. »Süße, *du* bist die Presse, schon vergessen?«

»Das meine ich nicht. Wir sind ja eine seriöse Zeitschrift«, empörte ich mich gespielt und pikste ihn mit meinen Fingernägeln in die Seite, was ihn dazu veranlasste, mein Handgelenk zu packen und sich mit einem Ruck auf mich zu rollen.

Erschrocken keuchte ich auf, als er mich wild und ungestüm küsste. »Was interessiert es uns, was die Zeitungen berichten?«, sagte er schließlich und sah mir tief in die Augen.

Trotz der nächtlichen Dunkelheit, die uns umgab, sah ich die goldenen Funken in seinen Augen, die nur wenige Zentimeter entfernt waren. Unsere Blicke verhakten sich auf eine fast schon magische Weise, dass ich nie wieder in andere Augen schauen wollte. Fabians Blick nahm mich jedes Mal gefangen. Jedes Mal stürzte ich in seine Tiefen, ließ mich ins Bodenlose fallen.

»*Du* stehst in der Öffentlichkeit, schon vergessen?«, neckte ich ihn. »Da ist es sicher nicht ganz unerheblich, was die Zeitungen berichten, oder?«

»Ja, da hast du wohl recht«, gab er zu und legte sich halb neben mich. Sein Bein blieb auf meinen Oberschenkeln liegen. Mit einem Arm stützte er sich auf dem Kopfkissen ab, der andere bedeckte meinen nackten Bauch. Zärtlich fuhr er mit seinen Fingern über meine erhitzte Haut. »Aber weißt du, tatsächlich interessiert es mich nicht die Bohne, was die über mich zu erzählen haben. Wichtig ist nur das hier.« Mit der Nasenspitze tippte er an meine. »Du und ich. Also hör auf, dir darüber Gedanken zu machen, okay?«

»Okay«, flüsterte ich.

Für einen Moment herrschte Stille um uns herum. Selbst von draußen kamen nur noch vereinzelt Geräusche an unsere Ohren.

»Aber jetzt, da wir schon mal wach sind, könnten wir die Zeit nutzen, um ...« Er sprach nicht zu Ende, und doch wusste ich genau, was er meinte. Mein Herzschlag beschleunigte sich enorm, als seine Hand über meinen Bauch wanderte und den Ansatz meiner Brüste liebkoste, die sich ihm verlangend entgegenreckten.

Mein Stöhnen füllte den Raum, während Fabian darauf bedacht war, mich auf andere Gedanken zu bringen. Es gelang ihm hervorragend.

Ich schlang meine Arme um seinen Hals und zog ihn zu mir, um ihn zu küssen und meine Hände in seinem Haar zu vergraben.

Zärtlich und doch fordernd tanzten seine Finger derweil über meine Haut. Spielten mit meinem Körper wie mit einem Instrument. Wanderten von meinen Brüsten quälend langsam zu meinem Venushügel, verwöhnten meine Scham, dass ich mich unter ihm wand und versucht war, um Erlösung zu betteln.

»Schlaf mit mir«, wisperte ich mit zitternder Stimme und krallte meine Nägel in seinen Rücken, als er in meine Brustwarzen kniff.

»Ich fürchte, da musst du dich noch etwas gedulden, meine Schöne«, brummte er und zog mit seiner Zunge heiße Kreise um meinen Bauchnabel, um die Spur gleich darauf nach unten fortzusetzen. Ich keuchte auf, als sein Gesicht zwischen meinen Schenkeln verschwand. Seine Hände packten mich fest an den Hüften, hielten mich und als seine Zunge auf meine Perle traf, zuckte ich zusammen. Ein Stromstoß ruckte durch mich hindurch, ich bäumte mich auf, biss mir auf die Unterlippe und vergrub meine Finger im Bettlaken. Ich war so verloren.

***

Nachdem ich die Tür zu meiner Wohnung geöffnet hatte, wäre ich am liebsten rückwärts geflüchtet. Seit Tagen war ich nicht hier gewesen und die Luft stand. Es war unfassbar warm und stickig, sodass ich zuerst alle Fenster aufriss. Auch wenn das wenig nützen würde, weil es auch draußen heiß war und kein Lüftchen wehte.

Ich stellte meine Tasche mitten im Wohnzimmer ab und sah mich um. Nachdem ich die ganze Woche über bei Fabian gewohnt hatte, fühlte sich hier alles irgendwie fremd an.

Tief durchatmend begab ich mich in die Küche und öffnete den Kühlschrank.

»Urghs«, entwich meiner Kehle. Der Inhalt ließ wirklich zu wünschen übrig. Die Nase rümpfend schloss ich die Tür wieder, zapfte mir ein Glas Wasser aus dem Hahn und trank es gierig, bevor ich Helene eine Nachricht schickte.

Merle: Kannst du bitte etwas zu Essen mitbringen? Salat oder so?

Wir waren gleich verabredet, um uns für die Dirty-Dancing-Party aufzubrezeln, auf die ich mich seit Wochen schon freute.

Helene: Ebbe im Kühlschrank?

Sie ergänzte ihre Worte mit einem lachenden Smiley und ich verdrehte die Augen.

Merle: Richtig geraten. Ich war noch nicht einkaufen.

Helene: Schon okay. Liebe und Luft machen ja auch satt. Aber ich bring uns was mit. Bis gleich.

Schnell ging ich unter die Dusche und genoss das lauwarme Wasser, das meine erhitzte Haut herrlich abkühlte. Mit geschlossenen Augen dachte ich an Fabian und seine Zauberhände, spürte seinen Berührungen von letzter Nacht nach. Wir hatten nur wenig geschlafen und bis in den späten Vormittag im Bett gelegen. Ich grinste bei dem Gedanken daran, wie schwer es ihm gefallen war, sich von mir zu verabschieden. Drei Mal war er von der Wohnungstür noch mal zurückgekommen, um mich zu küssen. Und jedes Mal dachte ich, *krass, diesen liebenswerten Kerl will ich wirklich behalten.*

Helenes Timing war perfekt. Ich hatte gerade meine tropfnassen Haare in einen Handtuchturban gewickelt und mich selbst in einen Bademantel, als sie an der Tür klingelte.

»Essen auf Rädern«, ließ sie mich kichernd wissen, nachdem ich die Gegensprechanlage betätigt hatte.

»Komm schon rauf, du Ulknudel.«

Ich ließ die Tür gleich auf und ging schon mal in die Küche, um Teller und Besteck zu holen.

»Vergiss die Sektgläser nicht!«, rief sie schon von Weitem und ich hörte, wie die Tür lautstark ins Schloss fiel.

»Sag mal, hast du dich hier hoch gezaubert? So schnell kann man diese vielen Stufen gar nicht bezwingen«, staunte ich.

Helene kräuselte ihre Nase und formte mit den Händen ihre Konturen nach. »Aber hallo, ich bin so was von gut in Form.«

Sie stellte die Tüten auf den Tisch, aus denen es herrlich duftete.

»Nach Salat riecht das aber nicht gerade«, stellte ich fest und zupfte mit zwei Fingern an einer der Tüten.

»Nee. Es gibt asiatisch. Eine kleine Auswahl. Und Salat.«

»Na toll, und dann rollen wir zum Königsufer, oder wie hast du dir das vorgestellt?«

Sie zuckte unbeeindruckt mit den Schultern. »Solange du den rosa Tüllrock anziehst, kannst du hinrollen, wo du möchtest.«

Prustend füllte ich Wasser in unsere Gläser und Helene öffnete die Sektflasche mit einem lauten Knall.

»Wooohooo«, rief sie übermütig und schenkte so großzügig ein, dass das schäumende Getränk überlief.

»Auf einen grandiosen Abend.« Wir stießen unsere Gläser aneinander und tranken einen Schluck.

»Ich muss wirklich erst etwas essen, sonst wird das wieder so desaströs wie letztes Wochenende«, gab ich zu bedenken, setzte mich und lud mir drei Frühlingsrollen, etwas Salat und ein paar Nudeln mit gebratenem Gemüse auf den Teller.

»Ja, damit könntest du recht haben. Ich will keine Peinlichkeiten mit der Frau Fernsehstar-Freundin in der Öffentlichkeit.« Sie zwinkerte mir zu und schaufelte sich ebenfalls den Teller voll.

Nach dem Essen schafften wir es, die Sektflasche zu leeren, und waren schon recht beschwingt, als wir uns dem Styling widmeten. Drei Mal setzte ich den Lidstrich an, bis er endlich so war, dass ich mich damit sehen lassen konnte und nicht aussah, als hätte mich ein Graffitikünstler dekoriert. Schließlich hüpften wir in unsere Klamotten – ich in den rosa Tüllrock samt weißem Top und weißen Chucks. Helenes Outfit war fast gleich, nur in Hellblau-Schwarz gehalten.

Ich toupierte meine Haare aufwändig und band sie am oberen Hinterkopf zu einem Pferdeschwanz zusammen. Seitlich löste ich ein paar Strähnen, um nicht zu streng auszusehen. Den Pony fixierte ich mit etwas Haarspray und betrachtete das Ergebnis im Spiegel.

»Du siehst heiß aus.« Helene pfiff durch die Zähne, etwas, worum ich sie schon immer beneidete. Ich konnte das leider nicht.

»Du aber auch«, erwiderte ich. Die Farbkombination stand ihr hervorragend und harmonierte so gut mit ihren dunklen Haaren. Ihren kinnlangen Bob hatte sie ordentlich toupiert und mit einem hellblauen Haarband verziert, sodass sie etwas von Jacky Kennedy hatte.

Wir packten unsere Geldbörsen, Handy und was man so brauchte in unsere kleinen Handtaschen und machten uns in völlig gelöster Stimmung auf den Weg in die Stadt.

Kapitel 30

Die Abendsonne stand schon etwas tiefer und tauchte die Silhouette der Altstadt in glänzendes Licht aus Gold und Bronze. Die Kuppel der Frauenkirche ragte in die beginnende Dämmerung, als wollte sie demonstrieren, wer hier das Sagen hatte.

Die Filmnächte am Elbufer waren inzwischen zu einer Institution geworden und fanden jedes Jahr in den Sommermonaten statt. Direkt am Königsufer war eine riesige Bühne samt großer Leinwand aufgebaut. Stuhlreihen waren aufgestellt worden, zusätzlich zu den schon vorhandenen Sitzreihen auf der Wiese. An lauen Sommerabenden wurden hier vor der herrlichen Kulisse der Sehenswürdigkeiten Spielfilme gezeigt. Es gab Konzerte und Partys.

Ganz oben, oberhalb der Sitzbänke, befand sich das Party-Gelände, wo wir uns nachher mit Fabian und seinen Kollegen treffen würden.

Schon seit Wochen freute ich mich auf diesen Abend. Ich liebte diesen Film, auch wenn er um einiges älter war als ich selbst. Die Luft um uns herum war schon ziemlich aufgeheizt. Überall sah man die typischen Outfits, die auch im Film zu sehen waren – Tüllröcke mit Tops bei den Frauen, aufgekrempelte

Jeans und schwarze T-Shirts bei den Männern. Es glich mehr einem Event als einer simplen Kinovorstellung.

Dank meines Presseausweises mussten wir nicht stundenlang in den langen Schlangen am Einlass anstehen, sondern marschierten geradewegs hinein und sicherten uns damit die besten Plätze, die Helene wie ein Schießhund bewachte, während ich uns mit Getränken und Knabberzeug eindeckte.

Je mehr Leute auf dem Gelände waren, umso mehr stieg auch der Geräuschpegel. Die Stimmung war wie elektrisiert und voller Vorfreude. Die Reihen füllten sich und die Sonne verschwand immer mehr hinter den barocken Bauten auf der anderen Elbseite. Helene und ich waren inzwischen schon ein wenig beschwipst und plapperten über Gott und die Welt. Mit Blick auf die Altstadt erinnerte ich mich an den Interviewtermin mit Fabian. Es war zu göttlich gewesen, als wir vorm Fürstenzug gestanden hatten und auf der Suche nach August dem Starken waren.

Mit einer gigantischen Lasershow begann die Leinwand, die sich bis gerade eben noch in der Waagerechten befand, sich aufzurichten. Lichtblitze durchbrachen die abendliche Stimmung, es war fast dunkel. Musik und Fetzen aus Kinofilmen begleiteten das Spektakel und ich bekam jedes Mal wieder eine Gänsehaut.

Nach reichlich Kinowerbung begann endlich unser Lieblingsfilm, bei dem wir fast jedes Wort mitreden konnten, weil wir ihn schon tausend Mal gesehen hatten. Ich liebte das Setting, diese riesige Ferienanlage im Amerika der sechziger Jahre. Ich liebte die Klamotten und die Idee hinter dem Film. Und bei Gott, Patrick Swayze war die perfekte Besetzung für Johnny. Schmachtend klebten unsere Blicke an der Leinwand. Überall hörte man Stimmengemurmel, einige sangen sogar die Liedtexte mit.

Auch wenn wir genau wussten, was wann passierte, war es jedes Mal magisch, die Liebesgeschichte von Baby und Johnny mitzuerleben. Sie zogen uns in ihren Bann. Mit all ihren Fehlbarkeiten und Unzulänglichkeiten und Problemen sorgten sie dafür, dass wir sie am liebsten da rausgeholt hätten und ganz fest umarmen wollten.

Wir fieberten auf genau eine Stelle im Film hin und als sie kurz bevorstand, wurde es um uns herum ganz ruhig. Nahezu alle verstummten und warteten nur auf diesen einen Augenblick, in dem Baby mit Johnnys Cousin Billy in den Tanzschuppen ging, in dem Hotelgäste eigentlich keinen Zutritt hatten.

In meinem Magen kribbelte es regelrecht, als sich Baby die riesige Wassermelone auf die Arme laden ließ und diese in den Club balancierte, in dem das pure, verruchte Leben pulsierte. Meine Füße wippten im Takt der Musik, die ich genauso liebte wie alles andere an dem Film. Und dann, endlich, kam der Moment, in dem der Tontechniker den Ton für ein paar Sekunden abstellte und die Synchronisation dem Publikum überließ.

»Wer is'n die da?«, hörten wir Johnny sagen, hingen schmachtend an seinen Lippen.

»Sie ist mit mir hergekommen«, erklang Billys Stimme und dann war Ruhe.

Und wie auf Kommando riefen rund dreitausendfünfhundert Zuschauer: »Ich habe eine Wassermelone getragen.« Gekrönt wurde dieses Spektakel von reichlich Applaus und Gelächter, dass der Rest des Dialoges kaum zu hören war.

So eine mitreißende Stimmung war der Wahnsinn und euphorisierte mich wie kaum etwas anderes. Okay, gut, Fabian schaffte das gleichermaßen, nur mit anderen Mitteln.

Aber mit diesem Kribbeln in meinem Bauch freute ich mich umso mehr auf unser Treffen nachher.

Kurz vor Ende des Films, als Johnny sein Baby bei der Abschlussveranstaltung mit auf die Bühne nimmt, begannen ein paar der Besucher, auf der freien Fläche unmittelbar vor der Bühne zu tanzen. Die Stimmung war unglaublich und es machte den Film so viel lebendiger. Gemeinsam mit den beiden Hauptdarstellern tanzten sie um die Wette, sogar mit astreinen Hebefiguren. Die Krönung war eine Gruppe von Tänzern, die nahezu synchron mit Johnny und seinen Freunden tanzten, ganz so, als wären sie Teil des Settings. Es war atemberaubend. Kein Zuschauer saß mehr auf seinem Platz. Alle tanzten, jubelten, applaudierten, es war eine riesige Party, als der Abspann über die Leinwand flimmerte.

Völlig außer Atem schafften wir es irgendwie, uns durch die Menschenmenge zu kämpfen, unsere Trinkbecher an einem der Getränkewagen zurückzugeben. Der Wechsel zur Aftershow-Party gestaltete sich eher schwierig, die vielen Leute verstopften die Eingänge regelrecht und ich fürchtete, mein Presseausweis würde hier nicht viel ändern. Also warteten wir mehr oder weniger geduldig, bis wir auf die Tribüne gelassen wurden.

Derweil irrten meine Blicke umher und suchten Fabian und seine Kollegen vom Sender. Aus den riesigen Boxen, die überall verteilt standen, ertönte der Soundtrack des Filmes und heizte die Partystimmung mächtig auf. Genau wie unten auf dem Filmgelände wurde auch hier getanzt und gefeiert.

»Lass uns erstmal was trinken, dann suchen wir deinen Wetterfrosch«, schlug Helene vor und in Anbetracht der Tatsache, dass es im Moment kaum möglich war, hier durch die Menschenmenge zu kommen, willigte ich ein.

»Okay.« Arm in Arm steuerten wir die Bar an und bestellten uns jeder einen Baby Dirty Dancing, einen Cocktail mit Rum, Gin und Wodka. Im Glas war eine Limettenschale, die wie eine Spirale auf ein Holzstäbchen aufgespießt war. Am oberen Rand befanden sich eine Physalis und eine Cocktailkirsche.

Ich nahm den ersten Schluck und verzog das Gesicht. »Bäh, das ist ja echt übel.«

»Lecker, oder?«, freute sich Helene stattdessen und trank gleich noch einen Schluck, während ich beschloss, wirklich nur daran zu nippen. »Guck mal, ist das Tom da hinten?«

Mit der Hand zeigte sie zum anderen Ende der langen Bar und ich kniff die Augen zusammen, um etwas zu erkennen.

»Ja, kann sein. Aber ich bin mir nicht sicher.«

»Doch, ich glaube, das ist er«, sagte sie und wedelte mit ihrem Arm herum wie eine Wilde. »Hey, Tom«, brüllte sie in dem Versuch, die Musik und die Stimmen zu übertönen. Doch Tom, von dem wir nicht wussten, ob er es überhaupt war, tat gar nicht dergleichen. »Toooom!«, versuchte sie es erneut und hing mit ihrem

Oberkörper so auf dem Bartresen, dass ihre Oberweite auf der anderen Seite fast herunterfiel. »Tooohoooom!!!«

Die Augen verdrehend lenkte ich meinen Blick in eine andere Richtung. Ich liebte meine beste Freundin, aber in angetrunkenem Zustand konnte sie zuweilen echt peinlich werden.

Aus dem Augenwinkel sah ich, wie der Typ weiter hinten endlich den Kopf hob und zu uns sah. Seine Miene erhellte sich und er winkte zurück. Was jedoch nicht hieß, dass es wirklich Tom war. Aber das schien Helene egal zu sein. »Das isser«, rief sie vergnügt, nachdem der Kerl mit einer Kopfbewegung angedeutet hatte, dass wir in diese Richtung zu gehen hatten.

»Ich ruf Fabian einfach an und frag, wo sie sind.«

»Ja gut, okay. Das ist auch eine Idee.« Meine Freundin gab sich geschlagen und trank ihren Cocktail aus.

Ich tat es ihr gleich, nippte in mehreren Schlucken, bis das Glas leer war, damit ich es gleich nicht durch die Menschenmenge balancierten musste wie Baby ihre Wassermelone. Meine Hüften wiegten sich im Takt der Musik, während ich mein Telefon aus der Tasche angelte und entsperrte. Für einen kurzen Moment leuchtete das Begrüßungsdisplay auf und gleich darauf wurde der Bildschirm wieder schwarz. »Scheiße, Akku alle«, stellte ich frustriert fest und stöpselte das Handy an eine Powerbank, damit es wieder etwas Saft bekam.

»Ist doch egal, wir wissen ja jetzt, in welche Richtung wir müssen. Los komm, ich will mit Tom tanzen.«

»Mit Tom? Echt jetzt?«

»Jaaa, wenn ich es doch sage. Bestimmt ist er ein begnadeter Tänzer. Ich meine, hallo? Hast du dir im Freibad neulich seinen Körper angeschaut?«

Lachend schüttelte ich den Kopf. »Nee, hab ich nicht und ich weiß auch nicht, was ein begnadeter Körper mit den Fähigkeiten eines Tänzers zu tun hat.«

»Ach, du hast keine Ahnung, damals warst du noch immun für solche Reize. Du wirst schon sehen, dass ich mit ihm im Mamboschritt über die Wiese fege.«

Freundschaftlich knuffte sie mich in die Seite, während wir uns einen Weg durch die Partymeute bahnten.

Schon von Weitem erkannte ich Fabian an seiner Statur. Mit dem Rücken zu uns stand er als Teil einer größeren Gruppe etwas abseits. Sein Lachen hörte ich bis hierher, ich würde es überall erkennen. Und es würde mir jedes Mal, wie jetzt auch, eine Gänsehaut bescheren.

Tom hatte uns schon entdeckt und ... hatte er mir gerade zugezwinkert?

Je näher wir der Gruppe kamen, umso schneller schlug mein Herz und es setzte ein paar Takte aus, als Fabian sich umdrehte und ein Strahlen über sein Gesicht huschte. Die Bierflasche in seiner Hand fiel mir erst auf, als mein Blick an ihm hinabglitt. Die oberen Knöpfe seines weißen Leinenhemdes waren geöffnet und gaben ein gutes Stück seiner Brust frei, an die ich mich heute Morgen noch geschmiegt hatte. Er trug khakifarbene Shorts und dazu passende Sneaker. Mit wenigen Schritten war er bei mir, zog mich schwungvoll in seine Arme, wobei das Bier in der Flasche gefährlich schwappte.

»Hey, nicht so stürmisch, Kapitän«, flachste ich, bevor seine Lippen meinen Mund mit einem festen Kuss verschlossen.

»Hi, Baby«, raunte er und ich roch das Bier, von dem er anscheinend schon zur Genüge intus hatte. Okay, heute hatten wir wohl beide zu tief ins Glas geschaut, denn auch ich schwankte leicht.

»Keine Segelschuhe heute, Herr Kapitän? Da bin ich einmal nicht da, und du greifst tatsächlich zu stinknormalen Sneakern?«, neckte ich in weiter und biss übermütig, aber trotzdem vorsichtig, in seine Unterlippe.

Fabian lachte auf und kniff mich mit seiner freien Hand in Po. »Komm du mir nach Hause, du kleine Matrosin. Dann werde ich dir zeigen, warum es gar nicht gut war, dass wir den halben Tag getrennt waren.« Sein Blick verdunkelte sich und abermals fanden seine Lippen meine. Seine Zunge drang tief in meinen Mund ein, nahm ihn in Besitz, dass ich ungehemmt aufstöhnte.

»Ey, nehmt euch ein Zimmer, das kann sich ja niemand mit ansehen«, grölte Tom im Hintergrund und meine beste Freundin stimmte mit einem »Genau!« mit ein. Da hatten sich wohl zwei gefunden.

»Regt euch ab«, knurrte mein Freund, legte einen Arm um meine Schulter und küsste mich noch einmal auf die Wange, bevor wir zu den anderen gingen. »Schön, dass ich dich endlich wiederhabe.«

Tom, Helene und einige andere, von denen ich ein paar kannte, standen in einem großen Kreis abseits des ganzen Partytrubels.

»Habt ihr keine Lust, zu tanzen?«, fragte ich in die Runde und blickte zu Helene, die heimlich immer wieder zu Tom schielte. »Tom, ich glaube, Leni wollte dich unbedingt im Mambo über die Wiese zerren.« Ein Kichern begleitete meine Worte, auf die ich einen giftigen Blick und ein gezischtes »Blöde Kuh« erntete.

»Was? Pf, ich kann nicht tanzen, da muss ich dich enttäuschen. Ich kann aber anderweitig mit dir Grashalme zum Wackeln bringen.«

Tom zuckte aufreizend mit den Augenbrauen und beim Beobachten dieses Schauspiels klopfte ich mir vor Lachen auf die Schenkel.

»Äh, nee. Lass mal. Ich bin zum Tanzen hergekommen, nicht zum Vögeln.« Helene zog eine enttäuschte Schnute.

»Habt ihr den Film mitgeschaut?«, fragte ich in die Runde und alle schüttelten den Kopf.

»Nur das Ende«, sagte der Kameramann schließlich. »War geil, wie die da unten getanzt haben.«

»Aber hallo«, meinte Helene und ahmte einen der typischen Schritte aus dieser Szene nach.

»Schade, dann habt ihr leider verpasst, wie an einer bestimmten Stelle der Ton abgedreht wird, weil das Publikum mitspricht. Das ist immer wieder atemberaubend«, schwärmte ich von diesem Moment, der inzwischen schon wieder fast zwei Stunden her war.

Irgendwer kam mit einer neuen Runde Bier und Sekt. Fabian trank schnell aus und griff nach einer neuen Flasche, um einen kräftigen Schluck zu nehmen. Da hatte aber jemand Durst ...

»Danke, ich hole mir erstmal ein Wasser.« Kopfschüttelnd lehnte ich den Sekt ab. Für heute hatte ich wirklich genug Alkohol getrunken und ich wollte nicht wieder diejenige sein, die nicht wusste, wie sie ins Bett gekommen war.

Auf Zehenspitzen stehend drückte ich Fabian einen Kuss auf die Schläfe, bevor ich mich auf den Weg zu Bar machte. »Bin gleich wieder da«, hauchte ich in sein Ohr.

Ich bestellte mir gleich zwei Gläser Mineralwasser, wovon ich eines in einem Zug austrank. Das zweite nahm ich mit. Als ich zurückkehrte, war die Stimmung sehr ausgelassen. Alle waren irgendwie be- oder zumindest angetrunken. Das Niveau der Scherze sank zunehmend, dass ich immer mal wieder den Kopf schüttelte.

Es war Tom, der plötzlich für Stille sorgte, als er einen Hundert-Euro-Schein aus seiner Hosentasche zog und Fabian entgegenstreckte.

»Hier«, sagte er.

Fabian schien verwirrt und auch ich konnte der Aktion nicht folgen. »Was? Häh? Was soll ich damit? Ich hab selber Kohle«, ranzte er seinen Kumpel an und schlug die Hand mit dem Geldschein weg. Doch Tom ließ nicht locker und hielt ihm den Schein erneut vor die Nase.

»Du weißt schon wofür, Fab.« Sein hämisches Grinsen glitt von Fabian zu mir, dass mir eisige Schauer über den Rücken rieselten.

»Spinnst du? Nein, weiß ich nicht.« Fabian machte einen Schritt nach vorn und verschränkte die Arme vor der Brust.

»Du hast also allen Ernstes unsere kleine Wette vergessen?« Toms Stimme hatte sich verändert und klang wenig freundlich. Geradezu aufwiegelnd feixte er und ließ mich dabei nicht aus den Augen.

Ich wich seinem Blick aus und sah stattdessen in die Runde, in der die meisten beschämt zu Boden sahen oder unbeteiligt an ihren Bierflaschen nippten. Was zur Hölle sollte das hier werden? Mein Puls beschleunigte sich und ich beschloss, einzuschreiten.

»Was auch immer das zwischen euch ist, der Zeitpunkt ist wohl schlecht gewählt, um das zu klären«, versuchte ich, die Stimmung etwas zu lösen. Sanft griff ich nach Fabians Oberarm, drückte vorsichtig meine Finger in seine Muskeln, die merklich angespannt waren.

»Oh, ich denke, der Zeitpunkt könnte nicht besser sein«, höhnte Tom weiter. »So jung kommen wir schließlich nie wieder zusammen. Und jetzt nimm die verdammte Kohle, Fab. Du hast schließlich gewonnen.«

Mit einer schnellen Handbewegung steckte Tom den Geldschein in die Brusttasche von Fabians Hemd, den er jedoch sofort wieder herauszog und Tom vor die Füße warf.

»Ich weiß, was du vorhast. Aber das wird nicht funktionieren«, sagte er seelenruhig und nahm mich wieder in den Arm. Mein Herz schlug bis zum Hals. Die Situation war grotesk und so feindselig, dass ich doch wieder an der Freundschaft zwischen den beiden zweifelte. »Lass uns gehen, Süße. Hier ist alles gesagt.«

Ich warf einen fragenden Blick zu meiner besten Freundin, die ziemlich unbeholfen neben Tom stand und mit den Schultern zuckte.

Noch bevor wir zum Gehen ansetzen konnten, holte Fabians angeblich bester Kumpel erneut zum Gegenschlag aus.

»Ich nehme mal an, der feine Herr hat seiner Angebeteten nicht erzählt, dass der halbe Sender darum gewettet hat, wer die kleine unbeholfene Klatschreporterin zuerst flachlegt, hm? Hab ich recht, Herr Saubermann? Das war's dann wohl mit deinem Image.« Tom spuckte Fabian die Worte regelrecht vor die Füße und erst nach und nach realisierte ich, was er da gerade sagte.

Unweigerlich löste ich mich aus Fabians Arm und trat ein paar Schritte zurück. »Stimmt das?«, flüsterte ich und spürte den Kloß in meinem Hals.

»Merle, lass mich das erklären«, versuchte Fabian, mich zu beschwichtigen.

»Oh, Entschuldigung, du hast wohl nicht gewusst, dass du für ein bisschen Kohle hier hineingezogen wurdest? Das tut mir wirklich leid, Merle-Perle.«

Ich war den Tränen nahe und hörte wie durch einen Wattebausch Gesprächsfetzen. »Halt die Fresse, Tom!« Es war Fabian, der da schrie.

Der Fabian, von dem ich bis vor wenigen Sekunden noch dachte, dass ich mein gesamtes Leben mit ihm verbringen würde. Der Fabian, der all das auf einer Lüge aufgebaut hatte, wie sich nun herausstellte.

»Merle, hör nicht auf ihn«, rief er und griff nach meiner Hand, die ich jedoch schnell wegzog.

»Lass mich in Ruhe«, zischte ich, während die ersten Tränen über meine Wangen rollten.

»Merle, o Gott, bitte, hör nicht auf das Arschloch.«

Doch das Arschloch setzte noch einen drauf. »Nicht, dass du denkst, du bist nur hundert Euro wert, Merlchen. Wir haben um fünfhundert gewettet und so wie Fab in den letzten Wochen gestrahlt hat, scheinst du jeden verdammten Cent wert gewesen zu sein.«

Ich hörte Tom nicht mehr zu. Stattdessen erfasste mich Taubheit, die mich in eine Art Trance versetzte. Durch den Tränenschleier sah ich Fabian, der wie ein Verrückter auf Tom losging und ihm mit der Faust mitten ins Gesicht schlug.

»Rede nie wieder so über meine Freundin, hast du verstanden? Nie wieder! Du widerliches Arschloch!«, brüllte er und schlug noch einmal zu, dass Tom zu Boden sackte. Sein immer noch hämisches Lachen brannte sich in mein Hirn.

Das hier passiert nicht in echt, versuchte ich mir einzureden, *es ist ein schlechter Traum und ich wache gleich auf.*

Doch anstatt aufzuwachen, nahm ich am Rande wahr, wie die beiden Kampfhähne noch weiter aufeinander losgingen.

Eine Wette ... mit der kleinen Klatschreporterin in die Kiste springen ... Mein Kopf dröhnte und lähmte mich zusätzlich. Wie konnte ich nur so verdammt blind gewesen sein? Wie hatte ich zulassen können, dass das passierte? Dass *mir* das passierte? Wo ich doch nie vorhatte, mich zu verlieben!

Alle waren damit beschäftigt, Fabian und Tom auseinanderzubringen, und niemand nahm mehr Notiz von mir. Immer wieder flogen die Fäuste und üble Beleidigungen, Gläser und Flaschen fielen zu Boden.

Ich wusste nicht einmal mehr, ob es überhaupt noch um diese verkackte Wette ging. Alle brüllten durcheinander und ich verstand kein Wort.

»Du hast keine Freundin mehr«, flüsterte ich kaum hörbar und ging einfach. Niemand würde es bemerken, weil alle mit sich zu tun hatten.

Ich setzte einfach einen Fuß vor den anderen. Wie ferngesteuert lief ich über die Wiese und ließ den Tumult hinter mir. Erst als ich hörte, wie jemand panisch meinen Namen rief, begann ich zu rennen, bis ich unten am Elbufer war. Für einen Augenblick blieb ich stehen, sah nach links und rechts und musste mich entscheiden, welche Richtung ich einschlagen sollten.

Ich drehte mich nach links und rannte, als ginge es um mein Leben, während mein Herz drohte, meine Brust zu sprengen. Wie in Trance spürte ich die kleinen Steine, die ich beim Rennen wegkickte, den Wind, der mir lau ins Gesicht wehte und meine Frisur ruinierte. Die Rufe hinter mir blendete ich aus. Stattdessen hörte ich, wie mein Herz in tausend Stücke zerbrach. Und ich wusste, ich würde es nie mehr zusammenpuzzeln können.

Doch im Moment wollte ich nur eins: schnell weg von hier.

Es war vorbei.

Kapitel 31

Noch immer drangen Geräuschfetzen der Aftershow-Party in meine Ohren und mischten sich mit meinem rasenden Herzschlag. Fast hatte ich das riesige Gelände passiert, als ich mit dem rechten Fuß auf einen größeren Stein trat und umknickte.

»Scheiße«, fluchte ich und ging in die Knie. Doch der Schmerz, den ich erwartet hatte, blieb aus. Vermutlich, weil ich vollgepumpt mit Adrenalin durch die Dunkelheit jagte.

»Merle, bleib doch stehen«, hörte ich in einiger Entfernung und drehte mich um. Ich sah Fabian, der über die Wiese gerannt kam wie ein Irrer.

»Scheiße, Scheiße.« Ich war nicht bereit für eine Konfrontation mit ihm. Ganz und gar nicht. Nicht nach dem, was sich da eben vor versammelter Mannschaft abgespielt hatte.

Ich rappelte mich auf und lief, so schnell ich konnte, weiter. Die Brücke war fast in Reichweite, dahinter würde ich mich irgendwo verstecken können.

Das Handy in meiner Tasche klingelte ununterbrochen. Ich schätzte, es war Helene, die zusätzlich zu Fabian auf der Suche nach mir war.

Alles war auf einmal aus dem Ruder gelaufen. Während ich rannte und mein eigenes Keuchen hörte, versuchte ich zu rekapitulieren, was passiert war. Tom war ein Arschloch, das stand fest und da war ich ausnahmsweise der gleichen Meinung wie mein Freund. Also Ex-Freund. Vor einer Woche hatte Tom mir ordentlich Honig ums Maul geschmiert, um mich in Sicherheit zu wiegen, nur um es heute so richtig eskalieren zu lassen. Ich hatte das kampflustige Blitzen in seinen Augen gesehen und auch die Art, wie er mit mir gesprochen hatte, hatte mich frösteln lassen.

Dass Fabian da mit drinsteckte, schockierte mich am meisten. Wie hatte ich mich so in ihm täuschen können? Warum hatte er es nicht einfach bei einem One-Night-Stand belassen? Viel schlimmer aber war, dass ich so naiv gewesen war, mich von ihm um den kleinen Finger wickeln zu lassen.

Mein Herz wummerte wie ein Vorschlaghammer in meiner Brust. Mein Kopf war leer. Meine Gedanken drehten sich, dass mir schwindelig wurde.

Mit letzter Kraft schleppte ich mich unter der Brücke durch, um gleich darauf hinter dem Pfeiler Schutz zu suchen. Ich lehnte mich an den kühlen Sandstein, der mich für einen Augenblick beruhigte, bevor mich mit aller Wucht erfasste, was gerade passiert war. Fest drückte ich die Hand vor meinen Mund, um die Schluchzer zu ersticken, die mich schüttelten. Tränen rannen in Sturzbächen über mein Gesicht, brannten sich heiß in meine Wangen.

Ich hatte nie vorgehabt, mich zu verlieben, aus Angst davor, verletzt zu werden. Jetzt war genau das eingetreten und es zerriss mich innerlich. Mein Magen krampfte sich schmerzhaft zusammen bei den Gedanken an das vertraute Verhältnis zu Fabian. Er hatte es geschafft, mich in Sicherheit zu wiegen, und ich war voll darauf reingefallen. Auf eine beschissene Wette.

Weinend rutschte ich an der Mauer des Brückenpfeilers nach unten und setzte mich schließlich ins Gras, zog die Knie an und stütze meinen Kopf darauf ab. Ich ließ meinen Emotionen freien Lauf und spürte die Wut in mir aufwallen, die sich pulsierend zum Adrenalin in meinem Blut mischte. Wütend auf Fabian grub ich meine Finger ins Gras und riss es büschelweise aus, während die Worte von vorhin durch meinen Kopf spukten.

Viel wütender war ich jedoch auf mich selbst. Ich hätte es besser wissen müssen. Mir hätte klar sein müssen, dass es nicht gut gehen konnte. Das ging es doch nie. In irgendeiner Form wurde einem immer wehgetan.

Mein Handy klingelte ohne Unterlass. Helene.

Mit der Hand wischte ich mir die Tränen von den Wangen und nahm schniefend das Telefonat an.

»Ja?«, sagte ich leise, bevor meine Stimme erneut brach.

»Mensch, Merle! Wo bist du?«, rief sie panisch am anderen Ende. »Wir suchen dich.«

»Ist das wichtig?«

»Hallo? Natürlich? Du bist einfach weggelaufen. Wo steckst du? Ich komm zu dir.«

»Nein, lass mal. Ich muss mich erst einmal sortieren und das auf die Reihe kriegen, was da vorhin passiert ist.«

»Okay. Aber du musst unbedingt mit Fabian reden. Er ist völlig außer sich, macht sich Sorgen um dich und sucht dich.«

»Na und? Soll er doch suchen. Ich will nichts mehr mit ihm zu tun haben.« Ich spürte, wie meine Stimme zitterte. Der Kloß im Hals wurde wieder größer und erschwerte mir das Sprechen.

»Merle«, meine Freundin holte tief Luft. »Bitte rede einfach mit ihm. Gib ihm die Chance, das zu erklären.«

»Ich wüsste nicht, was es da zu erklären gibt. Er ist genauso ein Arsch wie sein ach-so-bester Kumpel.« Verbittert lachte ich auf.

»Sagst du mir wenigstens, wo du bist, damit ich mir keine Sorgen machen muss?«

Während Helene mit mir sprach, angelte ich mir ein Taschentuch und schnäuzte geräuschvoll.

»Merle!«, ermahnte sie mich, weil ich nicht geantwortet hatte.

»Hinter der Brücke. Ich gehe gleich nach Hause. Und da bleibe ich dann auch. Keine Partys mehr. Keine Kerle.«

»Ach Mensch, Süße. Sag mir bitte, wenn ich dir helfen kann, ja?«

»Ja. Aber jetzt möchte ich gern alleine sein, verstehst du? Mir war das alles zu viel und ich muss erst einmal damit klarkommen.«

»Das verstehe ich natürlich. Falls es dich interessiert, Tom ist auf dem Weg ins Krankenhaus. Fabian hat ihm dermaßen eins übergebraten, dass er eine Platzwunde überm Auge hat. Verdient hat er es auf jeden Fall.« Etwas gehässig kicherte sie am anderen Ende.

»Und? Soll ich jetzt stolz auf Fabian sein? Es ist mir vollkommen egal. Von mir aus können sie sich prügeln, bis sie grün und blau sind. Es interessiert mich nicht.«

»Hätte ja sein können. Immerhin ... Also, Fabian und du ... ihr seid, also ihr wart ein wirklich schönes Paar. Und ich hab es dir von Herzen gewünscht, dass er der Richtige ist.«

»Ich weiß, Leni. Aber er war nicht der Richtige und dieses Paar gibt es nicht mehr. Es ist vorbei. Ich will nichts mehr mit ihm zu tun haben.«

Erneut wurde ich von Schluchzern geschüttelt, dass die letzten Worte nur abgehackt meinen Mund verließen. Schnell verabschiedete ich mich, legte auf und steckte das Telefon wieder in meine Tasche.

All die wunderschönen Momente, die wir gemeinsam erlebt hatten, geisterten durch meine Gedanken. Auf einmal spürte ich seine Hände auf meiner Haut, als wäre er hier. Ich fühlte seinen Mund auf meinen, diese sanften, atemberaubenden Küsse, von denen man wollte, dass sie ewig und viel länger dauerten. Mit den Fingern fuhr ich über meine Lippen, die bebten. Wie hatte ich nur so blind sein können?

Ich hatte keine Ahnung, wie lange ich hinter dem Brückenpfeiler im Gras gesessen hatte. Mein Mund war trocken, meine Wangen fühlten sich ganz heiß an, obwohl ich fröstelte. Ich sollte aufbrechen und nach Hause gehen. Ein Fabian Brandl war es nicht wert, dass ich mir eine Blasenentzündung einfing.

Nur noch einen Moment wollte ich in mich hineinhören. Hören, was mein Herz sagte. Was es mir riet. Doch es schwieg beharrlich und ruhte schwer in meiner Brust.

Also rappelte ich mich auf, wischte mir übers Gesicht und klopfte den Dreck von meinem Rock ab. Erst jetzt fiel mir auf, dass die Aftershow-Party vorbei zu sein schien, es war Ruhe eingekehrt an der Elbe. Beklemmende Ruhe, die mich in sich einspann, wie eine Spinne ihre Beute im Netz.

Gerade als ich mich umdrehte und loslaufen wollte, prallte ich gegen festen Widerstand. Ich erschrak höllisch, mein Herz rutschte panisch wummernd eine Etage tiefer und ich schrie auf, als ich spürte, wie etwas meine Oberarme packte. Alles drehte sich und ich konnte keinen klaren Gedanken fassen. Reflexartig ballte ich meine Hände zu Fäusten, um sie gleich darauf wieder zu öffnen und mit der rechten Hand meinem Angreifer ins Gesicht zu schlagen, der sofort zurückwich.

Wie durch Watte hörte ich meinen Namen, während ich um mich schlug und versuchte, loszulaufen. Doch mein Körper schien sich in einem Schockzustand zu befinden und meine Füße bewegten sich keinen Zentimeter.

»Nein«, schrie ich und unternahm einen letzten Versuch zu flüchten. Langsam, ganz langsam reagierte mein Körper. Abwehrend hob ich die Arme vor mein Gesicht und begann zu rennen. Stolperte über meine eigenen Füße, rappelte mich wieder hoch und lief weiter.

»Merle!«, hörte ich den Angreifer rufen und wunderte mich, dass er meinen Namen kannte. Folgte er mir? Hektisch drehte ich mich um und sah ihn noch immer am Brückenpfeiler stehen.

Abrupt stoppte ich. Atemlos stützte ich mich mit den Händen auf den Knien ab. Meine Atmung rasselte und schnürte mir den Brustkorb fest zusammen, dass es wehtat. Mein Keuchen zerschnitt die Stille der Nacht, genau wie die Rufe nach mir.

»Merle! Warte doch mal.«

Ich kannte diese Stimme. Und auch den Angreifer. Wie zähflüssiger Ahornsirup sickerte die Auflösung in meine Hirnwindungen. Es war Fabian.

»Lass mich in Ruhe!«, schrie ich, während erneut Tränen über mein Gesicht liefen. »Ich bin fertig mit dir.«

Er setzte sich in Bewegung und kam mit langsamen, fast schon bedächtigen Schritten auf mich zu. »Lass es mich erklären. Bitte.« Das Flehen in seiner Stimme entging mir nicht. Auch nicht, dass er die Distanz zwischen uns schnell verringerte. Alles in mir schrie nach Flucht. Doch wie angewurzelt blieb ich stehen. Ich hatte keine Ahnung, was gleich passieren würde, wenn er mir gegenüberstehen würde. Aber innerlich fühlte ich mich gewappnet, dem ganzen irrsinnigen Spektakel die Krone aufzusetzen.

Gleich darauf stand er unmittelbar vor mir. Er sah mitgenommen aus, hatte ein blaues Auge und eine aufgeplatzte Lippe. Sein helles Hemd hatte ganz schön gelitten und sah aus wie nach einem mittelalterlichen Ritterkampf, zerrissen und dreckig.

»Du hast einen ganz schönen Schlag drauf, alle Achtung.« Unsicher zuckten seine Mundwinkel nach oben, während er sich an die Wange fasste, auf die ich ihn vorhin geschlagen hatte, als ich ihn noch für einen Irren hielt, der nach meinem Leben trachtete.

Auf seine Bemerkung ging ich nicht ein. »Was willst du?«, krächzte ich stattdessen.

»Mit dir reden, Merle. Ich muss dir wohl einiges erklären, es tut mir so leid«, brachte er mühsam hervor.

Ich verschränkte die Arme vor der Brust, in der Hoffnung, das würde mein Herz beruhigen. Es konnte sich nicht entscheiden, ob es sich überschlagen oder einfach aussetzen sollte, oder in die Hose rutschen oder ausbrechen. Eines war jedoch sicher: Es war gebrochen und ich hatte keine Ahnung, ob es je wieder ganz werden würde.

»Gib dir keine Mühe. Es ist alles gesagt«, zischte ich, darum bemüht, das Zittern meiner Stimmbänder zu unterdrücken.

»Eben nicht. Es ist überhaupt nicht alles gesagt«, erwiderte er.

»Hat es euch wenigstens Spaß gemacht, mich an der Nase herumzuführen? Hm? Seid ihr auf eure Kosten gekommen?« Aus zusammengekniffenen Augen funkelte ich ihn angriffslustig an. Ich bebte und spürte den Kloß im Hals.

»Ich habe dich nicht an der Nase herumgeführt«, sagte Fabian kleinlaut.

»Aber du hast gewettet, mich ins Bett zu kriegen? Ich kann nicht fassen, dass du so mies drauf bist, ehrlich.«

Fabian sah mich nur an. Anstatt zu antworten, sich zu verteidigen, fing er meinen Blick auf und hielt ihn fest. Doch es nützte nichts.

»Habe ich nicht. Also Tom hatte ...«

»Gab es eine Wette oder nicht?«, unterbrach ich ihn barsch.

»Ja. Aber es nicht so, wie du ...«

»Danke. Mehr muss ich wirklich nicht wissen. Erspar mir die Details, Fäääb.«

»Es war allein Toms Idee.« Wenn das der klitzekleine Versuch einer Rechtfertigung war, so ging der voll nach hinten los.

»Das interessiert mich nicht. Ihr habt gewettet, wer von euch Idioten mich zuerst in die Kiste zerrt. Das ist unterste Schublade.«

»So war es nicht ... Wenn du mir doch nur einmal zuhö...«

»Hör mal, Mister Feingefühl-wie-eine-Bratpfanne, ich habe keine Ahnung, was du bei dieser Scheiß-Wette gewonnen hast. Aber ich hoffe doch sehr, dass es sich gelohnt hat für das, was du gerade verlierst.«

Ich wollte weg. Weg von ihm, bevor ich es mir anders überlegte. Bevor mein Herz erneut zersprang und in Kleinteilen zu Boden rieselte.

»Nicht, Merle. Tu das nicht«, flehte er geradezu.

Doch ich ließ ihn hinter mir. Setzte einen Fuß vor den anderen und spürte mit jedem Schritt den Schmerz, der sich immer tiefer in meine Seele grub.

»Merle! Wir waren doch ...«

Ein letztes Mal blieb ich stehen und blickte verächtlich über meine Schulter.

»Es gibt kein *wir* mehr, Fabian. Es hätte perfekt werden können, wenn wir es zugelassen hätten. Aber es hat nicht sein sollen. Das ist okay, weißt du. Geh Wolken zählen oder schließe hanebüchene Wetten mit deinen tollen Freunden ab. Es ist mir egal.«

Ich beschleunigte meine Schritte, als ich merkte, dass er mir folgte.

»Es tut mir so unendlich leid«, rief er atemlos und ich schenkte ihm einen letzten Blick in seine funkelnden Augen.

»Es muss dir nicht leidtun. Wirklich nicht. Dass ich dir vertraut habe, ist ganz allein meine Schuld. Nicht deine.«

Bevor mich ein erneuter Tränenrausch erfasste, drehte ich mich um und ging. Ich ließ ihn einfach stehen.

Erst als ich sicher war, dass er mir nicht folgte, wurde ich langsamer und atmete tief durch. Ein Cocktail aus verschiedensten Emotionen rauschte durch mich hindurch. Angst mischte sich mit Wut und brachte mein Blut zum Übersprudeln, als hätte man mir tonnenweise Brausepulver verabreicht. Ärger über mich selbst rang im Wettstreit mit bloßem Entsetzen über Fabian.

Man konnte sich von einer Sekunde auf die andere von einem Menschen, dem man sein Herz auf dem Silbertablett serviert hatte, entfernen. Es ging ganz schnell. Die Enttäuschung musste nur groß genug sein.

Kapitel 32

Der Morgen dämmerte bereits und tauchte die Stadt in zauberhaftes Licht. Eine Mischung aus Rot, Rosa, Blau und Orange färbte den Himmel, als ich endlich zu Hause war.

Stundenlang war ich durch die Gegend gelaufen, in der Hoffnung, das Gedankenchaos in meinem Kopf zu sortieren. Erfolglos. Mein schlimmster Albtraum war wahr geworden und ich wollte nur noch eines: Mich in meinem Bett verkriechen, weinen und tonnenweise Schokoladeneis essen.

Unendliche Müdigkeit hatte mich gepackt. Meine Füße schmerzten, als wäre ich über Reißzwecken gelaufen. Doch sie schafften es nicht, den Schmerz, der in mir wütete, zu übertönen.

Fabian hatte mir in den letzten Stunden zig Nachrichten geschickt. Jede einzelne hatte ich ungelesen gelöscht. Ich hatte es regelrecht zelebriert, sie aus dem Chat zu eliminieren.

Auch Helene hatte sich mehrfach nach mir erkundigt. Und schon wieder kündigte mein Telefon eine Nachricht von ihr an.

Helene: Wie geht's dir, Süße? Wo bist du?

Merle: Zu Hause. Im Bett.

Helene: Gut. Hast du mit Fabian gesprochen? Habt ihr euch vertragen?

Merle: Vertragen? Spinnst du? Er hat mich nach Strich und Faden verarscht!

Helene: Okay, verstehe. Ich nehme an, du hast ihm nicht zugehört.

Merle: Nein. Und das war auch nicht nötig. Ich bin wieder Single. Und dieses Mal bleibe ich das auch.

Helene: Meinst du nicht, dass du vielleicht ein klitzekleines bisschen überreagierst? Also nur ein wenig, nicht viel …

Ich verdrehte die Augen. Als wäre das Desaster mit Fabian nicht schon schlimm genug, begann jetzt auch noch meine beste Freundin, meine Entscheidung anzuzweifeln. Was kam noch alles?

Merle: Auf wessen Seite stehst du eigentlich?

Helene: Auf deiner. Das solltest du eigentlich wissen! Trotzdem finde ich, du hättest ihm wenigstens die Chance geben können, sich zu erklären.

Merle: Das war nicht nötig. Es war alles gesagt. Und damit ist das Thema für mich vom Tisch.

Helene: Okay. Akzeptiere ich, aber verstehen muss ich dich nicht … Falls du Schokoladeneis-Nachschub brauchst, sag Bescheid.

Der letzte Satz besänftigte mich wieder etwas. Trotzdem pfefferte ich das Telefon ans Fußende des Bettes und zog mir die Decke über den Kopf. Ich wollte nichts mehr sehen. Nichts mehr hören. Und am liebsten auch nichts mehr denken.

Aber Pustekuchen. Immer wieder tauchte Fabian in meinen Gedanken auf. Sein geschundenes Gesicht. Der verletzte Blick, als ich ihn einfach hatte stehen lassen.

Hatte Helene recht und ich hatte überreagiert? Nein, verdammt. Er hatte bekommen, was er verdient hatte. Und das war gewiss nicht ich. Ich wollte nicht mit jemandem zusammen sein wegen einer blöden Wette.

Doch, meldete sich leise eine Stimme in meinem Kopf zu Wort. *Es ist genau das, was du eigentlich willst. Also nicht wegen der Wette. Aber du willst mit ihm zusammen sein, weil er dir die Liebe gezeigt hat. Weil er dich hat spüren lassen, wie es ist, begehrt und geliebt zu werden. Genau das willst du.*

»Nein, verdammt«, schluchzte ich laut auf und presste mein Gesicht ins Kopfkissen, das sofort die Feuchtigkeit der Tränen aufnahm.

***

Am Montag passierte noch etwas, was ich zwar dringend brauchte, was mich aber zusätzlich völlig aus der Bahn warf. Ich rief Harald an und meldete mich krank. So etwas hatte ich noch nie getan. Noch nie!

»Ist alles in Ordnung?«, fragte er mich, nachdem ich ihm erzählt hatte, dass mich schreckliche Kopfschmerzen plagten. Das war nicht einmal gelogen.

»Ja, natürlich. Es ist nur diese furchtbare Migräne. In ein paar Tagen ist das vorbei und ich bin wieder im Einsatz.«

»In Ordnung. Wenn Sie es hinkriegen, würde ich mich natürlich trotzdem freuen, wenn der Artikel über die Filmnächte pünktlich auf meinem Tisch landet. Genauso wie die Kolumne.«

Hmpf. Die Filmnächte lagen mir so schwer im Magen, es fühlte sich an, als hätte ich viel zu viel gegessen und wäre unfähig, auch nur einen Schritt zu tun.

»Ja, gleich morgen setze ich mich ran«, versprach ich und rieb mit der flachen Hand über mein Gesicht. Noch hatte ich keine Ahnung, wie ich diesen Abend, der in einer einzigen Katastrophe für mich geendet hatte, in Worte fassen sollte, sodass es ansprechend für unsere Leser war.

»Dann gute Besserung«, sagte mein Chef sanftmütig. »Wann kann ich wieder mit Ihnen rechnen?«

»Ich gehe davon aus, dass ich am Donnerstag wieder fit bin. Danke für Ihr Verständnis, Harald.«

Dann legte ich auf und verkroch mich, wie so oft in den letzten zwei Tagen, wieder unter meiner Bettdecke. Nichts sehen und nichts hören war genau das, was ich wollte. Keine Außenwelt. Keine Anrufe. Keine Nachrichten.

Letzteres stellte sich unmöglich heraus. Denn sowohl Helene als auch Fabian bombardierten mich regelrecht damit.

Helene: Hörst du Fabians Nachrichten eigentlich ab?

Merle: Nein! Wieso sollte ich?

Helene: Vielleicht weil er dir darin erklärt, was wirklich passiert ist?

Merle: Ist mir aber egal. Alle schon gelöscht.

Parallel meldete sich Fabian zu Wort und ich wechselte zwischen zwei Chats.

Fabian: Rede mit mir! Bitte!

Merle: Es war doch alles gesagt.

Fabian: Nein, war es nicht. Bitte hör dir einfach meine Sprachnachrichten an, anstatt sie zu löschen. Okay?

Dann wendete ich mich wieder meiner Freundin zu:

Merle: Sag mal, kann es sein, dass du meine Nachrichten an ihn weiterleitest?

Helene: Was? Wie kommst du auf so einen Quatsch?

Merle: Woher soll er sonst wissen, dass ich seine Nachrichten lösche?

Die Punkte im Chat hüpften, doch Helenes Antwort dauerte etwas.

Helene: Ja, gut, okay. Ich habe ihn parallel in der Leitung. Er macht sich große Sorgen und noch größere Vorwürfe. Er möchte einfach nur, dass du ihn anhörst.

Okay. Das wurde mir jetzt langsam zu viel. Wieso stand Helene mit Fabian in Kontakt?

Merle: Aber ich möchte das nicht. Sag ihm einfach, er soll das akzeptieren und mich in Ruhe lassen.

Helene: Sag mal, ich bin doch nicht dein Sprachrohr. Sag ihm das selbst.

Merle: Ach? Aber für Fabian sprichst du?

Helene: Ach komm, Merle. Jetzt mach mal keinen Elefanten aus der Mücke. Du wirst sehen, nach einem Gespräch renkt sich alles wieder ein.

Merle: Hier renkt sich gar nichts wieder ein, ich bin kein Chiropraktiker. Und jetzt möchte ich mich bitte wieder verkriechen!

Helene: Sorry, ich war wohl etwas zu forsch. Aber ich kann es nicht mit ansehen, wie du alles hinwirfst und jemanden vor den Kopf stößt, der dich echt mag.

Merle: Entschuldigung angenommen. Aber hör bitte auf, mir einzureden, dass ich etwas falsch mache, okay!

Helene: In Ordnung. Aber richtig machst du es leider auch nicht …

Es führte doch zu nichts. Wieder fragte ich mich, auf wessen Seite meine beste Freundin stand. Frustriert stöhnte ich auf und legte das Telefon auf den Nachttisch, drehte mich um und schloss die Augen, in der Hoffnung, etwas Ruhe zu finden.

Doch sobald ich das tat, flammte Fabian vor mir auf. In meinen Träumen grinste er mich verwegen an, strich mir über die Wange, sagte mir, dass er mich liebte und dass ich all das mit Tom und der Schlägerei nur geträumt hatte.

***

Am Dienstagabend riss mich das penetrante Klingeln an meiner Wohnungstür aus meiner Lethargie, an die ich mich fast schon gewöhnt hatte.

Heute Vormittag hatte ich es geschafft, ein paar Zeilen für den Artikel zu schreiben, aber die Worte wollten einfach nicht so leicht wie sonst aus meinen Fingern fließen. Also hatte ich den

Laptop schnell wieder zugeklappt und war zurück ins Bett gekrochen, was in den letzten Tagen irgendwie mein Zufluchtsort geworden war.

Fabians Nachrichten waren weniger geworden, nachdem ich ihm nicht mehr antwortete. Aber das war mir ganz recht.

Noch immer wütete der Schmerz in mir. Doch langsam mischte er sich mit unbändiger Sehnsucht. Sehnsucht nach dem, was ich vor wenigen Tagen verloren hatte. Bei jedem Gedanken an ihn krampfte sich mein Herz zusammen. Und es tat doppelt und dreifach weh, ihm zu verbieten, wonach es sich so sehnte.

Wieder klingelte es schrill und ich wälzte mich doch aus dem Bett, um an die Tür zu schlurfen und die Gegensprechanlage zu betätigten.

»Ja?«, murrte ich.

»Mach auf, schnell!« Es war Helene, die klang, als wäre sie gerade einmal um die äußeren Grenzen der Stadt gerannt.

Wenige Augenblicke später stürmte sie ohne ein »Hallo« an mir vorbei direkt ins Wohnzimmer.

»Uh, sag mal, wann hast du das letzte Mal gelüftet? Und überhaupt, wie siehst du eigentlich aus? Bist du im Bridget-Jones-Modus?« Mit gerümpfter Nase musterte sich mich vom Haaransatz bis zu den Zehenspitzen, mehrmals, bevor sie das Dachfenster aufriss und theatralisch tief Luft holte.

»Was?«, fragte ich irritiert.

»Merle, draußen sind fünfunddreißig Grad. Hier drinnen vermutlich noch mehr und es riecht wie im Wildgehege. Also wirklich, hör auf, dich so gehen zu lassen«, forderte sie mich streng auf und begann, meine verkrusteten Kaffeetassen einzusammeln, die seit Tagen ihr Dasein auf Tischen und Kommoden fristeten. »Zieh diesen Fellpyjama aus und geh verdammt noch mal duschen! Und Beeilung, hopp, hopp!«

»Warum? Was willst du, Leni?«

»Mach einfach, okay?«

Ich nickte und trottete ins Bad. Widerwillig zog ich den Schlafanzug aus und warf ihn in den Wäschekorb. Ich duschte schnell und wusch mir die Haare, die ich mir nach dem Abtrocknen klitschnass zu einem wirren Knoten zusammenband. Ich warf mir ein frisches Schlafshirt über und ging wieder ins Wohnzimmer, wo Helene etwas zu essen und den Fernseher angemacht hatte. *City TV*. Ganz toll.

»Und, fühlt sich gleich viel besser an, oder?«, strahlte sie mich an, als würde sie eine Dreijährige loben.

»Geht so. Kannst du den Fernseher bitte ausmachen?«

Doch anstatt meiner Bitte Folge zu leisten, schüttelte sie den Kopf. »Setz dich hin und iss erst einmal etwas. Ich hab mir erlaubt, ein paar belegte Brote zu machen. Und ich habe Wein mitgebracht.« Demonstrativ schwenkte sie eine Flasche Weißwein vor meiner Nase hin und her. »Ach, und der Fernseher bleibt an.«

»Ich nehme nur den Wein bitte, hab keinen Hunger«, grummelte ich, während ich die Fernbedienung suchte, die meine Freundin gleich darauf in der anderen Hand in die Luft hielt.

»Wein gibt es nur in Zusammenhang mit Schnittchen und fernsehen.«

Ich holte tief Luft und gab mich geschlagen. Schließlich musste ich ja nicht hinsehen. Umständlich rückte ich mich auf dem Sofa so zurecht, dass ich über die Schulter hinweg zum Bildschirm sehen musste, was ich ja aber ohnehin nicht wollte.

»Das war's mit den News. Und jetzt, meine Damen und Herren, das Wetter. Wie immer mit unserem fabelhaften Fabian Brandl«, hörte ich die Nachrichtensprecherin sagen und wusste, obwohl ich sie nicht sah, dass ihre Wangen dabei gerötet waren und sie verlegen grinste. Ich nahm einen großen Schluck Wein und verschluckte mich heftig, hustete und prustete. Helene klopfte mir auf den Rücken.

»Sieh hin«, befahl sie mir in einem Ton, den ich so von ihr nicht kannte. »Sieh genau hin!«

Mit geschlossenen Augen atmete ich ein paar Mal tief ein, bevor ich meinen Blick auf den Fernseher richtete, wo Fabian gerade auftauchte. Gewohnt gut gekleidet und mit diesem speziellen Fernsehlächeln. Doch heute wirkte es nicht echt. Es erreichte seine Augen nicht, die müde und traurig aussahen.

Ihn zu sehen versetzte mir einen Stich ins Herz. Ganz so, als würde jemand einen Dolch mitten hineinstechen und ein paar Runden herumdrehen. Der Schmerz über das, was er mir angetan hatte, flammte stärker wieder auf.

»Was siehst du?«, wollte Helene wissen und langsam nervte sie mich mit ihrer Samariter-Tour.

»Was soll ich schon sehen, hm?«, erwiderte ich patzig.

»Siehst du die Schatten unter seinen Augen?«

»Du meinst das Veilchen? Und die Schürfwunde an der Augenbraue? Und den Riss an der Oberlippe?« Tatsächlich sah Fabian ziemlich ramponiert aus. Das Veilchen leuchtete blau-gelb, obwohl es bestimmt ordentlich überschminkt worden war.

»Nein, ich meine die Augenringe. Er hat seit Tagen nicht geschlafen, weil er sich so große Vorwürfe macht, Merle.«

»Das erwähntest du bereits, aber das ist nicht mein Problem«, sagte ich genervt. Ich wollte nicht hinsehen. Ich wollte nicht sehen, wie er krampfhaft in die Kamera lächelte und das Wetter vorhersagte.

»Er leidet wie ein angeschossener Hirsch, Merle. Er ist am Ende. Du musst mit ihm reden!«

»Angeschossener Hirsch? Echt jetzt? Mich erinnert er eher an ein verstörtes Rehkitz, das wohl in jugendlichem Leichtsinn gegen einen Baum gerannt ist.« Betont gleichgültig zuckte ich mit den Schultern. Doch etwas in mir regte sich. Anscheinend litt er genauso wie ich. Und auch wenn ich keine Ahnung hatte, warum er litt, erfüllte es mich mit Genugtuung.

»Oh, komm, jetzt mach aber mal einen Punkt, Merle. Hör auf mit diesem scheiß Selbstmitleid. Er hat Mist gebaut, ja. Aber das gibt dir nicht das Recht, ihn dermaßen mies zu behandeln. Du hörst ihn ja nicht einmal an! Das ist echt bescheuert.«

Autsch. Helenes Ansprache saß. Für einen langen Moment war es still. Ganz still, weil sie den Fernseher endlich ausgeschaltet hatte.

»Ich kann seine Stimme nicht hören«, gab ich ein paar Minuten später leise zu. »Das weckt zu viel Erinnerungen in mir, die ich nicht haben will. Verstehst du?« Tränen hatten sich in meinen

Augenwinkeln gesammelt und begannen, über meine Wangen zu rollen.

»Ach, Süße, natürlich verstehe ich das«, sagte sie sanft und zog mich in eine Umarmung. »Aber findest du nicht, dass er es verdient hat, dir wenigstens seinen Standpunkt mitzuteilen?«

»Hat er das nicht schon oft genug getan in den letzten Tagen?«

»Ja, hat er. Unzählige Male. Aber du hast dir keine einzige seiner Nachrichten angehört. Ruf ihn an, okay? Bitte. Tu es für deinen Seelenfrieden.«

Mit eindringlichem Blick redete sie auf mich ein, während mein Gedankenkarussell wieder ordentlich Fahrt aufgenommen hatte. Fabians Lachen, seine Berührungen, seine kraftvolle Stimme ... Er fehlte mir. Er fehlte mir so unglaublich. Aber er hatte ein Loch in mein Herz gerissen. Und ganz egal, was er von nun an anstellen würde, er würde es nicht kitten können. Da war ich mir ganz sicher.

Ich schüttelte schließlich den Kopf. »Nein. Es ist vorbei, Leni. Da gibt es nichts mehr zu besprechen. Ein Telefonat würde nichts ändern. Im Gegenteil. Es würde alles nur schlimmer machen. Er ist genauso ein Arschloch wie dieser Tom.«

Resigniert warf Helene die Hände in die Luft. »Okay, verstehe. Weißt du was? Dann scheiß auf ihn. Und warte darauf, dass eines Tages jemand kommt, der es besser macht. Aber hör auf, dich in Selbstmitleid zu suhlen und jammere mir nicht irgendwann die Ohren voll, dass er vielleicht doch die bessere Wahl gewesen wäre.«

Meine beste Freundin nahm wie immer kein Blatt vor den Mund. Manchmal war es genau das, was ich brauchte. Ob das jetzt auch zutraf, wusste ich nicht genau.

»Okay«, sagte ich schließlich. »Schön, dass du da bist, Leni. Das hilft mir ungemein.«

Zwar hatte ich keinen Freund mehr. Aber meine beste Freundin und mich würde nichts und niemand auf dieser Welt auseinanderbringen.

Kapitel 33

Es tat immer noch höllisch weh, dass Fabians Taten bewiesen hatten, dass seine Worte nichts wert gewesen waren. Doch ich hatte es irgendwie geschafft, mich aus meinem Tief wieder aufzurappeln.

Der Artikel über den Wetterfrosch war – sehr zu meinem Leidwesen – ein voller Erfolg geworden und hatte die Auflage der Zeitschrift enorm erhöht.

In den letzten Wochen hatte ich mich in die Arbeit gestürzt und versucht, alles zu vergessen, was passiert war. Aber jedes Mal, wenn ich dachte, ich sei über den Berg, kicherte mein Herz, streckte mir die Zunge raus und sagte »Denkst'e«. Denn tief in mir drin war da noch immer diese unbändige Sehnsucht nach diesem einen bestimmten Gefühl, das Fabian in mir ausgelöst hatte. Dieses Gefühl, das das Herz höherschlagen ließ, das einem Flügel verlieh und gleichermaßen erdete. Das dafür sorgte, dass man sich geborgen fühlte. Und begehrt.

Und es schmerzte, dass ich meinem Herzen verbieten musste, wonach es sich so sehr sehnte.

»Schön, dass es dir wieder besser geht.« Kai und ich waren gerade auf dem Rückweg in die Redaktion. Wir hatten einen

Außentermin zum Interview und er hatte wie immer die Fotos für den Artikel gemacht.

Für einen Moment war ich versucht, abzustreiten, dass es mir jemals schlecht gegangen war. Doch das würde nichts nützen, Kai kannte mich besser. Wir arbeiteten von Anfang zusammen und waren gut befreundet. Er würde wissen, wenn ich log.

»Hm.«

»Er hat dir ganz schön zugesetzt, oder?«

»Ging so.«

»Ist nicht dein Thema, was?«

Ich schüttelte lediglich den Kopf.

»Ist okay. Lass uns über etwas anderes reden. Hat der Chef mit dir schon über den Presseball geredet?«

Jetzt nickte ich. Hatte er. Obwohl ich ihm versichert hatte, dass ich keinen Fuß auf diese Veranstaltung setzen würde, hatte er mich dazu verdonnert, hinzugehen und Augen und Ohren offenzuhalten. Kai würde mich begleiten und Fotos schießen.

»Begeisterung sieht anders aus«, monologisierte er weiter, während ich stoisch aus der Frontscheibe starrte.

»Ich hab ehrlich gesagt keine große Lust, dahinzugehen. Vielleicht kann ich jemand anderen überzeugen, meinen Job dort zu übernehmen.«

Kai lachte auf und lenkte seinen Wagen geschickt in die enge Einfahrt zur Tiefgarage, die sich unter dem Redaktionsgebäude befand. »Ach komm schon. Erstens wird Harald dem nicht zustimmen und zweitens bist du doch darüber hinweg.«

Ach ja? War ich das?

Garantiert lief dort alles aus der Unterhaltungsbranche auf, was Rang und Namen hatte. Zeitung, Film, Fernsehen ... die ganze Hautevolee der Stadt wäre zugegen. Und ganz bestimmt ließ es sich auch Fabian nicht nehmen, sich dort zu zeigen. Nein danke, darauf konnte ich gut verzichten.

»Ich rede nachher mit ihm.«

»Okay. Es sind ja noch zwei Wochen Zeit. Bis dahin fließt noch reichlich Wasser die Elbe hinunter.« Mein Kollege zwinkerte mir zu, bevor wir ausstiegen und zum Fahrstuhl liefen, um schweigend in unsere Etage zu fahren.

Eine Stunde später war klar, dass ich keine Wahl haben würde, und ich hielt die Freikarte für den Ball in der Hand. Kai zog grinsend die Augenbrauen hoch, als ich frustriert zurück zu meinem Schreibtisch trottete.

»Hab ich dir doch gesagt. Aber keine Sorge, das wird schon. Bist ja nicht alleine«, sagte er tröstend und klopfte mir freundschaftlich auf die Schulter.

Vielleicht hatte ich ja Glück und wurde krank oder so.

»Und jetzt guck nicht so griesgrämig, das steht dir überhaupt nicht, Merle.« Damit überließ mich Kai dem Chaos auf meinem Schreibtisch.

Zu allem Übel schickte Fabian genau in diesem Moment eine Nachricht. Zwar waren sie weniger geworden, doch was er schrieb, brach mir jedes Mal aufs Neue mein Herz. Sicher tat er das nicht mit Absicht, und immerhin hatte ich mir abgewöhnt, seine Meldungen ungelesen zu löschen.

Fabian: Ich weiß, dass du mich hasst. Trotzdem bist du der erste Gedanke, den ich morgens habe, und abends der letzte, an den ich denke. F.

Geräuschvoll sog ich Luft in meine Lungen, als wäre ich gerade zwanzig Kilometer im Sprint gerannt und legte das Telefon zur Seite. Ich stütze die Ellenbogen auf dem Tisch ab und legte mein Gesicht in meine Hände, spürte das Beben in meinen Gedanken. Konnte er nicht einfach damit aufhören? Mein Herz setzte für einen Moment aus, um gleich darauf holpernd weiterzuschlagen. Es war nicht möglich, meine Gefühle für ihn einfach abzuschalten. Noch immer war ich ihn verliebt. Und obwohl mein Kopf genau wusste, dass ich das nicht sein sollte, sah mein Herz das anscheinend völlig anders.

Seufzend versuchte ich, mich auf die Arbeit zu konzentrieren, was mir nur mäßig gut gelang. Immer wieder las ich seine Worte, sah ihn dabei vor mir. Sein verschmitztes Grinsen, bevor er mich küsste.

»Argh«, stieß ich aus und rappelte mich zusammen. Genug der Gefühlsduselei. Dann ging ich eben zu diesem bescheuerten Presseball. In Kais Begleitung war es sicher nur halb so schlimm. Ich war sogar gespannt, wie er im Anzug aussehen würde.

***

»Ein Ball, wie schön!«, rief Helene begeistert. Wir saßen mit Wein und Käse auf meinem kleinen Balkon. Sie hatte es aufgegeben, mich weiter zu bearbeiten, was Fabian betraf. Sie, die an die große Liebe glaubte und hoffnungslos romantisch war, hatte aufgehört, mir die Liebe schmackhaft zu machen. Das rechnete ich ihr hoch an.

»Hm. Geht so«, murrte ich.

»Was ziehen wir denn an?«

»Wir?«

»Also du. Hast du schon ein Kleid? Lässt die Redaktion einen Obolus für ein neues springen? Ist ja quasi Arbeitskleidung.«

Wir lachten beide auf. »Wohl eher nicht. Ich habe nur ein Abendkleid im Schrank hängen. Das schwarze.«

Ich hatte dieses Kleid genau einmal getragen. Vor zwei Jahren, als Helene und ich Karten für den legendären Hutball ergattert hatten.

»Aber das ist perfekt. Du sahst so umwerfend darin aus«, schwärmte sie und gemeinsam begannen wir, in Erinnerungen an diesen Abend zu schwelgen.

»Weißt du, ob Fabian da sein wird?«, fragte sie nach einer Weile völlig unvermittelt und warf mich damit wieder ins Hier und Jetzt.

»Keine Ahnung.«

»Was wirst du tun, wenn du ihn siehst?«

Ich zuckte mit den Schultern. »Nichts?«

»Nichts? Sicher?«

»Ich schätze, ich werde ihm aus dem Weg gehen. Außerdem bin ich mit Kai dort, der passt schon auf mich auf.«

»Der blonde Surfertyp aus der Redaktion?« Plötzlich hatten Helenes Augen diesen besonderen Glanz. Sie waren weit geöffnet, ihre Pupillen vergrößert und reflektierten das Licht der Abendsonne.

Ich lachte auf. »Kai, der Fotograf. Ich weiß nicht, ob er ein Surfertyp ist.«

»Na zumindest sieht er so aus. Die Haare immer bisschen auf halb acht, sportlich, braun gebrannt. Ist der nett?«

»Soll ich ihm deine Nummer geben?«

»Um Gottes willen, bloß nicht! Wie sieht das denn aus?«

»So, als ob du ihn kennenlernen wolltest.«

»Nein. Äh, also, vielleicht. Aber nein, lass mal. Dinge müssen sich entwickeln und die Liebe kommt zu mir, weißt du. Ich spüre es.« Sie schloss ihre Augen und hielt ihr Gesicht in den lauen Sommerwind.

»Du spinnst total, aber ich hab dich lieb. Du bist die verrückteste Freundin, die ich je hatte«, kicherte ich.

»Ich bin die einzige Freundin, die du hast«, korrigierte sie mich. »Und jetzt Modenschau. Los, zieh mal den Fummel über, damit wir überlegen können, wie wir dich für den Ball so pimpen können, dass dem Wetterfrosch die Zunge aufs Parkett fällt.«

»Kann ich dich vorher noch um einen Gefallen bitten?«

»Alles, was du willst.«

»Könntest du in den nächsten Tagen meine Sachen bei Fabian abholen?« In der Zeit, die ich bei ihm verbracht hatte, hatte ich einiges an Klamotten und Kosmetikartikeln bei ihm gelagert.

»Klar, das kann ich machen. Kein Problem. Ich setze mich mit ihm in Verbindung.«

»Danke dir, das hilft mir sehr. Ich sag ihm Bescheid.«

»Was? Du nimmst Kontakt mit ihm auf?«, feixte sie und die Ironie in ihrer Stimme blieb nicht unbemerkt.

»Ich bin erwachsen und sage ihm lediglich Bescheid, dass du vorbeikommst, um meine Sachen abzuholen. Genauso sage ich ihm das.«

»Das bezweifle ich. Also dass du erwachsen bist ... Aber wir lassen das mal so stehen und widmen uns der Modenschau.«

Zwei Stunden später stand mein Styling für den Presseball fest. Zufrieden und mit viel zu viel Prosecco im Magen lag ich in meinem Bett und war hellwach. Meine Gedanken drehten sich im Kreis, wieder und wieder ging mir der ganze bisherige Sommer durch den Kopf. Seine Worte, seine Berührungen, unsere gemeinsamen Unternehmungen ... Langsam griff ich nach meinem Handy und las Fabians letzte Nachricht. Mir wurde warm ums Herz, und ich war mir nicht sicher, ob es vom Alkohol kam oder an ihm lag.

Mein Puls pochte wie wild, als ich das Tastaturfeld öffnete und begann, ihm eine Nachricht zu schreiben. Die erste seit Wochen.

Merle: Hi. Helene würde demnächst mal bei dir vorbeikommen und meine Sachen abholen. Wenn das okay ist. Gruß, Merle

Mein Zeigefinger schwebte mehrere Sekunden über dem Senden-Button, bevor ich die Nachricht schließlich abschickte und mir gleich darauf mit der flachen Hand auf die Stirn schlug. Wie bescheuert war das eigentlich? »Ich habe eine Wassermelone getragen« war im Gegensatz zu dem, was ich geschrieben hatte, die reinste Liebeserklärung.

Und gerade als ich überlegte, die Nachricht zu löschen, hüpften die Punkte. Es war zu spät, er hatte sie bereits gelesen und beschlossen, gleich zu antworten.

Fabian: Warum sollte es nicht okay sein?

Merle: schreibt ... schreibt ... schreibt ... Hätte ja sein können.

Fabian: Es ist in Ordnung, wenn sie vorbeikommt. Auch wenn ich es schön gefunden hätte, wenn du deine Sachen selber abholst. Dann hätten wir nochmal reden können.

Nicht. Schon. Wieder.

Fabian: Wie geht's dir?

Merle: Gut. Und dir?

Fabian: Nicht so berauschend, wie du dir vielleicht vorstellen kannst …

Recht so. Leiden sollte er. Die Metapher mit dem angeschossenen Hirsch kam mir in den Sinn und ließ mich bitter auflachen.

Fabian: Du fehlst mir.

Ich schluckte gegen das flaue Gefühl in meiner Magengegend an. Ob ich wollte oder nicht, mir rollten Tränen über die Wangen, die ich wütend mit der Hand wegwischte. Noch immer besaß er das unvergleichliche Talent, mein Herz da zu packen, wo es am meisten schmerzte.

Doch wenn ich ganz ehrlich zu mir selbst war, musste ich mir eingestehen, dass er mir auch fehlte. So sehr, dass es wehtat. Mir fehlte sein Lachen, seine starken Hände, die mich hielten und streichelten, seine ganze Art, mit mir umzugehen.

Na genau, und mit der hat er es versaut, meldete sich das kleine Teufelchen auf meiner linken Schulter, das dem Engelchen auf der rechten feixend den Mittelfinger zeigte.

Das war doch alles zum Mäusemelken. Warum macht einen die Liebe so angreifbar und verwundbar? Und warum musste alles im so furchtbar kompliziert sein?

Merle: Ich melde mich nochmal und sag dir Bescheid, wann Helene vorbeikommt.

Fabian: Okay.

Merle: schreibt ... schreibt ... schreibt ... schreibt ... löscht ... legt das Handy weg ...

Mindestens fünf Mal hatte ich die letzten Nachrichten durchgelesen und jedes Mal brach mein Herz aufs Neue. Die Enttäuschung über falsch getroffene Entscheidungen wog noch immer viel zu schwer, als dass ich unbefangen mit ihm hätte kommunizieren können. Schließlich hatte er mir deutlich vor Augen geführt, dass ich für die Liebe oder das Führen einer Beziehung nicht gemacht war.

Seufzend versuchte ich, in den Schlaf zu finden. Doch es war unmöglich, weil ständig Fabians bernsteinfunkelnde Augen vor mir auftauchten. Ich hörte ihn lachen, konnte fühlen, wie er mich berührte. Es machte mich ganz verrückt, dass ich mich in meinem Bett hin und her wälzte, in der Hoffnung, ich könnte ihn so aus meinen Gedanken vertreiben.

Schnell schrieb ich Helene noch eine Nachricht, dass sie in den nächsten Tagen bei Fabian meine Sachen abholen konnte und bedankte mich nochmal dafür bei ihr. Was er gesagt hatte, wollte sie wissen. Natürlich war sie neugierig ... Kurz umriss ich den Inhalt meiner Unterhaltung mit meinem Ex-Freund und damit gab sie sich zufrieden. Sie bot mir am Ende sogar an, sich selbst mit Fabian in Verbindung zu setzen, um einen Zeitpunkt abzusprechen, wofür ich ihr noch dankbarer war. So musste ich nicht noch einmal mit ihm Kontakt aufnehmen.

Dabei willst du genau das, erinnerte mich das Engelchen auf der rechten Schulter und streckte dem Teufelchen auf der anderen Seite triumphierend die Zunge heraus.

Ich sollte schlafen. Ganz dringend. Schlafen und keinen Gedanken mehr daran verschwenden, was war, sondern mich darauf konzentrieren, was noch vor mir lag.

Der Presseball war ein riesiges Event und auch wenn meine Gefühle sehr gemischt waren, weil ich Angst hatte, Fabian dort zu begegnen, so freute ich mich dennoch auf diesen Abend.

Kapitel 34

»Wow, du siehst aus wie ein Pinguin«, kicherte ich, als ich Kai erblickte. Der Smoking stand ihm hervorragend. Doch der Anblick war so ungewohnt wie Tiefschnee im Hochsommer. Lachend hakte ich mich bei ihm unter, um zum Auto zu gehen, das er in einer Seitenstraße geparkt hatte.

»Du siehst auch ganz passabel aus«, konterte er feixend.

Das schwarze Kleid mit Neckholder-Verschluss floss weich an den Konturen meines Körpers hinab bis zu meinen Knöcheln. Meine Füße steckten in silberfarbenen High Heels, die mich Kopf und Kragen kosten würden, wenn ich mich nicht aufs Gehen konzentrierte. Meine rotblonden Haare hatte ich locker im Nacken zusammengesteckt, ein paar Strähnen herausgezupft und mich dezent geschminkt.

Für Anfang September war es immer noch ziemlich warm, sodass ich das Jäckchen gar nicht brauchen würde, das ich vorsichtshalber mithatte.

Kai chauffierte uns ins Hotel Bellevue, wo die Veranstaltung stattfand. Mein Herz flatterte, als er den Wagen geparkt hatte und mir elegant die Tür aufhielt.

»Darf ich bitten?« Augenzwinkernd streckte er mir seine Hand entgegen, die ich dankbar ergriff. »Zitterst du?«

»Ein bisschen vielleicht. Die Aufregung ...«

Er nickte und half mir beim Aussteigen.

»Ich pass schon auf dich auf, Kollegin.«

»Lieb von dir.«

Vorsichtig setzte ich einen Fuß vor den anderen, während ich innerlich diese Schuhe, die den Begriff gar nicht verdient hatten, verfluchte.

Kurz vor dem Eingang stoppte ich. Das Herz schlug mir bis zum Hals, meine Hände waren feucht. »Wenn *er* da ist, gehe ich sofort wieder«, flüsterte ich mit bebender Stimme.

Kai legte seinen Arm um meine Schultern und schüttelte den Kopf. »Das wirst du nicht tun, Merle. Zeig ihm einfach die kalte Schulter und mach deinen Job, okay?«

Geräuschvoll sog ich die Luft ein und nickte. »Okay. Dann los.«

Drinnen schwirrte die Luft. Obwohl der Ballsaal klimatisiert war, war es stickig. Hunderte von Menschen tummelten sich bereits, suchten ihre Plätze, lachten, unterhielten sich, stießen Sektgläser aneinander, dass es nur so klirrte.

Auch ich griff dankbar nach einem Glas, als ein Kellner mit vollbeladenem Tablett an uns vorbeikam.

Kai übernahm die Führung, lotste uns zu unserem Tisch und hielt Small Talk, während ich nicht anders konnte, als meinen Blick nonstop durch den großen Raum gleiten zu lassen. Nahezu jeden Quadratmillimeter scannte ich auf der Suche nach jemand ganz bestimmten. Doch er war nirgends zu entdecken. Erleichtert atmete ich auf und klinkte mich in die Konversation mit unseren Tischnachbarn ein.

Unser Tisch befand sich für meinen Geschmack viel zu nah an der Bühne. Ich vermutete, Kai hatte das so eingefädelt, damit er von hier aus ein paar Fotos machen konnte. Aber gut, eigentlich war es auch ganz egal, wo wir saßen. Die Hauptsache war, dass dieser Abend schnell vergehen würde. Ich fühlte mich unwohl und deplatziert zwischen all den teuren Roben, die heute ausgeführt wurden. All das Geschmeide, aufgesetzte Persönlichkeiten, die aufgespritzten Lippen und gebotoxten Wangen nicht zu vergessen.

Ich gehörte nicht hierher. Hätte mich Harald nicht mit einem Artikel über den Abend beauftragt, wäre ich ganz sicher nicht hier. Aber es gab eine Spendenaktion für chronisch kranke Kinder und deren Eltern. Allein das motivierte mich, durchzuhalten, und ich hoffte, dass ein ordentliches Sümmchen für die Kinder zusammenkommen würde. Harald hatte uns sogar ein nicht geringes Spendenbudget zur Verfügung gestellt.

Ich war inzwischen bei Sekt Nummer drei und mir wurde warm. Mit der Menükarte fächerte ich mir etwas Luft zu.

»Alles in Ordnung?«, wollte meine Begleitung besorgt wissen und ich nickte.

Kai sah wirklich gut aus. Okay, der Smoking war nicht sein Style. Aber seine Haare ragten mal nicht in alle Himmelsrichtungen, sondern waren am Hinterkopf zu einem Zopf gebunden. Sein sonnengebräuntes Gesicht war ein krasser Kontrast zum weißen Hemd. Er war ein komplett anderer Typ Mann als der, den ich in Baggyshorts und luftigem T-Shirt kannte. Aber das war nicht zu seinem Nachteil.

Verstohlen musterte ich ihn von der Seite und verstand plötzlich, was Helene meinte. Kai war kein klassisch schöner Mann. Er war er rau und kantig, aber er hatte etwas, das viele nicht hatten. Charisma und Ausstrahlung.

Während ich überlegte, wie ich es arrangieren konnte, dass Kai und Helene sich über den Weg liefen, brach tosender Applaus los. Das Klatschen donnerte durch den Raum und hallte von den Wänden wider.

Vielleicht sollte ich mal eine kleine Party geben, zu der ich beide einlud, dachte ich mir noch und dann erstarrte ich.

Den Blick geradewegs auf die Bühne gerichtet, spürte ich, wie jegliche Energie aus meinem Körper wich. Obwohl mir gerade noch warm gewesen war, liefen jetzt eisige Schauer über meinen Rücken. Mein Herz setzte für zwei oder drei Takte aus, während sich meine Finger haltsuchend in die Sitzfläche meines Stuhls gruben.

»Denk an die kalte Schulter.« Kai hatte sich zu mir gedreht, eine Augenbraue hochgezogen.

»Du hast es gewusst?«, fuhr ich ihn an, nicht mehr Herrin meiner Sinne.

»Nicht direkt. Aber da du ihn nicht weiter beachten wirst und es dich gar nicht mehr beeindruckt, ihn zu sehen, ist es nicht weiter von Belang, oder?«

Oh, er ahnte gar nicht, was er da sagte. Nicht von Belang. Es war leider so was von Belang.

»Hm, schon klar«, entgegnete ich und reckte trotzig das Kinn nach vorn.

»Genau so, Merle. Bauch rein, Brust raus, Kinn nach vorn.«

Vorsichtig sah ich wieder zur Bühne. Niemand geringerer als Fabian Brandl moderierte diese Veranstaltung und ich hätte es wissen müssen. Ein ärgerliches Schnaufen verließ meine Lippen.

Auch er trug einen Smoking, doch im Gegensatz zu meinem Kollegen glich Fabian in keiner Weise damit einem Pinguin. Im Gegenteil, der schwarze Anzug und die Bauchbinde ließen ihn sehr mondän und edel aussehen. Seine Haare waren akkurat frisiert, ich erwischte mich bei dem Gedanken daran, wie gern ich sie durcheinanderwuscheln würde.

Kalte Schulter, ermahnte ich mich innerlich und hoffte einfach, dass er mich in der Menge der hier anwesenden Gäste einfach übersah. Immer wenn sein Blick durch das Publikum glitt, rückte ich etwas mit, um mich zu verstecken.

Es beeindruckte mich, wie souverän er sprach, und seine Stimme fuhr direkt in meine Magengegend, um den Schwarm Schmetterlinge, der längst eingemottet war, aufzuscheuchen. *Kalte Schulter, kalte Schulter, kalte Schulter ...*

Aus dem Augenwinkel beobachtete ich jede Bewegung, jeden seiner Blicke, der durch die Menge huschte. Und als seine Augen an mir hängenblieben und er für einen Moment ins Stocken geriet, erstarrte ich für eine Sekunde. Geistesgegenwärtig legte ich meine Hand auf Kais Unterarm und beugte mich zu ihm, als würde ich ihm etwas ins Ohr flüstern.

»Er hat mich entdeckt.« Ich lachte, damit es so aussah, als würden wir scherzen und allen Spaß der Welt haben. Aber in mir drin tobte ein Sturm der emotionalen Verwüstung. Panik kroch meine Wirbelsäule empor, ein Schauer jagte den nächsten. Mein Hals wurde schlagartig trocken und ich schluckte heftig dagegen an.

Kai lachte auf und kam mit seinem Gesicht meinem verdammt nahe. »Du machst das super«, brummte er mir direkt ins Ohr, bevor er einen Arm um meine Schulter legte. »Er lässt dich nicht aus den Augen.«

Na prima, das konnte ja heiter werden. Mir wurde flau im Magen, alles drehte sich, als hätte ich zehn von Toms heimtückischen Gin Tonics auf einmal getrunken. Derweil hatte Fabian seine Contenance wieder gefunden und moderierte den ersten Spendenaufruf an, an dem sich zahlreiche Gäste beteiligten.

»Ich glaube, ich kann das nicht, Kai. Mir ist übel und heiß und kalt, vielleicht werde ich krank?«

»Du spinnst ja. Ich würde sagen, du bist immer noch in Mister Loverboy verknallt. Und zwar bis über beide Ohren.«

»Quatsch«, warf ich schnell ein und hoffte, mein Kollege würde nicht näher auf seine Vermutung eingehen.

Er zuckte mit den Schultern. »Also krank siehst du jedenfalls nicht aus.«

Mit aufgeblasenen Wangen stieß ich die Luft aus. Die Vorspeisen waren derweil serviert worden und ich saß vor einem riesigen Teller, der mit einem Teelöffel garniert war, auf dem sich eine Garnele im Reisbett befand.

Es war mir unerklärlich, warum man so etwas nicht in einem kleinen Schälchen anrichten konnte. Ich schüttelte den Kopf und schob meinen Teller, so unauffällig wie es an einem Tisch mit zehn Personen ging, zu Kai.

»Mir ist der Appetit vergangen«, raunte ich. Dankbar nahm er einfach den Löffel und zack, war die Garnele in seinem Mund verschwunden, ehe ich bis drei zählen konnte.

Der zweite Gang wurde serviert, allerdings umfasste der nicht wesentlich mehr als der erste. Doch anders als vorhin wurden jetzt tatsächlich kleine Schälchen gereicht. Eine klare Brühe mit irgendwas. Ich verdrehte die Augen und sah mich schon nach Ende der Veranstaltung beim Asiaten meines Vertrauens den Anker werfen.

»Kannst du auch essen«, sagte ich zu Kai, der nur den Kopf schüttelte.

»Wenn du nichts isst, solltest du lieber auf Wasser umsteigen.« Mit dem Kopf deutete er auf die Gläser, die vor mir standen und wahlweise mit Rot- oder Weißwein gefüllt waren.

»Ja, Papi«, flachste ich und schenkte mir ein Glas Wasser ein, das ich gierig in wenigen Zügen leerte.

Ein Gang nach dem anderen wurde serviert. Ich kostete hier und da, überließ es aber Kai, alles aufzuessen. Er sah so hungrig aus, der Arme. Dankbar schmunzelnd hatte er jeden meiner Teller entgegengenommen. Bis auf den Nachtisch. Diese Mousse au Chocolate sah einfach viel zu verführerisch aus und war für mein angeschlagenes Nervenkostüm genau das Richtige. Löffel für Löffel dieser köstlichen Creme mit einem unvergleichlichen Geschmack nach dunkler Schokolade wanderte in meinen Mund und beruhigte mich. Ich merkte, wie die Anspannung weniger wurde, und ich langsam begann, Fabians Anblick zu ertragen. Ihn anzusehen war jetzt nicht mehr ganz so schlimm wie zu Anfang des Abends. Dass bei jedem zweiten Blick mein Herz ins Flattern geriet, versuchte ich zu ignorieren.

Meinem Ex-Freund ging es wohl ähnlich. Es schien ganz so, als hätte er seine Fassung zurückerlangt. Souverän moderierte er durch den Abend, rief zu weiteren Spenden auf.

Insgeheim musste ich zugeben, dass mir das imponierte. Seine Art, die Gäste mitzureißen und für die verschiedenen Aktionen zu begeistern, war wirklich beeindruckend. Erst jetzt verstand ich, was er damit gemeint hatte, dass ihm so etwas Spaß machte.

Das Essen war vorüber und Fabian hielt eine wortgewaltige Laudatio auf hiesige Künstler und Modeschöpfer, die dazu beigetragen hatten, die Veranstaltung zu dem zu machen, was sie war – ein riesiges, buntes Spektakel. All die Damen in ihren schicken, meist knöchellangen und zuweilen sehr ausladenden Roben applaudierten, dass ihre Geschmeide an Hälsen und Handgelenken nur so vor Freude hüpften. Auch die Herren in ihren schwarzen Smokings waren nicht minder begeistert, klatschten und sahen aus wie eine Schar Pinguine.

Eigentlich war es grotesk. Ich war nicht so. Und ganz bestimmt gehörte ich nicht hierher. Ich wäre auch nicht hier, wenn ich nicht den Artikel darüber schreiben sollte. Keine zehn Pferde würden mich auf überkandidelte Events dieser Art bekommen.

Fabian war ganz in seinem Element, fachsimpelte mit den Gästen auf der Bühne über Skulpturen, die überall im Saal verteilt waren. Kommentierte die Modenschau, die im Anschluss stattfand, als hätte er jedes der Kleidungsstücke selbst und mit viel Liebe kreiert.

Anscheinend hatte er ausgeblendet, dass ich hier war. Es musste so sein. Ich hatte ihn anfangs doch aus dem Konzept gebracht, das war deutlich zu sehen gewesen. Nur wäre es mir lieber, er würde stotternd auf der Bühne stehen, weil ich ihn durcheinanderbrachte? Eher nicht, das würde ihm den Moderationsauftrag versauen und alle weiteren erst recht.

Argh, es war zum Mäusemelken.

»Los komm, wir gehen an die Bar. Diesen Scheiß, den die uns als Mode verkaufen, kann ich mir nicht länger anschauen«, brummte Kai und schnappte sich meine Hand. Widerstandslos fügte ich mich. Bar klang gut. Alkoholische Getränke klangen gut.

»Okay, kann ich verstehen. Das letzte sah aus wie eine Einkaufstüte«, kicherte ich hinter vorgehaltener Hand.

Ich bestellte mir einen Aperol Spritz und fand, dass das kräftige Orange hervorragend mit meinem schwarzen Kleid und meinen rotblonden Haaren harmonierte. Auf Schmuck hatte ich, bis auf dezente schwarze Ohrstecker, komplett verzichtet.

Rücklings lehnten wir uns an den Tresen und beobachteten das Spektakel, während die letzten Models ihre Runden drehten.

»Er ist ziemlich professionell«, stellte Kai fest und nickte in Fabians Richtung.

»Warum sollte er das auch nicht sein?« Desinteressiert zuckte ich mit den Schultern, als Kai sich zu mir drehte.

»Jetzt mal ehrlich, Merle. Was ist das zwischen dir und ihm?«

»Hä? Ich weiß gar nicht, was du meinst! Hast du etwa ...? Also bist du in mich ...?« Ich geriet ins Stocken, weil ich nicht recht wusste, worauf seine Fragerei abzielte. Und für einen Moment zog ich tatsächlich in Erwägung, dass es purer Eigennutz sein könnte. Wir verstanden uns gut, mochten uns, arbeiteten gut zusammen. Aber mehr? Direkt nachdem die Worte meinen Mund verlassen hatten, presste ich die Lippen aufeinander.

»Was? O Gott, nein«, stieß er aus und rieb sich mit der flachen Hand über die Stirn. »Also verstehe mich bitte nicht falsch, ich mag dich total. Als Kollegin, weißt du. Also als Freundin auch, aber nicht als so eine Art Freundin ... Du weißt schon, also ...«

Erleichtert atmete ich auf und zog am Glasstrohhalm, der in meinem Getränk steckte. »Lass gut sein. Schön, dass wir das geklärt haben. Mir geht es nicht anders mit dir. Aber kurz dachte ich ...«

Nun mussten wir beide lachen und Kai zog mich in eine spontane, doch ziemlich feste Umarmung. »Du bist schwer in Ordnung, Merle. Und ich hoffe sehr, dass dieser Idiot dort oben«, er nickte wieder Richtung Bühne, »das erkennt und die Kurve kriegt.«

»Ach Kai, das muss er nicht. Ich komm klar, wirklich.«

»Wie du meinst. Dann auf uns Singles.« Er hob sein Longdrinkglas und stieß es vorsichtig gegen meines.

»Japp, auf uns Singles!« Ich trank einen Schluck. »Apropos, du kennst doch Helene, oder?«

»Deine Freundin?«

Am Strohhalm saugend nickte ich. »Ja, genau die. Wie findest du sie eigentlich?«

»Wieso soll ich sie finden? Hast du sie verloren?«

Der letzte Schluck geriet in meine Luftröhre, weil ich über seine freche Bemerkung lachen musste. Ich verschluckte mich so heftig, dass ich die Hälfte meines Getränkes auf mein Kleid schüttete und in die Knie ging. Prustend und nach Luft schnappend versuchte ich, wieder zu mir zu kommen, währende Kai mir auf den Rücken klopfte.

»Du bist ein Spaßvogel«, presste ich mühsam atmend hervor und rappelte mich wieder auf. »Und mein Kleid ist ruiniert, ich muss jetzt leider gehen.« Lachend sah ich an mir hinab und begutachtete den Schaden, der eigentlich gar nicht weiter auffiel. Es war nur ein nasser Fleck zu sehen, der vermutlich getrocknet war, bevor es überhaupt jemand mitbekam.

»Nichts da. Du bleibst schön hier. Ich will noch mit dir tanzen.«

Ausgelassen leerten wir unsere Gläser und warteten darauf, dass der Wetterfrosch endlich sein Mikro abgab und der Band, die bereits im Hintergrund alles aufbaute, den Rest des Abends überließ.

Kapitel 35

Mit tosendem Applaus und ausgelassener Stimmung wurde die Live-Band empfangen. Es dauert keine zwei Minuten, bis die Tanzfläche gefüllt war. Auch ich hatte inzwischen wirklich Lust, das Tanzbein zu schwingen.

Poppige Rhythmen donnerten durch den Saal und ließen alles erbeben. Die Band spielte Coverversionen bekannter Titel, der Sänger hatte eine großartige Stimme. Ich machte mir schnell ein paar Notizen in die App in meinem Handy, bevor ich es wieder wegsteckte und mich zu Kai drehte.

»Tanzen?«, fragte er mich und zog erwartungsvoll eine Augenbraue hoch. Ich fragte mich jedes Mal, wie so etwas funktionierte. Immer wenn ich versuchte, nur eine Augenbraue hochzuziehen, sah ich aus wie ein Hamster, der rücklings aus dem Laufrad geflogen war.

»Gleich. Ich geh mich nur noch mal schnell frisch machen.« Demonstrativ zeigte ich auf die Misere auf meinem Kleid, der nasse Fleck war leider doch noch zu sehen.

»Okay, ich warte hier.«

Ich nickte und machte mich auf den Weg zu den Toiletten, die sich außerhalb des Saals befanden. Gerade als ich die gigantisch große weiße Flügeltür passieren wollte, versperrte mir Fabian den Weg. Genervt verdrehte ich die Augen. Ich war eigentlich dabei gewesen, über alles hinwegzusehen und mir nicht von ihm die Stimmung vermiesen zu lassen. Doch irgendwie war es auch klar gewesen, dass wir uns doch noch über den Weg liefen.

»Lass mich bitte durch«, sagte ich so gelassen, wie es nur irgendwie ging.

»Schön, dich zu sehen, Merle. Du siehst umwerfend aus«, erwiderte er, anstatt auf meine Bitte einzugehen, und sein Blick verhakte sich für den Bruchteil einer Sekunde mit meinem.

»Danke. Kann ich dann jetzt?« Mit einem Nicken Richtung Tür deutete ich an, dass ich einem dringenden Bedürfnis nachzugehen hatte.

Aus dem Augenwinkel riskierte ich einen genaueren Blick auf ihn. Aus der Nähe sah er noch besser aus als auf der Bühne vorhin. Der Smoking verlieh ihm etwas Herrschaftliches, was ihm zweifelsohne gut stand.

»Du bist mit Kai hier?«, wollte er wissen, anstatt mir den Weg freizugeben.

»Ja, bin ich. Wir arbeiten. Und jetzt lass mich bitte durch, Fabian. Ich muss aufs Klo.«

»Okay. Können wir nachher noch mal reden?« Seine Miene glich der eines verwundeten Hundes und mir kam Helenes *angeschossener Hirsch* wieder in den Sinn, der mich schmunzeln ließ. Ich ignorierte mein Herz, das schier durchdrehte und meinen Brustkorb in einen Tanzsaal verwandelte, der dem hier in nichts nachstand. Es holperte und polterte, dass ich kaum Luft bekam.

»Zwischen uns ist doch alles geklärt«, zischte ich dennoch verächtlich und drückte mich an ihm vorbei, um dieser grotesken Situation endlich zu entfliehen. Seinen Körper an meinem zu spüren, ließ mich innerlich aufseufzen und all die Szenen wie einen Film in meinem Kopf ablaufen. Wie wir uns geliebt hatten, wie er mich in Besitz genommen und über Klippen gejagt hatte. Sein unvergleichlicher Geruch nach Duschbad, Aftershave und einfach Fabian stieg mir in die Nase und drohte mir endgültig die Sinne zu vernebeln.

»Ciao«, brachte ich gerade noch heraus und flüchtete, als wäre ich die meistgesuchte Schwerverbrecherin und alle Geheimdienste dieser Welt würden mich jagen.

Ich ließ Fabian einfach stehen, drehte mich nicht um und rannte zur Toilette, wo ich mich tief durchatmend gegen die kühlen Wandfliesen lehnte und versuchte, die Tränen zurückzuhalten. Es dauerte eine Weile, bis ich mich gefangen hatte und wieder in den Saal gehen konnte, um zu tanzen. Genau, ich wollte tanzen. Niemand, erst recht nicht Fabian, konnte mir das verderben.

Hoch erhobenen Hauptes und mit vorgestrecktem Kinn marschierte ich zurück. Die Band begann gerade *Hungry Eyes* zu spielen, als ich Kais Hand schnappte und ihn auf die Tanzfläche zerren wollte. Für einen Moment geriet ich ins Stocken, *Dirty Dancing* war wirklich das Letzte, woran ich denken wollte. Doch dann schüttelte ich mich und schleifte meine Begleitung durch den Saal. Fabian sollte sehen, dass ich auch ohne ihn Spaß hatte. Dass er nicht unersetzlich war.

Aufregung pulsierte durch meine Adern, mischte sich mit Adrenalin und ließ mich fast platzen. Meine Hände zitterten und waren feucht.

»Alles in Ordnung? Du wirkst auf einmal etwas neben der Spur«, bemerkte Kai.

»Ja, ja. Alles bestens. Fabian hat mich vorhin auf dem Weg zum Klo abgefangen. Aber es ist alles okay, ich habe ihn abblitzen lassen.«

»Ach Merle«, seufzte Kai, zog mich in seine Arme und entpuppte sich gleich darauf als sehr einfühlsamer Tänzer. Ich überließ ihm die Führung und ließ mich einfach fallen, gab jegliche Kontrolle ab, und fühlte mich auf einmal ganz leicht. Wie auf einem Bett aus Wolken schwebten wir über das Parkett. Zumindest bis zum ersten Refrain.

Dann stoppte Kai und sah zwischen Bühne und mir hin und her. »Oh, oh. Schau mal«, sagte er schließlich und gab mich frei.

Mir wurde speiübel, als ich sah, wie energisch Fabian auf die Bühne lief, dem Gitarristen etwas ins Ohr flüsterte und sich dann ans Mikrofon begab. Meine Atmung geriet ins Straucheln, sodass ich nach Luft schnappte und automatisch einen Schritt zurückwich.

»Passen Sie doch auf«, ranzte mich eine Dame ein, der ich aus Versehen auf die Füße getreten war.

»Entschuldigung.«

Ich spürte dem Fluchtinstinkt in mir nach, sah mich um und spähte nach dem besten und schnellsten Ausweg. Doch jede Möglichkeit schien unerreichbar in diesem Moment. Die Leadsänger hatte aufgehört zu singen und Fabian freiwillig das Mikro überlassen, während die Musik leiser geworden war.

Alle um mich herum begannen zu klatschen. Sie glaubten wohl, dass das Lied einfach zu Ende war und Fabian den nächsten Veranstaltungshöhepunkt anmoderieren würde. Doch ich ahnte, dass dem nicht so war.

Auch der Rest der Ballbesucher checkte langsam, dass es hier nicht um das Ende eines Songs ging. Der Applaus verstummte, bevor ein Raunen durch die Menschen ging, die aufgehört hatten zu tanzen.

Stocksteif stand ich mitten auf der Tanzfläche, die sich in diesem Moment wie ein Silbertablett anfühlte, auf dem ich repräsentativ angerichtet war. Meine Muskeln waren zum Zerbersten angespannt. Bis in den letzten Nerv spürte ich etwas, das ich nicht benennen konnte. Wut? Hass? Groll? Nichts von dem war vergleichbar mit dem, was gerade ihn mir sein Unwesen trieb.

Langsam, mich nicht aus den Augen lassend, griff Fabian nach dem Mikrofon und stellte sich an den vorderen Rand der Bühne. Sein Blick in meine Richtung war so eindringlich, dass die Leute davor automatisch einen Schritt zurückwichen, als müssten sie ihm Platz machen.

»Gutes tun, das ist die Devise des heutigen Abends«, begann Fabian seine Rede bedeutungsschwanger und erntete einen kurzen Applaus, der nach seiner simplen Handbewegung schnell verebbte. »Den ganzen Abend schon predige ich regelrecht, wie wichtig es ist, Gutes zu tun. Wie wichtig es ist, umsichtig zu sein und auf seine Nächsten zu achten. Doch meine sehr verehrten Damen und Herren, ich muss Ihnen ein Geständnis machen.«

Scheiße. Scheiße. Große Scheiße. Was sollte das werden zur Hölle? Verdammt noch mal, ich war nicht Mittelpunkt dieser bescheuerten Freakshow! Hektisch blickte ich mich um und suchte Kai. Gerade eben war er doch noch hier.

Das Blut rauschte in meinen Ohren und hörte sich an wie das tosende Meer, das einem Orkan trotzte. Mein Herz schlug bis zum Hals, dass ich das Gefühl hatte, es würde meine Adern zum Explodieren bringen. Wie gelähmt sah ich um mich. Ein leerer Kreis hatte sich um mich gebildet, als wüssten nun doch alle, was kam und um wen es ging.

Unbeirrt und mich noch immer mit seinen Augen fixierend fuhr Fabian fort. »Ich habe Mist gebaut. Ziemlich großen Mist sogar, indem ich mich so gar nicht an das gehalten habe, was ich Ihnen heute mit auf den Weg geben wollte, meine Damen und Herren.«

Wieder ging ein Raunen durch die Menge. Im hinteren Teil des Saals brüllte jemand »Komm zum Punkt, ich will tanzen«. Es wäre gelogen, wenn ich diese Meinung nicht teilen würde.

Komm zum Punkt, Fabian, dachte ich ebenfalls, unfähig, meinen Blick von seinem abzuwenden.

Sein Kopf schnellte für einen Moment in die Richtung, aus der der Kommentar gekommen war. »Keine Sorge, wir tanzen gleich wieder. Aber das hier«, damit war er wieder bei mir, zumindest mit seinen Augen, »das hier ist von enormer Wichtigkeit. Als wäre ich ein Teenager, der es nicht besser weiß, habe ich mich auf eine irre Wette eingelassen. Eine Wette, von der ich anfangs dachte, sie sei witzig. Die ich angenommen habe, weil ich in meinem Größenwahn geglaubt habe, dass mir ohnehin niemand widerstehen könnte.«

Einige lachten. Andere schüttelten die Köpfe. Ich hingegen ... stand noch immer wie angewurzelt da und konnte nicht glauben, dass er das hier wirklich tat.

»Doch ziemlich schnell wurde mir klar, dass das der größte Fehler war, den ich je begangen habe. Denn ich habe bei diesem Spiel alles verloren, was mir geschätzt und heilig war.«

»Was denn? 'Ne Schnecke?«, hörte man Stimmen im Hintergrund und ich wünschte mir nichts sehnlicher als ein winziges Schlupfloch im Boden, in dem ich einfach ohne großes Aufsehen verschwinden konnte.

»Ich bin noch neu in Dresden, das wissen Sie sicherlich. Trotzdem fühle ich mich jetzt schon so heimisch und kenne vieles, als würde ich schon Jahre hier wohnen. Ich habe diese Stadt mit all ihren Facetten in mich aufgesogen und zu meiner Heimat gemacht. In diesem Sommer hat mir jemand ganz Besonderes gezeigt, was es bedeutet, selbstlos zu sein. Zu geben, ohne etwas dafür zu erwarten. Momente einfach zu genießen und sich fallen zu lassen.«

Die Frauen im Saal seufzten reihenweise theatralisch, dass mir noch übler wurde. Schwindel packte mich. Haltsuchend streckte ich meine Hände zur Seite aus, doch ich griff ins Leere.

»Diese Person, meine Damen und Herren, steht hier wenige Meter von mir entfernt und will vermutlich nur eines: Vor diesem grausamen Moment der Aufmerksamkeit flüchten. Und das kann ich sogar verstehen. Aber Merle, ich kann nicht anders ...«

Seine Stimme begann zu beben und ich fragte mich, ob es nur mir auffiel. Alle Köpfe ruckten und sahen in meine Richtung, dass es kaum peinlicher sein konnte. Warum tat er mir das an? Warum?

Mir wurde heiß. Meine Wangen glühten, als hätte jemand eine finnische Sauna zu sehr aufgeheizt. Ich spürte, wie sich meine Augen mit Tränen füllten und mein Magen kurz davor war zu rebellieren.

Schnell schloss ich die Augen, versuchte, ruhig zu atmen und ballte die Hände zu Fäusten, in der Hoffnung, dass es half. Schmerzvoll gruben sich meine Fingernägel in meine Handflächen, von Beruhigung fehlte jede Spur. Stattdessen lösten sich die ersten Tränen und rollten quälend langsam über meine Wangen. Es fühlte sich an, als würde die Haut darunter verbrennen.

Schwer schluckte ich dagegen an und versuchte, Fabians eindringlichem Blick standzuhalten.

»Ich würde so gern sagen, mein Baby gehört zu mir. Aber ich weiß nicht, ob ich das verdient habe, nach dem, was passiert ist. Ich weiß nicht, ob ich dich verdient habe, Merle Schön. Ob ich deine bedingungslose Zuneigung verdiene. Ich weiß es einfach nicht. Eines weiß ich jedoch genau und das ist mir leider viel zu spät klar geworden: Ich liebe dich! Und ich werde nicht aufhören, mich bei dir zu entschuldigen, bis du mir zuhörst.«

Die letzten Worte sagte er nur noch ganz leise und doch donnerten sie wie eine Kanonensalve durch den Raum. Pendelten wie ein Echo von einer Wand zur anderen. Jagten durch meinen Kopf wie ein Pfeil, der sich in meine Hirnwindungen bohrte. Und alles, was ich behielt, war »ich liebe dich«.

Ich gab mir keine Mühe mehr, die Tränen zurückzuhalten. Er konnte es ausnutzen, mich vor hunderten von Menschen bloßzustellen. Es auskosten, dass ich kaum eine Fluchtmöglichkeit hatte. Doch es würde ihm nichts nützen. Gar nichts.

Durch den Tränenschleier hinweg sah ich, dass auch Fabian sich mit der Hand über die Wange wischte und wieder zum Mikrofon griff.

»Schon den ganzen Abend sehe ich dich. Und jedes Mal, wenn du lachst, sehe ich den Rest meines Lebens vor mir. Ich bin nicht perfekt. Ich mache Fehler. Viel öfter, als mir lieb ist. Aber dich in mein Leben zu lassen, dein ansteckendes Lachen zu hören, war die beste Entscheidung, die ich je getroffen habe.«

Im Saal war es totenstill. Hier und da schluchzte jemand auf. Ich versuchte, Kai auszumachen. Doch ich konnte ich ihn nirgendwo entdecken. Er hatte gesagt, er würde mich beschützen. Genau davor hätte er mich beschützen sollen! Wo war er, verdammt noch mal?

»Liebe heißt nicht, jemanden zu finden, mit dem man leben möchte. Liebe heißt vielmehr, jemanden zu finden, ohne den man nicht leben kann. Und ich kann ohne dich nicht leben, Merle. Ich habe es versucht, aber ich kann es nicht einmal halb so gut wie mit dir. Es tut mir unendlich leid, was passiert ist und wenn ich auch nur den Hauch einer Chance hätte, es ungeschehen zu machen, glaub mir, ich würde es sofort tun.«

Langsam schüttelte ich den Kopf. Meine Lippen formten ein stummes »Hör auf« und ich hoffte, dass mein flehender Blick ihn erreichte.

Doch er machte einfach weiter und setzte dem ganzen Desaster förmlich die Krone auf.

»Vorhin sagte ich, ich liebe dich. Doch das stimmt nicht ganz. Denn du bist so viel mehr für mich, als diese drei Worte es je ausdrücken könnten. Bitte vergib mir. Ich kann nicht ungeschehen machen, was passiert ist. Aber ich wünsche mir nichts mehr, als dass ich dir zeigen kann, wer ich wirklich bin. Bitte!«

Seine Stimme wurde mit den letzten Worten immer brüchiger und immer öfter wischte er sich fahrig mit der Hand über die Stirn. Um mich herum murmelten die Leute.

»Geh, schnapp dir den Traummann«, hörte ich von Frauen.

»Was für ein Schlappschwanz«, sagte ein Mann irgendwo weiter hinten.

Fabian übergab das Mikrofon wieder an den Sänger der Band, bevor er sich behände von der Bühne aufs Parkett schwang. Warum zur Hölle musste er das machen? Die Gäste machten ihm bereitwillig Platz, als er langsam, Schritt für Schritt auf mich zukam. Näher und näher.

Mir stockte der Atem und um mich herum drehte sich alles. Ich wollte das nicht. Ich wollte nicht hier sein. Ich wollte nicht Teil dieses Spektakels sein.

Mit jedem Schritt, den Fabian auf mich zukam, wich ich zurück. »Bitte nicht«, flüsterte ich flehentlich, als er vor mir stand und mich voller Erwartung ansah. Dieses Bernsteinfunkeln in seinen Augen, das selbst durch den Tränenschleier nicht an Intensität verlor. Es nahm mich gefangen und erst zu spät merkte ich, dass er seine Hände auf meine nackten Schultern gelegt hatte. Unter seinen Berührungen zuckte ich zusammen, als hätte man mich mit flüssiger Lava übergossen. »Bitte nicht, Fabian, ich kann das nicht.«

Meine Stimme war nur mehr ein Hauch ihrer selbst. Wie in Trance nahm ich wahr, dass die Band wieder begonnen hatte, Musik zu spielen, und die Stimmung wieder anheizte.

»Es tut mir so leid«, raunte Fabian erneut und beugte sich zu mir.

Instinktiv wich ich zurück.

»Mir auch.« Bevor mich der nächste Schluchzer packte, drehte ich mich um und verließ mit immer schneller werdenden Schritten den Saal.

Der Weg bis zur Flügeltür schien endlos und ich hatte das Gefühl, dass sämtliche Blicke auf mich gerichtet waren.

»Los, hol dir deine Cinderella«, wurde Fabian angefeuert. Doch ich traute mich nicht, mich zu vergewissern, ob er mir tatsächlich folgte.

Ich wusste nicht einmal, ob ich wollte, dass er mir nachlief. Alles, was ich wollte, war diesen Raum zu verlassen.

Kapitel 36

Im Foyer hockte ich mich in eine Ecke und hoffte, dass mich niemand fand. Den Tränen ließ ich freien Lauf, ich hatte es längst aufgegeben, um Beherrschung zu kämpfen. Eine freundliche Dame von der Rezeption kam zu mir geeilt und fragte, ob sie mir helfen könne, doch ich wehrte sie ab.

Weder wollte ich Hilfe noch kluge Ratschläge oder gar Entschuldigungen hören. Jetzt war ich der angeschossene Hirsch und ich wollte verdammt noch mal nichts anderes als leiden.

Fabians Worte tobten durch meinen Kopf. Verwüsteten alles und hinterließen pures Chaos. Dabei grub sich jedes einzelne tief in meine Seele, damit ich es auch ja nicht vergaß. Die Enttäuschung war allgegenwärtig und fraß sich tief in mich hinein, dass ich kaum noch atmen konnte.

Ich hatte keine Ahnung, wie lange ich dort gehockt hatte. Irgendwann waren meine Tränen versiegt und ich hatte mich aufgerappelt, um an der Rezeption nach etwas zu trinken zu fragen.

»Gern. Was darf es denn sein?«, wollte die freundliche junge Frau wissen.

»Keine Ahnung. Hauptsache, es dreht.« Mit dem Zeigefinger machte ich die typische Drehbewegung an meinem Kopf und sie verstand schmunzelnd.

»Also was Hochprozentiges? Sie sind über achtzehn?«

»Natürlich!«

»Sorry, ich muss das fragen«, entschuldigte sie sich. »Whisky? Wodka? Rum? Gin? Was darf sein?«

»In der Reihenfolge.«

»Oookay.« Dann machte sie sich endlich auf den Weg zur Hotelbar und kehrte gleich darauf mit einem Glas zurück, in dem sich eine klare Flüssigkeit befand, die genauso gut Wasser hätte sein können.

»Wodka«, sagte sie und hielt mir das Glas hin. »Riecht man nicht.« Sie zwinkerte mir zu und wünschte mir alles Gute.

Mit dem Glas bewaffnet ging ich nach draußen, ich brauchte unbedingt frische Luft. Vor dem Hotel setzte ich mich auf eine Bank und atmete tief durch. Gierig sogen meine Lungen den Sauerstoff ein, als hätte ich stundenlang die Luft angehalten. Ich nahm den ersten Schluck und spürte, wie sich der Alkohol förmlich in meinen Rachen brannte. Es tat so gut, mich selbst für einen Moment wieder zu spüren. Den Schmerz in mir drin mit körperlichem zu übermalen.

Kai kam mir in den Sinn und ich angelte mein Telefon aus der kleinen Handtasche, um ihm zu schreiben. Ich war wirklich maßlos sauer auf ihn und das durfte er ruhig wissen.

Merle: Danke für nichts, Mister ich-beschütze-dich! Wo warst du?

Während ich mir die Worte selbst laut vorlas, überlegte ich, ob mein Ton vielleicht zu schroff war. Andererseits drückte er genau das aus, was ich empfand. Dann ließ ich das Handy wieder in der Tasche verschwinden und trank den Wodka Schluck für Schluck, bis das Glas leer war. Der Schnaps brannte und schmeckte ganz furchtbar. Aber er betäubte meine Seele wunderbar und genau das war das Ziel. Ich starrte in die Dunkelheit und lauschte den

Autos, die auf der Hauptverkehrsstraße vorm Hotel durch die Nacht fuhren.

»Kai trifft keine Schuld«, hörte ich plötzlich jemanden sagen, dessen Stimme mir nur allzu vertraut vorkam. Dennoch ruckte mein Kopf herum und meine Augen blickten geradewegs in zwei Bernsteine. »Ich habe ihn gebeten, dass er sich zurückhält.«

Ein Laut der Verzweiflung entwich meiner Kehle. Kopfschüttelnd drehte ich mich wieder um und senkte meinen Blick in das leere Glas.

»Darf ich mich zu dir setzen?«, fragte Fabian vorsichtig, woraufhin ich lediglich mit den Schultern zuckte. »Warum redest du nicht mit mir?«

War das noch wichtig? Ich spürte die Wut, die in mir grollte und dafür sorgte, dass sich mein Magen zusammenkrampfte.

»Das fragst du mich wirklich?«, stieß ich durch meine fest zusammengepressten Kiefer aus. »Du hast mich da drin vor hunderten von Menschen bloßgestellt. Mich mit deiner verkackten Mitleidstour zum Stadtgespräch gemacht. Und du fragst mich allen Ernstes, warum ich nicht mit dir rede?«

»Merle, es tut mir so so leid. Ich versichere dir, jedes Wort, was ich vorhin gesagt habe, ist wahr. Jedes Wort.«

Ich vermied es weiterhin, ihn anzusehen. »Ach ja? Und hast du schon mal darüber nachgedacht, dass du mir hättest einfach von Anfang an reinen Wein einschenken können? Dass uns beiden das einiges erspart hätte? Dass es dann vielleicht nicht nötig gewesen wäre, mich zum Gespött der Stadt zu machen? Ich will mir gar nicht erst ausmalen, was passiert, wenn das jemand mit seinem Handy gefilmt hat. Es würde mich nicht wundern. Aber ganz ehrlich, auf diese Form der Berühmtheit hätte ich lieber verzichtet.«

Meine Stimme bebte, mein Herz pochte wie wild.

»Es tut mir leid«, sagte er reumütig.

»Du wiederholst dich.«

»Ich weiß, weil ich es nicht oft genug sagen kann. Und ja, natürlich hätte ich von Anfang an mit offenen Karten spielen müssen. Aber das habe ich nun einmal nicht getan. Ich kann dir nicht sagen, warum ich es für besser hielt, es dir nicht zu sagen. Vielleicht weil ich Angst davor hatte, das, was wir zu dem Zeitpunkt bereits hatten, mit dem Arsch wieder einzureißen.«

Er hatte sich nach vorn gebeugt und die Unterarme auf den Oberschenkeln abgestützt.

»Dir ist anscheinend entgangen, dass genau das passiert ist. Du hast das, was wir hatten, mit deinem Hinterteil einfach niedergerissen. Und ich frage mich jeden gottverdammten Tag, warum!«

Es fiel mir unendlich schwer, die Fassung zu bewahren und die Tränen zurückzuhalten. Ich wollte nicht mit ihm reden, ihn schon gar nicht in meiner Nähe haben. Und doch war es alles, wonach ich mich sehnte.

»Ich hätte es gerne verstanden, weißt du«, fuhr ich mit gebrochener Stimme fort. »Dann hätte ich es verarbeiten und abschließen können. Aber ich verstehe es nicht. Und ich würde lügen, wenn ich behaupten würde, dass ich nicht mehr an dich denke. Ich denke jeden scheiß Tag an dich. Immer. Überall. Und es macht mich fertig. Aber ich ertrage es nun einmal nicht, wenn man mich anlügt. Also sei ehrlich zu mir oder lass mich in Ruhe. So schwer ist das nicht.«

Die letzten Worte brachte ich nur noch unter Tränen heraus. Ich spürte die Erleichterung, dass ich ihm endlich sagen konnte, was seit jenem Abend in mir vorging. Geduldig hörte er mir zu, ließ mich auf ihm rumhacken, erduldete jedes meiner Worte.

Für eine Weile saßen wir schweigend nebeneinander wie zwei Fremde, die sich zufällig hier getroffen hatten. Dann begann er plötzlich, mir von dieser Wette zu erzählen. Wie Tom ihn damals im Schillergarten dazu aufgestachelt hatte, mich anzubaggern und mir ein Date zu entlocken. Wie recht es ihm gekommen war, dass der Interviewtermin zu diesem Zeitpunkt ohnehin noch ausgestanden und er das als seine Chance gesehen hatte.

»Weißt du, als ich gemerkt habe, dass das mit uns etwas Ernstes ist, habe ich Tom klar gesagt, dass die Wette nicht mehr gilt. Dass es so oder so eine schwachsinnige Idee war. Ich hatte mich in dich verliebt und alles andere spielte keine Rolle für mich.«

»Für mich hätte es eine gespielt«, sagte ich leise und traute mich zum ersten Mal, ihn anzusehen.

Sein trauriger Blick traf mich mit voller Wucht. Es war, als könnte er mir direkt ins Herz sehen und ich in seines. Wie zwei unsichtbare Bänder, die zusammengehörten.

»Ich weiß und es tut mir leid, dass ich es so heruntergespielt habe. Das war falsch, das weiß ich jetzt auch. Du warst der schönste Zufall meines Lebens, Merle und ich verachte mich selbst dafür, dass ich das aufs Spiel gesetzt habe.«

Ich holte schwer Luft und ließ seine Worte auf mich wirken. Eines nach dem anderen sickerte in mein Bewusstsein und verankerte sich tief.

»Was hast du dir dabei nur gedacht, Fabian?« Ich wischte mir die Tränen von den Wangen und schniefte wenig elegant.

»Ich habe bei dir nicht gedacht, nur gefühlt. Verstehst du?«

»Ja ... Nein ...«

Seufzend ließ ich die Hände in meinen Schoß sinken. Das machte doch alles keinen Sinn. Egal, ob ich ihm vergab oder nicht, wir hatten doch keine Chance.

»Sieh mich an, Merle«, raunte er. »Bitte.«

Ich presste die Lippen fest aufeinander und knetete meine Fingerspitzen, während ich mich langsam zu ihm drehte.

»Ich liebe dich. Und ich würde alles, wirklich alles dafür tun, damit du mir verzeihst und uns noch eine Chance gibst.«

Ich saugte meine Unterlippe ein und kaute darauf herum. Geräuschvoll sog ich dabei die Luft ein. »Ich weiß nicht, ob ich das kann. Ich brauche etwas Zeit, tut mir leid«, erwiderte ich schließlich und kämpfte gegen den Kloß in meinem Hals an.

»Du bekommst alle Zeit der Welt, wenn du mich nur wieder in dein Leben lässt. Und in dein Herz.«

Ein scheues Lächeln zupfte an seinen Mundwinkeln und das Funkeln seiner Augen fing mich ein. »Vielleicht, wenn wir es ... Also, wenn wir es langsamer angehen lassen als beim ersten Versuch.«

O Gott. Was redete ich da? War ich gerade wirklich dabei, ihm zu vergeben?

»Natürlich. Alles, was du willst. Ein Schritt nach dem anderen.«

Mein Herz holperte ein paar Mal, als würde es über seine eigenen Füße stolpern.

»Was ist mit Tom?«

»Was soll mit ihm schon sein? Ich habe ihn eindringlich darauf hingewiesen, dass es für ihn gesünder ist, die Beine in die Hand zu nehmen und dahin zu flüchten, wo der Pfeffer wächst. Da ich seitdem nichts mehr von ihm gehört habe, gehe ich davon aus, dass er es beherzigt hat.«

»Okay«, nickte ich. »Aber ... ich verstehe nicht ... Wenn das mit der Wette doch zwischen euch eigentlich geklärt war, warum hat er das in diesem Abend noch einmal aufgerollt?«

Fabian zuckte mit den Schultern. »Er war eifersüchtig, das hat er zugegeben.«

»Eifersüchtig? Auf mich?« Ich konnte es gar nicht glauben, was er da sagte.

»Nein. Auf mich.«

»Das ist ja noch verrückter. Warum war er eifersüchtig auf dich?«

»Weil ich wohl immer die besseren Jobs hatte, die schöneren Frauen und überhaupt wollten alle nur mich und nicht ihn.«

»Ist das so?«, fragte ich.

»Keine Ahnung, er hat es anscheinend so empfunden. Als ich damals an dem Abend an der Elbe zurückkam, weil ich dich nicht gleich finden konnte, war er der Meinung, es geschieht mir recht. Ich würde dich nicht verdienen. Genauso wenig wie Vivian damals. Bei ihr hätte es schließlich auch funktioniert, dass sie mich verlassen hatte. Und stell dir vor, er hatte ihr weisgemacht, ich würde sie nach Strich und Faden betrügen und ihr nahegelegt, schnell das Angebot aus Amerika anzunehmen.«

»Ach du meine Güte, was für ein Freak.« Angewidert verzog ich das Gesicht bei dem Gedanken daran, dass Tom auch mich schwer angebaggert hatte im Freibad.

»Keine Ahnung, was er für ein Problem hat. Ich hoffe, da wo der Pfeffer wächst, gibt es Psychologen, die ihm helfen können, sich wieder einzunorden. Aber jetzt ist es ja vorbei und ich kann wirklich von vorn anfangen. In jeder Hinsicht.«

Solche Freunde brauchte wirklich niemand. Fast tat Fabian mir leid, dass er diesem Idioten auf den Leim gegangen war.

»Darf ich?«, fragte Fabian mich schließlich. Argwöhnisch sah ich erst auf seinen Arm, der verdächtig nah über meinen Schultern schwebte, dann zu ihm, um schließlich zu nicken.

Wie in Zeitlupe legte er den Arm um mich und zog mich vorsichtig an seine Brust. Eine so simple Geste, die aber in mir so kraftvoll tobte wie kaum etwas anderes. In seinem Arm zu liegen, seinen Atem auf meiner Haut zu spüren, ihn zu riechen ließ in mir etwas förmlich explodieren, was ich viel zu lange eingesperrt hatte. Und als hätten sich plötzlich alle Schleusen geöffnet, begann es zu regnen. Wie damals bei unserem ersten Kuss.

Meine Tränen rannen mit den Regentropfen um die Wette über meine Haut und ich fühlte der Magie dieses Augenblicks nach. Ganz sanft drückte Fabian seine Lippen auf meinen Haaransatz und ich seufzte schluchzend auf.

Im Nu hatte der Regen unsere Klamotten durchnässt. Aber das war mir egal. Diesem unbeschreiblichen Gefühl, wenn einem förmlich ein ganzes Gebirge vom Herzen fiel, konnte selbst das Wetter nichts anhaben.

Weinend lachte ich auf und schmiegte mich in Fabians Arm, was er mit einem leisen Seufzen quittierte. Er legte seine Wange auf mein Haar und eine ganze Weile saßen wir schweigend im Sommerregen.

Es war nie zu spät. Nie zu spät, um neu anzufangen und glücklich zu sein.

***

Wir waren irgendwann mitten in der Nacht mit dem Taxi zu mir nach Hause gefahren. Völlig durchnässt, fröstelnd aber glücklich, alles besprochen zu haben, hatten wir noch bis zum Morgengrauen im Wohnzimmer gesessen.

Ich war gerade dabei, Kaffee für uns zu machen, als Fabian nur mit einem Handtuch um die Hüften aus dem Bad kam.

»Ähm, du hast nicht zufällig noch ein Shirt von mir hier, oder?« Verlegen kratzte er sich am Kopf und verstrubbelte seine nassen Haare noch viel mehr.

Es kostete mich alles an Konzentration, auf seine Frage zu reagieren. Mein Körper begann ein Eigenleben zu entwickeln und ich spürte das Kribbeln in meiner Magengegend. Sein Anblick sorgte dafür, dass mir heiß und kalt zugleich wurde.

»Uh, ich ... ähm ... Warte, lass mich nachschauen«, stammelte ich.

Langsam setzte ich mich in Bewegung und schloss die Augen, als ich mich an ihm vorbeidrängte, um ins Schlafzimmer zu gelangen. Ich spürte seinen verheißungsvollen Blick auf meinem Rücken, während ich die Tasche, die Helene kürzlich erst aus seiner Wohnung geholt hatte, durchwühlte.

»Das packst du jetzt erst aus?«, rief er.

»Ja. Ich hatte eher keine Zeit.« Kurzerhand griff ich die Tasche an der Unterseite und drehte sie um, sodass der Inhalt sich auf meinem Bett verteilte. Und tatsächlich, da hatte sich doch glattweg eines von Fabians T-Shirts zwischen meine Klamotten verirrt.

Triumphierend hielt ich den grauen Stoff hoch und drehte mich zu Fabian um, der direkt vor mir stand. Mit den Händen prallte ich gegen seine vom Duschen noch feuchte Brust und erbebte, als meine Haut auf seine traf. Wie sehr ich es vermisste, dass wir uns berührten ...

Aber wenn es so weiterging, würde es mit »wir lassen es langsam angehen« wohl eher nichts werden.

Fabian schlang seine Arme um meine Taille und schmunzelte, als er mit seiner Nasenspitze an meine tippte.

»Warst du das?«, wollte ich von ihm wissen und sah auf das Shirt.

Er nickte. »Japp. Ich dachte, wenn du es siehst und anziehst und dich erinnerst, wie schön es mit uns war, würdest du deine Meinung vielleicht ändern.«

Ich lachte auf. »Und du glaubst tatsächlich, dass ein T-Shirt dafür gereicht hätte?«

Fabian sog geräuschvoll die Luft zwischen den Zähnen hindurch. »Äh, nein. Ich wusste, dass du ein harter Brocken bist und habe mich für die theatralischere Variante entschieden.«

»Hör bloß damit auf«, schimpfte ich und boxte ihn auf die Brust. »Wir sind in aller Munde. Cinderella und ihr Prinz.«

Tatsächlich wurden noch in der Nacht zahlreiche Videos auf sämtlichen Plattformen hochgeladen, die entweder Fabian bei seiner emotionalen Rede zeigten, oder mich, wie ich einer Salzsäule gleich heulend mitten im Saal stand. Oder man hatte immer abwechselnd auf uns beide geschwenkt. Innerhalb kürzester Zeit waren wir über die Stadtgrenzen hinaus bekannt geworden. Mein E-Mail-Postfach explodierte förmlich und auch Fabians Handy gab ständig irgendwelche Töne von sich, weil Nachrichten eingingen.

»Tut mir leid, dass ich dich in diese Situation gebracht habe«, sagte er und zog mich fester an sich, dass kaum noch ein Blatt Papier zwischen uns passte. »Aber ich wusste mir nicht anders zu helfen. Als du mich gestern Abend hast erst so abblitzen lassen, sah ich das als einzig möglichen Weg, dir klarzumachen, was ich für dich empfinde.«

»Was du ja dann auch mit Nachdruck getan hast. Das Hühnchen mit Kai rupfe ich noch, weil er mich dir einfach so überlassen hat.« Zwar zwinkerte ich, jedoch hatte ich tatsächlich vor, Kai heute noch anzurufen. Allerdings nicht, um mit ihm zu schimpfen, sondern um mich für meine unwirsche Nachricht zu entschuldigen.

»Jetzt im Nachhinein fühlt es sich total verrückt an, dass ich das wirklich gemacht habe. Aber weißt du was? Ich bereue es nicht. Denn hätte ich gestern Abend nicht den Mut dazu gehabt, würden wir jetzt nicht hier stehen und du würdest nicht den Boden vollsabbern, weil du an meinem nackten Körper hängst.«

»Du Schuft!«, rief ich laut lachend aus. »Das mit dem Sabbern nimmst du zurück!«

»Nö, es stimmt ja. Du müsstest dich sehen, wie du nur danach gierst, deine Finger in meinen Rücken zu graben, wenn ich dich gleich hier gegen die Wand drücke, um dich zu küssen.«

Der Schwarm Schmetterlinge in meinem Magen nahm mit einem Mal und ohne Vorwarnung volle Fahrt auf. Mit Schwung und Temperament jagte das Flattern durch meine Adern. Ein heißes Prickeln rieselte über meine Wirbelsäule, als Fabian seine Worte in die Tat umsetzte und mich mit seinem Körper gegen die Wand neben der Schlafzimmertür drückte. In meinem Schoß pochte es verdächtig, und meine Brustwarzen drückten sich verlangend gegen den BH.

Als seine Lippen endlich auf meine trafen und zu einem dieser Küsse verschmolzen, von denen ich nie genug bekommen würde, wusste ich, dass ich die richtige Entscheidung getroffen hatte.

Ich fühlte mich glücklich und frei wie nie zuvor.

»Übrigens bin ich lieber dein Wetterfrosch als irgendein Prinz mit Promi-Status«, murmelte Fabian an meinen Lippen.

Kapitel 37

Wir hatten einen herrlichen Spätsommer. Selbst jetzt, Ende September, war es noch so warm, dass man es in Kleid und Sandaletten gut draußen aushielt.

Fabian und ich hatten es irgendwie nicht geschafft, es langsam angehen zu lassen. Die Anziehung zwischen uns war zu groß und der Hunger nach einander zu unstillbar, als dass wir die Finger voneinander hätten lassen können.

Zwar hatte ich darauf bestanden, dass wir nicht direkt zusammenzogen. Doch es ergab sich, wie damals schon, dass wir mehr Zeit in Fabians Appartement verbrachten als in meiner Wohnung.

Sein Auftritt beim Presseball hatte für ziemlich viel Furore gesorgt und für uns beide Türen geöffnet, die wir gar nicht öffnen wollten. Der Artikel über den Ball, den ich im Nachgang geschrieben hatte, war so emotional geworden, dass er einschlug wie eine Bombe und die Auflage der Zeitschrift dermaßen in die Höhe katapultierte, dass Harald mir einen höheren Posten anbot. Fabian war derweil zum Chef-Nachrichtensprecher befördert worden.

Heute war Sonntag, und wir nutzten seinen freien Tag, um an der Elbe zu picknicken. Er verwöhnte mich mit allerlei Köstlichkeiten und Zärtlichkeiten. Ich konnte mich kaum entscheiden, was davon ich lieber mochte.

Unentwegt tönte mein Handy, weil noch immer Nachrichten ankamen. Selbst ein namhaftes Modemagazin mit Sitz in Berlin hatte bei mir angefragt, ob ich nicht gewillt wäre, Kolumnen für sie zu schreiben. Ich überlegte noch, ob ich das annehmen sollte.

»Was, wenn du ein Superangebot von einem großen Privatsender bekommst? Vielleicht deine eigene Show oder so?«, fragte ich ihn und biss in ein Stück Käse, das mir gleich darauf förmlich auf der Zunge zerschmolz.

»Du machst Witze, oder?«

»Nein. Was, wenn sie dir das anbieten?«

»Die können mir so viel anbieten, wie sie wollen. Mich bekommt hier keiner weg, das solltest du inzwischen eigentlich wissen, Merle Schön.« Seine Worte hatten einen strengen, aber liebevollen Unterton.

Während er seitlich auf der Picknickdecke lag, saß ich im Schneidersitz vor ihm. Bevor er weiter wettern konnte, beugte ich mich zu ihm und küsste ihn frech auf die Nasenspitze.

»Ich weiß, geht mir auch so«, flüsterte ich.

Wir hatten beide mehr als gute Jobangebote bekommen. Und doch waren wir nicht gewillt, dieser Stadt den Rücken zu kehren. Mein Herz war hier tief verankert und auch Fabian hatte es an den Ausblick auf die Frauenkirche verloren. Und an mich.

»Wer hätte bei unserem ersten Treffen gedacht, dass das daraus werden würde, hm?« Fabian zeigte mit dem Finger erst auf mich und dann auf sich. »Dass du mir so wahnsinnig wichtig werden würdest.«

»O Gott, erinnere mich bitte nicht an unser erstes Treffen. Es war so peinlich, dass ich noch heute am liebsten im Boden versinken würde. Und du warst so ein arroganter Arsch.«

Fabian setzte sich direkt mir gegenüber, dass unsere Knie aneinanderstießen. Er legte seine Hände auf meine Oberschenkel und fuhr mit den Daumen kleine Kreise, die selbst durch den Stoff meiner Hose hinweg bis in mein Innerstes prickelten.

»Du warst damals total süß. Ein bisschen tollpatschig vielleicht und viel zu spät, aber wirklich süß.« Sein Gesicht kam meinem näher und seine Lippen senkten sich sanft auf meine. Er knabberte an meiner Unterlippe, bevor er mit der Zunge darüberfuhr und ich leise aufstöhnte.

»Von deinen Küssen werde ich nie genug bekommen«, wisperte ich atemlos, nachdem wir uns voneinander gelöst hatten.

»Gut so.«

Ein verschmitztes Grinsen huschte über sein Gesicht, bevor er zum Himmel sah. »Es wird wohl in den nächsten Stunden regnen.«

»Sagt der, der die Wetterprognosen vom Teleprompter abgelesen hat.« Ich lachte auf und lehnte mich gleichzeitig schutzsuchend zurück, weil er sich über mich beugte.

»Ich lerne dazu, kleine Ressortleiterin«, knurrte er mit hochgezogenen Augenbrauen.

»Ressortleiterin. Daran muss ich mich echt noch gewöhnen.« Zwar wusste ich nicht genau, welchem Umstand ich die Beförderung zu verdanken hatte – dem, dass die bisherige Kollegin in den Mutterschutz gegangen war oder tatsächlich meiner guten Arbeit. Letztlich war es mir aber auch egal, denn ich wusste, dass Letzteres inzwischen von allen geschätzt wurde. Ich koordinierte nun Artikel, redigierte sie streckenweise sogar selbst und schrieb noch immer meine Kolumne.

Es war ziemlich krass, wie viel und wie schnell sich innerhalb von vier Wochen alles ändern konnte. Noch vor einem Monat hätte ich geschworen, dass ich lieber auf ewig Single bleiben würde, als Fabian zu vergeben. Und doch saßen wir jetzt hier, aneinandergeschmiegt, auf die ersten Regentropfen wartend. Natürlich gab es schon noch Momente, in denen ich zu kämpfen hatte und nicht glaubte, dass er es wirklich ernst meinte. Doch Fabian war einer der geduldigsten Menschen, die ich kannte. Jedes Mal, wenn ich einen dieser Momente hatte, in denen ich nicht reden wollte, nahm er mich einfach in seine Arme, küsste mich auf den Haaransatz und ließ mich das spüren, was Worte zwischen uns nie ausdrücken könnten.

»Was ist eigentlich aus Tom geworden?« Diese Frage lag mir schon den ganzen Tag auf der Zunge, und ich wusste, dass ich die Stimmung damit zerstören würde. Aber ich wollte es wissen.

Wie erwartet verdrehte Fabian die Augen. »Echt jetzt, Merle? Lass es doch ruhen, hm?«

»Hast du etwas von ihm gehört? Ich meine, es kann ja sein, dass ...«

Er schüttelte den Kopf. »Nein und ich will auch gar nichts von ihm hören. Beate erwähnte neulich, dass er wohl in Köln gelandet sei. Oder war es Düsseldorf? Ich weiß es nicht und es ist mir auch völlig egal. Und das sollte es dir auch sein, okay!«

»Du hast recht«, murmelte ich. »Sorry.«

Ich ahnte, dass es noch immer in ihm arbeitete, dass Tom ihn auf so fiese Art und Weise hintergangen hatte. Die beiden waren lange befreundet, zumindest nach Fabians Ansicht. Allerdings hatte er seine eigene Art, mit den Dingen fertigzuwerden und ich war wirklich froh, dass Kai sich immer mal bei ihm meldete.

Ich naschte die letzten Weintrauben und begann, unsere Picknickutensilien zusammenzupacken, weil der Himmel sich bedenklich zuzog. Fabian half mir und schnell hatten wir alles in unseren Rucksäcken verstaut. Bis auf die Decke.

»Lass liegen, noch regnet es ja nicht. Ich würde gern noch ein bisschen mit dir hier sitzen und den Moment genießen.«

Im Momentegenießen waren wir großartig geworden. Ich liebte es so sehr.

Vor mich hin schmunzelnd setzte ich mich zwischen seine Beine und lehnte mich mit dem Rücken an seine Brust. Mein Kopf ruhte an seiner Wange und er schlang seine Arme um meinen Oberkörper.

Schweigend beobachteten wir das Treiben um uns herum. Wegen des schönen Wetters war noch mal richtig viel losgewesen an den Elbwiesen, aber inzwischen packten alle fast schon panisch zusammen. Ein Dampfer tuckerte über den Fluss stadteinwärts. Ich schloss die Augen und inhalierte diesen Augenblick, während die ersten Regentropfen auf uns fielen. Während alle anderen auftstoben und losrannten, blieben wir sitzen.

Wir waren geübt darin, im Regen zu sitzen. Ich liebte den Geruch, wenn die Tropfen auf den Boden trafen. Es roch nach Spätsommer, nach Natur, nach nassem Gras und Erde.

Eine Weile hielten wir es tatsächlich aus, bis es ein wenig zu frisch wurde. »Na los, lass uns abhauen, bevor wir uns noch erkälten«, murrte ich und erhob mich.

»Tee bei dir?«, fragte Fabian und ich nickte.

Wir schulterten unsere Rucksäcke und er klemmte sich die inzwischen pitschnasse Decke unter den Arm. Seine freie Hand griff automatisch nach meiner. Unsere Finger verschränkten sich miteinander, als gehörten sie schon immer zusammen. Zeitgleich sahen wir uns an und ich biss mir verlegen auf die Unterlippe.

Manchmal gab es nämlich auch diese Momente, in denen ich nicht glauben konnte, dass Fabian Brandl wirklich mein Freund war. Momente, in denen ich mich am liebsten kneifen würde, um zu wissen, dass ich nicht träumte.

Hand in Hand liefen wir durch die Straßen. Es regnete Bindfäden, doch davon ließen wir uns nicht beirren. Der Regen tropfte aus meinen Haaren auf mein Gesicht und lief über meinen Hals. Von der Seite betrachtete ich Fabian, der so tropfnass unheimlich sexy aussah, dass ich ein paar Mal schlucken musste. Ein paar Regentropfen hatten sich in seinen dichten Augenbrauen und Wimpern verfangen. Als er blinzelte, lösten sie sich und liefen über seine markanten Wangenknochen, um in seinem Bartansatz wieder hängenzubleiben und dort weiter zu glitzern.

»Was ist?«, fragte er, als er meinen verstohlenen Blick auffing.

Ich fühlte mich ertappt und spürte sogleich die Wärme, die in meine Wangen stieg. »Ich ... äh ... Nichts.«

»Hast du mich gerade angestarrt? Du hast mich angestarrt, oder?«

»Was? Nein? Wieso sollte ich? Ich weiß ja inzwischen, wie du aussiehst.« Ich zuckte mit den Schultern und sah schnell auf den Gehweg, auf dem sich große Pfützen gebildet hatten.

Fabian drückte meine Hand fest. »Ich liebe es, wenn du mich anstarrst. Mach ruhig weiter.«

»Ich hab dich nicht angestarrt, aber bilde es dir ruhig ein«, konterte ich.

Ich wusste nicht, ob es am Regen lag oder an etwas anderem. Aber etwas zwischen uns hatte sich verändert. Es war wie ein stummes Versprechen, das wir uns in Gedanken gegeben hatten. Ich fand keine Worte dafür, aber es sorgte dafür, dass die Schmetterlinge in meinem Bauch wild durcheinanderflogen und mir ein heftiges Kribbeln bescherten, als würden ihre kleinen Flügel mich von innen kitzeln.

Fabians Blick war eindringlicher geworden, inniger und verlangender. Wir schafften es gerade noch, die Tür zu meiner Wohnung hinter uns zu schließen und die Rucksäcke samt Picknickdecke in den Flur zu werfen. Dann drückte er mich gegen die Wand, hielt mich mit seinem Körper fest, dass ich seine Muskeln deutlich spüren konnte. Er schlang seine Arme um meine Taille, woraufhin ich mein Becken fest an seines drückte und noch mehr von ihm spürte. Meine Hände wanderten auf seinem Rücken unter sein Shirt und gruben sich in seine Haut, dass er aufstöhnte.

Voller Begierde prallten unsere Lippen aufeinander. Bereitwillig ließ ich mich von ihm in Besitz nehmen. Von dem Mann, den ich liebte.

Mit jeder Berührung verliebte ich mich mehr, wenn das überhaupt möglich war. Denn manchmal glaubte ich, dass mein Herz überlief vor lauter Glück.

Ich wusste nicht mehr, warum ich nie an die Liebe geglaubt hatte. Warum ich immer gedacht hatte, dass ich mich entscheiden müsste zwischen einem Mann und einem Job. Warum ich Angst gehabt hatte, mich zu verlieben ... Das war der größte Quatsch, den ich je gedacht hatte, das wurde mir immer mehr bewusst.

Fabian hatte mir gezeigt, dass beides ging – Liebe und Karriere. Wir hatten beide falsche Entscheidungen getroffen, aber auch viele richtige. Ich war glücklich, wenn ich bei ihm war. Er war mein Lieblingsplatz. Mein Halt. Er erdete mich, wenn ich drohte, abzuheben. Er ließ mich so sein, wie ich war, und machte mich trotzdem zu einem besseren Menschen. Er war mein Tag und meine Nacht, mein hell und dunkel. Mein Ein und Alles.

Er war mein Johnny und ich sein Baby. Ich hatte ihn in meinen Tanzbereich gelassen und er mich in seinen. Gemeinsam waren wir stärker als je zuvor. So etwas hatte ich noch nie gefühlt.

»Ich liebe dich, Fabian«, flüsterte ich heiser, während seine Lippen meinen Hals neckten und eine heiße Spur zu meinem Schlüsselbein küssten.

»Ich liebe dich auch, Merle Schön. Du bist der schönste Zufall meines Lebens«, raunte er dicht an meiner Haut, dass sich die Vibrationen seiner Lippen auf meine Haut übertrugen und mich erschauern ließen.

Sicher waren wir alles andere als perfekt, aber wer wollte das schon sein. Wir waren gewiss nicht fehlerfrei, hatten Ängste. Aber manchmal waren genau die Dinge, die einem Angst machten, auch die, die einem die Freiheit schenkten.

Ende

Du willst wissen, was aus Merle und Fabian geworden ist?
Dann hol dir jetzt den Bonus-Epilog unter:
http://www.katefranklin.de/bonus

Danke

Häufig werde ich gefragt, wie viel von mir in meinen Protagonisten steckt. So pauschal kann ich das nie beantworten. Allerdings kann ich euch versichern, dass Merle ihre Liebe zu Dresden eindeutig von mir hat. Jetzt, da ihr ihre Geschichte kennt, wisst ihr, wie sehr ich meiner Heimatstadt verbunden bin und kennt auch einige meiner absoluten Lieblingsplätze. Aber warum ausgerechnet das heimische Setting, obwohl all meine bisherigen Geschichten im Ausland spielten? Die Wahrheit ist, ich weiß es nicht. Die Idee war einfach da und nichts lag näher, als sie in Dresden spielen zu lassen. Und ganz ehrlich? Es war das Beste, was mir und der Story passieren konnte. In all meinen Geschichten steckt eine große Portion Herzblut und ganz viel Liebe, aber der Wetterfrosch wird immer etwas ganz Besonderes für mich sein. Noch nie zuvor bin ich so leicht und locker durch eine Schreibzeit geflogen, wie bei dieser Geschichte. Sie hat sich nahezu von allein geschrieben und es mir so leicht gemacht, sie zu fühlen. Wenn es euch auch so geht und ihr beim Lesen mittendrin statt nur dabei wart, habe ich alles richtig gemacht.

Als ich anfing mit Schreiben, hat man mir immer gesagt, es sei ein einsamer Job. Doch das stimmt keineswegs. Sicher, wenn ich schreibe, sitze ich allein am Schreibtisch. Aber an der Entstehung eines Buches sind unheimlich viele Menschen beteiligt. Das Schreiben hat so viele, unglaublich tolle Menschen in mein Leben gebracht, für die ich unheimlich dankbar bar bin.

In erster Linie sind da *all die Leser*innen*, ohne die es meine Geschichten gar nicht geben würde. Wenn ihr mir keine

Nachrichten schreiben würdet, in denen ihr mir davon erzählt, wie sehr ihr euch auf neuen Lesestoff von mir freut, würde ich nicht schreiben. Ohne euer Feedback, eure Treue und die Liebe zu meinen Geschichten würde mir jegliche Motivation fehlen, neue Geschichten zu schreiben. Also DANKE an jeden einzelnen, der meine Bücher liest, verschlingt, inhaliert, liebt.

Sabrina, ohne deine Anmerkungen wäre der Wetterfrosch nur halb so schön geworden. Vielen Dank für deine gründliche Arbeit, deine Motivation, mich zu motivieren, wenn ich mal wieder am Verzweifeln mit meinen Texten bin. Wenn du mal in Dresden bist, trinken wir Aperol Spritz!

Claudia, du warst bei der Entstehung dieses Herzensbuches von Anfang an dabei und ich danke dir sehr, dass du dir die Zeit genommen hast, es zu lesen und mit deinen Anmerkungen zu verbessern.

Svenja, weißt du noch, wie an einem heißen Sommertag vor – ich weiß nicht mehr genau, 3 Jahren oder so - die Idee zu diesem Buch entstand? Ich hatte mich über die anhaltende Hitze beschwert und die ständig falschen Wetterberichte. Ich danke dir von Herzen für deine Freundschaft, die inzwischen so viel mehr ist als nur Bücher und Geschichten und Schreiben.

#bestbaumisever, ihr seid die Größten! Ehrlich. Ohne euch und eure Unterstützung würde ich nicht halb so viel auf die Reihe kriegen. Ihr bringt mich dazu, regelmäßig über mich hinauszuwachsen und ich liebe es, mit euch Bäume zu pflanzen, aber auch den Austausch mit euch. Die Verbindungen, die dadurch entstanden sind, möchte ich nicht mehr missen. Sarah, Emily, Rose, Anya, Michelle - DANKE!

#teamfrühschreiben, coolste Community ever! Großartiger Austausch gepaart mit Leichtigkeit und einer großen Prise Spaß. Ich liebe es. DANKE, dass ich ein Teil von euch sein darf.

Mein Dank gilt aber auch allen, die mich auf jeglichen Wegen unterstützen. *Blogger*innen, Leser*inne, Kollegen*innen,* die nicht müde werden, meine Beiträge zu teilen, Rezensionen zu schreiben – ihr seid super, DANKE!

Das letzte, übergroße DANKESCHÖN geht an *meine Familie.* Für eure Liebe, eure Unterstützung, eure Motivation auf ganzer Linie. So oft müsst ihr mich entbehren, wenn ich mal wieder in meiner Geschichtenwelt unterwegs bin oder eine Veröffentlichung vorbereiten muss. Ich danke euch, dass ihr das alles mitmacht und meinen Traum mit mir lebt.

Eine Danksagung zu schreiben, ist auch immer ein bisschen wie Abschied nehmen. Abschied von einer Geschichte, die mich über mehrere Monate hinweg begleitet hat. Abschied von Charakteren, die mir im Lauf der Zeit so sehr ans Herz gewachsen sind, dass es mir schwerfällt, sie loszulassen. Aber wisst ihr was? Ich weiß, dass sie bei euch in den besten Händen sind. Ich bin mir ziemlich sicher, dass ihr sie genauso lieben werdet wie ich - das macht es mir leichter. Und so lasse ich sie einfach ziehen und eure Herzen im Sturm erobern.

Alles Liebe, Kate

Die Autorin

Obwohl sie nie vorhatte, Bücher zu schreiben, entdeckte Kate Franklin ihre Liebe zum geschriebenen Wort im Sommer 2015. Seitdem entstehen in ihrer heimischen Kreativecke romantische Geschichten, die direkt ins Herz gehen, für ein wohliges Kribbeln in der Magengegend sorgen und immer ein Happy End haben.

In den wilden 70ern geboren, lebt, liebt und lacht Kate Franklin mit Mann und Sohn im wunderschönen Dresden. Wenn sie nicht schreibt, findet man sie beim Wandern in der Sächsischen Schweiz, mit dem Fahrrad im Wald oder beim Campen am See - auf jeden Fall immer mit ihrer Familie. Ihre Lieblingsfarbe ist bunt, gute Laune liebt sie genauso wie Schokolade und den morgendlichen Kaffee.

Für ihr Leben gern erzählt sie Geschichten über Protagonisten, die auch im echten Leben plötzlich an der Tür klingeln könnten. Authentisch, humorvoll und sinnlich schleicht sie sich damit in die Herzen ihrer Leser - weil Schreiben Liebe ist.

Newsletter

Verpasse keine Neuigkeiten mehr!
Erfahre alles zu aktuellen Projekten, bevorstehenden Veröffentlichungen, Gewinnspielen, Aktionen usw.
Trag dich am besten gleich ein:
www.katefranklin.de/newsletter

Ich freu mich auf dich.

Wenn dir die Geschichte gefallen hat, freue ich mich über dein Feedback in Form einer Rezension. Damit hilfst du auch anderen Leser:innen, die vielleicht noch unsicher sind, ob diese Geschichte etwas für sie ist.
Gern kannst du mich auch in deinen Social Media Beiträgen verlinken oder direkt anschreiben.

Besuche mich auch in den sozialen Medien, um mehr über mich und meine Bücher zu erfahren:
www.facebook.com/Kate.Franklin.Autorin
www.instagram.com/kate.franklin.autorin

Lies auch:

KATE FRANKLIN

Beste Freunde
LIEBT MAN NICHT

Ab August 2022 als Ebook und Taschenbuch erhältlich.

Leseprobe

Kapitel 1

»Bist du rasiert?« Der Typ, der mir gegenübersaß, war weitaus älter, als er sich im Datingportal ausgegeben hatte. Ende dreißig. Mindestens. Mit lässig vor der Brust verschränkten Armen grinste er mich an und streifte sich mit den Fingern durch seine schmierig glänzenden Haare, während ich mich langsam nach vorn beugte und mit den Ellenbogen auf dem Tisch abstützte.

Bedächtig fuhr ich mit den Fingerkuppen erst über mein Kinn und dann über meine Wangen. »Heute ja, aber nur für dich. Du hast keine Ahnung, was hier sonst so wächst.« Noch einmal fuhr ich demonstrativ über mein Kinn.

Sein Blick war einfach göttlich. Für einen Moment schien er irritiert und schüttelte den Kopf. »Ich meinte untenrum.«

»Ich auch. Wie gesagt, hier stoppelt es sonst ziemlich arg.« Und noch einmal fuhren meine Finger über mein Kinn und den Ansatz meines Halses. Kapierte er nicht?

Als wäre ihm gerade ein Licht aufgegangen, tippte er mit dem Zeigefinger an seine Schläfe. »Du bist witzig, das gefällt mir.«

Und du bist schwer von Begriff. Das gefällt mir gar nicht, dachte ich, hielt aber meine Klappe.

Ich lehnte mich wieder zurück und schlürfte wenig elegant aus meiner Kaffeetasse. Warum tat ich mir das eigentlich an? Warum ließ ich mich immer wieder dazu hinreißen, mich mit den Typen, die ich online kennenlernte und auf den ersten Blick ganz nett fand, zu treffen? Es ging jedes Mal in die Hose. Jedes. Mal.

Doch seit meine beste Freundin Merle ihren Traummann gefunden hatte und mit ihm im siebten Himmel schwebte, war mein Bedürfnis, den Prinzen auf dem weißen Pferd zu finden, noch viel größer als zuvor. Und so ließ ich nichts unversucht.

Mister Grinsebacke hier war allerdings eher einer aus der Kategorie Lackaffe auf Klappergaul und damit so gar nicht mein Fall.

Es war zum Haareraufen. Eines musste man ihm jedoch lassen – sein Durchhaltevermögen war beeindruckend. Er wurde nicht müde, mir von seinen Qualitäten vorzuschwärmen und wie viele Damen er doch schon mit seinem Gemächt beglückt hatte. Und wie glücklich ich mich schätzen konnte, mit ihm hier zu sitzen, die Warteliste wäre wahnsinnig lang.

Na genau, wer das glaubte, fraß auch Grünkohl.

»Am besten fahren wir gleich zu mir«, schlug er vor, als wäre die Sache zwischen uns längst klar.

»Weil?« Ich streckte ihm meine gerümpfte Nase entgegen.

»Weil ich Lust auf dich habe und dich rasieren möchte.«

Bitte? Ich schluckte trocken. Mein Würgereiz ließ sich kaum noch unterdrücken. »Wie nett«, entgegnete ich mit einem süßsauren Lächeln und schlug innerlich die Hände überm Kopf zusammen. »Ich geh nur noch mal aufs Klo. Unterboden-Check, du weißt schon.« Schnell stand ich auf und zwinkerte ihm zu, bevor ich mit der Zunge schnalzte.

Unterboden-Check? Gings eigentlich noch, Helene Bauer?

Die Toiletten befanden sich Gott sei Dank auf der anderen Seite des Cafés, in dem wir uns getroffen hatten, sodass ich außer Sichtweite war. Ich schlug die Tür hinter mir zu und lehnte mich gegen die kühlen Fliesen. Geräuschvoll stieß ich die Luft aus. Was zur Hölle hatte ich mir da nur eingebrockt?

Konnte ich mein Leben nicht einfach mal laufen lassen, so wie Kai immer vorschlug? Auf mich zukommen lassen, ohne zu intervenieren? Ich war so eine Idiotin, dass ich meine Finger nicht von all den Datingportalen lassen konnte. Ich war überall angemeldet. Wirklich überall. Und immer war es das gleiche Dilemma. Die Typen waren entweder stockhässlich, bildungsneutral oder – und das traf am häufigsten zu – nur auf eine schnelle Nummer aus.

Ich hingegen war auf der Suche nach Mister Right. Meinem Mister Right. Dem Mann fürs Leben. Er war etwas ganz Besonderes. Das wusste ich. Was ich nicht wusste und völlig unterschätzt hatte, war der Umstand, wie viel Zeit und Anstrengung es brauchte, um ihn zu finden. Nicht einmal mein Aufenthalt in England vor einem Jahr hatte etwas genützt. Immer wenn ich dachte, *yes, he is perfect*, tauchte plötzlich eine eifersüchtige Freundin auf. Oder man wollte nur mit mir befreundet sein, weil ich ja so ein guter Kumpel war. Oder man fand mich zu dünn. Oder zu dick. Oder zu klein. Oder zu blond.

Hatte ich erwähnt, dass es zum Haareraufen war?

Das Handy in meiner Hand vibrierte kurz und signalisierte den Eingang einer Nachricht, die wie gerufen kam.

Kai: Na, wie läuft dein Date?

Helene: Frag nicht. Er wollte wissen, ob ich rasiert bin. Untenrum. Ist das zu glauben?

Kai antwortete mit ungefähr fünfundzwanzig lachenden Smileys.

Kai: Und? Bist du?

Helene: KAI!!!!!!

Kai: Hey, das war Spaß. Soll ich dich retten?

Helene: Ja, bitte. Das wäre voll nett.

Kai: Voll nett ist mein zweiter Vorname. Ich ruf dich in fünf Minuten an.

Noch einmal atmete ich tief durch, dann steckte ich das Telefon weg und wusch mir die Hände, bevor ich wieder zum Lackaffen an den Tisch ging.

»Na, das hat ja lange gedauert. Den Check hätte ich doch auch übernehmen können.« Süffisant grinsend leckte er sich über die Unterlippe, deren feuchter Glanz mich derart verstörte, dass ich das Bild wohl nie wieder loswerden würde.

»Ich muss mich schon selbst davon überzeugen, dass alles seine Ordnung hat«, erwiderte ich kühl, während das Telefon in meiner Tasche verlässlich zu Brummen begann. »Oh, Moment ...«

Gedanklich schickte ich ein Stoßgebet gen Himmel dafür, dass ich Kai hatte. Seit wir uns durch Merle kennengelernt hatten, war er zu meinem besten Freund geworden. Wir hatten uns auf Anhieb gut verstanden, auf ihn war Verlass und er war immer für mich da. Mit ihm konnte ich über alles reden. Und ziemlich oft rettete er mich aus Situationen wie dieser. Als wären wir Verbündete, die auf einer einsamen Insel gestrandet waren und den Kampf gegen das Unbekannte aufnahmen.

»Hi«, nahm ich das Gespräch an.

»Hey, kommst du raus? Oder soll ich reinkommen und dem Kerl eine reinhauen für seine freche Bemerkung?«

»Was? Ein Unfall? O mein Gott, das ist ja furchtbar«, stieß ich hektisch aus und blickte zu meinem Gegenüber, das mich keine Sekunde aus den Augen ließ.

»Das machst du hervorragend, Leni«, feixte Kai am anderen Ende und ich hoffte, der Lackaffe konnte ihn nicht hören.

»Wo bist du? Bist du verletzt? Ist der Krankenwagen schon da? Polizei? ... Was? ... Nein, natürlich ... Kein Problem, klar komme ich und hole dich ab. Ach, jetzt gleich?« Entschuldigend verzog ich mein Gesicht und bekam ein Schulterzucken vom Lackaffen.

Kai lachte sich derweil kaputt.

»Ach was, das ist kein Problem. Das kann ich sicher verschieben.« Jetzt lächelte ich süß zur gegenüberliegenden Tischseite. Der Lackaffe nickte.

»Ja, gut, dann bis gleich. Ich bin in zehn Minuten da.«

»Ich geb dir dreißig Sekunden, wenn du dann nicht draußen bist, komme ich rein«, knurrte Kai dramatisch, als würde er einen Mafia-Film synchronisieren.

»Ach du Schande«, stieß ich bestürzt aus, nachdem ich aufgelegt und das Telefon wieder in meiner Tasche verstaut hatte. »Mein Cousin hatte einen Unfall. Nichts Dramatisches, aber ich muss ihn abholen. Sein Auto ist im Eimer, Totalschaden. Tut mir leid.«

»Ja, so spielt das Leben manchmal. Wir können das selbstverständlich nachholen. Ich rufe dich später an, wenn ich meine Termine gecheckt habe.«

»Natürlich«, presste ich mühsam hervor und versuchte, den aufkommenden Lachanfall zu unterdrücken. »Das ist ... Das ist eine hervorragende Idee.«

Schnell raffte ich meine Sachen zusammen, verabschiedete mich mit einem lapidaren »Ciao, war schön, dich kennengelernt zu haben« von ihm und hastete aus dem Café, als wäre der Teufel hinter mir her.

Mein bester Freund wartete sicherheitshalber in etwas Entfernung auf der anderen Straßenseite. Er stand im Schatten an eine Hauswand gelehnt und sah irgendwie ... anders aus.

Ich beschleunigte meine Schritte, um die Distanz zum Lackaffen so schnell wie möglich zu vergrößern. Am Ende kam er noch auf die Idee, mir nachzulaufen, das wollte ich unbedingt verhindern.

Mein Kopf ruckte erst nach links, dann nach rechts, bevor ich die Straße überquerte und auf Kai zulief. Erst kurz bevor ich bei ihm war, fiel mir auf, was es mit seinem Aussehen auf sich hatte.

»Hey«, begrüßte ich ihn mit einem freundschaftlichen Kuss auf die Wange und beäugte seinen Kopf. »Was ist mit deinen Haaren passiert?«

Bis gestern hatte er noch schulterlange Haare, die auf einmal zu einer modischen Herrenfrisur gekürzt waren. Ich war noch unschlüssig, was ich von dieser krassen Typveränderung halten sollte.

»Abgeschnitten.« Kai zuckte lediglich mit den Schultern. »Erzähl mir von deinem Date, ich will alles wissen.«

»Was? Nein! Warte. Wir waren gerade noch bei deinen Haaren. Warum hast du sie abschneiden lassen?« Während wir liefen, beugte ich mich ein wenig zurück und sah immer wieder auf seinen Hinterkopf. Es war so ungewohnt. Mir hatten seine langen Haare gut gefallen. Sie gehörten zu ihm, sahen immer gepflegt aus und ich wäre nie auf die Idee gekommen, ihm zu raten, sie abzuschneiden.

»Ist mir zu warm auf Dauer. Bei diesen Temperaturen hält das doch keiner aus«, begründete er seine Entscheidung.

»Echt? Des Wetters wegen?«

Er nickte. »Japp. Deine Haare sind inzwischen lang und meine eben jetzt kurz. Passt doch. Außerdem stehen Frauen doch gar nicht auf lange Haare bei Männern.«

Keine Ahnung, was ihn da so sicher machte. »Ich mochte sie.«

»Ich weiß. Aber jetzt erzähl mir von deinem Date und lass uns ein Eis im Alaunpark essen, okay?«

Lachend nickte ich und hakte mich bei Kai unter. Er war wirklich der Beste. Cool, lässig, gut aussehend. Immer für Blödsinn jeglicher Art zu haben. Absolut vertrauenswürdig – er wusste so ziemlich alles von mir und über mich. Ich allerdings auch über ihn. Unsere Freundschaft war einzigartig. Und so kostbar, dass ich sie nie aufs Spiel setzen würde.

Auf der Hochzeit meiner besten Freundin hatte ich noch das Gefühl gehabt, dass vielleicht mehr aus uns werden konnte. Aber schnell war klar geworden, dass da nichts war. Zwar verstanden wir uns super, aber nur auf einer Ebene ohne jegliche Anziehungskraft. Wir waren uns von Anfang an einig, dass wir nur Freunde waren und nie mehr daraus werden würde. Und genauso war es perfekt.

Böse Zungen behaupteten, dass eine Freundschaft zwischen Mann und Frau niemals funktionieren konnte. Doch wir waren der lebende Beweis dafür, dass es sehr wohl ging. Man musste nur die Fronten klären und das hatten wir getan. Uns stand also nichts im Weg – keine unerwiderten Gefühle oder so – was uns daran hinderte, miteinander befreundet zu sein.

In einer Kurzfassung berichtete ich von dem Date mit dem Lackaffen und seinem irrsinnigen Fetisch, mich rasieren zu wollen, während wir im Alaunpark auf der Wiese saßen und Eis aßen.

Ich liebte dieses Stückchen Stadt so sehr. Die Neustadt war der quirligste Teil von Dresden. Hier pulsierte das Leben und an manchen Ecken hatte man das Gefühl, dass die Zeit stehengeblieben war. Nach meiner Rückkehr aus England hatte ich mir hier eine Wohnung gesucht. Zudem einen Bürojob in einer kleinen Versicherungsagentur, weil ich nach wie vor keine Pläne hatte und nicht wusste, was ich mit meinem Leben anstellen wollte. Außer einen Mann finden, heiraten und Kinder bekommen natürlich.

»Hey, Leni, wo bist du mit deinen Gedanken?« Kai rüttelte an meiner Schulter, woraufhin ich vor Schreck mein Eis fallen ließ.

»Na ganz toll, Herr Wiesmann. Super hingekriegt«, murrte ich und blickte auf die braungelbe Pampe vor mir auf der Wiese. »Hast Glück, dass es nicht auf meiner Hose gelandet ist.«

»Man muss halt immer das Positive sehen.« Sein Lachen steckte mich an. Das tat es immer. Wenn er lachte, lachte ich auch. Das war ein ungeschriebenes Gesetz.

»Wann ist dein nächstes Date?«, wollte er wissen, nachdem er wieder ernst geworden war.

»Warte, da muss ich in meinen Kalender gucken. Hab alles notiert. Ich glaube, morgen oder so.« Ich kramte in meiner Tasche und fischte mein Telefon heraus, um in der Kalender-App nach der korrekten Antwort zu suchen. Insgeheim hoffte ich, dass der Lackaffe mir nicht aus Versehen doch noch eine Nachricht geschickt hatte, und atmete erleichtert auf, weil weder Anrufe noch Nachrichten von ihm eingegangen waren. »Ah ja, morgen. Sag ich doch.«

»Okay. Was für ein Kaliber haben wir dieses Mal? Soll ich vielleicht mitkommen? Als dein Bodyguard oder so?«

Ich kreischte laut lachend auf. »Was? Spinnst du? Nein, ich glaube, der ist ganz nett.«

»Das waren sie vorher alle, du erinnerst dich?«

»Was ist eigentlich mit dir?« Um von mir abzulenken, drehte ich den Spieß einfach um.

»Was soll mit mir sein?«

»Na, was ist denn mit dir und den Frauen? Seit ich dich kenne, bist du Single ...«

»Ähm, und? Was ist daran so verwerflich?«

»Nichts, ich frag ja nur. Weil ... Na ja, wenn ich meinen Mister Right gefunden habe ... Was wird dann aus uns?« Innerlich spürte ich auf einmal diesen kleinen fiesen Stich. Kaum merklich und doch deutlich spürbar.

»Ach, Lenchen, du machst dir zu viele Gedanken. Ich wünsche dir wirklich, dass du deinen Traummann findest, und würde mich so für dich freuen, wenn er endlich vor dir steht. Aber sei dir sicher, mit uns ändert sich dann gar nichts, okay. Wir sind Freunde. Und das bleiben wir auch.«

Ich schnappte nach Luft und wollte etwas entgegnen, kam aber nicht dazu, denn Kai schüttelte den Kopf. »Nicht nachdenken, hab ich gesagt. Und jetzt komm her, du kannst mein Eis haben.«

Verlegen biss ich mir auf die Unterlippe und rutschte zu ihm. Kai legte, wie so oft, seinen Arm um meine Schultern, zog mich an sich heran und überließ mir freiwillig sein Erdbeereis.

»Danke«, murmelte ich mit vollem Mund. »Und wegen deiner Haare, der neue Look steht dir gut.«

Kapitel 2

Der Lackaffe hatte sich Gott sei Dank nicht noch einmal gemeldet. Sein schmieriger Blick würde mir ungewollt ewig in Erinnerung bleiben. Wo war die Löschtaste fürs Gehirn, wenn man sie brauchte?

»Vergiss diese bescheuerten Dating-Apps. Geh raus und genieße das Leben«, hatte Kai mir geraten und ich glaubte, damit hatte er wohl recht. Auch wenn ich das nur ungern zugab. Denn wann zur Hölle bot einem das echte Leben die Gelegenheit, den Traummann zu finden? Im Supermarkt, wenn man nach der gleichen Gurke griff? In der Apotheke, beim Kauf derselben Kopfschmerztabletten nach einer durchzechten Nacht? Im Zug, auf dem Weg zu Mutti und Vati? In der Straßenbahn, wenn man zur Arbeit fuhr? Im Café, wo man mit der besten Freundin nur einen Kaffee trinken wollte? Ich bezweifelte stark, dass sich mir in nächster Zukunft auch nur eine dieser Gelegenheiten bot.

Es war wieder verdammt heiß heute. Der Sommer ließ sich nicht lumpen und unweigerlich dachte ich an letztes Jahr. Als meine beste Freundin, die nie eine Beziehung haben wollte, ganz plötzlich in eine reingestolpert war und sich Herz über Kopf verliebt hatte.

Okay, gut, vielleicht war es ja doch möglich, dass ich mich verliebte.

Entgegen Kais Ratschlag war ich gerade auf dem Weg zum nächsten Date. Wenn es schon mit Mister Right nicht klappen wollte, so lernte ich dadurch wenigstens neue Leute kennen. Das konnte nie schaden, auch wenn ich ab und zu danebengriff wie neulich mit dem Lackaffen. Heute war Bernd an der Reihe. Sein Name hatte mich zuerst abgeschreckt. Hallo? Wer in meinem Alter hieß bitte schön Bernd? Wie waren die Eltern wohl drauf, wenn sie ihren Sohn so nannten? Aber hey, Bernd sah umwerfend gut aus – zumindest wenn man den Fotos Glauben schenken wollte – also hatte er eine Chance verdient. Außerdem war er in seinen Nachrichten sehr nett und charmant.

Zwei Stunden später stieß ich geräuschvoll die Luft aus und ärgerte mich, dass ich Kais Hilfe dieses Mal ausgeschlagen hatte. Irgendwie hatte ich gehofft, dass es doch etwas werden konnte ... Aber es waren wohl Bernds stahlblaue Augen, die mich geblendet hatten. Denn hinter seinem attraktiven Gesicht verbarg sich ein schüchterner Typ, der mich seit dem Beginn unseres Treffens anhimmelte und kaum ein Wort sagte. Da stand ich so gar nicht drauf. Ich mochte Kerle mit Biss. Solche, die sich durchsetzen konnten und doch eine weiche Seite hatten. Aber nur dasitzen und nicken? Nee, das war nicht mein Fall.

»Wollen wir noch irgendwo anders hingehen? Eis Essen oder so?«, fragte ich, nachdem Bernd von der Toilette wiedergekommen war.

Sein Mund verzog sich zu einem Strahlen, das von einem Ohr zum anderen reichte. Er war wirklich süß. Aber das war leider nicht genug ...

»Ja. Das ist eine gute Idee.«

»Und wohin?«

»Hm, keine Ahnung. Das kannst du entscheiden«, meinte er und ich hätte es gut gefunden, dass er mir die Entscheidung überließ. Aber es war schon die ganze Zeit so, dass er alles nach mir ausrichtete. Er trank, was ich trank. Hatte das gleiche Essen bestellt. Dann schwieg er mich wieder grinsend an.

Gedankenversunken drehte ich das Handy zwischen meinen Fingern und wünschte mir nichts sehnlicher, als dass Kai mich aus dieser Situation retten würde. Stattdessen müsste ich heute wohl selbst den Schneid haben, um das zu beenden.

»Hör mal«, begann ich und hatte seine volle Aufmerksamkeit. »Ich weiß nicht, ob wir auf einer Wellenlänge liegen.«

»Nicht?« Seine Augenlider fielen regelrecht nach unten und verliehen ihm das Aussehen eines Hundewelpen, sodass ich fast Mitleid hatte.

»Du bist wahnsinnig nett, Bernd, wirklich. Aber ...« Zugegeben, es fiel mir schwer, ihn abzuservieren. Schon jetzt saß er wie der buchstäblich begossene Pudel vor mir. Ich war versucht, eine Packung Taschentücher auf den Tisch zu legen für den Fall, dass er gleich in Tränen ausbrach.

»Ich verstehe schon«, erwiderte er jedoch, anstatt loszuheulen. »Ich bin nicht dein Typ, das ist okay. Auch wenn ich es schade finde, weil du mich ziemlich beeindruckst.« Wow, das war der längste Satz, den er heute zu mir gesagt hatte. Beeindruckt? Womit aber hatte ich ihn beeindruckt? Ich saß nur hier und quatschte mit ihm. Wobei nein, ich versuchte, ein Gespräch zu führen, was aber nicht so recht in Gang kommen wollte.

»Ja ... Nein ... Ich hatte mir dich anders vorgestellt. Aber du bist so ... so ruhig, weißt du. Also an sich ist das gut, aber ich ...«

»Lass gut sein, Helene.« Sein mildes Lächeln erreichte seine blauen Augen nicht und plötzlich tat es mir wirklich leid, dass ich so fies war.

»Tut mir leid, Bernd.«

»Ist schon okay, das muss es nicht. Man kann es halt nicht erzwingen.«

Damit hatte er zweifelsohne recht und ich fragte mich, warum ich dennoch immer wieder in dieses Haifischbecken sprang und damit erzwang, dass ich schwimmen musste. Der blanke Irrsinn.

Wir verabschiedeten uns und ich lief nach Hause. Die Sonne brannte noch ganz schön, obwohl es schon Abend war, doch ich sog jeden Strahl auf, den sie auf die Erde schickte.

Zu Hause machte ich es mir auf dem Balkon mit einem Glas kalten Weißwein gemütlich und rief den Chat mit Kai auf.

Helene: Wieder ein Reinfall. Ich gebe es auf und bleibe Single bis ans Ende meiner Tage!

Ich ergänzte meine Nachricht mit einem Weinglas-Emoji und schickte sie ab. Kais Antwort kam prompt, als hätte er nur auf ein Zeichen von mir gewartet.

Kai: So schlimm?

Helene: Schlimmer. Er war wirklich nett und attraktiv. Aber einer von der Sorte, die immer Ja sagen und dir hinterherdackeln wie ein Schoßhund.

Kai: Und ich dachte, ihr Frauen steht darauf, wenn wir euch auf Händen tragen :-D

Helene: Natürlich tun wir das. Aber ich will nicht permanent angehimmelt werden und alle Entscheidungen alleine treffen müssen. Ich will auch mal Kontra haben, wenn ich danebenliege. Das kann ja nicht so schwer sein ...

Kai: Kontra kannst du gerne haben :-)

Ich antwortete mit lachenden Emojis. Er kannte mich wie kein anderer. Nur für Merle war ich ein ähnlich offenes Buch.

Helene: Kommst du vorbei? Dann muss ich den Wein nicht allein trinken.

Kai wohnte nur ein paar Straßen weiter und es dauerte keine zehn Minuten, bis er an meiner Wohnungstür klingelte. Mit einem verschmitzten Grinsen stand er im Türrahmen, lässig mit einer Hand abgestützt, die andere steckte in der Tasche seiner kurzen Hose.

»Hab gehört, hier braucht jemand Gesellschaft und Kontra?« Er lachte und ich machte Platz, damit er eintreten konnte.

Impressum:
K. Schreyer
Dorfstr. 18
01257 Dresden